인생, 그래도 좋다 좋아

인생, 그래도 좋다 좋아

초판 1쇄 2021년 9월 28일
초판 2쇄 2022년 4월 18일

지은이 정혜은
펴낸이 서정희
펴낸곳 매경출판(주)
책임편집 정혜재
마케팅 강윤현 이진희 장하라
디자인 이은설

매경출판(주)
등록 2003년 4월 24일(No. 2-3759)
주소 (04557) 서울시 중구 충무로 2(필동1가) 매일경제 별관 2층 매경출판(주)
홈페이지 www.mkbook.co.kr
전화 02)2000-2641(기획편집) 02)2000-2636(마케팅) 02)2000-2606(구입 문의)
팩스 02)2000-2609 **이메일** publish@mk.co.kr
인쇄 · 제본 (주)M-print 031)8071-0961
ISBN 979-11-6484-323-7(03810)

내 인생을 바꿔놓은
MBN 〈동치미〉 멘토들의
주옥같은 삶과 이야기

인생, 그래도 좋다

좋아

정혜은

매일경제신문사

일러두기

박스 안의 방송 인용문과 인터뷰 내용은 구어체를 살려 작성하였습니다.

저는 10년째 〈동치미〉를 담그는 중입니다

10년이다

하아… 어릴 적 까만 밤하늘에 반짝이던 무수한 별들처럼, 무수한 일들이 존재했다. 프로그램에 출연하는 이들, 프로그램을 만드는 이들, '동치미'라는 이름으로 엮인 관계 속에서 웃고 울었다. 〈동치미〉를 사랑해주시는 선생님들과 이별을 해야 할 때는 내 몸이 아플 만큼 힘겨웠고, 찌든 스트레스에 휘청거릴 때는 함께 하는 이들의 격려와 위로 덕분에 힘을 냈다. 이것이 전부인 것처럼 함께 했다. 일에 마음을 한껏 담았다.

첫 방송날이 생생하다

2012년 가을이었다. 잠 못 드는 밤이었다. 내일 시청률이 기대만큼 나올지 기대보다 못 나올지, 기대 이상을 해줄지 기대를 무참히 저버리지는 않을지, 왜 그렇게 떨렸는지 모르겠다. (입봉 프로그램도 아니었는데 말이다.) 다음날 새벽 6시 반에서 7시 사이, 시청률을 확인하고 안도와 기쁨이 교차했던 기억이 난다. 바야흐로 10년 전은 종편 초창기라고 할 수 있는 시절이었고, 첫 방송이 1% 중반만 나와도 성공이었다. 우리의 첫 방송은 2%를 살포시 넘었고 10회 만에 4%도 가뿐히 넘으며 승승장구했다.

섭외가 가능한 장소라면 어디든…

섭외가 가능한 장소라면 어디든 갔다. 어른들만 가득한 새까만 양복 모임에도 그 모임에 "○○○선생님이 나오신대"라는 속삭임에, 초대를 받으면 열 일 제치고 달려갔다. 서울은 물론 지방까지 따라 내려간 적도 여러 번이다. 같은 학교면 동문 후배로, 동향이면 고향 후배로, 이것저것 갖다 붙였다. 우격다짐으로 섭외 승낙을 받은 모 선생님은 녹화 날 펑크 내실까봐(그런 우려를 할 수밖에 없는 상황) 그분의 새벽 라디오 방송이 끝나는 시간에 맞춰 방송국 앞에 서 있기도 했다.

예전에 어느 식사 자리에서 처음 뵌 한 선생님께서 내게 했던 말이 있다. "한참 어린 친군데, 첫 만남에 이렇게 대화가 잘 통하리라고는 생각도 못했어요. 너무 생소하고 즐거운 경험이었습니다" 누군가의 말처럼 소위 어르신 전문 PD가 되어버렸다. 〈동치미〉는 출연자 나이 마흔이면 막내였으니 할 말 다했다. 30대 초반의 어린 여자 PD가 (선생님들의 시선에서 '어린') 열심히 뛰어다니는 모습을 흐뭇하게 봐주셨던 것 같다. 섭외에 응해 주시든 거절을 하시든 따뜻한 밥 한 끼를 사주시기도 하셨고 격려의 말씀은 항상 덤으로 따라왔다. 선생님들을 찾아뵙는 건 떨리지만 그래서 좋았다. 아마도 내가 〈동치미〉를 통해 얻은 것이 아닐까 싶다.

어른들 말처럼 인생 사는 데 정답은 없다

〈동치미〉 역시 정답 없는 인생을 살아가는 각자가 자신의 이야기를 풀어놓는 자리였다. 그런데 많은 사람들의 인생 이야기가 모이니, 정답은 아니더라도 살아가는 지혜 같은 게 보였다. 특히 인생 산전수전 공중전을 겪으신 분들의 이야기에는 돈 주고 살 수 없는 귀한 경험과 깨달음이 존재했다. 마음을 따스하게 머리를 선명하게 해주는 무엇인가가 항상 있었다. 녹화가 끝나고 나면 값어치를 매길 수 없는 귀한 보석 하나 가슴에 안고 집으로 돌아갔다. 그것이 내가 훌륭한 선생님들을 섭외할 때 자신 있게 설득할 수 있는 이유였다. 섭외할 때마다 그 사실이 늘 뿌듯했다. "한 번만 나와 보시면 〈동치미〉가 얼마나 재밌고 유익한지 알게 되실 거예요" 고심하고 망설이다 출연하신 선생님들이 〈동치미〉에 무한 애정을 주실 때마다 얼마나 감사한지 모른다. 그분들도 나처럼 살아가는 지혜

를 얻었노라 말씀하신다. 프로그램을 만드는 사람이나 프로그램에
출연하는 사람이나 똑같이 느낀다.

어느 PD가 자신의 프로그램에 최선을 다하지 않으랴

모든 PD는 자신의 프로그램에 열정, 시간, 노력, 마음, 몸뚱아리,
심지어 머리카락까지 다 쏟아붓는다. (프로그램을 하면서 원형탈모라는
내 생애 최초의 경험을 맛보았다.) 부모님의 전화는 패스해도 작가의 전
화는 자다가도 받고, 친구의 전화는 못 받고 지나칠지언정 매니저
의 전화는 보는 즉시 콜백한다. 그러한 애정의 결정체가 프로그램
이니 프로그램은 마치 내 전부 같았다. 1회부터 지금까지 만들어
온 프로그램이라면 말해 뭣하랴. 〈동치미〉는 나의 30대가 온전히
들어가 있어서 더더욱 그렇다.

그런 〈동치미〉를 이렇게 정리해볼 수 있는 기회를 주셔서 너무
나 감사하다. 내 글이 스태프들의 노고를 해하지는 않을까 우려된
다는 노희경 작가의 말처럼, 나의 미천한 글이 〈동치미〉에서 얻은
삶의 지혜를 다 담지 못 할까봐 전전긍긍 중이다. 주옥같은 말과
표정들이 한가득이지만 이 책은 그저 〈동치미〉를 10년 동안 만들
면서 느낀 것들을 주관적으로 정리한 것이기에, 30대를 통으로 바
쳐가며 열심히 〈동치미〉를 만들다가 결혼까지 이른, 한 PD의 성장
해가는 모습 중 일부라고 생각해주셨으면 좋겠다. 이 책을 준비하

면서 지난 방송들을 다시 보고 우리 모두가 노력했던 순간들이 곳곳에서 떠올라 수십 번씩 회상에 잠기기도 했고 누군가를 떠올리기도 했다.

세상에 혼자 할 수 있는 일은 없다

처음부터 지금까지 나와 함께 프로그램을 위해 가장 애써준 최승진 작가님, 김한태 피디님, 지난 10년(만 9년)동안 동치미를 애써 만들어 준 모든 피디와 작가 한명 한명에게, 그리고 함께 만들어 준 심스토리에게 진심으로 감사함을 표한다. 늘 응원해주신 정현희 이사장님과 MBN 선배님, 동료, 후배님들 덕분에 지금까지 동치미가 있었음을 고백한다. 매우 감사드린다.

첫 원고에 재미있다며 끝까지 글을 쓰게 만든 정혜재 팀장님, 동치미의 세계를 몸소 경험하게 해준 사랑하는 신랑 김성규 님, 그리고 "정PD는 부모님께 감사해야 해"라고 하신 김용림 선생님의 말처럼 지금껏 나를 있게 해준 부모님, 결혼으로 인해 생긴 새로운 부모님께 이 페이지를 빌려 감사함을 전한다. 그리고 동치미가 동치미일 수 있게 만들어 준 출연해주신 모든 선생님, 선배님들께 고개 숙여 감사드린다.

이 책을 준비하면서 동치미를 대표했던 선생님들을 찾아뵙고 대화를 나누었다. 인터뷰를 진행하면서 다시 한 번 깨달았다. 이분들의 애정과 관심으로 동치미가 이 자리에 있음을. 동치미를 떠나신 분이나 현재 하고 있는 분이나 이 자리를 그리워하지 않는 이는 없었다. 난 참 행복한 PD다. 선생님들을 오랜만에 뵙고, 다시 얘기 나누는 시간은 정말이지 내게 더없는 힐링의 시간이었다. 울컥울컥 부끄럽게 눈물을 보이기도 했다. "감사하고 또 감사합니다. 인생에 확신이 없어지는 순간에도 이렇게 무한한 사랑을 받았던 프로그램의 PD였음은 잊지 않겠습니다" 야호, 신난다! 나의 30대를 고스란히 바친 애정체를 손으로 만질 수 있다니!

차 례

가족

시어머니와 며느리

시어머니는 정글의 야수?

그 옛날 지금으로부터 바야흐로 5년하고도 반년 전 〈동치미〉가 시청률 7%를 달성했다. MBN 최초였다. 당시 종편채널 4개 중에서 7%를 넘었던 건 〈냉장고를 부탁해〉에서 한 번, 〈히든싱어〉에서 한 번 정도였던 것 같다. (그 두 개의 프로그램은 지금 없다. 〈동치미〉만 남아 있는 셈이다.)

2016년 2월 13일, "6%만 가자!"가 전사적인 목표 시청률이던 시절, 단번에 7%로 점프해서 회사에서 메달도 받았다. 도대체 뭐가 그렇게 재밌었길래 4~5%를 오가던 프로그램이 단번에 6%를 넘겨 7%를 깼을까? "시어머니 보기를 정글의 야수 대하듯 하라"라는 명언을 남겼던 이경제 선생님, 바로 그 시어머니에 관한 이야기였다.

최근 "시어머니가 왜 불편한 거죠?"라는 색다른 질문으로 〈동치미〉 녹화장에 신선한 바람을 몰고 온 이가 있다. 젊은 며느리 김빈우 씨다. 설거지 한 번 못하게 하신다는 시어머니를 둔 며느리였다. 시어머니 눈치 보느라 힘들다는 이야기에 이 젊은 며느리는 진짜 궁금했던 거다. 시어머니가 대체 왜 불편해요? 난 아닌데. 그때 누군가가 답해주었다. "김빈우 씨는 행운아예요. 좋은 시부모님을 만났으니까"

고부관계가 편할 수도 있다. 시집살이, 고부갈등은 어쩌면 지난 세대의 이야기일지도 모른다. 며느리가 내 아들을 뺏어갔다고, 며느리는 당연히 집안일을 해야 하는 사람이라고, 요즘 어떤 시어머니가 그렇게 생각할까 싶은 게 또 다른 젊은 며느리인 나의 생각이기도 하다. 그러나 시댁 이야기가 여전히 많은 공감을 얻는 데에는 분명 이유가 있다.

우리 어머니, 할머니들은 시집살이를 겪었던 세대다. 아들 가진 엄마의 유세라고, 며느리는 기본적으로 시어머니에게 약자인 시대였다. 지금은 다르다. 아들보다 잘난 며느리도 많고, 며느리 덕 보는 집안도 비일비재하다. 똑똑한 며느리들은 더 이상 시어머니 앞에서 약자가 아니다. 그럼에도 불구하고 시어머니와 며느리 사이에는 일종의 긴장감이 있다.

생전 남이었다가 사랑하는 사람을 매개로 새롭게 형성된 관계다. 거기에다 연령도 경험치도 세대도 다르다. 다른 점이 차고도 넘치지만 사랑하는 배우자와 세트로 온 관계니 잘 지내야 한다는 전제가 붙는 관계. 잘 지내야 한다는 대전제에는 부담감과 책임감이 따라온다. 취향이 다르다고 안 볼 수 있는 친구도 아니고, 싫다고 그만둘 수 있는 직장도 아니다. 부담과 책임 사이에서 당신과 내가 처음 마주하는 상황들은 쉽지 않다. 긴장감이 없을 수 없다. "시어머니가 대체 왜 불편해요?"라고 외치는 젊은 며느리도 있지만, 시댁 앞에서는 지켜야 하는 예의와 거리가 있다. 그걸 잘 유지하고 있고 좋은 시부모님을 만난 행운도 더해졌기에 아직까진 편한 거다.

예나 지금이나 유독 긴장의 사다리를 타는 관계가 고부간이다. 남편이자 아들이라는 한 남자를 둔 두 여자의 갈등으로 표현되는 고부관계. 그래서 그런가? 긴장감 이면에 숨겨둔 이야기는 카타르시스를 주는 것 같다. 고부갈등이 스테디셀러일 수밖에 없는 이유다.

며느리는 딸이 될 수 없다

가장 먼저 말문을 열어준 분은 박영실 박사님이었다. 대학 시절부터 뵌 시어머니는 "일찍 돌아가신 친정엄마 대신 내가 네 엄마다"라며 늘 딸처럼 대해주셨다고 한다. 시어머니와 같이 나가면 친정엄마와 딸 사이로 봤다고 하니 정말 다정한 고부지간이셨던 것 같다. 그런데 '나는 딸이 아니라 며느리구나!'를 느끼게 한 결정적인 에피소드가 있었다고 한다.

박영실 어머님과 수다 떨면서 TV를 보는데 밖에서 갑자기 부스럭거리는 소리가 나는 거예요. 섬뜩한 거예요. 저희 어머님과 제가 동시에 딱 쳐다봤어요. 근데 어머님께서 저에게 "영실아, 한번 나가 봐라" 그러시더라고요. 제가 무서움을 많이 타는 거 어머님도 아실 텐데 그렇게 얘기하시니까 너무 섭섭하고 서운하고 무섭고 떨리고 그러더라고요. 어쩔 수 없이 나가 보니까 문이 열려 있는 거예요. 돌아서는데 검은 그림자가 쓱 지나가더라고요. 머리가 쭈뼛 선다는 느낌을 그때 알았어요. 손에 땀이 막 나고요.

나중에 시누이들에게 자초지종을 얘기하니까 저희 작은 형님이 "아휴, 엄마 맨날 딸처럼 생각한다더니 엄마가 나가야지 영실이를 내보내면 어떡해"라고 얘기를 하셨고, 큰 형님은 "내 딸 아닌 내 딸 같은 내 딸 아닌 며느리!"라는 노래를 부르시더라고요.

〈170회 시댁은 남이다〉 중에서

최근에 방송된 사미자 선생님과 며느리의 대화에서도 비슷한 얘기가 나왔다. 며느리에겐 잊히지 않는 서운한 순간이 있었다. 남편(사미자 선생님의 아들)이 아파서 육체적 정신적으로 너무 힘든 때였다고 한다. 하루는 병원에서 남편 간호 중이었는데, 사미자 선생님이 전화를 하셔서 집에 와서 밥 좀 차려주고 가라고 말씀하시더란다.

며느리는 순간 어안이 벙벙해졌다. 아마 그때부터 시어머니와 거리를 두게 된 것 같다고 했다. 그리고 마지막엔 '내가 딸이었어도 그러셨을까'라는 생각이 들었다고 했다. (물론 사미자 선생님 몸이 아프셨고 후에 오해는 풀렸지만, 그 순간 서운함이 드는 건 어쩔 수 없었던 것 같다.)

예쁜 게 있으면 딸보다도 며느리가 먼저 생각난다는 김용림 선생님의 말에 두 남자 출연자가 답을 했다.

양재진 며느리가 더 먼저 생각나는 건 좋은 마음이에요. 문제는 딸처럼 생각한다면서 너무 함부로 대하는 시어머니도 있다는 거죠.

이경제 왜 딸처럼 생각하죠? 며느리로 생각하면 되지 않나요? 저는 장모님이 아들처럼 생각한다고 했을 때 "노" 했어요. 저를 사위로 대해달라고. 딸이 아닌데 딸처럼 생각하고 엄마가 아닌데 왜 엄마라고 생각하죠?

〈170회 시댁은 남이다〉 중에서

며느리가 딸일 수 있을까? 오히려 며느리는 며느리이게 해줘야 한다는 이경제 선생님의 말에 공감이 되었다. 딸과 며느리는 태생

이 다른데 그걸 동일시하다 보면 문제가 생기기 쉽다. 100을 잘해주다가 하나를 못해주면 서운한 것처럼, "딸이다 딸이다" 하며 다 내어주시다가 결정적인 순간에 나를 지켜주지 않으면 서운해지는 법. 며느리는 며느리, 시어머니는 시어머니 그 자리 안에서 할 수 있는 만큼 해도 괜찮을 것 같다.

우리 시어머님도 딸이 없다. 그래서 딸처럼 벗이 되어드려야겠다는 생각을 하곤 한다. 근데 내가 딸이라면 우리 엄마에게 하듯 무뚝뚝하게 대하고 전화도 먼저 하지 않아야 할 텐데 오히려 그 반대다. 시어머니께는 먼저 전화를 드리고 엄마에게 하는 것과 비교도 안 되게 친절한 말투로 리액션을 한다. 그저 며느리의 자리에서 딸처럼 벗이 되어 드리려고 노력하는 거다. 시어머님이 내게 "넌 딸이야"라고 말씀하신 적도 없다. 하지만 갖고 계신 좋은 것이 있으면 내게 주고 싶어 하신다. 나는 시어머님의 그 마음만으로 충분히 감사하다.

보통 시어머니께서 "난 이제 딸이 생겼다고 생각하마" 하시는 건 딸처럼 아끼고 사랑하려는 '노력'을 해보겠다는 의미일 것이다. 물론 그 노력의 마음이 결실을 맺어 며느리를 딸과 동등하게, 혹은 딸보다 며느리를 더 생각하고 아끼시는 분들도 있을 수 있다. 하지만 딸 같은 며느리라고 믿었다가 거리감을 느끼는 순간이 오더라도 너무 서운해하지 말았으면 좋겠다. 딸처럼 아끼고 사랑하겠다는 기본적인 마음만으로도 고마운 거다. 내 아들만 최고라고 하면서 며느리를 무시하거나 투명인간 취급하는 시어머니에 비하면 얼마나 감사할 일인가? (요즘은 이런 일이 없다고는 하지만 꼭 없는 것도 아니다.)

시어머니와의 새로운 관계를 쌓아가는 며느리

10년째 〈동치미〉를 하다 보니 변화가 느껴진다. 시집살이 대신 며느리살이라는 단어도 생겨나고, 시댁 눈치가 아니라 며느리 눈치 본다는 얘기도 나온다. 무엇보다도 이제는 시어머니와 새로운 관계를 쌓아가는 며느리들이 많다. 시어머니를 어렵고 무서운 존재로 보기보다는 동반자적인 존재로 바라보며 좀 더 편하게 다가가는 것 같다.

오래 사신 시어머니는 바꾸기 쉽지 않으니 아랫사람이 맞춰 줬으면 좋겠다는 어떤 분의 말처럼 며느리가 시어머니께 맞춰가는 방법이 변화하고 있다. 여기 며느리가 편하게 행동해야 시어머니도 편하다는 분이 계셨다.

> 김영미 시어머니와의 관계 때문에 고민 상담하는 후배들에게 한결같이 얘기해요. "시어머니의 속마음을 파악하려고 하지 마라", "그냥 말씀하시는 대로 들어라"라고요. 왜냐하면 시어머니 입장에서 내가 쉬라고 했는데 쉬고 내가 밥하지 말라고 했는데

안 하면 어느 순간부터 '이 며느리는 내 말을 잘 듣는 아이네'라
고 생각하시고 진심을 말씀하세요.

제 경험을 이야기해볼게요. 어떤 지인이 제게 고맙다고 20킬로그
램 쌀 두 가마니를 주신 거예요. 그게 저한테는 너무 많아서 시어
머니께 "어머님, 저는 쌀이 이렇게 많이 필요 없어서 한 가마니
드세요" 하고 가져갔더니 "나는 괜찮다. 너희들 먹어" 하시더라
고요. 그래서 저는 가지고 간 쌀을 그대로 다시 가지고 왔어요. 그
리고 그 쌀을 한 친구에게 줬어요.

그다음날 내려가서 "어머님이 쌀 필요 없다고 하셔서 친구 줬어
요" 하니까 어머니가 "아이고, 그게 정말 필요 없어서 괜찮다고
했겠니? 너희 먹으라고 그런 건데" 하시더라고요. 그래서 제가
"어머님, 그럼 사실대로 말씀해주셨어야죠" 했거든요. 그때부터
는 어머니가 필요하면 이게 필요하다고 솔직하게 말씀하세요. 그
래서 서로 편해요.

〈334회 너는 시댁이 편하니〉 중에서

편하게 다가가는 방법은 각자 다르다. 시어머니와 매일 한 시간
씩 전화로 수다를 떤다는 분도 있었고, 치명적인 애교로 시어머니
에 대한 불만을 은근슬쩍 얘기하는 분도 계셨다. 언젠가 김용림 선
생님께서 이런 말씀을 하신 적이 있다. 며느리 김지영 씨가 선생
님을 보면 뒤에서 껴안고 반갑다고 팔도 물고 그러신다는 거였다.

'앗, 친정엄마도 아니고 시어머니께?!'라는 분위기가 흘렀다. 근데 그게 좋다고 하셨다. 며느리 김지영 씨가 시어머니께 편하게 다가 가는 방식인 거다.

사미자 선생님께서도 며느리가 무척 고마웠을 때가 있었는데, 바로 목욕탕에 함께 가줬을 때라고 하셨다. 며느리 입장에서 시어 머니와 발가벗고 목욕하는 게 쉽지는 않았을 것이다. 그렇지만 어 머니가 원하시니 따라가는 것, 그렇게 며느리는 시어머니께 다가 간 것이다.

나 역시 시어머님이 어렵지만 가끔은 신랑에 대한 '험담'으로 공 감대를 형성한다. 물론 〈동치미〉에서 배웠다. 시어머니에게 남편 험담을 해서는 큰일 나는 거라고. 그래서 절대 내가 먼저 하지는 않는다. 어머님께서 먼저 말문을 여시면 맞장구치는 수준에서 은 근슬쩍 덧붙인다. 너무 갔다 싶으면 오히려 내가 신랑 편을 들며 방어한다. 그렇게 1시간가량 통화를 한 적도 있다. 뮤지컬 티켓이 생겨서 시어머니와 단둘이 보러 간 적도 있고, 단둘이 레스토랑에 가서 밥을 먹은 적도 있다. 이런 것들이 시어머니께 편하게 다가가 려는 나의 아주 작은 날갯짓 같은 거다.

시어머니도 사람이고 고부관계도 인간관계다. 내가 상대를 좋 아하면 상대도 내게 호의를 주기 마련이고 내가 상대를 편하게 생 각하면 상대도 나를 가까이 생각하는 게 인지상정이다.

결정적인 순간은 시어머니가 만든다

며느리가 시어머니께 먼저 다가가는 것, 좋다. 하지만 시어머니가 만들어주신 결정적인 순간들은 듣는 이들의 눈물을 핑 돌게 만들었다.

> **이혜숙** 제가 위장장애가 왔었는데 왜 왔는지는 모르겠어요. 제 몸무게가 50킬로그램에서 45, 43, 40이 되는 동안에 어머님이 처음에는 말씀을 안 하시더라고요. "어머님, 제가 위장장애가 와서 몸이 많이 말랐어요"라고 제가 먼저 말씀을 드렸어요. 친정엄마 같았으면 먼저 말을 하셨겠지만, 시어머니니까 어느 정도 선이 있고 벽이 있나 보다 생각했어요.
>
> 근데 어느 날 시어머님이 먼저 전화를 하셔서 그러시는 거예요. "애미야, 네가 그렇게 아픈 게 혹시 나 때문이 아니니" 하시면서 "내가 미안하다" 이런 말씀을 하시는 거예요. 제가 그 순간… 그동안 살면서 어머니에 대한 섭섭함, 터놓지 못했던 그런 순간들이 왜 없었겠어요. 너무 많았죠. 근데 어머니가 저한테 먼저 손을 내미셨어요. 그 한마디에 저는 정말 모든 쌓였던 마음이 사라졌어요.
>
> 〈438회 며늘아! 너랑 다신 여행 안 갈란다〉 중에서
>
> **김용림** 제가 34살 때 우리 친정어머니가 돌아가셨어요. 그때 연극을 하고 있었는데, 엄마 때문에 울다가 연극 시간이 되면 가서

무대 위에서 막 웃고, 또 공연 끝나면 가서 울고, 그렇게 일주일
을 보냈어요.

그렇게 장례를 다 치르고 집에 갔더니 정말 나한테 냉랭하셨던
시어머니가, 또 별로 우리 친정엄마를 좋아하지도 않았던 분이
셨는데, 나를 너무 따뜻하게 껴안아주시는데, 그때 '이분이 우리
엄마구나'라는 생각이 들면서 쌓였던 모든 게 다 풀어졌던 것 같
아요. 안고 토닥이면서 "그래 엄마는 여기 있다" 하시더라고요.
그때 우리 시어머니의 마음이 확 느껴지면서 진심으로 감사하더
라고요.

사람의 감정이라는 게 별게 아니에요. 좋은 것 사주고 명품백 사
주고 이런 게 중요한 게 아니에요. 순간순간 작은 계기로 감동하
고 그러는 거예요.

〈170회 시댁은 남이다〉 중에서

시어머니의 따뜻한 진심이 몇 십 년간 품었던 시집살이의 한도
풀게 만들다니 참으로 신기하다. 며느리를 인정해주는 말 한마디
는 그만큼 큰 힘을 가진다.

선우은숙 선생님도 나이 어린 며느리가 할 줄 아는 게 하나도
없어서 일부러 모른 척하는 건지 물어본 적도 있다고 하셨다. "정
말 몰라서 죄송해요" 하는 며느리에게 괜찮다고 다독이며 "넌 내
가 모르는 휴대폰 다루는 것들, 주문하고 예약하는 것들을 잘하잖

아"라고 며느리의 장점을 칭찬해주셨다고 한다. 칭찬받아 신이 난 며느리는 요즘 필요하신 건 없는지, 이런 게 새로 나왔다며 먼저 묻고 알려주기도 한다고 하신다. 살 만큼 산 며느리나 결혼한 지 얼마 안 된 며느리나 결국 시어머니의 칭찬, 인정에 마음이 녹는 건 똑같다.

오래 살아 바뀌기 쉽지 않은 시어머니께 맞춰가는 노력을 하는 건 젊은 며느리일 수 있으나, 그 노력을 칭찬하고 인정해주며 결정적인 순간을 만드는 분은 시어머니다. 혹여 먼저 다가오시는 분이 시어머니라면 며느리는 기꺼이 받아들이면 될 일이다. 일방적인 노력으로는 모든 관계에 한계가 있다. 다가오는 며느리를 인정해주는 시어머니, 다가오는 시어머니를 감사히 여기는 며느리, 그 주고받음이 아름다운 고부관계의 시작점 같다.

고부 사이에 낀 남편

고부 사이에서 남편의 역할이란?

고부갈등에서 빠질 수 없는 사람이 한 명 있다. 바로 남편. 시어머니의 아들이자 내가 사랑해서 결혼한 당사자. 시댁에 관한 토크를 할 때면 시어머니와 아내 사이에 낀 남편의 역할에 대한 이야기가 매번 한 파트를 차지한다. 고부갈등을 초래하는 원인이자 고부갈등을 없애는 해결책이 남편에게 있다는 듯이 키맨으로 등장한다. 곰곰이 생각해 보았다. 우리 신랑은 과연 고부관계에서 어떤 역할을 하고 있지?

아직 이렇다 할 갈등이 있을 만큼 오랜 시간을 보낸 게 아니라서 우리의 고부관계는 나름 평온하다고 믿고 있던 차였다. 어머님도 굳이 돌려서 얘기하는 스타일이 아니셨다. "발목이 보이면 바람들어가 추우니 양말 긴 거 신어라", "집 좀 치우며 살아라", 적당히 의견을 피력하셨고 나도 수긍하며 들었다. 그렇다고 우리 부부의 살림살이에 이렇다 저렇다 관여를 하시는 분도 아니었다. 나 역시 〈동치미〉를 10년 한 내공으로 나름 어머님을 편히 대하며 잘 지낸다고 생각했다. 그러던 어느 날 신랑이 안 해도 될 말을 했다.

"엄마가 작년 명절에 '혜은이는 왜 설거지도 안 하니?'라고 했다!"

"난 처음 듣는데?" 깜짝 놀라 뭔 소리인가 싶었다.

"너 화장실 갔을 때 엄마가 소파에서 나한테 슬쩍 얘기했어."

헉 그때 난 분명 설거지를 한다고 했다. 근데 어머님께서 됐다고 하지 말라고 하셨다. 설거지는 남자들이 할 거니까 하지 말라고 분명히 말씀하셨다. 결혼하고 첫 명절이라 나도 어색하고 어려웠던 것 같다. 하지 말라는데 "아니에요. 제가 할게요" 하며 극구 나설 만큼 편하지 못했던 것 같기도 하다. 근데 신랑에게 그런 말씀을 하셨다니 충격이었다.

믿었던 어머님께 배신을 당한 기분이었다. 잘 지내고 있다고 믿었던 고부관계에 금이 가는 것 같았다. 그냥 설거지를 하라고 하시지, 왜 뒤에서 나 몰래 그런 말씀을 하셨을까 싶었다. "나는 앞으로 시댁 가면 설거지만 해야겠어!"라고 삐뚤어진 마음을 내뱉으니 신랑은 오히려 재밌어했다.

'하지 말란다고 안 하면 어쩌니… 그래도 며느리가 해야지'라고 생각하셨을 수 있다. 어머님도 처음이라 설거지를 시키기는 미안하고 알아서 해주길 바라셨는지도 모른다. 그래, 어머님 입장에서는 그런 생각이 드실 수 있고, 어머님 성격상 본인 아들에게 한마디 툭 던지셨을 수도 있다. 그렇다면 지난 얘기를 이제 와서 굳이 내게 전하는 신랑은 뭐지…?

깨달음이 왔다. 아, 이런 거구나. 고부 사이에서 남편의 역할이라는 게. 전할 말은 전하고 안 할 말은 묻어두는 것도 남편의 역할이었던 거다. 싸움은 꼭 말을 전하는 제3자에 의해서 일어나는 법이다. 그날 바로 말하지 않고 시간이 한참 지나고서야 에피소드처럼 풀어준 것이 신랑의 지혜였는지 모른다. 그러나 모르고 넘어갔어도 괜찮았을 것 같단 생각이다. 어차피 다음 명절에 난 설거지를 했으니까.

시어머니와 며느리 사이, 남편은 누구 편?

시댁과의 관계에서 남편의 역할이 중요하다는 얘기는 무수히 들었다. 며느리와 시댁을 이어주는 중간자이다 보니, 그의 말 한마디, 중재 스타일에 따라서 조용히 지나가기도 하고 분란이 생기기도 한다는 것이다. 양쪽에 대한 무관심 속에 나 몰라라 하면 세상 쉬운 게 중간자이지만 대개는 그를 가만두지 않는다. 시어머니와 며느리라는 샌드위치 양쪽 빵 사이에 없어서는 안 될 소고기 패티 같은 존재인 남편들도 고충이 많았다.

오경수 어머니와 아내가 물과 기름이거든요. 애들 육아 때문에 합쳐 살아본 적이 있는데 그때가 제 인생에서 가장 힘들었던 때였어요.

둘 사이 갈등이 생겼을 때 아내 편을 들어봤는데 파장이 너무 큰 거예요. 그래서 어머니 편을 들어봤어요. 어떻게 했냐면 "당신! 어머니가 하라는 대로 하지 뭐하는 거야?"라고 화내면서 방에 아내를 데리고 들어가서 소리는 지르고 손은 빌었어요. 아내가 알아들었는지 스스로 뺨을 때리는 연기까지 하며 "왜 그러는 거야?" 하는 거예요. 그러니까 어머님이 놀라서 오히려 나한테 왜 그러는 거냐고 하시며 제가 순간 몹쓸 사람이 되고, 둘은 사이가 좋아지더라고요. 근데 그게 얼마 안 가요.

요즘은 어떻게 사냐면 이제는 남북관계예요. 어머니는 남쪽에 계시고 아내는 핵을 보유한 북, 언제 미사일을 쏠지 모르는 형국에 있고 저는 비무장지대에 있어요. 그래서 제가 캠핑을 자주 가나봐요. 그게 제일 마음이 편해요.

⟨170회 시댁은 남이다⟩ 중에서

함익병 처음 결혼하고 10년 동안 고부관계가 편치 않은 거예요. 편치 않은 아내를 데리고 우리 집에 가면 저도 불편해요. 지방에 있는 시댁에 내려가느라 피곤했던 아내가 못 일어나는 거예요. 그래서 깨우고 싶은데 깨우면 아내에게 혼나고 안 깨우면 엄마에게 혼나고… 제가 힘든 거예요. 이런 남자의 입장이 참 어려운

데요.

한 30년 살았잖아요. 이제 며느리도 이 집에 와서 한 업적이 있잖아요. 공헌한 게 있으니까 이 며느리도 뭐가 안 맞으면 대들어요. 시어머니도 눈치를 살살 봐요. 왜냐하면 용돈이 며느리에게서 나오잖아요. 그래서 저는 그 고통에서 좀 벗어났어요.

〈334회 너는 시댁이 편하니〉 중에서

두 사람 모두를 충족시키는 게 힘들어 캠핑을 가는 게 제일 편하다는 남편의 말이 웃프다. 아내를 깨울 수도 안 깨울 수도 없는 남편이 안쓰럽기도 하다. 고부관계에서 힘든 사람은 며느리인 줄 알았는데 아니었다. 며느리는 고부관계의 당사자라면 남편은 아들이자 남편 두 가지 역할 사이에서 이러지도 저러지도 못하는 무능한(?) 브로커 같다. 물론 어머니와 며느리가 잘 지내주면 다행이다. 문제는 갈등이 생길 때다. 살다보면 갈등 없는 관계란 없는 법이다.

고부간의 갈등이 생길 때 남편은 누구 편을 들어야 할까? 최홍림 선배님은 무조건 아내 편이라고 하셨다. 나만 믿고 우리 집에 온 여자인데 아내 편을 들어줘야 한다고 했다. 또 다른 누군가는 그래도 어른이니 어머니 편을 들어야 한다고 했다. 나중에 집에 가서 아내를 달래주는 게 쉽지, 어머니 마음을 상하게 했다가는 더 어려운 일이 생긴다는 것이다. 어머니 앞에서는 어머니 편을 들고 아내 앞에서는 아내 편을 드는 철새의 입장을 산다는 분들도 많았다. 어찌 보면 이게 합리적일 수도 있다. 단, 삼자대면을 하면 안 된다는 전제가 있다.

여기 "그 누구의 편도 아닌 나는 내 편이에요"라고 당당히 외치는 남편이 있다. 또는 제3의 방법으로 고부갈등을 차단하는 현명한(?) 분도 계셨다.

이경제 저는 제가 다 컨트롤 합니다. 시어머니와 며느리의 관계를 단절시키고 제가 늘 중재를 해요. 왜냐하면 둘은 만나봐야 아름다울 일이 없거든요.

저희 어머님 성격이 좀 독특하셔서 제가 아내에게 사전 교육을 시켜요. "어머님과 있을 때는 절대 한눈팔지 마라", "어머님과 있을 때는 전쟁터에 있다고 생각해라", "자칫 한눈파는 순간 낭떠러지에 떨어진다", "두고두고 잔소리를 듣게 될 것이다" 그래서 옷차림도 늘 교복처럼 정해둔 게 있습니다. 브랜드 옷 입지 말고 가방도 결혼 초반에 어머니가 선물해준 가방이나 1, 2만 원짜리 에코백으로요. 사치하는 게 들키면 안 되니까요.

우리 어머님은 기억력이 좋아서 약점을 잡으면 두고두고 얘기하는 스타일이고 그 기억이 왜곡돼서 증폭시키는 스타일이에요. 그래서 약점을 들키는 순간 지옥으로 변할 수 있단 말이에요. 그래서 저는 25년 동안 그 지옥을 막고 있습니다. 제가 물러서는 순간

두 사람은 지옥이에요. 제가 이렇게 중간을 지키고 있어요.

<334회 너는 시댁이 편하니> 중에서

유인경　제 남편은 지금 생각해보면 잘했다고 생각하는 게, 두 사람 앞에서 두 사람을 똑같이 망신을 줘서 다시는 갈등이 있을 수 없게 만들어요. 시어머니랑 저랑 같이 있어요. 그럼 남편이 그래요. "야, 엄마가 너 굉장히 게을러서 청소 안 하다고 하시더라. 엄마 그랬지?" 그러면 저희 어머님이 당황하시며 "내가 언제 그랬노" 하세요. 또 "엄마, 유라 엄마가 엄마 쌍꺼풀 수술 이상하게 됐대" 이런 얘기를 해서 우리를 초토화시키고 본인은 휘파람 불고 사라져요.

<419회 뛰는 시어머니 위에 나는 며느리?> 중에서

애초에 갈등이 안 생기도록 봉쇄하는 것도 방법이다. 양쪽의 성격을 가장 잘 아는 사람이니, 며느리 사용법, 시어머니 사용 설명서를 양쪽에 미리 교육시키는 것도 현명하다. 어떤 식으로든 평화를 유지하는 더 편한 방법을 찾는 게 남편이 살길이다. (남편들이여, 당신의 현명함을 뽐낼 수 있는 기회다.) 그렇다면 이 삼자관계에서 시어머니는 편하기만 할까?

시어머니는 어차피 아들 편? 혹시 며느리 편?

밤늦게까지 술집을 전전하는 남편 때문에 속상한 아내가 시어머니께 하소연한다. 일 때문이라지만 늦게까지 술집을 다니는 게 아내로서 달가울 리 없다. 시어머니께 얘기한 건, 어머님이 아들을 한번 혼내 주십사 하는 의도였을 것이다. 혹은 나의 고충에 작은 공감이라도 얻고 싶어서였을 것이다. 그런데 돌아온 시어머니의 대답, "옛날 남자들은 기생집 가서 며칠씩 안 들어오고 그랬다"

아… "그래, 네가 힘들겠다 내가 혼내마"까지는 아니어도, "일 때문에 그러는 것이니 좀 이해하렴" 정도만 되었더라도… 아들을 두둔해주기 위한 시어머니 나름의 답변이었겠지만, 그 얘길 듣는 며느리는 많이 답답했을 것이다. 그 뒤로 시어머니와 며느리 사이가 조금씩 멀어진 것 같다는 어느 출연자의 안타까운 사연이었다.

시어머니는 무조건 아들 편이라는 게 전반적인 인식이었다. 물론 아들 편이다. 그러나 고부 사이에서 갈등하는 남편처럼, 시어머니 역시 아들과 며느리 사이에서 편하지만은 않다. 시어머니도 며느리 눈치를 본다. 왜? 가운데 아들이 있으니까. 내 아들 편하게 해주기 위해서 시어머니의 역할 역시 중요한 거다.

선우은숙 저는 며느리에게 싫은 소리 절대 안 해요. 아들 내외
와 같이 밥을 먹고 나면요. 나는 아무 생각도 안 하고 있는데 아
들이 쏙 나타나서 "엄마, 제가 너무 피곤해서요 이따 제가 설거
지할 테니 두세요" 해요. 사실 내가 해도 되고 이따 해도 되는데
아들이 먼저 와서 방어를 하는 거예요.
'그래, 내가 며느리를 힘들게 하면 집에 가서 우리 아들이 힘들겠
지. 그래 나는 너희만 잘 살면 된다'는 생각을 해요.

〈373회 여보! 올해는 시댁 좀 그만 가자!〉 중에서

며느리에게 왜 하고 싶은 말이 없으시겠는가? 근데 안 한다.
왜? 내가 한마디 하면 며느리는 아들에게 불만을 터트릴 테고, 결
국 우리 아들이 힘들까봐 며느리에게 잔소리를 삼가는 게 요즘 시
어머니들의 지혜인 것 같다. 우리 시어머님도 그런 연유에서 내게
하고 싶은 말을 참으시는 걸까?

박준규 정말 자기 아들을 사랑한다면 며느리를 예뻐해야 해요.
저희 엄마는 무조건 며느리 편이에요. 무조건 제가 잘못했다고
해요. "송아야, 쟤 말 들었다가는 큰일 난다. 네가 알아서 해라"

이렇게 얘기하세요.

외식을 하기로 했는데 아내는 고기를 먹고 싶다고 하고 저는 해산물 먹으러 가자고 했어요. 저희 어머니가 "야야, 오랜만에 얘가 외식하자고 하는데 고기 먹으러 가"라고 하셔서 고기를 먹고 와요. 그럼 어머니가 집에 와서 하시는 말씀이 "나도 사실 해산물 먹고 싶었다"예요. 이게 우리 집안 돌아가는 방식이에요.

전원주 그렇게 하는 건 시어머니의 깊은 뜻이에요. 어머니는 아들을 위해서 며느리에게 아첨을 하는 거예요. 시어머니는 아들을 하늘처럼 올려주는 며느리가 예뻐요. 저도 그런 걸 느끼는데 며느리가 우리 아들에게 잘할 때는 황송하고 고마워요. 근데 집에 와서 "여보 쓰레기, 여보, 여보" 하면 제가 참다 참다가 도저히 안 되겠어서 "이거 얼마나 무거운데 내 아들에게 자꾸 시키냐"라고 말을 하게 돼요. 그럼 아들이 "이게 뭐가 무거워요" 하고 들고 나가. 그럼 며느리와 아들이 한 편이라는 걸 느껴요.

〈425회 어머님! 그렇게 아들이 예쁘세요?〉 중에서

엄마는 어차피 아들 편이겠지만 대놓고 아들 편만 들면 며느리는 소외감을 느낀다. 시어머니가 아들 편만 들면 부부싸움을 부추기는 것밖에 되지 않기 때문에 며느리 편을 들어 집안이 돌아가게 한다는 시어머님의 방식이 현명해 보인다. 며느리 편을 들어주어 며느리가 서운하지 않게 하는 게 결국 아들을 위한 것이다. "어머니가 아들을 위해 며느리에게 아첨을 하는 거예요"라는 전원주 선생님의 말씀도 이해가 되었다. 그래도 여전히 아들 중심인 전원주 선생님께 또 다른 시어머니인 서분례 선생님이 한 말씀 하셨다.

> **서분례** 형님, 돌아가시면 제사는 누가 지내요? 아들 관리는 누가합니까? 며느리에게 잘해야 내가 눈을 잘 감고 죽어요. 아들을 며느리에게 맡기고 가야 하잖아요. 나는 죽으면 며느리 품에 안겨서 죽고 싶어요.
>
> 〈419회 뛰는 시어머니 위에 나는 며느리?〉 중에서

내가 죽은 후까지 생각하는 게 엄마의 마음인가 보다. 더 이상 내가 내 아들을 돌봐줄 수 없을 때 아들 옆에 있는 건 며느리다. 며느리는 나를 대신해 내 아들을 맡아주는 존재다. 시어머니가 며느리에게 잘해야 하는 이유를 콕 집어 말씀하셨다.

남편의 역할에서 죽음까지 얘기가 흘러가니 좀 슬프다. 근데 〈동치미〉를 하면서 배운 건 가족 관계에서 가장 중요한 것은 부부가 중심이 되어야 한다는 것이다. 시어머니도 자식도 좋지만 가장 중요한 건 부부라고 했다. 이혜숙 선생님의 시어머니께서 아들을 옹호하면서 "내가 아직 네 남편을 내 아들로 생각하는가 보다"라고

하신 적이 있었다고 한다. 며느리의 남편이 시어머니의 아들인 건 사실이다. 하지만 내 아들보다는 며느리의 남편으로 인정해줄 필요가 있다는 생각에서 하신 말씀일 테다.

고부관계를 대할 때 부부가 중심이어야 한다는 걸 기준으로 두고 접근하면 남편도 시어머니도 좀 더 쉬워지지 않을까 싶다.

사위에게 처가란?

처가를 대하는 사위의 자세

결혼은 참 신기한 제도다. 아내에게는 시댁이라는, 남편에게는 처가라는 새로운 가족이 생긴다. 첨엔 낯설다. 낯선 가족이 시간을 쌓아가며 찐한 가족이 된다. 그 과정은 전쟁을 방불케 하는 다양한 사건들과 갈등의 반복이다. 특히 힘든 관계가 아내에게 생긴 시댁이라는 존재임은 백번 말해 뭣하랴. 근데 요즘은 장서 갈등, 소위 사위와 처가의 갈등도 많다고 하니 새로운 가족을 맞이하는 과정은 쉽지 않다.

결혼하고 신랑과 함께 처음으로 광주 부모님 댁에 내려갔을 때였던 것 같다. 서울에서 광주까지 4시간 이상 운전을 하고 온 사위에게 우리 부모님은 고생했다고 그저 고맙다고만 하셨다. 그러면서 하신 말씀이 "피곤할 텐데 좀 누워서 쉬어"였다. 첨엔 신랑이 괜찮다며 앉아 있었다. 한 번 더 말씀하셨을 때도 괜찮다고 했다. 근데 내 눈에는 괜찮아 보이지 않았다. 집에서도 늘 가로 본능으로 누워있는 걸 모르는 바 아닌데, 장시간 운전까지 하고 왔으니 많이 지쳤을 것이다. 나도 좀 누워서 쉬라고 권유했다.

"김 서방, 진짜 괜찮으니까 이쪽에 좀 누워. 누워서 쉬어. 여기가 따뜻해."

아빠가 한 번 더 말씀하시자 살짝 머뭇거리던 신랑이, "아, 네 그럼…" 하고 벌러덩 눕는다. 피식 웃음이 나왔다. 반대의 상황으로 시댁에서의 나였다면, 아무리 시부모님이 재차 권한다 한들 그 앞에서 눕는 건 상상도 못할 일이었다. 근데 우리 신랑은 벌러덩 눕는다. 근데 이게 싫지 않았다. 오히려 고마웠다고 해야 하나. 처가를 불편해하는 남편들이 많다는 걸 〈동치미〉에서 무수히 들었다. 신랑이 앉지도 눕지도 못하며 불편해한다면 내가 더 불편할 것임을 알기에, 오히려 편하게 누울 수 있는 신랑이 고마웠다.

결혼 후 남편과 아내에게 각각 똑같이 생긴 낯선 가족임에도 불구하고, 아내가 대하는 시댁과 남편이 느끼는 처가는 참 다르다. 사위는 백년손님이라는 말이 언제부터 내려왔을까? 요즘은 사위도 똑같은 자식이고 아들보다 사위를 부려먹는 경우까지 있다고 하지만 사위는 대접해야 할 손님이라는 인식이 여전히 크다. 적어도 평범한 우리 부모님 세대가 사위를 대하는 경우는 그렇다. 〈동치미〉에서도 백년손님을 자칭하는 사위들을 많이 보았다. 사위와 처가의 불편한 관계로 힘들었다는 아내들의 이야기도 많았다.

그런데 〈동치미〉를 10년째 하면서 느낀 점은 처가를 대하는 사위들의 자세가 분명히 바뀌었다는 것이다. 물론 상황마다 성향마다 다르겠지만, 처가를 편하게 생각하는 사위들이 참 많이 늘었다. 긍정적인 의미에서다. 〈동치미〉 초창기에 처가 재산을 탐내는 철없는 사위로 등극한 최홍림 선배님도 사실 처가에 참 잘하는 사위다. 골프행사 등으로 지방에 내려갈 때면 지역의 유명한 제철음식들을 사서 처가에 보낸다. 방송에서 처가 재산 운운하며 즐겁게 얘기하지만 사실 그 누구보다도 장인어른과 장모님께 편한 사위가 되어 드린 참 멋진 선배님이다. 실제로 스튜디오에 출연하신 장모님께서 다시 결혼한다 해도 내 딸을 최홍림과 결혼시키겠노라 말씀하셨다. (물론 아내 분의 생각은 다를 수 있다.)

백년손님인 사위가 먼저 장인장모께 편하게 다가와준다면, 어른들 입장에서는 고맙지 않을 수 없다. 대부분 다가오는 사위를 마다할 리 없다는 게 그동안 배운 내용이다.

처가, 편하다 vs 불편하다

사위들은 처가가 어느 정도로 편할까? 집집마다 사람마다 편함을 표현하는 방식이 다 다르지만 여기 극강의 사위가 있었다. 처가와의 에피소드가 유독 기억에 남는 분이었다. 사위와 처가의 관계

가 이럴 수도 있구나 하며 놀랐던 것 같다. 장인장모님께 차를 사
드리고, 장인어른이 챙겨주는 아침밥을 먹는 사위! 장인장모님과
하도 오래 같이 살다보니까 내 부모 같다는 염경환 선배님이었다.

염경환 지금 어느 정도로 장인장모님과 편하냐면요. 샤워하고
장모님 계신데 팬티 차림으로 지나가요. 어디 가서 장모님이 제
나이대 남자가 팬티 입은 걸 보시겠어요? (일동 웃음) 10년 이상
같이 살다 보니까 진짜 편안하고요. 장인어른도 아침에 일어나면
제 밥을 해주세요. 집에 들어가면 제 이불 펴주는 것도 장인어른
이고 아침에 나갈 때도 장인어른이 이불을 정리해주세요.
뭐냐 하면, 저는 장인어른이라고 부르지만 사실은 소울메이트
같은 느낌이 들어요. 저희 아버지가 일찍 돌아가셨어요. 그래서
저는 장인어른이 아니라 아버지라고 생각하려고 해요. 예전에 저
희 아버지 돌아가시고 제가 너무 후회됐던 게 아버지도 그렇게
술을 좋아하시고 나도 그렇게 술을 좋아했는데 맨날 지상렬하고
만 마시고, 아버지께 술 한번 못 따라드리고 안주 한번 못 먹여드
린 게 너무 후회가 되더라고요. 장인어른께는 그러지 말아야겠
다, 이왕 같이 사니까 낚시도 모시고 가서 회 떠서 같이 소주 한
잔 마시고 사우나도 같이 다니고 그렇게 친해졌어요.
장인어른도 저한테 그렇게 잘해주시는 게, 돈 버는 게 어려운 줄
아시니까요. 제가 요즘 홈쇼핑을 많이 하는데 첫 방송이 새벽 6시
에 시작이에요. 집이 인천이니까 제가 새벽 4시에 일어난단 말이

며느리가 시댁과 함께 사는 게 어려운 것처럼, 처가와 함께 사는 것도 사위에게 쉬운 일이 아니다. 겉보리 서 말만 있어도 처가살이 안 한다고 했던 속담처럼(물론 언젯적 속담이겠느냐마는), 함께 사는 것도 쉽지 않은데 내 부모처럼 지낼 수 있는 건 참으로 놀라웠다. 기왕 같이 사는 거 장인어른이 좋아하는 걸 함께 해드리고, 내 아버지와 못했던 걸 함께 하는 사위의 마음이 어찌 고맙지 않으랴. 그러니 장인어른도 새벽에 나가는 사위에게 계란 프라이를 해주며 마음을 표현하시는 거다.

엄앵란 선생님도 이런 말씀을 하신 적이 있다. 외할머니와 함께 살 때 아버지가 옷도 훌렁훌렁 잘 벗고 격의 없이 지내시던 모습이 좋은 기억으로 남아 있다며 처가살이할 때는 너무 점잖은 척하지 말고 장인장모와 허물없이 지내야 한다고 하셨다. 그러고 보면 염경환 선배님이 현명한 사위다.

42

윤태익 염경환 씨 얘기를 들으니까 정말 존경스러운 것 같아요. 저 같은 경우 예전에 어떻게 생각했냐하면요. 처가살이하면 모자란 사람으로 봤어요. 근데 오늘 이 얘길 듣고 싹 바뀌어버렸어요. 저도 요즘 장인장모께서 좀 아프셔서 저희 집에 와 계시는데 정말 미쳐버릴 것 같아요. 너무너무 불편해요.
우리는 무슨 생각으로 살았냐 하면 사위는 백년손님이라는 인식으로 살았어요. 저는 처가댁에 가잖아요. 서운한 말씀을 하시면 바로 나와 버리는 거예요. '어디 감히 사위한테' 이런 식으로 생각을 하고 살아가지고, 처가살이는 못할 것 같다는 생각이 들어요.

〈190회 처가가 봉이다?〉 중에서

평생 같이 살아본 적 없던 장인장모님이 집에 와 계시면 불편한 것도 당연하다. 부모님과 떨어져 산 지 오래되면 내 부모도 불편한 법이다. 우리 신랑도 장인장모님께 언제든 서울에 놀러 오시라고 말한다. 하지만 불편함은 또 다른 문제다. 편하게 입고 벗고 집안을 활보하다가 장인장모님이 계시면 제약이 생긴다. 그저 잠시 감내하는 것이다. 입장 바꿔 생각해도 그 불편함이 충분히 이해가 된다.

그런 불편함조차 없애버린 이날 염경환 선배님의 에피소드는 여러 보통 남자 출연자들을 놀라게 했다. 그리고 원조 국민사위 함익병 선생님을 누르고 새로운 국민사위로 등극했다.

처가에 하는 것도 시댁에 하는 것처럼

한번은 김종진 선배님께서 아내보다 장모님께 더 잘하게 되더라는 얘기를 한 적이 있다. 이유인즉슨 사랑하는 아내를 낳아준 장모님이기에 너무너무 고맙다는 것. 이 얘기에 스스로를 반성하게 된다는 사위가 있었다.

이경제 저는 이 얘기 듣고 굉장히 지금 반성하게 되네요. 장모님이 결혼 초에 저한테 하신 말씀이 거슬린 적이 있었어요. 처가는 부모자식 간의 사이가 좋아요. 저희는 각자 사는 집안이거든요. 그래서 자식에게 심부름시키는 걸 납득하기 어려웠어요. 왜 나한테 심부름을 시키지? 그랬어요. 예를 들면, 장모님이 "상 좀 옮기지" 그럴 때가 있었어요. 저는 손님이잖아요. 사위니까. 백년 손님인데 왜 내가 해요? 안 하죠.

또 아내가 임신했을 때 제가 산도 다니고 그랬는데, 장모님이 "애가 임신했는데 너무 늦게 다니지 말게" 그러셔서 "네, 그래서 본가로 들어갈 생각입니다. 집에 들어가면 일하는 아줌마도 있고 임신한 아내도 안심이 될 겁니다" 그랬어요. 이게 결혼 초창기 모습이에요. 그러니까 장모님에게는 너무 불편한 사위인 거죠. 이렇게 15년 지나니까 내가 얼마나 큰 잘못을 저질렀는지 알겠더라고요. 그렇게 안 해도 될 걸 저는 너무도 독단적이었던 거예요.

〈138회 이런 남편과 계속 살아야 할까?〉 중에서

그동안 자기네 부모는 찾아가지도 않고 처가만 찾아가는 경우, 부부싸움만 하면 장모가 와서 혼내는 이상한 경우들만 봐왔다는 이경제 선생님. '선입견에 사로잡혀 있었구나' 이렇게 좋은 처가와 사위도 있음을 김종진 선배님의 이야기를 통해 알았노라 하셨다. 참 좋은 프로그램이다. 너무 뜬금없나? 근데 진심이다. 이렇게 다른 사람의 이야기를 통해 나를 돌아보는 경우가 참으로 많았다.

이어서 원조 국민사위 함익병 선생님께서 처가에 대한 논쟁에 방점을 찍어주셨다.

함익병 우리가 처가에 잘한다는 얘기는 종종 해요. 그런데 반대로 여자가 시댁에 하는 건 잘한다고 얘기하지 않아요. 그건 당연하게 여겨요. 그죠? 대부분의 사람들에게 며느리가 시댁에 하는 일은 당연한 거예요. 그런데 사위가 처가에 하는 것은 잘한다고 해요. 나는 그게 이상하다는 생각이 들어요.

저 같은 경우에는 처가 제사 때 가요. 형제가 별로 없는데 아들 한 명 덜렁 절하는 것보다야 아들 며느리 사위 딸 다 같이 하면 제사상 모양이 나니 특별한 일 없으면 가자고 하는 건데 그게 뭐? 특별히 처가에 잘한다는 그런 개념은 아니라는 거예요.

최홍림 함익병 원장님 말은 정말 다 맞는데 짜증나요. (일동 웃음)

〈311회 남한테 하는 거 나한테 반만 해봐〉 중에서

살다 보면 부부관계는 싫을 때도 있고 좋을 때도 있다. 그렇다고 그때그때의 감정 변화에 따라 처가나 시댁에 잘하고 못하고 할 수는 없는 법이다. 남편이 싫을 때도 시댁에 잘하는 며느리처럼 (대체로) 사위도 처가에 잘하는 것을 당연하게 여겨야 한다는 거다.

실제로 함익병 선생님은 시댁과 처가에 똑같이 잘하는 아들이자 사위다. 좋은 데 갈 일이 생기면 내 엄마뿐만 아니라 장모님도 꼭 함께 모신다. 양가 용돈은 똑같이 드리라며 아내에게 전적으로 맡긴다. 처가 일도 내 집 일처럼 살뜰히 챙기신다. 집안일도 해주는 게 아니라 함께 하는 거라고 인식이 바뀌는 것처럼 처가를 챙기는 것 역시 시댁을 챙기는 것처럼 당연하다 여겨주면 얼마나 좋을까.

사실 얼마 안 되지만 결혼하고 살아보니 나는 이런 생각이 든다. 솔직한 말로 처가를 챙기는 일을 당연하게 여기지 않더라도 잘한다고 얼마든지 얘기해줄 테니 잘만 해주는 남편이라면 그냥 굿이다. 남편에 대한 기대감이 너무 없는 것 아니냐고? 이런 마음으로 살아야 내가 편하다는 걸 짧은 결혼생활과 〈동치미〉를 통해 배웠다.

미안한 부모 후회하는 자식

부모에게 자식이란 끝없이 미안한 존재

〈동치미〉에서 부모 자식 특집을 한 적이 있다. 부모와 자식이 마주 앉아 서로에 대해 되짚는 순간이었다.

남성진 저는 처갓집과 가까이 살거든요. 부모님이 몸이 안 좋다 하시면, "진작 건강 체크 좀 하시지 왜 병원엘 빨리 안 가셨어요" 하고 오히려 화를 내게 되더라고요. 근데 내 자식이 조금이라도 아프면 난리가 나요. 자다가도 업고 응급실을 가고 그래요.
어쩌다 한번 본가에 갈 때가 있잖아요. 꼭 집에 돌아갈 때 뭘 그렇게 바리바리 싸주세요. 딸도 아닌데. 급기야 어느 날은 드시던 비타민까지 싸서 주시더라고요. 그런 걸 보면 '정말 불효구나. 내가 지금 챙겨드려도 시원찮을 판에. 낼모레면 50이 다 되어가는 사람을 뭐가 그리 걱정스러워서 챙겨주시나' 자식은 정말 죽었다 깨어나도 효자가 될 수 없다는 생각이 들더라고요.

<237회 자식이 뭐길래> 중에서

김용림 선생님의 아들이신 남성진 선배님이 출연하여 어머니에 대한 죄송한 마음을 고백하셨다. 자식은 죽었다 깨어나도 효자가 될 수 없다고 얘기하자 김용림 선생님의 눈시울이 붉어지셨다. 아들이 저런 마음을 가진 걸 알면서도 왜 내가 가끔 섭섭해 했을까 도리어 미안하다고 하셨다. 녹화 중에 손을 잡고 얘기하는 코너가 있었는데 아들 손 만져본 지가 오래되었다며 코너 시작도 전에 울컥하셨다.

김용림 언젠가 성진이가 그런 얘기를 해요. 자기는 초등학교 때 문방구 아줌마가 우리 엄마였으면 좋겠다고 생각했다고. 저는 그 소리를 듣고 막 울었어요, 정말 가슴 아파서. 자기 엄마는 맨날 나가고 집에 없는데 문방구 아줌마는 아들하고 항상 같이 있으니까, 그 어린 가슴에 얼마나 부러웠겠어요. 그 소릴 듣고 얼마나 울었다고요.

〈237회 자식이 뭐길래〉 중에서

이 얘기를 하시는 순간에도 눈물을 훔치시는 김용림 선생님. 어린 자식이 속상했을 생각에, 몇 십 년이 지난 지금도 미안하다고 하셨다. 자식에게 한없이 베풀어도 못해준 것만 가슴에 맺혀 계신다.

장경동 목사님도 딸의 손을 잡고 미안한 마음을 고백하신 적이 있다.

장경동 내가 너한테 정말 미안한 게 하나 있는데, 너 나 닮았잖아. 나 닮았으면 키가 적어도 170은 컸어야 했는데, 너 낳아서 키울 때 아빠가 조금만 아쉬운 소리 할 수 있었으면 우리 부모님도 잘 살았으니까 얼마든지 너를 잘 먹여서 지금보다 훨씬 더 크고 건강하게 키울 수도 있었을 텐데. 못 그래서 미안해.
돌이켜 생각해 보니 아쉬운 소리 안 하는 것도 좋지만 굳이 부모 자식 간에는 그럴 필요가 없었는데. 우리 어머니에게 아쉬운 소리 해서 "쌀 주세요. 고기 주세요" 해서 너를 더 먹이고 크게 했으면 좋았을 텐데, 아쉬운 소리 못하는 아빠 스타일 때문에 너를 그렇게 못 키워서 미안하다.

<237회 자식이 뭐길래> 중에서

30년도 넘은 옛날 기억 속에 묵혀둔 미안함을 얘기하시며 목사님의 목소리가 떨렸다. 이미 잘 자라 번듯한 가정을 꾸린 딸인데도 그때 못해준 게 마음에 남아계셨던 거다. 늘 당당하시고 기운 넘치시던 목사님도 자식 앞에선 한없이 주고 싶은 부모였다. 딸은 기억조차 못하는 그때를 미안해하는 게 부모의 마음이다.

자식 걱정은 세상 떠날 때 끝나는 거라는 김용림 선생님의 말처럼 나이를 아무리 많이 먹어도 부모 눈에는 어린 게 자식이다. 부모에게 자식이란 끝없이 걱정되고, 못해준 것만 생각나는 존재인가 보다.

자식에게 남는 후회, 가장 쉬운 한 마디를 못했다

부모는 살아있을 때 자식에게 모든 것을 주고도 미안해한다. 그런데 자식은 부모님을 보내고 나서야 후회를 한다. 이분들의 이야기를 통해 알았다. 가장 후회되는 것은 돈도, 성공의 영광도 아니었다. 그저 작은 말 한마디였다.

이경제 저희 아버지는 항상 교과서적인 말만 하니까 그게 듣기 싫어서 저는 한 번도 고분고분하게 답하지 않고 반항적으로 대답했던 것 같아요. 보통 아버지는 자식이 그러면 화를 낼 텐데 "원, 녀석도" 하고 끝이에요. 자식의 개성을 인정해준 거예요. 근데 세월이 흘렀는데. 아 제가 이 얘긴 안 하려고 했는데… (울컥) 제가 한번이라도 아버지께 좀 자세히 얘기했으면 좋았을 텐데, 아버지의 의도를 아는데, 조용조용 얘기해도 되는데 난 왜 대화를 안 했을까. 지금까지 제가 아버지랑 대화를 해본 적이 없어요. 아버지가 얘기하면 "됐어요. 제가 알아서 할게요" 이랬어요. 아버지와 인생에서 대화를 해본 적이 단 한 번도 없어요. 요즘 아버지가 누워계시잖아요. 근데 대화를 해요. 말은 못하시는데 손을 잡고 눈을 보면 웃고, 그러니까 아, 이런 대화를 아버지가 건강하셨을 때 했으면 좋았을 텐데 그게 후회가 돼요.

장경동 곧으면 휘기 어렵고 휘면 곧기 어려운 것이 사람 같은데요. 저희 어머니가 부잣집 맏며느리라 뚱뚱했어요. 50~60년대 뚱뚱하기란 쉽지 않았어요. 방앗간 집 맏며느리라 잘 살아서 잘 먹고 뚱뚱했는데 그러다 보니 고혈압과 당뇨로 쓰러지셨어요. 내가 아들이니까 모셨는데 1년 동안 대소변을 가리지 못하셔서 아내가 고생 많이 했어요. 날씬하면 혼자 들어 옮길 수 있는데, 몸이 크니까 꼭 두 명이 필요해요.

어느 날 제가 들어가니까 제 손을 꼭 잡더니 옆에 앉아보래요. 그래서 앉았어요. 하시는 말씀이 "아들, 난 아들이 미치도록 좋아. 내가 우리 아들 보고 싶어서 오래 살아야 할 텐데, 아들도 내가 그렇게 미치도록 좋아?"라고 딱 물으시더라고요. 그때 "엄마, 나도 미치도록 엄마가 좋아"라고 연극으로라도 했어야 했는데, 그렇게 했으면 너무 좋아하셨을 텐데, 나는 "그냥 좋아"라고 했어요. 솔직히 그냥 좋지 미치도록 좋은 건 아니거든요.

근데 돌이켜 생각해보니 솔직한 게 좋은 건 아니구나, 설령 내가 그런 마음이 없다하더라도 솔직한 것만이 좋은 건 아니니까, "아들, 나는 아들이 미치도록 좋아" 하면 "엄마, 나는 더 미치도록 좋아" 할 걸, 이 한마디가 뻔히 알면서도 듣고 싶고 필요한 말이 아니었나 싶어요. 지금 생각해보니 그렇게 더 표현해드릴 걸 하는 아쉬움이 많이 남아 있어요.

이성미 제가 암에 걸리니 아버지가 생각나더라고요. 아버지도 암 투병을 하셨고 제가 어떻게 하셨는지 다 봤거든요. 저희 아버지는 제가 "아빠 괜찮아?" 하면 "난 너 때문에 못 죽는다" 하셨어요. 병원에서 1년 산다고 했는데 10년 사셨어요. 돌아가시기 직전에 아버지가 하셨던 얘기가 "내가 더 살 수 있으면 너 때문이라도 더 살아야 하는데 이제는 내가 다 기운이 쇠한 것 같다. 가기 전에 내가 너한테 하고 싶은 말이 있는데 한 번도 내가 너한테 얘기 안한 거" 하시길래 "말해, 아빠" 그랬더니 저희 아버지가 "진짜 내 딸 사랑한다" 하시는 거예요. 저는 처음으로 들었던 것 같아요. 제가 "아빠, 나 사랑해?" 물어보면 항상 "됐다. 그걸 뭐 얘기해. 시끄럽다" 하시는 그런 분이셨거든요. 그리고 돌아가시기 직전에 한마디 더 하셨어요. 미안하다고.

'사랑한다', '미안하다' 얘기가 모든 걸 덮어줬어요. 제가 그럼 받아서 얘길 했어야 했는데 그 얘길 못했어요. 사랑한다고 할 걸, 아빠한테 미안하다고 할 걸, 그때 그냥 고개만 끄덕끄덕했어요. 놓치고 난 기회는 다시 돌아오지 않는다는 걸 그때 처음 알았어요.

〈131회 부모 말 들어서 안 되는 게 없다〉 중에서

나 역시 무뚝뚝한 딸이라 지금껏 부모님께 사랑한다, 감사하다 이런 표현을 못했다. 맘속에만 있지, 얼굴보고 살갑게 말하는 딸이 못 되어 늘 죄송하다. 이렇게 선생님들의 경험을 듣고 배우면서도 참 어렵다. 최근에 이를 다시 깨우쳐준 분이 계셨다.

그러니 부모님 살아계실 때 잘 하세요

청국장 명인 서분례 선생님을 섭외하러 찾아뵌 적이 있다. 이런 저런 얘기를 나누던 중에 서분례 선생님도 자신의 엄마에 대한 얘기를 해주셨다.

"우리 엄마가 암 수술을 했는데, 우리 애들 바닷가에 놀러간다고 엄마를 데리고 간 거야. 애들이 노는 거 좋아하니까 우리 엄마 점심을 못 먹이고 바닷가에서 놀았어. 우리 애들이 더 중요해서. 오후 늦게 되서야 밥 한 그릇 사드렸는데 지금 생각해보면 그게 가장 후회돼요. 왜 그랬을까. 우리 엄마 점심을 먼저 챙겼어야 했는데. 살아계실 때 잘하세요. 부모님 돌아가시고 나면 못 해드린 것만 생각나요."

편찮으셨던 엄마 점심을 제때 못 챙겨드린 게 가장 후회된다며 눈물을 훔치셨다. 일부러 안 챙긴 것도 아니고 어린 자식들 보다가 조금 늦어졌던 것뿐인데, 그 순간이 가슴에 멍울지신 거다. 얘기를 듣는데 같이 눈물이 그렁그렁해졌다. 서분례 선생님의 무수한 좋은 말씀 중에 유독 이날 이 얘기가 가슴에 박혔다. 방송에 나와서 하신 얘기도 아니고 인터뷰도 아니었다. "살아계실 때 잘하세요. 부모님 돌아가시고 나면 못 해드린 것만 생각나요" 하시는데 새삼스레 뇌리에 박혔다. 부모님 살아계실 때 잘하라는 얘기는 무수히 들었지만, 때늦은 점심 한 끼가 부모님 돌아가신 후에 저렇게 마음이 아플 수 있음을 알게 되었다.

언젠가 녹화에서 강주은 언니가 최민수 선배님의 얘기를 해주신 적도 있다.

강주은 시아버님이 돌아가시고 영구차에 타서 남편이 유골함을 안고 가고 있는데 '살아계실 때 못 안아드린 아버지를 돌아가신 후에 안아드리는구나'라는 마음이 찡하게 오더래요. 제가 그걸 생각하면… (울컥) 사실 제 친정아버지가 저희 남편을 안아줬기 때문에 그 안아주는 따뜻함을 알았던 거예요. 남편이 돌아가신 아버님의 유골함을 안으니까 그 순간 찡한 마음이 오더래요.

〈266회 내가 없어봐야 정신 차리지〉 중에서

최은경 저는 아빠 돌아가실 때까지 데면데면하게 지냈어요. 제가 장례식차에 타고 아버지 유골함을 이렇게 안고 있었는데, 그게 화장을 하고 딱 안으면 되게 뜨거워요. 안고 가는 내내, 1시간 반 동안 모시러 가는 내내 생각해보니까 아, 나는 내 평생 아빠에게 이렇게 따뜻함을 받아본 게 처음인 거예요.
그래서 내가 '세상에, 살아계실 때 둘이서 좀 더 따뜻하게 나눴으면 좋았을 텐데' 그 유골함을 안고 가는 순간에 그런 생각을 했어요. 이렇게 아빠랑 오랜 시간 동안 살 붙이고 있었던 것도 처음인 것 같고, 아빠한테서 이렇게 따뜻함을 느낀 것도 처음인 것 같다고 혼자 생각했어요.

55

저는 그때 최민수 씨가 어떤 마음이었는지 이해가 되네요. '이렇게 따뜻하게 안을 수 있는 관계인데, 왜 그걸 못했을까'라는 생각이 들 때가 딱 그때인 것 같아요.

〈266회 내가 없어봐야 정신 차리지〉 중에서

최민수 선배님의 경험을 듣고서 그 마음이 이해가 된다며 풀어준 은경 언니의 얘기도 참 기억에 남는다. 유골함을 안고 놓쳐버린 따뜻함을 후회하는 게 가슴 아프고 또 아프다.

며칠 전 엄마로부터 전화가 왔다. 아빠랑 다투시고 많이 속상하신 채 나한테 전화를 하신 거였다. 평소 살갑지도, 따뜻하지도 않은 딸이기에 이런 통화도 꽤나 오랜만이었다. 한 시간 가까이 통화를 했다. 엄마 마음에 쌓인 울분이 많았다. 무뚝뚝한 남편과 평생 살아오며 삭힌 것들이다. 다음날 걱정이 되어 엄마에게 먼저 전화를 했다. 엄마는 너한테 마음을 털어놓고 나니 괜찮아졌다고 하셨다. 딸과의 한 시간 통화로 모든 게 해결된 것처럼 말씀하셨다. 엄마에게는 딸과의 대화가 고팠던 것이다. 너무 쉽지만 내가 못하고 있는 것들이었다.

부모님 돌아가시면 못 해드린 것만 생각난다는 서분례 선생님의 말처럼 살아계실 때 잘해야 한다. 돌아가신 후 가슴을 치며 후회해봤자 소용이 없다. 내게 모든 것을 주고도 걱정하고 미안해하는 부모님은 거창한 걸 바라시는 게 아니다. 잦은 연락, 따뜻한 스킨십, 그것으로도 충분한 게 부모님이다. 돈도 안 들고 가장 쉬운 것, 바로 부모가 듣고 싶어 하는 말 한마디를 실천해보자고 다짐한다. "아빠 사랑해요. 엄마 고마워요" 이렇게.

그렇게 부모를 이해해간다

고속도로 길 위에서 부모를 이해하다

작년이었나. 동생과 둘이서 광주 부모님 댁에 내려간 적이 있다. 나는 늘 기차를 타고 다니지만 동생은 차를 산 이후로 항상 직접 운전해서 내려간다. 그날은 동생이 운전하는 차를 타고 함께 갔다. 운전 면허증을 소지만 하고 있을 뿐 운전을 한 번도 해본 적이 없는 내가 동생에게 물었다. KTX가 생긴 이후로 기차가 걸리는 시간도 더 짧은데, 서울에서 광주까지 운전을 하고 오가면 너무 힘들지 않냐고. 아주 가볍게 던진 질문이었다. 동생의 답변은 직접 운전하고 내려가는 게 더 편하고 좋다는 거였다. 그리고 왜 좋은지 그 이유를 얘기했다.

"누나, 나는 이 길을 운전해서 내려갈 때면 늘 아빠 생각이 나.

우리가 서울로 대학을 가고 나서부터는 아빠가 항상 운전해서 서울에 오셨잖아. 아빠는 수없이 이 길을 직접 운전해서 오간 거야. 아빠가 우리 때문에 수없이 다닌 길이라서 나 역시 운전하고 내려갈 때면 그때 아빠가 어떤 기분으로 다녔을지 생각해. 그래서 기차보다 직접 운전해서 내려가는 게 더 좋아. 이 고속도로를 운전해서 다닐 때 늘 아빠가 생각나서 별로 안 힘들어."

이 얘길 듣는데 울컥했다. 동생 앞에서 쪽팔리게 눈물을 보일 수 없어서 창가 쪽을 바라보며 꾹 참았다. 처음 듣는 동생의 속마음이었다.

"아빠는 그 오래된 싼타페를 이끌고 서울과 광주를 얼마나 많이 오갔어. 300km의 거리를 수백 번 오가면서 자식 생각을 하셨을 거 아니야. 우리가 대학교 입학할 때도, 이사할 때도, 졸업할 때도, 무슨 일만 있으면 차에 이불을 싣고, 반찬을 싣고, 이 길을 달렸어. 올 때는 자식을 본다는 마음에 설레고 내려갈 때는 또 서울에 두고 가는 자식을 걱정하는 마음으로 다니셨을 거야."

자신이 직접 운전을 해 서울과 광주를 오가다보니 아빠의 마음을 알게 되는 아들. 아빠가 자식을 위해 다녔던 300km의 길을 이제는 자식이 아빠를 보기 위해 달리면서 예전 아빠의 마음을 헤아린다. 새삼 동생이 기특하게 느껴졌고, 내가 하지 못한 생각으로 부모님을 이해하고 있음이 감사했다.

동생은 아빠가 가장 좋은 친구라고 덧붙였다. 아들과의 관계에 권위의식이 전혀 없는 아빠였고, 그런 아빠를 편하게 생각하는 아

들이었다. 사실 동생은 아빠랑 티격태격하기도 잘했다. 아빠는 이
것도 모르냐며 타박하기 일쑤였다. 근데 아빠를 가장 좋은 친구라
고 생각하고 있다는 사실에 내심 놀랐다. 다 큰 아들이 아빠가 오
갔던 길을 달리며 이제는 아빠를 베스트 프렌드로 생각한다고 말
한다. 나는 그 어떤 말보다 그게 참 듣기 좋았다. 동생은 내가 생각
하는 것 이상으로 아빠를, 부모님을 더 잘 이해하고 있었다.

부모를 이해한다는 것은 대단한 게 아니다

부모님을 이해한다는 건 큰 깨달음이 섬광처럼 날아오는 건 줄
알았다. 근데 부모님을 이해하는 건 아주 사소한 거라고 말씀해주
신 분이 계셨다.

금보라 저는 우리 부모님을 이해한 게 불과 10년이 안 돼요. 내
가 50이 다 돼서 우리 부모를 이해하게 됐는데, 우리 아버지는 정
말 폼생폼사로 누릴 거 다 누리고 가셨어요. 우리 엄마는 그거 뒷
바라지 하느라 힘드셨고요.
근데 저는 우리 엄마랑 너무 안 맞아요. 안 맞아도 그냥 안 맞는
게 아니라 너무 안 맞아요. 1분 이상 얘기하면 큰일 나요. 왜 우리

엄마는 대화도 세련되지 못하고, 딸들하고 멋스러운 것도 못하고, 왜 이렇게 무식하게 소리만 지르고, 참기름 쓰다 떨어지면 혀로 닦고, 왜 그럴까? 난 너무 싫었어요.

근데 어느 날 아버지가 돌아가시고 나니까 잘해야겠다는 생각이 든 거예요. 무슨 얘기하다가 "엄마, 같이 여행 갈래?" 그러니까 엄마가 아무 말을 안 하는 거예요. 그러면서 "너 아니? 너는 나에게 한 번도 어디 가자고 얘기한 적이 없어" 어디 같이 가면 우리 엄마가 세련되지 못하니까, 내가 50이 다 됐는데 한 번도 우리 엄마한테 어디 가자고 얘기한 적이 없다는 것을 깨달았어요.

그래서 우리 엄마와 이모를 모시고 여행을 갔어요. 근데 우리 이모는 엄마랑 정반대예요. 절대 자식들 때문에 어디 가서 깨를 사오시는 분이 아니에요. 근데 우리 엄마는 자식들 주려고 깨를 말로 사요. 그래서 자매가 가면 싸워요. 같이 여행을 갔는데 저는 항상 이모 편이었어요. 근데 그때도 밥 먹다가 비닐이 있으니까 우리 엄마가 비닐을 가방에 넣어요. 이모가 "언니, 궁상맞게 핸드백에 비닐봉지는 왜 넣어가지고 다녀?" 하니까 우리 엄마가 "얘 어디 가다가 쓰레기 버릴 일 생기면 여기에 버리면 좋잖니" 그러는 거예요.

근데 가만히 생각해보면 그게 맞는 거예요. 그래서 제가, "이모! 엄마 말이 맞는데 왜 거기에 토를 달고 그래? 엄마! 엄마 말 맞아" 그랬더니 우리 엄마가 "그지?" 해요. "그래, 엄마, 비닐 하나 더 있다 이것도 싸" 그랬어요. 그랬더니 우리 엄마가 너무 기가 살아가지고 이모에게 그동안 서운했던 것들을 다 얘기하더라고요.
'아, 부모를 이해하는 게 큰 게 아니구나. 이런 작은 것들을 이해
하는 거구나' 그래서 이제는 매년 엄마하고 여행을 가요. 1년에
한 번씩 꼭 가요. 부모를 이해하는 게 크고 넓은 게 아니더라고요.
요만큼 남은 음식 쌀 때 "엄마 그거 왜 싸갖고 가? 궁상맞게" 하
지 말고, "그래, 엄마, 이거 이따 배고프면 먹자" 그러면 너무 좋
아해요.

〈266회 내가 없어봐야 정신 차리지〉 중에서

금보라 선생님은 세련되지 못한 엄마가 싫었고 그래서 엄마랑
안 맞는다고 생각하셨다고 했다. 지방에 사시는 우리 부모님도 서
울에 있는 자식 굶을까봐 오실 때마다 차가 미어터지도록 바리바
리 싸오신다. 거기에 대해 나 역시 그냥 지나치는 법이 없다. "엄마,
여기도 있는 토마토를 왜 광주에서 무겁게 사오냐고요! 무슨 반찬
을 이렇게 많이 해오냐고!" 다 못 먹는다며 나는 꼭 토를 단다. 오
렌지를 한가득 가져오시면, 언제 다 먹으라고 이렇게나 많이 가져
왔냐고 화를 낸 적도 있다.

그러면 엄마는 그러신다. 집에 선물이 들어와서 너무 맛있길래
맛보여주고 싶었다고, 다 못 먹으면 도로 가져가면 되니까 걱정 말
라고. 오고가는 고생이 싫어서 화를 낸 건데, 엄마에게 그 정도의

수고는 자식 입에 들어갈 걸 생각하면 아무것도 아니었다. 그저 감사히 맛있게 먹으면 될 걸, 그게 엄마를 이해하는 것이었음을 금보라 선생님의 이야기를 통해 배웠다.

부모를 이해한다는 건 대단한 게 아니었다. 거창하게 작정할 필요도 없었다. "엄마 맛있겠다. 잘 먹을게요" 하고 엄마의 작은 행동에 맞장구치는 것, 그게 엄마를 이해하는 거다.

내가 부모가 되어보니 그때 부모의 마음이 이해가 돼요

어릴 적 이해가 안 되던 부모님의 행동이, 내가 부모가 되어 같은 상황에 처해보니 이해가 된다는 분도 계셨다.

이혁재 아들과 아빠는 어떤 게 있냐면요. 제가 고등학교 때 공부가 안 되니까 독서실에 갔는데, 독서실에는 이 학교 저 학교에서 오잖아요. 애들이 좀 시끄럽게 떠들어서 조용히 좀 하자 그러다가 우리 친구들하고 저쪽 애들하고 시비가 붙었어요. 우리가 이겼어요. 근데 저쪽 애들 부모가 신고를 해서 아버지가 학교로 오신 거예요. 사태가 좀 심각해졌어요. 제 친구들 부모를 대표해서 우리 아버지가 오셔가지고 저쪽 애들 부모님 앞에서 무릎을 꿇으셨어요.

아, 그때 그 자괴감, 미치겠고 죽고 싶은 거예요. 그리고 집으로 오는데, 아버지가 저를 혼낼 줄 알았거든요. 근데 한마디도 안 하시는 거예요. '왜 아무 말씀 안 하시지', '난 집에 가면 죽겠지' 별의별 생각을 다하는데 집 앞에서 아버지가 제 손 한번 딱 잡더니 "괜찮아" 그러시고 들어가시더라고요.

2주 전에 중학교 1학년 둘째 아들 때문에 학교에서 학교 폭력 자치위원회가 열린다고 통지가 온 거예요. 들어보니까 친구들이 싸우는데 저희 아들이 덩치가 좀 있고 그래서 싸우지 말라고 말렸는데, 맞은 친구가 다 같이 때린 거라고 한 거예요. 저희 둘째는 말리기만 한 건데, 이건 아닌 것 같아서 "아들, 아빠가 내일 학교에 간다. 걱정하지 마" 그러니까 아들이 "아빠, 꼭 오셔야 해요?" 아빠 성격을 아니까 걱정을 하더라고요. 일이 확산이 될까 봐요. 그래서 "야, 어디 우리 아들을 괴롭혀. 선생님이고 뭐고 가만 있어봐!" 큰소리를 쳤어요.

그러고 가서 선생님을 딱 만났는데, "선생님, 아이들 때문에 심기가 많이 불편하시죠? 다 부모가 자식을 잘못 키워서 그렇습니다"라고 말했어요. 선생님이 "아니에요, 아버님. 아드님은 괜찮아요. 말리기만 한 거라고 밝혀졌어요" 하시는데 "아유, 아닙니다. 그래도 죄송합니다" 하면서 고개를 숙였어요. 나도 모르게 그렇게 된 거예요. 근데 그걸 아들이 저쪽에서 본 거예요. 아빠가 선생님께 고개 숙이고 있는 걸요.

그리고 집에 왔는데 우리 아들이 아빠한테 혼날 거라고 생각하고 축 처져 있는 거예요. 근데 아들에게 아무 말도 못하겠는 거예요. 아무 말도 안 하고 아들에게 가서, "기운 내라" 딱 한마디 하는데 20년 전 우리 아버지가 그때 왜 아무 말도 안 했는지 알 것 같은 거예요.

<266회 내가 없어봐야 정신 차리지> 중에서

내가 아버지가 되니, 내 아버지의 마음을 이해하게 되었다. 부모님들이 속 썩이는 자식에게 꼭 하는 말이 있다. "너도 너 닮은 자식 낳아서 키워봐라. 그럼 날 이해할 거다" 혁재 선배님은 몸소 느끼신 거다. 부모님 말은 틀린 게 없다.

나이 50이 넘어가니 아버지가 보고 싶어요

참 신기한 게 나이를 먹을수록 부모님을 생각하게 된다. 내가 기억하는 부모님의 첫 모습은 빠르면 20대 아니면 30대, 그들이 부모가 된 이후의 모습이다. 그래서 나도 30대의 어디쯤에 섰을 때, 나와 동생을 안고 있던 앨범 속 엄마 아빠의 모습을 떠올리곤 했다. 부모님의 나이를 살아보고 부모님을 다시 생각하게 되는 것이다. 여기 아버지의 돌아가신 나이쯤을 살아보니 아버지가 더 보고 싶더라는 분이 계셨다.

함익병 저는 제가 서른 둘 서른 셋 쯤에 아버지가 돌아가셨어요. 아버지가 62세에 돌아가셨으니까 굉장히 일찍 돌아가신 거지요. 1월 10일에 돌아가셨는데 되게 추웠어요. 장례 치르고 그러는데 정신이 하나도 없었어요. 암을 오래 앓으셨기 때문에 장지도 준비를 했고, 상태가 많이 나빠질 때는 '내가 의사인데 심폐소생술은 할 필요 없다. 가실 때 편하게 보내드린다' 하고 준비 다 해놓고 했는데. 그러니까 아주 행정적인 일만 걱정을 했어요. 그리고 보내드리고 매년 제사 모시고 명절 때 무덤 찾아뵙고, 아주 아무렇지 않게 살았어요.

근데 내 나이가 50이 넘어가니까 보고 싶은 거예요. 별다른 이유는 없어요. (울컥) 그래서 무슨 일이 있으면, 좀 좋은 일이 있으면, 항상 아버지가 보고 싶은 거예요. 참 이상하더라고요. 저는 특별하게 뭐 아버지에게 잘못한 것도 없고 불효한 것도 없는데 나이가 들어서 그런가 봐요.

〈266회 내가 없어봐야 정신 차리지〉 중에서

함익병 선생님은 아버지가 돌아가셨을 당시에는 아버지의 부재를 슬퍼하고 아파할 겨를이 없었다고 하셨다. 장남이니 처음 치러

보는 장례를 잘 감당해야 했고, 이후에는 일하느라 돈 버느라 정신없이 살아왔다. 그렇게 열심히 살아왔는데, 어느 날 보니 자신의 나이가 돌아가신 아버지의 나이쯤이 되어 있더란다. '너무 일찍 돌아가셨구나. 좋은 거 하나 못 누려보고 돌아가셨구나'라는 생각을 하신다. 좋은 일이 생기면 더 생각난다며 눈시울을 붉히셨다. 아버지가 돌아가신 즈음의 나이를 살아보니 아버지가 더 생각난다고 하셨다. 함익병 선생님의 그 눈물이 참 오랫동안 기억에 남아 있다.

나는 직장을 다니면서 아빠 생각을 많이 했다. 특히 회사를 그만두고 싶을 때. 직장생활 15년차 정도 되면서 회사를 그만두고 싶다는 생각을 한 적이 왜 없었겠는가. 가슴에 사표 한 장 품고 다니지 않는 월급쟁이는 없다는 말처럼 나도 비슷했다. 나는 사실 맘먹으면 회사를 그만둘 수도 있었다(진짜 그만둘 마음이 없어서 계속 다니고 있지만). 뭘 하든 내 몸 하나 건사 못하랴. 이 직장이 정말 싫으면 그만두고 얼마든지 다른 걸 할 수 있다는 자유로움이 있었다.

근데 아빠는? 아빠는 30년 이상 직장생활을 하시면서 얼마나 그만두고 싶은 순간이 많았을까? 근데 그만둘 수 있다는 자유로움이 없었다. 먹여 살려야 하는 처자식이 있었으니까. 몇 년 주기로 찾아오는 직장생활의 고비 때마다 묵묵히 버텨 오셨던 거다. 30여 년 공무원 생활에 마침표를 찍던 날 아쉬워하던 엄마와 달리 퇴직을 반겼던 아빠가 생각났다. 그때 아빠의 마음을 어렴풋하게나마 이해해본다. 아빠가 해왔던 직장생활의 시간들을 내가 쌓아가면서 그때 아빠의 힘겨웠던 월급쟁이 시절을 조금이나마 알게 되는 것이다.

  그 나이를 살아보고 자식을 낳고 부모가 되어보고 그 입장을 겪으면서 부모를 이해하게 되는 게 자식인 것 같다. 그래서 늘 한 걸음 늦다. 하지만 그 또한 톱니바퀴가 맞물려 돌아가듯 인생의 한 과정이다. 이렇게라도 부모를 조금이나마 이해할 수 있음이 참 감사하다.

● Interview **엄앵란 선생님**

1회(2012년 11월 17일)부터 163회(2015년 12월 26일)까지 꼬박 3년을 〈동치미〉의 중심이 되어주신 분. 한마디만으로도 모두에게 울림을 주신 분. 〈동치미〉 하면 가장 먼저 떠오르는 분. 바로 엄앵란 선생님. 인터뷰는 사정상 전화통화로 이루어졌다.

정혜은 선생님, 선생님 보러가고 싶었는데 왜 오지 말라고 하셨어요?

엄앵란 아니 내가 머리도 다 길러서 묶고 엉망진창이야. 미장원에 가고 그래야 만나지. 지금 할머니야, 할머니.

정혜은 선생님 목소리 여전하시네요. 너무 좋아요.

엄앵란 응응, 이상 없어. 근데 나는 밖에 안 나가. 요즘 칩거야. 칩거주의자야, 하하. 내 모습을 남한테 보이기가 싫어. 예전의 모습을 기억하고 지금의 모습을 보면 실망할까 봐. 안 나가.

스스로를 칩거주의자라 칭하시며 화통하게 웃으시는 분. 역시 엄앵란 선생님 다웠다. 통화 내내 선생님은 여전히 쾌활하셨고 웃음소리는 기분 좋게 울려 퍼졌다. 너무 좋아 나도 모르게 눈물이 고이기도 했다.

69

〈동치미〉 첫 녹화하러 가는 길

정혜은 선생님, 혹시 기억나세요? 〈동치미〉 첫 녹화하러 가는 날 수화언니가 시간이 안 돼서 제가 이촌동 댁에 가서 녹화장까지 모시고 왔잖아요. 선생님이랑 처음으로 같이 택시를 타고 녹화장을 가는데, 선생님이 창밖을 보며 예쁘다고 참 살기 좋은 세상이 되었다고 감탄을 하셨어요. 그때 저는 맨날 바쁘게만 다녔는데, 선생님이 한강 풍경을 보고 "꽃도 피고 이쁘다" 감탄을 해주시니까 '아, 이게 예쁘구나' 그때서야 보이더라고요.

엄앵란 응, 집에만 있었으니까. 〈동치미〉 하기 전에도 뭐 안 하고 집에만 있었으니까. 신기하고 싱그럽고 활기차고 공기도 시원하고 넓고 좋았어. 내가 녹화 가서 '해내겠나' 그런 공포심이나 걱정도 있었지만 내 마음에 '나 엄앵란이 누구야? 그냥 힘 있게 밀어봐' 이렇게 마음먹었지. 그렇게 마음먹고 있는 소리 없는 소리 다 해서 망신도 당하고.

정혜은 무슨 망신이에요. 선생님께서 얘기하면 다 좋아했는데요. 근데 저는 대엄앵란 선생님이 그런 걱정을 하셨다는 걸 처음 알았어요.

엄앵란 어머, 그러니? 책임감 같은 거지. 실망할까봐, 사람들이. "에이, 저거밖에 안 됐어?" 그럴까봐.

정혜은 결론은 다 좋아했잖아요, 선생님.

엄앵란 그러니까 사람이 뭘 감추면 안 돼. 마음에 감춤이 없이 탁 터놓고 얘기하면 공감대가 형성돼. '너도 나랑 똑같구나' 하기 때문에 사람들이 동질의식을 느끼고 친구로 생각해. 그래서 내 말을 받아줘. '아, 저 여자가 거짓말하지 않

는구나', '괜히 얘기해서 자기를 승화시키려는 게 아니구나', '내 친구 맞다' 하면
서. 그래서 친구가 된 거지. 그렇기 때문에 괜히 신성일도 들먹이고 그랬지, 하하
하. 근데 부인들은 남편을 칭찬하는 사람이 100명 중 4명도 안 돼. 그렇기 때문
에 거기서 공감대를 형성한 거지.

정혜은 맞아요. 근데 사람이 자기 얘기를 다 솔직하게 드러내는 게 쉽지 않잖
아요. 창피하기도 하고 용기도 필요하고.

엄앵란 사람들은 잘난 체하고 다른 사람은 놋숟가락으로 먹으면 우리는 금수
저로 먹는다 하면서 자기 사생활에 금칠을 하려고 많이 그러잖아. 근데 난 금칠
을 벗겨버렸어. 놋숟가락은 아무데나 굴러도 막 씻고 푹푹 닦아서 놓으면 그게
외려 더 깨끗하더라고. 난 그런 식으로 살아. 요새도 그래.

엄앵란의 젊은 시절

정혜은 저는 선생님이 젊은 시절 얘기해주시면 너무너무 재밌었어요. 젊은 시절 홀딱 벗고 바닷가에 뛰어 들었다고 하셨던 얘기도 재밌었고, 기자들 다 불러 모아서 양주 한 병씩 먹게 했다고 하셨고요.

엄앵란 맞아. 난 정말 감추는 게 없이 사는데 그때 기자들이 나를 씹는 거야. 누구하고 연애한다 어떻다 그러길래 내가 다 불러서 안방에 긴 교자상을 4개, 5개를 깔고 요리사를 불러서 요리를 해서 다 먹이고 조니워커 한 박스를 사가지고, 그래 "니들 죽고 나 죽자", "나 목숨 걸고 하는 얘기다" 하면서 나부터 따라서 먹었지. 처음으로 그때 그렇게 술을 먹었지.

정혜은 선생님은 젊을 때부터 솔직하셨네요.

엄앵란 그럼, 난 털 게 없었어. 난 남자도 싫고 귀찮아. 그래서 남자하고 안 놀았어.

정혜은 하하하, 선생님은 신성일 선생님만 사랑하시잖아요.

엄앵란 왜냐면 눈뜨면 신성일이야. 주인공이니까 둘만 있는 거야. 그때는 모든 게 다 신성일, 엄앵란 붙여놓으면 대박 터지는 거야. 그러니까 나야 뭐 자신만만했지. 영화 찍다가 노는 시간에 둘이 이런 얘기 저런 얘기하고 깔깔거리고 웃고. 친구였어. 그러니까 뭐 다른 남자는 다 미워. 다 남자 같지도 않고. 그래서 다른 남자랑 안 놀았어. 귀찮았어.

〈동치미〉와 사이판에서의 팔순잔치

정혜은 선생님, 〈동치미〉 하시면서 가장 좋았던 순간 있으세요?

엄앵란 제일 좋았던 거? 난 가면 맨날 좋았지.

정혜은 저는 뭐니 뭐니 해도 사이판에 가서 선생님 팔순잔치 다 같이 한 거 기억나요. 선생님 소망대로 모두가 청바지에 흰 티셔츠를 입고 블루진 파티를 했잖아요.

엄앵란 아, 그래그래! 이제 늙어서 머리가 다 넘어갔다. 아, 사이판 간 거. 그 건 일생일대의 추억이지. 우리 서방도 안 해준 걸 그렇게 해줬어.
그거 보면 〈동치미〉라는 프로그램은 참 멋쟁이 프로그램이었어. 그러니까 거기 출연하는 사람이 다 신이 난 거야. 첫째는 출연하는 출연자들을 다 신이 나게 해 줘야지 그 프로그램이 살아. 야자수 밑에서, 하하하하, 생각하면 앉았다가도 웃음이 난다.

정혜은 그때 사진 보면 다 너무 예쁘고 행복해 보여요.

엄앵란 행복해보인 게 아니라 다 행복했지. 자기 가족이 언제 그런 데를 데려 가냐.

세상은 변하더라

정혜은 〈동치미〉에서 가장 기억에 남는 사람 있으세요?

엄앵란 배 불룩한 코미디언 이혁재도 좋았지. 좀 주책없이 말은 했지만 솔직
했어. 장경동 목사님은 옳은 말 해주시려고 참 노력 많이 하셨어. 난 그분의 말을
잘 곱씹고 살아.
양재진이랑 한 말이 기억나는 게 있어. 그때 양재진이 "세상은 변하고 있어요"라
고 얘기했잖아. 그때 내가 곧 받아가지고 "변하긴 뭐가 변해? 소나무도 그냥 있
고 버드나무도 그냥 있고 꽃도 그냥 있고 사람들도 그냥 있는데 뭐가 변해? 하나
도 안 변했다" 내가 막 그랬다.
그런데 요즘 집에서 가만히 산천초목을 보고 돌아가는 세상을 보니까 '아, 변해
가는구나'를 느껴. 그래 세상은 변해간다. 그리고 뭐냐. 아침에 일어나서 세수하
고 로션 바를 때에 내 머리가 희끗희끗하게 변해가더라고. 그러면서 이 세상에
가장 무서운 것은 호랑이도 아니고 사람도 아니고 대자연이라는 걸 느껴. 왜? 자

연은 말이 없다. 그렇지만 밤에 하나씩 둘씩 흰머리를 뽑아간다. 대자연이 제일
무서운 거다. 말없이 데려간다.

클라이맥스가 되면 한 사람 두 사람 데려간다. 그건 내가 우리 영감을 보고 알았
어. 더 느꼈어. 확실하게 느꼈어. 왜? 우리 영감이 그렇게 좋다는 건 다 했거든.
나더러 운동 안 한다고 미개인이라고 하고 밥도 영양소가 있는 걸 먹자고 그러
고. 그래야 오래 산다 그러고. 때에 따라 비타민 먹고 주사 맞고 다 했는데 나보
다 먼저 가지 않느냐는 거지. 대자연은 그렇게 소리 없이 데려가더라고.

그 사람이 난 오래살줄 알았어. 그 사람도 자신만만했어. 맨날 나한테 알통 보여
주고. "이거 봐라. 이렇게 해야 사람이 사는 거야. 너는 뭐야. 알통도 없이" 그랬
는데. 나는 "내가 먼저 죽을게" 하면서 나 좋다는 보약도 한번 안 먹고 살았는데
결과가 그렇지가 않더라고. 이게 진짜 철학이다, 정 피디. 그래서 이 세상에 말없
는 대자연이 제일 무서운 거야.

예쁜 꽃이 피었으면 하나라도 보고 아름답다 칭찬해주고 '어떻게 이렇게 무성하
게 컸니', '더 크지 마라. 넘어질라' 그런 생각을 하고 살아. 그러니까 속이 편안
해. 그때 내가 세상이 안 변한다고 무식한 얘길 했어.

인생이 힘들다고 느껴질 때

정혜은 선생님이 젊을 땐 너무너무 인생이 힘들고 원망스럽고 했는데 80살
이 되니까 매일매일 행복하다고 말씀해주신 적이 있거든요. 그러면서 "늘 오늘을
즐겨라"라고 하셨어요. 저도 아직은 인생이 힘들다고 느껴지는 순간이 많은데요.

엄앵란 많지. 나는 누구보다도 많았어. 내 책을 읽으면 기가 막힐 거야. 내가
열일곱 살 때부터 피난 가서 떡 장사를 하고 그럴 때 내가 이럴 줄 알았니? 그래
도 이런 날이 왔잖아. 희망을 갖고 살아야 해. 참을성 있게 '먼 미래는 밝다', '먼

미래에는 영광이 온다', '나도 저런 큰 집을 짓고 살 거다' 생각해야 해. 부모를 원망하고 내 자신을 초라하게 생각하고 그러지 말라는 거지.

난 요즘 사람도 안 보고 화초에 물 주고 밥 먹고, 너무 편안해. TV는 열심히 본다. 근데 뉴스는 잘 안 봐. 뉴스는 너무 쇼크를 줘. 그래서 난 그거 봐. 〈나는 자연인이다〉, 하하하하하.

정혜은 사는 게 힘들다고 느껴져도 그렇게 생각할 필요 없다는 거죠?

엄앵란 그런 생각 잊어버려. '아, 좋은 일이 생기려고 이따구로 고생시키는구나' 이렇게 생각을 먹어야 해. 고생이 짙을수록 영광은 커진다. 그게 내 모토야. 그래야 영광의 맛을 알고 영광의 가치를 아는 거야. 어려서부터 잘살았던 사람 있냐. 기쁨은 내 안에 있는 거야. 누가 기쁨을 나에게 주지 않아. 남편이 나에게 기쁨을 주더냐? 죽었으니까 욕 한번 해야지. 그 미친놈이 저만 잘났지, 개XX.

정혜은 하하하, 선생님 목소리 들으니까 너무 좋아요. 선생님 욕은 욕으로 안 들려요. 노랫소리 같아요, 하하하하하.

엄앵란 나도 좋다 좋아.

마지막까지 '좋다 좋다'를 외치는 엄앵란 선생님께 또 배운다. '좋다 좋다'를 되새기며 살아야겠다.

같이 출연했던 많은 분들이 기억나는 출연자에 김용림 선생님을 꼽았다. 선생님의 당당하신 자태와 소신 있는 멘트, 그리고 때에 따라 곁들어지는 탁월한 센스까지, 선생님은 명백한 어른이셨지만 전체와 어우러지는데 한 치의 어색함도 없었다. 165회(2016년 1월 9일)부터 318회(2018년 12월 15일)까지 꼬박 3년이었다. 그 이후로도 3년에 가까운 시간이 지났지만 가끔씩 오고가는 안부전화는 여전했고, 코로나 때문에 오랜만에 만난 선생님도 그대로셨다. 깜짝 놀랄 만큼.

    <mark>정혜은</mark> 선생님 너무 보고 싶었는데 정말 그대로여서 제가 깜짝 놀라고 있어요.

    <mark>김용림</mark> 아휴, 누가 할 소리. 나도 정 피디가 조금 달라졌을까 싶었는데 그대로이구먼 뭐. 더 애 같아졌어, 하하. 사실 너무 보고 싶었어요. 코로나 때문에 만나지도 못하고 그래서 너무 속상했어.

첫 만남과 출연하게 된 이유

    <mark>정혜은</mark> 저는 선생님 처음 섭외하러 가서 만나뵈었을 때가 생각나요. 신사동 라리에서 뵈었지요? 기억나세요?

    <mark>김용림</mark> 그럼, 그 기억이 너무 역력하지. 몇 시간 수다 떨었지 아마? 하하하, 내가 생각보다 까다로운 사람이야. 내가 까다로워서 예능 프로그램 같은 것도

잘 안 하고 신중하게 골라서 하고 그래서 소문이 나쁘게 났을 수도 있는데, 처음에 만났을 때 정 피디가 너무 예뻤어요, 정말로. 보통 프로듀서들이 섭외하러 와서 말하는 것과는 다른 감정을 가졌어요. 그래서 너무 마음에 들었고 지금도 정 피디는 잊어버려지지 않는 거야.

정혜은 섭외받고 많이 고민하셨잖아요. 고민하신 이유와 출연을 결정하신 이유가 있었어요?

김용림 그렇죠. 내가 정 피디에게도 얘기하고 프로그램 첫 방송 나가서도 얘기했을 거예요. 내가 〈동치미〉를 쭉 봐왔는데 새롭게 도전하는 프로그램이었어요. 왜냐? 자기 가족 얘기를 하기 때문에. 그게 참 파격적인 프로그램이라고 생각을 하면서도 너무 개개인의 집안 얘기를 많이 하니까, 시청자들 입장에서 여러 가정에게 이 프로그램이 득이 될 것인지 오히려 역효과가 나는 건 아닌지 이런 걱정이 들더라고요. 그런데 나한테 섭외가 와서 첨엔 거절도 했는데, 무엇인가 발전적으로 고쳐지고, 가정이 바른 길로 갈 수 있는 것들을 제시해가면서 한다면 내가 하겠다고 했지요.

김용림이 사랑한 〈동치미〉

정혜은 〈동치미〉를 하셨던 많은 분들이 선생님을 워너비로 꼽으셨어요. 8시간 이상을 녹화하면서 흐트러짐 없는 자세, 그리고 소신 있는 생각들이 멋졌다고요.

김용림 아이고 다행이네. 좋은 이미지를 남기고 끝내서 다행인데요. 내가 첫 방송에서 이 프로그램이 바른 방향을 제시하는 프로그램이 되었으면 좋겠다고 얘기를 했을 때 이혁재 씨가 한 말이 기억나요. 역시 어른 같고 엄하다고.
제일 기억나는 것 중 하나가 그때 출연했던 젊은 친구인 유하나가 많이 야단을 맞았잖아요. 내가 그때 정말 깜짝 놀랐지. 요즘 젊은 사람들은 이런 생각으로 사나.

정혜은 하하하, 그래서 선생님이 〈동치미〉는 미국이라고 하셨잖아요.

김용림 그러니까. 아니 어떻게 이런 얘기를 하지. 이 〈동치미〉 프로그램은 미국 프로그램이구나 했었죠. 유하나를 야단도 많이 쳤는데, 지금 하나가 살림을 너무 잘하고 잘 살고 있는 모습을 보면 정말 뿌듯해요. 가끔 전화도 오고 과일도 보내고 하는데, 하나가 서울에 살면 밥도 자주 사주고 싶을 만큼 너무 예뻐하는 그런 후배예요.

정혜은 〈동치미〉 하면서 가장 기억에 남는 것들 있으세요?

김용림 많이 남죠. 그때 했던 멤버들이 다 생각이 나요. 사실 코로나가 빨리 없어지면 그때 했던 사람들하고 모이고 싶은 생각이 너무 많이 들어요. 함익병 선생님이라든가 최홍림 씨, 유인경 씨가 TV에 나오는 것만 봐도 반갑더라고. 이경제 선생님도 기억에 많이 남고, 이혁재 씨도 정말 많이 보고 싶고, 그때 멤버들 정말 다 기억이 나요. 좋은 분들이 많이 나오셨고 내가 거기서 배운 점도 많았죠. 그리고 이건 정말 망상일지 몰라도 다른 포맷으로라도 '그 멤버가 다시 모여서 무슨 프로그램을 한다면 또 하고 싶다!' 그만큼 애정이 갔어요.

정혜은 선생님이 중심에서 모두를 잘 챙겨주시고 하나로 만들었던 것 같아요. 아들뻘, 그보다 더 어린 출연자들과 어울리는 것에 하나도 어색함이 없었어요. 다 불러서 밥도 사주셨고요.

김용림 제 생각에는 나이 들수록 젊은 사람들과 어울려야 해요. 그래야 사회적인 소통도 되고 내가 공부가 되는 거예요. 요즘 유행하는 단어도 알아야 하고, 젊은 사람들과 호흡을 맞추지 않으면 뒤떨어지는 거야. 나 자신을 위해서 후배들을 사랑해야 하고 후배들을 만나야 해요. 나이가 들수록 친구를 많이 사귀어야 되는데 또래 친구들은 자꾸자꾸 없어져요. 그러다보니까 젊은 후배들과 소통도 해야 하고 얘기도 해야 하고 운동도 해야 하고… 그런 생각이 들더라고요.

〈동치미〉의 대표 시어머니

정혜은 선생님은 굉장히 합리적인 시어머니의 롤모델이었던 것 같아요.

김용림 나는 그건 분명해요. 이제는 시어머니의 개념이 달라져야 한다는 거지. 절대 며느리가 딸이 될 수는 없어요. 그건 확실해요. 그러나 그런 마음을 가지고 살아야 한다는 거야. 최소한 그런 생각으로 같이 살지 않으면 안 되는 거예요. 그리고 이제는 젊은 사람보다는 시어머니 쪽에서, 우리 나이 든 사람들이 먼저 이해를 해나가야 해요. 옛 성인들도 시대를 따라가라고 했는데 시대를 역행해서 자꾸 옛날 생각을 하면서 "나 때는 안 그랬는데 너는 왜 그러냐?" 이런 생각을

하면 안 돼요. "내가 어른이기 때문에 너희들이 나를 맞춰라" 이건 아니에요. 지금도 〈동치미〉를 보면서 나도 시어머니지만 저건 어머니 쪽이 고치셔야 하는데, 그런 걱정을 하기도 해요. 가르쳐주고 싶고 전화해주고 싶고 그럴 때가 있어, 하하.

정혜은 하하하, 며느리 얘기하니까 생각나네요. 요즘은 자주 전화하세요?

김용림 응, 전화 자주 해요. 내가 섭섭했었던 게 전화를 자주 안 한다는 거였는데 요즘에는 전화를 자주하고, 그런 것도 〈동치미〉 덕이었네, 하하하. 그리고 일요일이면 꼭 영상통화도 해요. 반면에 내가 달라진 것도 있어요. 내가 먼저 전화를 자주 하게 돼요. 그전에는 '얘가 왜 전화를 안 할까' 그런 기다림이었다면 지금은 '얘가 촬영하고 나서 얼마나 피곤할까' 하는 생각으로 먼저 전화해서 애썼다고 해요. 내가 바뀌었어요.

정혜은 〈동치미〉 영향이에요?

김용림 그렇죠. 〈동치미〉 영향이죠. 내가 잊어버려지지 않는 게 또 하나 있는
데, 양재진 씨가 한 말이에요. 내가 아침에 우리 남편에게 뭘 해다 주잖아요. 일
어나면 "이거 더운 물 먼저 드세요" 이것저것 챙겨주는데 남편이 반갑게 맞아주
지 않아서 불만이 있었잖아요. 그랬더니 양재진 씨가 그건 내 만족을 위해서 내
가 편하려고 하는 거 아니냐는 거지. 그 얘기 들었을 때 너무 깜짝 놀랐어요. 근
데 그게 사실이에요. 그런 걸 반성하면서 섭섭한 마음을 자제하게 되죠.

김용림 선생님이 전하는 조언

정혜은 〈동치미〉를 열심히 만들고 있는 친구들과 〈동치미〉를 시청하는 젊은
친구들에게 해주고 싶은 말씀이 있으세요?

김용림 젊은 친구들은 어른이 존재한다는 걸 알아줬으면 좋겠어요. 내 부모
가 있잖아요. 부모가 있으니까 내가 있는 거잖아요. 내 부모가 있다는 의식만 가
지고 살아줬음 좋겠고요. 사실 어른들께는 해주고 싶은 얘기가 더 많아요. 내가
'시'자가 싫다고 했었는데 시어머니도 시어머니라는 개념을 버려야 해. 그냥 우
리 아들과 며느리가 행복하게 사는 모습을 보면서 감사하고 즐길 수 있으면 좋
겠어요. 그래야 내 아들이 행복하고, 그래야 그 가정이 행복하죠. 나는 어쩌다 내
아들집에 가면 걔네들이 행복하게 사는 모습만 봐도 너무 행복한 거예요. 감사
하게 되고. 그게 참 중요한 것 같아요.

마지막으로 선생님은 내게 "내 마음속에서 정혜은이라는 피디가 한 번도 거슬
려본 적이 없어"라고 하셨다. 그리고 덧붙이셨다. "정혜은은 잘 늙을 것 같아" 최
고의 찬사를 들었다. 잘 늙어야겠다는 책임감도 생겼다. 감사하고 또 감사합니다.

결혼

결혼이란 대체 뭐죠?

어떻게 결혼까지…?

결혼. 아, 결혼이란 제도가 없었다면 〈동치미〉는 탄생하지 못했을 것이다. 결혼이란 제도 속에서 일어나는 갖가지 감정과 사건들, 부부라는 연을 맺고 몇 십 년씩 살아온 우리 엄마와 아빠들의 이야기 속에서 〈동치미〉는 탄생했다.

어릴 적 나이 들면 결혼은 당연히 하는 건 줄만 알았다. 나이 들어 보니(물론 상대적 의미에서의 나이 듦이다) 결혼은 당연한 게 아니었다. 일정 나이가 되면 옆에 배우자가 있고 또 다른 나의 가족이 자연스레 생기는 줄 알았는데, 엄앵란 선생님 표현으로 개뿔! 자연스러운 건 없었다. 남들은 어쩜 그리 연애도 잘하고 결혼도 잘하는지 신기했다. 그래서 누가 결혼한다고 하면 어디서 어떻게 인연을

만났는지 궁금했다. 그 인연이 어떻게 자연스레 결혼까지 이르게
되었는지 듣는 것도 재밌었다.

〈동치미〉에서도 인연을 만난 스토리 하나하나가 전부 드라마였
다. 그중 유독 기억에 남는 누군가의 결혼 스토리가 있었으니 바로
심진화 언니였다.

심진화 저는 본 적이 한 번도 없는데 김원효 씨한테 전화가 온
거예요. 좋다고. 그리고 집 앞에 한 달을 내내 찾아왔어요. 매일
단 하루도 안 빠지고. 처음에는 '웬 미친놈이냐'라고 생각했죠. 매
일 그렇게 오니까 그 정성에 반했어요.

저희가 6개월 만에 결혼했어요. 절대 사귀지도 않을 거라고 다짐
했던 나인데 이 남자가 너무 사랑하는 게 보여서요. 처음에 맥주
한 잔 먹는데 너무 좋아서 제 눈도 못 보고, 살면서 이렇게까지 날
사랑할 남자는 없다는 생각이 들었어요.

자기가 1억이 있다며 결혼하자고 하는 거예요. 그때 저희 집 전
재산이 1,200만 원이었어요. 우리 엄마랑 나랑 다 털어서. 그게
제 집 보증금이었고 월세 35만 원이 밀려서 못 내는 상황이었어
요. 근데 1억이 있다고 하니, 내 평생 꿈도 꿀 수 없었던 1억, 단
한 번도 우리 집에 있어본 적이 없었던 1억, 1억! 그래서 나는 '하
늘이 나를 가엾이 여겨서 이런 좋은 남자와 1억을 보내줬구나'
생각했어요.

그래서 결혼 결심을 하고 집을 얻으러 다녔어요. 몇 십 군데를 보러 다녔는데 갑자기 쭈뼛쭈뼛하는 거예요. 결혼을 3주인가 남겨 두고 1억이 뻥이었던 거예요. 내가 1,200만 원이 있는데 김원효 씨 전 재산이 1,100만 원이야.

처음에는 그 사람을 사랑해서 사귄 게 아니었지만 만나다 보니 좋아졌는데 근데 갑자기 1억이 없다고 하니까 정말 눈물이 펑펑 나면서 하늘에 화가 나는 거예요. 근데 사랑하고 있더라고요. 그래서 2,300만 원으로 결혼했잖아요.

〈344회 나는 속아서 결혼했다〉 중에서

사실 김원효 씨를 처음 만날 때 진화 언니는 경제적으로 매우 힘든 상황이었다고 한다. 근데 이 남자가 매일 찾아와 밥을 사주니까 좋았다고. 그 시간이 쌓이니 이만큼 날 사랑할 남자는 없다는 생각이 들어 결혼을 결심했다. 거기에 1억도 있다 하니 금상첨화였을 것이다. 근데 1억이 있다는 게 거짓말이었다! 나라면 그 배신감에 화가 치솟을 텐데, 1억은 없어지고 사랑만 남았다는 감동적인 스토리다.

결혼스토리는 제각각이 다 로맨틱 영화다. 100커플이 있다면 100가지 다른 스토리가 있다. 물론 자신은 결혼할 생각이 없었는데 아내의 눈물 때문에 했다고 말하는 이경제 원장님, 최홍림 선배님도 있지만, 그 안을 들여다보면 로미오와 줄리엣 같은 순간이 없었을 리 없다.

내 친구 중의 한 명은 몇 달간 해외여행을 다니다가 영국남자를 만났다. 그 역시 배낭여행 중이었다. 여행이 끝나고 각자의 나라로 돌아간 후 어떻게 만나는지 보니 세상에 인도에서 만나더라. 여자가 있는 한국, 남자가 있는 영국의 중간 지점이 인도였던 거다. 크리스마스 연휴에 인도로 날아가 짧은 데이트를 하고 돌아오는 만남을 지속하더니 결국 결혼해서 영국에 가서 산다. 각자가 이렇듯 자신만의 러브스토리를 써 내려가다가 결혼에 골인한다. 그러면 과연 모든 게 충만해질까?

결혼해도 외롭다

〈동치미〉에서도 싱글 특집을 한 적이 있다. 혼자니까 외롭다는 얘기들이 여기저기서 흘러나왔다.

> **임윤선** 직장이 생기면서 경제적으로 독립하고 꿈꾸던 혼자만의 삶을 갖게 됐어요. 처음엔 너무 좋았어요. 공간 그 자체가 제게는 베스트 프렌드였어요. 3일 동안 설거지를 안 해도 아무도 뭐라는 사람이 없고 너무 좋았어요. 근데 그게 10년이 되니까 아닌 거예요.

공간에 싫증이 난다고 해야 하나 공간이 안락하기보다는 지겨운 느낌이 나는 거예요. 예전에는 여행가면 즐겁고 좋았는데 이것도 부질없게 느껴지는 거예요. 나 혼자 좋다하면 뭐해요 같이 나눌 사람이 필요한데. 이제는 좋은 것도 다 뻔해요. 미슐랭 레스토랑을 가도 집에 와도 헛헛해요. 집 주변에 가족공원이 있는데 10년째 주민세를 냈지만 저한테는 아무 의미 없는 임야고 나대지예요.

〈355회 엄마, 나 꼭 결혼해야 해?〉 중에서

여행을 가도 사진 찍어줄 사람이 없고, 등에 약 발라 줄 사람이 없다는 외로움을 솔직하게 말해주신 임윤선 변호사님이었다. 근데 남편이 아닌 친구나 다른 누군가가 해줄 수 있는 그런 외로움보다는 혼자 살면서 갖게 되는 천연의 깊은 외로움이 있다고 말하자 바로 질문이 날아왔다.

"그걸 남편들이 해결해줄 거라고 생각하세요?"

"안 해줘요?!" 놀란 변호사님이었다.

결혼을 하면 혼자 있을 때 생기는 깊은 외로움은 사라지는 것일까? 여기에 대해서 결혼해도 외롭다 혹은 결혼해서 더 외롭다고 고백한 분들이 많았다.

한다민 신혼 때 가장 외로웠던 것 같아요. 별일 있지 않으면 친정에 자주 가는 성격도 아니었고 동네친구도 없었고 당시 남편이 바빠서 아침에 나갔다가 새벽에 와서 쪽잠 자고 회사로 가는 패턴의 삶을 살았어요. 저 혼자 잠이 들고 저 혼자 일어나서 저 혼자 밥 차려먹고 대부분의 시간을 저 혼자 보내다보니까 말할 상대가 없으니 어느 순간부터 혼잣말을 하게 되더라고요. 밥상 차려놓고 제가 혼자 막 말을 걸어요.

〈363회 결혼한 사람이 더 외롭다〉 중에서

이재은 신혼 초부터 주말부부 생활을 되게 오래했어요. 그러다보니까 저는 오히려 결혼 생활했을 때보다 혼자 있는 지금이 덜 외로워요.

혼자 살아서 좋은 점은 외롭더라도 이건 내가 선택한 거고 내가 결정한 거라는 거예요. 이 시간이 외롭고 아무것도 할 게 없으면 내가 뭔가를 하면 되거든요. 결혼했을 때는 여행을 갈 때도 남편에게 물어봐야 하고 만약 남편 기분이 안 좋으면 안 가게 되고요. 제 친구들 중에도 애 엄마들이 되게 많거든요. 애 때문에 못해 뭐 때문에 못해 아무것도 못해요. 혼자 있어서 정말 좋은 점은 내 시간을 내 마음대로 내가 결정해서 쓸 수 있다는 거예요.

〈319회 나도 혼자 행복하게 살고 싶다〉 중에서

이경제 우리 집은 각자 생활하는 사람들이에요. 평상시 좋을 때도 각자 방에서 시간을 보내요. 그래서 처음에 우리 집에 시집온

아내들은 황당해져요. 결혼해서 힘들었던 게 뭐냐면 아내가 자꾸

의지하려고 하더라고요. 아내에게 교회를 가라고 추천했어요.

인간은 외로워요. 태어날 때 혼자 태어나고 죽을 때 혼자 갑니다.

인간은 그 외로움을 직시하면서 성찰하는 거예요.

〈363회 결혼한 사람이 더 외롭다〉 중에서

선우은숙 선생님도 바깥 활동에 바쁜 남편 때문에 신혼 초가 가
장 외로웠다고 말씀하셨다. 함익병 선생님 아내 분은 결혼은 2심 2
체라고 주장하는 남편 때문에 외로움을 토로하셨다. 내가 밤새 아
팠는데도 모르고 밥 차려 달라고 하는 남편을 보면 안 외로울 수가
없다. 옆에 누가 있는데 나의 아픔이나 마음을 알아주지 못하면 더
외로운 법이다. 혼자 있을 땐 혼자 있어서 외로웠는데 결혼하면 옆
에 있는 사람 때문에 외롭다. 결혼을 하면 또 다른 종류의 외로움
이 생겨난다.

상대가 있는데도 외로운 것보다 내가 선택할 수 있는 외로움이
덜 외롭다는 말도 공감이 되었다. 결국 이경제 선생님 말처럼 결혼
하든 혼자든 인간은 다 외로운 것인가. 결혼을 통해서 성장해 나가
는 것이지 결혼이 모든 걸 충족시켜주는 건 아니란 걸 알았다.

24시간, 공간을 함께하는 것

〈동치미〉에 몇 번 출연했던 이선민 선생님이 결혼하고 나니 여자 친구가 집에 안 가더라는 얘기를 해서 크게 웃었던 적이 있다. '아내가 내 집에서 사는 게 불편하다'라는 제목만 봐도 웃음이 나오는 얘기를 들려주셨다.

이선민　저희는 진정한 의미의 스몰웨딩을 했어요. 되게 늦게 결혼했고 부모님이 편찮으신 것도 있고 해서 150만 원으로 결혼식을 했어요. 집도 저희 집이 1, 2층으로 된 주택인데 아버님 집 2층에서 살아요. 저는 원래 독신주의자였기 때문에 그 2층 집을 제 위주로 다 꾸며놨었어요.

제가 살던 그 2층 집에서 신혼살림을 시작했는데, 아내가 처음에는 굉장히 불편하다고 했어요. 그래서 아내에게 제가 하나씩 하나씩 장만하면서 집을 만들어가자고 그 재미도 있을 거라고 얘기했어요. 그 다음부터 집에 뭔가 하나씩 생기기 시작하는 거죠. 장롱이 바뀌고 냉장고도 바뀌고 처음에는 굉장히 좋았어요. 뭔가 새로운 것들이 집에 쌓여가잖아요.

근데 결혼하고 6개월, 8개월 정도 됐을 때 술 한잔 먹고 새벽에 들어갔는데 우리 집이 아닌 거예요. 이 집에 내가 익숙한 게 아무것도 없는 거예요. 내 손 닿았던 것들도 하나도 없고 뭐 좀 찾아보려고 하는데 그 공간에 내 것이 없는 거예요. 그 다음부터 내 집이 아니라는 생각이 들기 시작하는 거예요.

그러다 하루는 병원 관련된 뭐 좀 구상을 해야 하는데 집에서 생각을 할 수가 없는 거예요. 뭘 좀 하려고 하면 옆에서 달그락달그락거리고 뭐 좀 찾으려고 하면 없고. 그래서 안 되겠다 싶어서 아내에게 밤 12시쯤에 나가서 생각을 하고 오겠다고 했어요. 요새 24시간 하는 카페들이 많잖아요. 저는 말릴 줄 알았는데 나가라는 거예요. 그래서 나갔죠.

나가서 카페에 앉아서 노트북을 하나 두고 생각도 하고 밖에 나가서 바람도 쐬고 했는데 그 시간이 너무 행복하고 거기가 나만의 오롯한 공간이 되는 거예요. 그래서 새벽 3시, 4시까지 거기에 있다가 살짝 집에 들어가서 자고, 이런 생활이 반복되기 시작했어요. 그래서 '아, 정말 이 집이 내 집인가', '내 집에 누가 들어와 사나 아니면 남의 집에 내가 들어가 사나' 이런 생각으로 좀 혼란스러웠어요.

〈246회 이게 집구석이야?〉 중에서

혼자서 너무 익숙했던 공간에 아내가 들어왔으니까 그럴 수 있다. 오롯이 내가 쓰던 공간에 배우자가 오니 내 공간이 사라지는 게 더 눈에 보이는 거다. 새로운 신혼집을 마련해 들어가도 비슷하다. 집의 모든 장소가 24시간 공용 공간이다 보니 내 편의대로만 모든 게 배치될 수 없다. 집이 어마하게 넓지 않는 한 혼자만 차지할 수 있는 장소도 없다. 24시간 카페에 나가 있던 두세 시간이 너무 행복했다는 얘기에 공감이 안 갈 수 없다.

나 역시 집에서 책을 읽을 수도, 글을 쓸 수도 있는데 굳이 노트북을 들고 카페를 찾아 나갔다. 그것도 혼자. 고등학교, 대학교, 대학원 시절을 모두 기숙사에서 보냈기에 누구보다 함께 사는 생활에 자신이 있는 나였음에도 가끔은 그런 시간이 좋았다. 주말에도 어쩌다 신랑이 약속이 있다고 나가면 서운한 게 아니라 너무 좋은 거다. 이 집에 나 혼자 있을 수 있다는 게.

참 신기하게도 혼자 있을 땐 같이 살 사람을 찾는데, 막상 같이 사니까 혼자 있을 공간을 찾는다. 신랑도 나랑 다투고 나면 퇴근 후 약속 있다고 하고 시댁 본가에 가서 쉬고 온 적이 있다고 뒤늦게 고백했다. 그 얘기를 들었을 때는 너무 충격이었는데 지금 생각해보면 그에게도 자신만의 공간이 필요했던 것 같다. 본가에선 방문 달고 자신의 방에 들어가면 아무도 안 건드리니까. 집에서는 옆에서 늘 왔다 갔다 하는 내가 신경 쓰이는 순간들이 있었을 것이다. 집이 좁으면 그게 더 티가 난다.

결혼은 이렇게 같이 산다는 것 자체만으로도 큰 모험이다. 한정된 공간을 24시간 공유한다는 것이 당연하지만 엄청난 일인 것이다. 요즘은 결혼이 늦어지다 보니 자기만의 공간에 익숙해진 이들이 많다. 함께 산다는 건 같은 공간에서 서로를 향한 배려가 필요한 일이다.

결혼, 서두르지 마세요

선배들께 "결혼을 결심하게 만든 사람은 뭐가 달라요?" 물으면, '이 사람은 평생 같이 갈 수 있겠구나' 하는 뭔가 다른 느낌 같은 게 온다고 얘기하시는 분들이 많았다.

우리 신랑도 나와 만난 지 한 달도 되지 않아서 "혜은아, 결혼하면 어디 살고 싶어?", "결혼하면 신혼여행은 어디가고 싶어?" 하는 질문들을 해댔다. 신랑은 나를 본 순간 이 사람과는 결혼을 할 수 있겠다는 생각이 들었다고 한다.

이렇게 운명 같은 사람을 만나 결혼을 하게 되어도 외롭고 힘들다. 그만큼 결혼생활은 쉬운 게 아니다(막상 해보니 더 알겠더라). 불같은 사랑으로 결혼을 하시고 80 평생을 사신 엄앵란 선생님께서는 결혼에 대해 이런 조언을 하신다.

> 엄앵란 나는 영화를 170편씩 하면서 남의 인생을 살아봤는데, 세상에 허공을 짚어도 그렇게 허공을 짚을 수가 없어요. 돌다리도 두들기고 가라는 소리가 딱 맞는 거예요.
>
> 사랑에 미쳐서 똥마려운 사람 변소 가듯이 급하게 결혼하는 게 실수라고 생각해요. 우리가 결혼 전에는 아무리 나쁜 환경에 갖다놔도 다 일으킬 것 같은 자신감이 있었는데 막상 결혼하면 용

빼는 재간 없어요.

그래서 결혼하려면 급하게 하지 말고 천천히 가도 돼요. 내 서방

될 사람은 서방 돼요. 내 아내 될 사람은 내 아내 돼요. 난 서두르

지 말라고 얘기해주고 싶어요.

〈118회 결혼, 하지 말걸 그랬어〉 중에서

방송 프로그램을 진행하면서 별의별 부부를 다 만나봤다는 선생님은, 결혼사관학교를 하나 만들었으면 좋겠다고 덧붙이셨다. 준비 없이 상식 이하의 결혼생활을 하려는 사람이 많으니까 후회하고 사회적 물의도 일으키는 것 같다고 하셨다. 결혼할 마음을 단단히 굳히고 결혼생활에 대해 배울 수 있는 결혼사관학교를 만들었으면 좋겠다는 말씀이었다.

천천히 가도 내 서방 될 사람은 내 서방이 되고 내 아내 될 사람은 내 아내가 될 테니 좀 더 신중하라는 조언은 마음에 와닿았다. 어린 나이에 멋모르고 했더라면 나 역시 굉장히 힘들었을 것 같다. 〈동치미〉 덕에 결혼생활에 대한 예습이 되어 있어 좀 더 수월하게 오늘까지 온 게 아닌가 싶기도 하다.

요즘은 오히려 준비가 안 되어 있다는 이유로 결혼을 미루거나 안 하는 경우가 많아 사회적인 문제가 된다고도 한다. 불완전한 결혼생활로 인해 더 큰 문제가 생기는 경우도 있으니 어떤 게 좋다

나쁘다 할 수 있는 문제는 아니다. 확실히 결혼 전과 후는 다르다. 결혼하면 나부터 달라져야 한다.

막상 결혼을 해보니 누구를 만나느냐에 따라 인생이 바뀐다는 어른들 말씀이 참 맞다는 생각이 든다. 배우자는 내 삶에 가장 큰 영향을 주는 사람이다. 부부는 살면 살수록 서로를 닮아간다고 하는 얘기가 괜히 나온 게 아니다.

김영옥 선생님께서 이런 말씀을 하신 적이 있다. 남편이 마음에 안 들 때면 내가 꽝이기 때문에 꽝을 뽑았다고 생각하신다는 거였다. 내가 짱이어야 짱을 만나는 거다. 나 자신을 좋은 사람으로 바꾸려고 노력하니 좋은 사람이 나타났다는 이효리 씨의 말도 같은 맥락이다.

결혼은 내 마음만 급하다고 되는 게 아니다. 인연은 쥐도 새도 모르게 옆에 와 있는 것 같다. 그러니 좋은 사람이 나를 알아채도록 내가 좋은 사람이 되어 있으면 된다.

결혼해서 잃은 것과 얻은 것

결혼 전에 갖고 싶은 거 다 사세요

결혼 전, 결혼한 언니들이나 선생님으로부터 가장 많이 들었던 말.

"결혼 전에 하고 싶은 거 다 해라."

늦게 결혼한 탓에 여행도 맘대로 다니고 자유롭게 사람들 만나며 웬만큼 하고 싶은 것들은 많이 해본 것 같다. 근데 또 들은 말.

"비싼 명품, 네가 번 돈으로 갖고 싶은 거 다 사. 결혼하면 못 사."

명품에 큰 욕심은 없었던 터라 크게 귀담아 듣지 않았다. 근데 그 말이 딱히 이해도 되지 않았다. 왜 결혼하면 못 사는 거지? 결혼하면 대개 경제권을 합치기 마련이고 합치지 않더라도 내 것을 소비하는 데 배우자의 눈치가 보인다는 거였다.

가만 보니 〈동치미〉에서도 많이 얘기했다. 택배를 친구 집으로 받는다거나, 백화점 옷을 비닐봉지에 넣어가지고 들어간다는, 남편은 내 옷이 다 만 원 이만 원인 줄 안다는 진짜인지 농담인지 모를 에피소드들이 있었다. 내 것을 좋은 걸 사면 남편도 하나 사줘야 할 것 같다고 했다. 꼭 그렇지 않더라도 여기저기 돈 들어갈 일 생각하면 확실히 나를 위한 큰 소비가 쉬울 것 같진 않다.

그런 조언들이 내게 영향을 미쳐서 행동한 게 한 가지 있다. 엄마들 사이에 밍크 코트가 유행하던 시절이 있었다. 에코 퍼가 유행하기 전 부의 상징이었고 한번쯤 탐내는 옷이었다. 한 달 월급을 넘어서는 그 옷을 사는 건 내게 상상도 못할 일이었다. 근데 "명품은 결혼 전에 사라. 결혼하고 나서도 좋은 것들은 다 결혼 전에 산 거더라"는 조언 덕분에 난 매우 중대한 결심을 했다. 엄마에게 밍크코트를 사드리기로.

평소 가볼 일 없던 백화점 모피코트 매장을 혼자서 사전에 여러 차례 두리번거렸다. 그리고 엄마랑 갔다. 손사래 치던 엄마에게 이 옷 저 옷 입혀 드렸다. 매장 언니의 역시나 탁월한 마케팅 기술, 지금 사면 대대로 물려 입는다는, 지금이 가장 쌀 때라는 설득을 도움 삼아 결제해버렸다. 3개월 무이자 할부로. 이것이 내가 엄마에게 해드린 최초이자 마지막(?) 고가의 선물이다.

한번은 〈동치미〉에서 양소영 변호사님이 결혼 후 달라진 점에 대해 얘기하신 적이 있다.

> **양소영** 저는 결혼하는 게 너무 좋아서 결혼식장에도 웃고 들어
> 갔어요. 근데 결혼하고 나니까 친정이 없어지고 엄마 아빠가 없
> 어지고 동생들이 없어지더라고요. 남편과 시댁과의 관계가 생기
> 고 나니까 내 친정과의 관계에 예전만큼 못하게 되더라고요. 그
> 래서 그 상실감이 좀 컸어요.
>
> 〈118회 결혼, 하지 말 걸 그랬어〉 중에서

결혼하고 나면 명품을 못 산다는 것과 결혼하고 나니 친정을 전
처럼 챙길 수 없다는 게 같은 맥락이지 않나 싶다. 돈을 쓸 때도 나
의 시간과 관심을 쓸 때도 혼자일 때와는 다르다. 배우자의 눈치를
살피는 것이다.

실제로 내가 결혼하고 보니 묘하게 공감이 갔다. 확실히 혼자일
때처럼 내 부모, 내 형제를 챙기는 게 쉽지 않았다. 내 부모 내 형
제도 중요하지만 더 우선시되어야 할 내 배우자가 있고, 내 부모와
동일하게 모셔야 할 시부모님이 생긴 덕이다. 나라는 사람이 쓸 수
있는 시간과 자원은 동일한데, 관계 맺어야 할 사람의 수는 두 배
세 배가 됐으니 어찌 보면 당연하다.

좀 웃긴 건 결혼 전에도 부모님을 위해 해드린 건 없다. 결혼 전
에도 부모님을 챙긴 거라곤 딱히 없지만, 원래 제한된 상황에 놓이
면 괜히 이전의 자유에 대한 아쉬움도 생겨나고 그런 법이다. 돌이

켜보니 결혼 전 엄마에게 밍크 코트를 사드린 건 매우 잘한 일인 것 같다.

결혼은 여자가 손해다 vs 남자가 손해다

결혼 후 달라진 게 친정 부모님과의 관계가 소원해진 것만 있으랴. 남녀 할 것 없이 만나던 친구가 줄어들고 꿈을 접었다는 등 포기하고 잃은 것이 한둘이 아니었다. 본디 얻은 것보다 잃은 것들이 눈에 띄는 법이다.

결혼으로 인해 달라졌다고 느끼는 건 남편과 아내가 각각 달랐고, 결국 결혼해서 누가 손해 봤냐는 이야기에 열띤 토론이 시작되었다.

> **유인경** 저는 친정에서 막내딸이라서 직장 다니면서도 엄마에게 용돈을 받아서 제 것만 알고 살았어요. 결혼을 하고 나니까 아무리 여유가 있어도 백화점을 가면 제 옷 매장을 보러가게 되지가 않아요. 아기 매장이든 식품 매장만 가요. 갑자기 공주로 있다가 신분이 추락해서 소공녀가 된 것 같은 느낌이 있어요.
>
> **양소영** 결혼해보니 결혼은 현실인 거예요. 돈은 누가 벌어야 하고 누구 돈으로 써야 하는지… 남편이 공무원이어서 지방을 갈

수도 있고, 여러 가지 선택지가 줄어드는 거예요.

반면에 남편은 결혼을 했다는 이유로 행동이 바뀌어야 하거나

자기 선택에 대해 고민하는 일이 없더라고요. 남편은 별로 고민

이 없는데 왜 여자는 고민을 해야 하는지, 결혼은 여자가 손해일

수밖에 없는 구조인 것 같다는 생각이 들어요.

〈301회 결혼은 여자만 손해다〉 중에서

여자는 결혼해서 남편이 생기고 아이가 생기면 우선순위가 나
에서 남편과 자식으로 바뀐다는 얘기를 해주셨다. 남편은 별로 바
뀐 게 없어 보이는데 내 선택지만 줄어간다는 말도 이해가 되었다.
요즘에야 일하는 아내를 우선시해서 아내의 직장 근처로 집을 옮
기고, 아내의 근무 시간에 따라 남편의 귀가 시간을 조절하는 젊은
부부도 많지만, 과거엔 그렇지 못했던 게 사실이다.

여자는 결혼하면 사표를 내는 게 당연한 분위기였던 시대가 있
었고, 똑같이 일하더라도 집안일과 육아, 살림의 대부분을 여자들
이 많이 부담해왔기에 여자가 손해라는 의견이 팽배했다. 그런데
여기에 기다렸다는 듯이 반기를 든 분이 계셨다. 여자만 선택지가
줄었다? 남자도 결혼하고서 선택지가 엄청나게 줄었다는 얘기를
자신의 경험을 토대로 쏟아내셨다.

> **함익병** 남편 때문에 다른 선택지가 줄었다고 했잖아요. 반대로
> 나도 결혼하면서 내 선택지가 줄었어요.
> 저는 원래 정치하는 게 꿈이었어요. 왜 접었겠어요? 내가 정치하
> 는 순간 온 식솔들이 뭘 먹고 살지도 대책이 없어요. 하고 싶은
> 일을 못한다는 건 똑같다는 거예요.
> 결혼하면 여자뿐만 아니라 남자도 똑같다는 거예요. 식솔에 대한
> 책임이 있기 때문에 자기 선택지는 줄 수밖에 없어요. 저는 시골
> 에서 살고 싶은데 아내는 서울에서 살아야겠대요. 또 일도 그만
> 하고 싶은데 계속하라고 하지… 돈 벌어다 주면 아내가 내 것보
> 다 더 많이 사요.
>
> 〈301회 결혼은 여자만 손해다〉 중에서

남자도 가족을 부양해야 한다는 책임감 때문에 선택지가 줄었
다고 하셨다. 맞는 말이다. 이경제 선생님도 결혼을 하지 않았더라
면 스승님들을 찾아다니며 자유롭게 공부하며 살았을 거라는 얘기
를 자주 하셨다. 결혼은 남자의 소비도 줄게 만들고, 부양의 책임
감으로 남자들의 어깨를 무겁게 하기도 했다.

> **김명훈** 아이가 생기고 나니 제가 저한테 돈을 안 쓰게 되는 거예
> 요. 데뷔하고 나서는 난 연예인이니까 옷도 명품을 사고, 트렌디한

사람이 되어야 한다며 돈을 엄청 썼어요. 근데 결혼하고 어느 순
간 아이를 보니까 애 교육비가 보이고 학원비가 보이는 거예요.
나보다 가족에게 투자하는 게 더 남는 일이라는 생각이 드니까
돈을 못 쓰게 되더라고요. 저한테 쓰고 싶은 것도 많은데 안 쓰게
돼요. 비싼 신발 산다고 삶이 풍족해지고 행복해지는 건 아니잖
아요.

최홍림 저는 정말 몰랐어요. 내가 혼자 살 때는 어깨가 안 무거
웠어요. 돈 없어도 그냥 살았고 돈 있으면 더 즐거웠고 누구도 신
경 쓰지 않고 살았단 말이에요. 결혼하고 보니 아닌 거예요. 어깨
가 너무 무거워요. 돈을 벌어야 하고 그 돈을 우리 딸과 아내를
위해 써야 하고 때로는 처가를 위해 써야 하고요.
돈이 계속 많으면 그냥 넘어가는데 못 벌 때는 '왜 내가 결혼해
서 이렇게 어깨 무겁고 신경 쓰고 스트레스 받아야 하지'라는 생
각이 드는 거죠. 근데 집에 가서는 전혀 아닌 것처럼 굴어야 하고
밖에 가면 혼자 고민해야 하고 정말 힘들어요.

〈301회 결혼은 여자만 손해다〉 중에서

어깨가 무겁다는 홍림 선배님의 말이 짠하게 느껴졌다. 혼자 살
때는 돈 없어도 살았는데 가족이 생기니 돈을 못 벌면 스트레스가
쌓인다는 말이 가장의 무게를 느끼게 해주었다. 남편도 아내 못지
않게 결혼을 하고서 포기한 것들이, 포기할 수밖에 없는 것들이 생

기는 것이다.

시대가 변해 요즘은 가장이 꼭 남자라는 법도 없다. 여자가 경제적인 가장으로서 돈을 벌고 남자가 육아와 살림을 맡는 경우도 많다. 결국 결혼을 하면 각 구성원으로서의 역할이 생기고 그 나름의 힘듦이 있는 거지 누가 손해라고 확정지을 수는 없는 것 같다.

김응수 선생님이 예전 녹화 중에 했던 말이 떠오른다. 사람은 관계 속에서 덕 보려는 마음이 있어서 나는 30%만 해주고 70% 덕 보려고 생각하는데, 왜 먼저 주려는 생각을 못하냐는 말씀이었다. 덕만 보려고 하면 희한하게도 손해 본 것만 따지게 된다. 근데 이것도 알아야 한다. 내가 손해 봤다고 생각할 때 상대는 더 손해 봤다고 생각하고 있을지도 모른다.

결혼해서 얻은 것

결혼해서 잃은 것. 끝이 없다. 자유, 돈, 친구에서 놓쳐버린 설렘까지 결혼 후 변화하는 것들에 대해서 자꾸 잃었다고 생각한다. 그런데 원점으로 돌아가 보자. 애초에 결혼은 내 배우자를 얻고 안정감을 얻고 내 가정을 얻기 위함이 아니었던가.

양재진 사람이란 존재가 자기중심적이고 이기적이라고 생각하게 되는데요…

사람은 뭔가를 선택하기 전에 생각을 하고 판단을 합니다. 그리고 결정을 내리고 선택을 하게 되지요. 누가 강요한 게 아니에요. 내가 선택을 한 거예요. 내가 선택을 해놓고 결과물이 맘에 안 드니까 옆에 같이 사는 사람 탓을 하는 거죠.

사람이 선택을 하면 얻는 게 있고 잃는 것도 있어요. 잃는 것에 대한 생각을 전혀 안 하고 얻는 것만 생각하고 꿈을 꾸다 결혼을 하니 잃는 것 때문에 당황하는 거거든요. 당연히 처음부터 내가 이것을 얻기 위해 잃는 것도 있을 거라는 각오를 해야 해요.

〈53회 남편과 살기 위해 내가 버린 것들〉 중에서

모든 선택에는 득과 동시에 실도 있음을 기억하라는 말이다. 어떤 일이 벌어질지 예측할 수는 없지만 결혼을 통해 배우자를 얻었다면 동시에 배우자로 인해 열 받는 일도 생길 수 있음을 받아들이면서 살자는 것. 열 받는 일들, 포기한 것들이 눈에 띄어 처음엔 결혼해서 손해 본 것 같지만, 시간이 지나고 보니 얻은 것들이 크다는 얘기가 나왔다.

양소영　가족이 제 충전기가 맞는 것 같아요. 가족들 때문에 화가 나고 뚜껑이 열린 경우도 많지만 그 과정에서 제가 충전되는 게 훨씬 많은 것 같아요.

이혜정　저는 결혼생활을 통해 기다림을 얻은 것 같아요. 저도 이제 자랑 좀 해보려고요. 얼마 전에 결혼 34주년이었어요. 그날 행사 때문에 지방에 갔다 왔어요. 집에 왔는데 현관 불이 은은하게 켜져 있어서 왜 불도 안 켜고 있냐고 소리를 질렀는데 남편이 저쪽에서 "나 왔어" 하면서 빼꼼히 얼굴을 내미는 거예요.
(당시 남편이 일 때문에 지방에 있을 때라) 깜짝 놀라서 "왜 왔어?" 그러니까 "아니, 오늘 결혼기념일이라서…" 그러는 거예요. 내일 새벽에 또 내려가야 하는데, 정말 제 가슴이 뭉클하더라고요. 그러면서 봉투를 하나 줘요. "내가 강의하고 받아온 거. 세 번 갔다 온 건데 당신 써!" 그러는 거예요.
제가 얼른 받고 고맙다고 큰 절을 했어요. 그 안에 편지를 썼더라고요. 딱 세 줄 썼어요. "참 힘든 시간이었지? 함께 한다는 게. 나 오래오래 밥해줘"라고요. 기다린다는 게 이렇게 좋은 일이기도 하구나 느꼈어요.

〈53회 남편과 살기 위해 내가 버린 것들〉 중에서

이경제　저는 결혼생활이 도움이 된 것 같아요. 제가 만약 결혼을 안 했으면 아마 죽었을 거예요. 너무 술을 많이 먹어 죽었든가 너무 교만해서 죽었든가. 결혼이 저를 철들게 했기 때문에 지금 제 성공의 기반은 불행한 결혼생활입니다. 불행하기 때문에 늘 고뇌하고 인생을 성찰해요.

〈370회 내 인생에서 남편을 빼고 싶다〉 중에서

장경동 결혼하고 얻은 건 제가 많이 다듬어지고 사람이 되어가고 노력을 해야 할 필요성이 구체화된다는 거예요. 아까 (이경제 원장님이) 얘기한 것처럼 혼자라면 한의원을 그만두고 쉴 수도 있지만 그게 안 되는 걸 잡아주는 게 결혼이잖아요. 그게 얼마나 좋은 거예요. 그만두면 좋은 것도 있지만 그만 두면 안 좋은 것도 있잖아요.

좀 더 지나보면 정말로 결혼해서 얻은 게 뭐냐면 손자예요. 자식을 얻을 때의 기쁨이 10이라면 손자를 얻을 때 기쁨은 100이에요. 더 가봐야 해요. 이거는 말로 형용할 수가 없어요. "할아버지!" 하면서 뛰어오는 그 다섯 발자국이 표현할 수 없는 행복이에요.

〈53회 남편과 살기 위해 내가 버린 것들〉 중에서

결혼해서 얻은 것들은 많았다. 돈으로 살 수 없는 가족을 얻었고, 돈 주고 배울 수 없는 인내와 기다림을 통해 성공과 기쁨을 얻었다. 돌이켜보니 내게 가장 큰 힘이 되고 내게 큰 기쁨을 주는 건 결혼을 통해 얻은 것들이었노라 고백하셨다. 물론 결혼을 하지 않았다면 다른 종류의 기쁨과 성공이 있었겠지만 결혼을 통한 기쁨과 성공도 분명히 있다는 거다. 결혼해서 얻은 것들에 대한 얘기를 하고 있는데, 이혁재 선배님이 이런 말을 하셨다.

이혁재 결혼해서 얻은 게 뭐냐는 이 작은 질문 하나에 벌써 화색이 돌아요. 항상 이렇게 좋은 생각만 하면서 살면 되지 왜 잃은 것들을 생각해요?

〈53회 남편과 살기 위해 내가 버린 것들〉 중에서

웃기자고 한 말인데 그 안에 철학이 있었다. 얻은 것들을 생각하면 내 얼굴이 밝아진다는 건 잃은 것보다 얻은 것이 주는 기쁨이 더 크기 때문이다. 그러니 결혼으로 얻은 것들을 생각하고 살면 되지 않느냐, 어차피 살 거! 이게 결론이 아닐까 싶다.

남편, 사랑하면 가치가 생긴다

〈동치미〉는 남편 욕하는 프로그램이다?

〈동치미〉를 하면서 초반에 많이 접한 말이 "그거 남편 욕하는 프로그램이잖아요"였다. 기획 자체가 그동안 어디에도 말할 곳이 없었던 아내들의 답답한 속을 풀어주자는 의도였으니 꼭 틀린 말은 아니다.

나와 전혀 다른 사람과 결혼해서 가족을 이루고 살다보면 온갖 우여곡절이 쌓인다. 나와 맞지 않는 남편과 맞춰 사는 것만도 힘든데, 그 남편으로 인해 생긴 시댁과의 관계는 말해 무엇하랴. 자녀양육도 순탄치만은 않고 친정도 전 같지 않을 것이다. 쌓인 스트레스가 누적되어 화병이 된 엄마들이 참 많았다.

우리 엄마만 봐도 그렇다. 화병이 나도 얘기할 데가 없다. 답답한 속을 풀어주려면 표현을 하든지 쏟아내든지 해야 하는데 우리 엄마 세대의 아내들은 정말이지 얘기할 데가 없었다. 그렇게 끊임없는 인내와 기다림으로 결혼생활을 지켜온 엄마들의 답답한 속을 풀겠다는 것이 프로그램의 기획의도였던 것이다.

결혼생활을 하면서 누적된 답답한 속의 근원이자 최대 원인 제공자는? 남편이다. 그러니 속을 풀려면 결국 남편에게 쌓였던 불만을 표현하는 것인데, 그게 남편 욕하는 것처럼 들리는 것이다. (아, 설명하고 보니 남편 뒷담화가 맞긴 맞다.)

근데 〈동치미〉를 하면서 깨달았다. 남편에 대한 불만도 남편에 대한 애정이 있기 때문에 생긴다는 것. 정말 싫으면 얘기할 거리가 없어진다. 관심이 있고 사랑하니 불만도 생기고 서운함도 보이는 거다. 남편에 대한 불만을 내내 얘기하다가도 어느 순간 남편에 대한 애정으로 변해 있는 경우를 너무 많이 봤다.

〈동치미〉를 하면서 또 하나 배운 것은 내 남편 욕은 나만 한다는 것. 그렇게 내 남편 흉을 보다가도 다른 출연자가 동조하면 분위기가 싸해졌다. 오히려 흉보던 남편 편을 들어주면 반색을 하시는 경우도 있었다. 내가 지금은 불만을 얘기하고 있지만 우리 남편의 깊은 마음을 사실은 나도 이미 알고 있었다는 듯이 고개를 끄덕인다.

가끔 〈동치미〉에 출연하는 젊은 아내 베니 씨도 비슷한 말을 한 적이 있다. 참 아이러니한데 많이들 동감했다.

베니 제 남편은 연하이기도 하지만 배우니까 매달 꼬박꼬박 월
급을 가져다 줄 수 없는 직업이거든요. 근데 친구들은 일반적인
회사원을 만나고 결혼을 했으니까 항상 친구들을 만나면 적금이
어떻고 금리가 어떻고 힘들다는 얘기를 해요.
근데 저희는 사실 적금을 잘 못 들거든요. 그러면 친구들이 그래
요, "넌 어떻게 사니? 나 같으면 못 살아. 지금 작품 쉬고 있으면
백수인 거잖아" 저는 그래서 동창회를 잘 안 가요. 결국 여자들이
남편 욕을 하는 것 같지만 남편 자랑을 하려고 얘기를 해요.

〈296회 남편은 남의 편이다〉 중에서

이 말에 숟가락을 얹어 감히 이렇게 말하고 싶다. 그러니까 〈동치
미〉는 남편 욕하는 프로그램인 것 같지만 사실은 남편을 자랑하려
는 프로그램인 것이다. 아무튼 남편을 '이해하려는' 프로그램인 건
확실하다.

남편이 없어야 행복하다 vs 그래도 남편은 필요하다

이런 이야기를 들은 적이 있다. 남편이 젊었을 때 바람피우고
밖으로만 돌아다니니 얄미워서 다리라도 부러져 누워 있으면 좋겠

다고 했는데, 진짜 병 걸려 누워 있으니 이럴 거면 차라리 죽지 했다가, 진짜 죽으니 누워만 있어도 살아 있으면 좋겠다고 생각했다는… 뭐 이런 비슷한 얘기였다. 결국 맘 고생시키는 남편도 없는 것보다는 있는 게 낫다는 얘기를 표현한 건데, 요즘은 많이 달라졌다. 이혼하고 혼자 살아보니 더 행복하다는 분도 있었고, 원수처럼 지내느니 경제력만 있으면 혼자가 나을 수도 있다는 분도 계셨다.

손경이 저는 결혼 생활한 게 15년, 이혼하고 혼자산 지 15년이에요. 딱 반반씩 해봤는데요, 그러다 보니 혼자 사는 게 좋더라고요. 왜냐하면 같이 살 때는 몰랐어요. 음식이라든지 여행가는 거라든지 취미를 전부 다 남편에게 맞췄다는 걸 이혼하고 나서 알았어요.

직업이 강사고 상담사니까 전국을 다녀요. 혼자 왔으니 맛있는 것 좀 먹어볼까 하는데 나도 모르게 맨날 떠오르는 게 남편이 찾던 거예요. 그 순간 내가 이걸 좋아하는 건가 남편이 좋아했던 건가 아님 익숙한 건가 잠깐 고민을 했어요.

내가 진짜 좋아하는 건 뭐지? 내가 진짜 좋아했던 게 있을까 점점 용기를 내봤죠. 딱 떠오르는 걸 먹어보자. 고기를 먹으러 갔는데 1인분은 안 주니까 2인분을 시켰어요. 그걸 내가 너무 맛있게 먹고 있더라고요. 순간 '내가 고기를 좋아했었네' 알게 됐어요. 점점 나를 찾아가는 것 같고 행복해지더라고요

선우은숙 화목하게 배우자가 여생을 함께 하면 좋지만, 여자 입장에서는 경제력이 있어야 해요. 경제력만 존재한다면… 맨날 지지고 볶고 싸우고 힘들고 원수같이 지내는 것보다는, 같이 살아도 외롭잖아요. 부인이 있어도 외롭고 힘들고 없어도 외롭고 힘들지만, 같이 살면서 너무 힘든 건 표현할 방법이 없잖아요. 저는 배우자가 없어도 여자가 경제력만 있다면 혼자 살 수 있을 것 같아요.

〈411회 남편이 없어야 행복하다?〉 중에서

선우은숙 선생님이 전제하신 말처럼 배우자와 화목하게 여생을 함께 할 수 있다면 좋다. 혼자 살아도 외롭고 힘들고, 같이 있어도 외롭고 힘든데, 같이 살면서 너무 힘든 건 표현할 방법이 없다는 얘기도 참 와닿는 말이었다. 혼자여서 행복하다는 선우은숙 선생님이지만 살다보니 이런 생각을 하신 적도 있다고 했다.

선우은숙 지금 혼자 살잖아요. 가끔 부러운 게 있더라고요. 제가 혼자 살아도 행복하다 남편이 없어도 편하다 그랬는데 가끔 친구들을 만나면 자기 남편 흉을 엄청 봐요. 원수 같다는 둥 다 얘기해요.

그런데 든든하게 뒤에 있는 남편의 백이 이 친구를 굉장히 세워주는 거예요. 이 친구가 어떤 얘기를 다 쏟아내도 이 친구가 약해 보이질 않는 거예요. 남편이라는 든든한 백이 친구의 힘이 되는 걸 봤어요. 그래서 저런 남편의 그늘이 부럽다고 생각한 적이 있어요.

<370회 내 인생에서 남편을 빼고 싶다> 중에서

혼자 있어도 행복하지만 때론 남편의 그늘이 부럽기도 하다고 하셨다. 선우은숙 선생님의 생각에 이어서, 이럴 때 남편이 있어 든든하고 좋다는 다양한 생각들이 나왔다.

김아린 무슨 일이 있으면 신랑이 "이렇게 하면 좋겠다 저렇게 하면 좋겠다" 항상 조언을 해주니까 길을 잃지 않게 되는 것 같아요.

팽현숙 법적인 문제, 변호사를 만나거나 사건사고 있을 때 남편이 같이 나가주면 너무 든든해요. 음식점에 술 마시는 분들이 있으면 가끔 좀 속상할 일이 생길 때가 있어요. 남편이 문 닫으려고 밤 9시쯤 나타나서 일을 도와주면 너무 든든하고 고마워요.

<370회 내 인생에서 남편을 빼고 싶다> 중에서

남편이 있어서 좋고, 없어서 좋고, 다 맞는 말이다. 남편이 있어서 좋을 때가 있지만 힘들 때도 있고, 남편이 없어서 외로울 때가 있지만 행복한 순간도 있는 것이다.

남편이 '필요하다', '필요없다'를 논의하는 건, 결국 지금 내 옆에 있는 남편이 고마울 때를 되새기고 혹시 혼자라면 지금 내 안의 행복을 찾는 것, 그런 의미인 것 같다.

사랑하면 가치가 생긴다

문정희 시인의 〈남편〉이라는 시를 보면 이런 표현이 나온다. "세상에서 제일 가깝고 제일 먼 남자, 나와 함께 밥을 가장 많이 먹은 남자, 전쟁을 가장 많이 가르쳐 준 남자, 그리고 내가 낳은 새끼들을 제일로 사랑하는 남자" 애증의 대상이면서 무수한 가치를 갖고 있는 존재다. 그런 남편을 남편으로서 가장 가치 있게 만드는 방법을 목사님께서 알려주셨다.

> 장경동 가치가 어디에서 오냐? 그 자체에도 가치가 있지만 사랑하면 가치가 생기는 거예요. 다이아가 비싸지만 사랑하지 않는 사람에게는 별거 아니에요. 개도 별거 아니에요 사랑하지 않는 사람에게는. 하지만 사랑하는 사람에게는 가족이에요.

그러니까 똑같은 물건을 두고 사랑하면 귀해지고 미워하면 가치가 떨어지는데, 남편과 자녀의 관계 속에서 자녀는 나에게 힘을 주는데 남편은 내게 골다공증을 줬다, 그게 정확하게 과학적으로 안 맞는 얘기에요. 실질적으로 마음에 힘을 줬지 골다공증 빼간 놈은 자식이에요.

더 사랑하는 쪽을 자식에서 남편으로 바꿔보세요. 중요한 건 내가 희생한 게 아니고 사랑이 식은 건 아닌지 생각해봐야 해요. 남자는 사랑하면 달을 딸 수가 없어도 진짜 달을 따러 갑니다.

〈53회 남편과 살기 위해 내가 버린 것들〉 중에서

참 신기하다. 사랑하면 발뒤꿈치마저 예뻐 보인다. 결혼 초 남편이 작은 입으로 오물오물 먹는 게 사랑스러웠는데, 권태기가 오자 오물거리는 모습이 꼴 보기가 싫더라는 얘기를 들은 적이 있다. 결혼 전 좋다던 모습을 이제는 싫다고 말하는 아내가 남편은 당황스러울 수밖에 없다.

사람의 마음이라는 게 변덕스러워서 상황에 따라 조금씩 변한다. 파도가 오르고 내리는 것처럼 사랑도 오르고 내리고 파도를 타기 마련이다. 한결같이 같은 모양의 사랑이 유지되기란 어렵다. 사랑도 형태가 바뀌어 가는 것 같다. 설레다가 불같았다가 안쓰럽다가 측은하다가 이 모든 게 사랑의 다른 모양이지 않나 싶다. 오물

거리며 먹는 모습이 보기 싫다가도, 혼자 밥 먹는 게 측은하다면 그것 역시 사랑이다.

얼마 전 오랜만에 선우은숙 선생님과 통화했는데 선생님이 그러셨다. "남편이 잘해줘? 그럼 된 거야. 지금 옆에 있는 사람이 잘해주고 잘 살면 된 거야. 딴 거 안 중요해" 다른 거 안 중요하단다. 그저 지금 내 옆에 있는 사람과 행복하면 된다고 해주시는 말씀이 참 감사했다.

지금 내 옆에 있는 사람이 남편이라면, 남편에게 사랑을 주어 가치를 부여하자. 사랑하면 가치가 생긴다. 내가 사랑해서 남편의 가치를 올리고 행복하면 된다. 남편을 남편으로서 가치 있게 만드는 게 나의 사랑임을 또 한 번 깨달았다. 시간이 좀 더 지나면 남편을 보는 마음이 지금과는 또 다르겠지만, 그땐 그때에 맞게 다른 사랑의 모습을 씌워주면 된다.

아내, 찐하게 고맙다

남자들이 생각하는 좋은 아내란?

아내가 없으면 못 산다고 고백하는 한 남자가 있다. 그래서 아내보다 내가 먼저 죽어야 한다고 주장한다. 근데 잠시 후 "내가 먼저 죽으면 당신이 없는 하늘나라에서 나 혼자 어쩌지" 죽음 이후까지 고민한다. 그 남자는 바로 최민수 선배님이다.

> **강주은** 저희 남편은 가족을 찾고 싶어 하고 가족이라는 존재를 굉장히 원했던 사람이었어요. 아이들이 태어나고 별 일 없이 커 가는 것도 하나하나 기적같이 생각하는 거예요. 자신이 못 받은 부모님의 사랑 때문에 가정을 이뤄 간다는 걸 굉장히 크게 느끼

더라고요.

그리고 또 하나 굉장히 중요한 게 확인을 받는다는 거예요. 제가 남편 해석을 잘 해요. 남편을 보면 너무 공감이 되고 이해가 돼요. 그래서 남편은 거기서 확인을 받는 거예요. 어렸을 때부터 남편을 확인시켜주는 사람이 없었던 거예요. 항상 나는 틀렸나? 나만 독특한가? 남편이 살아오면서 들었던 말은 "넌 깨진 집안에서 자랐기 때문에 성공하지 못할 거다"였어요. 그래서 확인을 못 받았는데 이제는 저를 통해서 확인을 받아요. 남편은 저에게 "주은이는 나의 거울이야"라고 말해요. 저는 같다고 느끼고 싶진 않은데 나름대로 같아요. (웃음)

우리 앞으로 행복하게 살자 이런 상상을 하다가, 남편이 갑자기 "주은이가 없으면 나는 의미가 없어. 나는 어떻게 살아?"라는 얘기를 해요. 남편이 그런 얘길 하길래 제가 "앞으로 일은 모르는 거지" 답하면 남편이 그래요.

"주은아, 가급적이면 내가 먼저 가야 하는 거야. 주은이가 먼저 떠나면 안 돼. 그럼 나는 못 살아. 정말 못 살아. 근데 잠깐만, 하늘나라에 가면 주은이가 없잖아" 그러는 거예요. 그래서 제가 남편에게 위로해준 게, "당신이 먼저 하늘나라에 가도 하늘나라에도 급이 있으니까 내 단계까지 가기 위해서는 시간이 걸릴 거야. 그동안 훈련을 받고 있으면 내가 도착할 쯤엔 만날 거야"라고 얘기해요.

〈241회 너만 아프냐?〉 중에서

119

최민수라는 남편에게 강주은 언니는 최고의 아내다. 나의 거울이자 내 삶을 확인하고 인정해주는 아내라니, 그보다 더 좋은 아내가 있을까.

남편들은 어떤 아내를 좋아할까에 대해 논의한 적이 있다. 남편들이 생각하는 좋은 아내의 조건에 배려심이 있는 사람, 남편 일에 간섭하지 않는 사람, 나를 이해해주는 사람, 굳이 아내가 아니더라도 이런 사람이라면 누구라도 좋아할 만한 조건들이 나왔다. 리액션이 큰 사람이 좋다, 경제적 능력이 있는 사람이 좋다, 살림 잘하는 여자가 좋다, 무조건 예쁜 아내가 좋다 등 각자의 상황과 성향에 맞게 구체적인 조건들도 얘기했다. 역시나 빠지지 않고 지금 아내에 대한 불만과 고충도 많이들 토로했다.

근데 아내에게 고마웠던 순간을 얘기하라니까 봇물 터지듯 여러 이야기가 쏟아져 나왔다. 신기했다. 아내에 대한 불만이 작은 물결이라면 고마움은 큰 파도였다. 찐한 고마움을 표하는 내용들이 이렇게 많을 줄 미처 몰랐다. 결국 아내는 고마울 수밖에 없는 존재란 말인가? 좋은 아내란 지지고 볶아도 결국 지금 내 옆에 있는 아내였다.

경제력 있는 아내가 고맙다

함익병 선생님이 대놓고 부러워하는 대한민국 남자가 있다. 바로 홍혜걸 선생님. 그의 아내 여에스더 선생님의 경제력 때문이다.

> **함익병** 저는 대한민국에서 제일 부러운 남자가 있어요. 홍혜걸.
> 어제도 저녁을 같이 먹는데 너무 부러운 거예요. 부인이 돈을 다
> 벌어 와요. 홍혜걸 기자는 자기가 하고 싶은 것만 해요. 유튜브 방
> 송 프로그램을 하는데 정말 공익적인 것만 해요. 아무리 봐도 돈
> 벌 아이템이 아니야. 근데 돈은 아내가 벌어서 대주는 거예요.
>
> 〈212회 성공이 대수냐?〉 중에서

실제로 대한민국 사회에서 가장의 무게는 경제력과 직결되기에 돈의 무게를 덜어주는 아내는 고맙지 않을 수 없다. 특히 내가 경제적으로 무너졌을 때 도와준 아내라면 더할 나위 없다. 남편이 진 빚을 자신의 전 재산을 바쳐 갚아준 아내, 그 아내에게 평생을 갚으며 살겠다고 결심한 남자가 있다.

> **최홍림** 제가 이것저것 사업으로 인해 많은 빚을 지게 됐어요.
> 너무 빚이 많으니까 아내든 뭐든 다 싫어서 도망가고 싶었어요.

아내가 왜 그러냐고 그러더니 당신이 갚아야 할 빚이 얼만지 쓰라고 하더라고요. 6명 정도에게 갚아야 할 몇 십 억이란 돈을 썼어요. 딱 보더니 두 날 있다가 이분들 다 만났으면 좋겠다고 힘들어도 좀만 참으라고 하더라고요.

아내가 돈을 마련한 것 같았어요. 아내가 그분들 만나러 같이 가자고 하더라고요. 화장을 곱게 하고, 내가 봐도 예뻤어요. 그분들을 만났는데 아내가 울어요. 막 울어요. "우리 남편 방송하고 싶은 사람인데 빚이 흠이 되어서 힘이 듭니다. 이거 얼마 안 되지만 만족하실 걸로 생각합니다. 도와주십시오."

막 울면서, 아내가 그 금액의 60~70% 주는데 그분들이 그 돈을 보지도 않으시더라고요. 우리 아내 눈물에 고맙다고 하시더라고요. 그 여섯 명이나 되는 사람을 만날 때마다 우는 거예요. 한 분 한 분 만날 때마다. 그때 '내가 당신에게 이 빚을 다 갚으리라' 결심했어요.

마지막까지 다 만나고 나서 아내가 남산을 가자는 거예요. 남산 돈까스, 그거 되게 큰데 아내가 그걸 다 먹더라고요. 그러면서 집에 오는데 편한가봐. 배부르다고 집에 가서 빨리 자고 싶다고 기분 좋다고 하더라고요.

다음날 저한테 돈을 조금 주더라고요. 당신 사람들 만날 때 돈 필요하니까 이 돈으로 쓰라고요. 저는 근데 그때도 아내가 나 몰래 돈이 있는 줄 알았어요. 아니었더라고요. 전 재산을 나한테 다 준 거고 돈 필요할 때 장모님께 타서 썼더라고요. 그래서 '우리 아내

가 나를 위해 이렇게 해줬구나' 그 부분에 대해서 말은 안 해도
늘 감사하게 생각했어요.

〈125회 어쨌거나 남편은 필요하다〉 중에서

80억을 빚진 남편과 그 빚을 갚아준 아내로 동치미에 첫 출연했
을 때 어떻게 저런 아내를 얻을 수가 있냐며 모든 출연자들이 최홍
림 선배님을 부러워했었다. 당시 오히려 너무 당당한 홍림 선배님
을 비난하기도 했었는데, 그 마음 깊숙이 아내에 대한 고마움이 왜
없었겠는가. 그때의 모든 순간을 기억하며 이렇게 아내에 대한 감
사함을 표현했다.

왕종근 저는 지금 아나운서 그만두고 프리랜서 한 지 딱 22년
째예요. 프리랜서는 일이 많이 들어올 때도 있고, 뚝 떨어질 때도
있잖아요. 근데 프리랜서를 하고 한 7, 8년 됐을 때 갑자기 일이
뚝 떨어진 거예요. 방송이 하나도 없는 거예요. 그 당시로 봐서는
한 달 동안 일이 없을지, 1년 동안 일이 없을지, 10년 동안 일이 없
을지, 영원히 방송은 끝난 건지 모르잖아요. 그게 프리랜서잖아요.
결과부터 얘기하면 두 달 정도 쉬었어요. 완전히 아무 일 없이 두
달 정도 쉬어봤는데. 일이 없으니까 저도 모르게 거실에 앉아 있

어도 멍하니 이렇게 있는 거예요. '나 이대로 영원히 일 없으면 어떡하지', '프리랜서 잘못한 거 아니야?', '사람들이 KBS 그렇게 못 그만두게 했는데 괜히 그만둬서' 등등 온갖 생각이 다 나는 거예요.

아내가 그때 참 고마운 얘기를 하더라고요. 진짜 평소에 잔소리 많이 하고, '왜 이렇게 못됐지' 이런 생각 들 때가 많거든요. 그런데 정색을 하고 하는 말이 "당신은 진짜 고민하는 거 안 어울린다. 집에 쌀이 있는지 없는지도 신경 쓰지 말고, 그냥 이 세상에 소풍 나온 아이같이 아무 생각없이 놀아라. 이 세상 좀 즐기다 가면 안 되나. 당신이 일을 못하면 내가 할게" 그러는 거예요.

우리 아내가 성악을 했으니까 음악 가르치고 이런 것도 했거든요. "내가 피아노 학원을 하든지 성악을 하든지 내가 나가서 벌게. 그니까 당신은 절대 쌀 떨어지는 거 걱정하지 말고 제발 인상 좀 피고 살아라. 못 보겠다" 그러는데, 아, 그 말이 진짜 고마운 거야. 아내의 그때 그 고마운 말이 나한테는 평생 갈 것 같아요.

〈443회 여보! 나도 위로받을 곳이 필요해〉 중에서

"당신은 돈 걱정하지 말고 그냥 인생을 즐겨라. 당신이 일을 못하면 내가 할게" 왕종근 선생님은 아내의 그 한마디가 평생 고맙다고 하신다. 경제적 불안감으로 위축되어 있을 때 그것을 덜어주는 말만이라도 남편에게는 이렇게 큰 힘이 된다.

시댁에 잘하는 아내가 고맙다

나를 키워준 내 부모, 내 가족에게 잘하는 아내는 남편의 얼었던 마음도 녹였다.

이창훈 제 아내가 어린 나이에 결혼했으니 싸움만 하면 "이혼해"라고 하더라고요. 부부싸움 할 때마다 이혼하자는 얘기를 6개월 들으니까 이젠 안 되겠어요. 이혼하자고 했어요. 낼 아침에 나가라고 했어요. 다음날 아침에 거실로 나갔는데 아내가 집에 있는 거예요.

"이제 끝났으니까 가" 그랬더니 울먹울먹하면서 시어머니랑 언니들이 보고 싶어서 못가겠다고 그러는 거예요. 저는 홀어머니다 보니까 나한테는 못해도 되는데 우리 엄마에게 잘하는 모습에 감동을 받는 거예요. 화났던 게 확 사라지는 거예요. 우리 엄마를 너무 좋아하고 사랑하는데 우리 갈라놓지 마라는 아내의 한마디에 화가 싹 사라졌어요.

〈281회 결혼이 내 인생을 바꿨다〉 중에서

이창훈 선배님은 시어머니를 너무 사랑하는 아내의 모습에 화났던 감정이 확 사라졌다고 하셨다. 다툼마저 무마시킬 정도의 큰 고마움이었던 것이다.

살아계신 내 부모를 챙겨주고 보살펴주는 아내에게 큰 고마움을 가진 분들도 많았다.

이상해 아내한테 감사한 거야 왜 없겠어요. 다 있겠지. 저희는 어머님과 같이 살잖아요. 말은 안 하지만 아내가 일 보러 나갈 때 꼭 어머님 방문 열고 "어머님 저 나가요" 인사하고, 집에 들어올 때 꼭 문 열고 "어머님 괜찮으세요" 그러는데 너무 그게 고마운 거예요. 그걸 보고 너무 고맙죠.

근데 그걸 말로 하거나 물질적으로 하거나 그러지 않았어요. 제가 아내를 위해 '효'라는 배지를 만들어서 가슴에 달고 다녀요. 방송을 보면 제 진심을 느낄 거예요. 아버지 어머님 외할머니까지 모시고 산다고. 지금까지 한 번도 따로 살아본 적이 없어요.

〈285회 아내 덕에 산다〉 중에서

이경제 작년 5월에 셰익스피어 비극과 같은 일이 다 벌어졌어요. 아버지 뇌출혈로 쓰러져, 형님은 선거 떨어져, 안 좋은 일이 다 터지는데 제가 정신 안 차리면 우리 집안이 다 무너지겠더라고요.

그래서 저는 일을 해야 했어요. 하루 18시간씩 일을 했어요. 한의원도 하고 방송도 하고 강연도 하고 홈쇼핑도 하고 18시간씩 일을 하니까 아버지께 매일 못 가요. 근데 아내가, 중환자실은 면회 시간이 정해져 있는데, 그 시간에 매일 가서 아버지 면회를 하고 어머니를 챙겨드리더라고요. 처음엔 몇 번 하다 말겠지 했는데 매일 가요.

제가 결혼할 때 한 말 있잖아요. 효도는 셀프다. 나는 처가댁에 잘할 생각 없으니 너도 시댁에 잘할 생각하지 마라, 각자 알아서 자기 부모님 효도는 하자 했는데, 제 부모님께 제가 해야 하는 효도를 아내가 하는 거예요. 한 달쯤 됐을 때였어요. 아니 왜 그렇게 시댁에 매일 가냐고 그러니까 "당신 일이 내 일 아니야?" 딱 그러더라고요. 아, 그 말에 '나는 쪼잔한 놈이구나', '아내보다 그릇이 작은 놈이구나' 깨달았어요.

잘 보이려고 한 말이 아니잖아요. "당신 일이 내 일이야" 그냥 한 말인데 내가 너무 쪽팔리는 거예요. 나는 그동안 다 계산하고 살았거든요. 근데 "당신 일이 내 일이잖아" 그 한마디에 내가 이 여자 남은 인생 끝까지 책임지고 살아야겠구나, 그런 생각을 했어요.

〈125회 어쨌거나 남편은 필요하다〉 중에서

평생 시부모님을 모시고 살아준 것도 고맙지만 매일 오갈 때마다 챙기는 안부 인사가 너무 고맙다는 이상해 선생님, 시아버지 병문안을 매일 가는 것도 고맙지만 당신 일이 내 일이라서 당연하다는 아내의 한마디가 사무치게 고맙다는 이경제 선생님이었다. 가족문제 전문가 강학중 소장님은 살아계신 부모님을 챙기는 것뿐만 아니라 돌아가신 내 부모를 기억해주는 것도 남편으로서 참 고마운 일이라고 말씀하셨다.

이외에도 고마움의 순간은 많았다. 내 목숨을 살려줘서 고맙다는 남편도 있었고, 극한의 순간에 놓이자 생각나는 사람이 아내밖에 없더라는 남편도 있었다.

남편이 고마워하면 아내도 고맙다. 장정희 선생님이 그랬다. 평소에 시댁 어른들께 용돈도 드리고 잘해드리는데, 평생 한마디도 안 하던 남편이 어느 날 술이 잔뜩 취해서 들어와 고맙다고 하더라고. 그렇게 말해주는 남편이 상당히 고마웠다고 고백하셨다. 고마움의 감정은 서로 좋은 지층을 이루며 쌓여간다.

근데 이것도 알아줬으면 좋겠다. 아내 역시 처가에 잘해주는 남편이 얼마나 고마운지 모른다는 것을. 내가 고맙다고 느끼는 걸 반대로 해준다면 상대도 분명히 고마워한다. 아주 간단한 원리다. 내가 고맙다고 느끼는 것을 상대에게 해줄 수 있는 배려까지 있으면 참 좋겠다.

살면서 항상 좋을 순 없다. 항상 마음을 표현하기도 쉽지 않다. 근데 정말 일생에 잊히지 않는 고마움, 그거 하나쯤은 가슴 속에 안고 사는 게 부부임을 또 배운다.

이혼은 살고 싶어서 하는 거예요

이혼은 누구나 생각한다

이혼과 관련한 다양한 주제를 다뤘다. '나는 오늘도 이혼을 꿈꾼다', '내가 이혼하지 않는 이유', '이혼할 자격 있으세요?', '오늘도 이혼하고 싶다', '이혼은 아무나 하는 줄 알아?', '여보, 나도 이혼하고 싶을 때가 있어!' 등 제목만 다를 뿐 안에서 다루는 이야기는 비슷하다. 이혼하고 싶었던 순간, 이혼을 막는 이유, 이혼 후 재혼에 대한 생각들, 우리가 살면서 생각하고 겪을 수 있는 이야기들이다.

이혼을 생각한 적이 한 번도 없다는 부부는 거짓말이다. 작게는 배우자의 맘에 안 드는 행동이나 습관부터 크게는 다른 가치관, 경제적인 문제까지 살다보면 안 맞는 것투성이 부부 사이가 어찌 마냥 행복할 수 있겠는가. 나를 서운하게 만들거나 속상하고 힘들 때면, 이 사람과 계속 살아야 하나 싶은 생각이 들게 마련이다. 김용림 선생님도 그런 생각을 하신 적이 있다고 하셨다.

김용림 저도 정말 죽기 살기로 사랑해서 결혼했어요. 이 남자 하나면 행복할 줄 알았는데 그게 착각이었죠. 결혼이라는 건 이 좋은 남자 하나와 하는 게 아니라는 것을 결혼하고 깨달은 거죠. 아, 그 옆에 가족이라는 사람들이 있구나. 나와 다른 생활을 20여 년간 해왔던 남자의 가족이 있어요. 나는 결혼이 좋은 남자와 사는 것만이 아니라는 걸 너무 빨리 깨달았어요.

시집살이 할 때 정말 너무 힘들어서, '나도 남편만큼 돈도 잘 버는데, 내가 왜 이렇게 고생을 하며 살아야 해?' 하는 생각이 들었어요.

내가 한번은 이혼하자고 했는데 우리 남편이 담배를 피우면서 일주일만 기다려 달래요. 근데 일주일 기다려 달라는 게 이 나이가 되도록 사는 거예요. 대답을 안 해줘요.

〈197회 오늘도 이혼하고 싶다〉 중에서

이 사람 하나만으로 행복할 줄 알았는데, 같이 사는 시어머니와 갈등이 있을 줄은 상상하지 못하셨던 거다. 시집살이로 너무 힘들 때 남일우 선생님께서 김용림 선생님을 집밖으로 데리고 나가시더니, 앞에 시어머니가 있다고 생각하고 마음껏 토해내라고 하신 적

도 있다고 했다. 그 앞에서 한참을 토해내고 나니 살 것 같더라는, 그리고 남편에게 미안한 마음도 들었다는 얘기도 기억난다.

남일우 선생님은 이혼까지 생각할 만큼 힘든 아내의 시집살이를 잘 아셨고, 아내를 다독여줄 방법을 아셨던 것 같다. 이렇게 배우자의 이해와 배려로 무마될 수 있다면 매우 고마운 일이다. 그러나 부부가 살다보면 그렇지 않은 경우들이 생긴다.

이혼은 정말 살고 싶어서 하는 거예요

이혼은 누구나 생각할 수 있다. 그러나 이혼을 생각하는 것과 실행하는 것은 다르다. 실제로 이혼을 겪으셨고, 그 실체는 얼마나 힘겹고 어려운지를 잘 말씀해주신 분이 계셨다. 이혼은 우리가 쉽게 말하는 단어지만, 그것의 무게를 느껴보지 않았다면 말을 마라는 뼛속 깊은 진담을 말씀해주신 금보라 선생님이었다.

> **금보라** 이혼을 안 해봤으면 말을 말아요. 이혼을 우리가 웃으면서 얘기하지만 이혼이라는 단어 자체는 상당히 신중한 거고, 미래의 불안감과 모든 게 내포된 거거든요.
> 진짜 이혼하고 싶은 사람은 이혼 생각 안 해요. 진짜 이혼하고 싶은 사람은 '재산을 절반 줘야 하나', '저 인간이 뭐가 있는지

조사해 봐야 하나' 이런 생각 안 해요.

이혼이라는 것을 여자가 선택했을 때 정말 살고 싶어서 하는 거예요. 이놈하고 살아서 죽고 싶다가 아니라 이놈과 살면 나도 죽고 애들도 죽으니까 그런 상황이 닥쳤을 때, 살고 싶다는 절박함 때문에 이혼하는 거예요. 성격 차이로 이혼한다고요? 성격이 안 맞는다고 가족이 다 찢어져야 해요? 남들이 먹고 살 만하니까 이혼하지? 천만에, 먹고 살 만하면 이혼 잘 안 해요.

〈197회 오늘도 이혼하고 싶다〉 중에서

나는 '이혼' 하면 떠오르는 게 바로 이 말이다.

"이혼은 살고 싶어서 하는 거예요."

이혼에 대한 개념을 재정의해준 말이다. 실제로 이혼도 하고 재혼도 하신 금보라 선생님의 이야기 때문에 그게 얼마나 아프고 어려운 것인지 알았다.

살면서 뭘 바꿔본 적이 없다고 하신 금보라 선생님이었다. 전화번호, 주유소 모든 걸 다 똑같이 쓰는데 바뀐 건 남편밖에 없다고 말씀하신 금보라 선생님. 다른 걸 바꿔본 적이 없다는 사실은 남편을 바꿨을 때 얼마나 큰 우여곡절이 있었는지를 반증한다. 최근 녹화에서도 비슷한 말씀을 해주신 변호사님이 계셨다.

이지훈 사람들은 참을 수 있는 것만 참아요. 본인이 죽고 싶다 생각까지 이르지 않으면 이혼을 하지 않아요. 제가 이혼을 결심한 이유는 3가지가 있었어요.

첫 번째 실수는 제가 사법시험에 붙었다는 걸 성공했다고 착각한 거예요. 두 번째 실수는 제가 삶에 대한 통찰이 없었던 거예요. 왜 사는지 몰랐던 거예요. 공부만 잘하고 시험만 붙었지, 사람으로 사는 방법을 몰랐던 거예요. 세 번째는 여자의 일생을 몰랐던 거예요. 그 전에는 그냥 사람으로 살았는데 결혼을 하니까 아내고, 며느리고, 엄마인 거예요. 그때 내가 여자였구나를 안 거예요.

이 세 가지가 어우러지면서 나락으로 떨어진 거예요. 우울증이라는 긴 터널에 빠졌고, 생사를 넘나드는 사투를 벌였죠. 그러면서 내린 결정이 '나답게 살자' 그래서 이혼을 선택한 거죠.

〈426회 이혼보다 재혼이 더 힘들다?〉 중에서

결혼 13년차 이혼 6년차라고 소개하신 변호사님은 담담하게 이혼의 이유를 설명해주셨다. 사람마다 이혼의 이유는 천차만별이겠지만 결정적인 건 이것이라고 말해준다. 죽을 것 같은 순간에 이르지 않으면 이혼하지 않는다는 것. 결국 살기 위해서 이혼한다는 것과 같은 말이다.

"결혼은 신중하게 하는 거고 이혼은 신속하게 하는 거죠"라며 좌중을 웃음에 빠뜨리셨지만, 그녀의 담담한 고백은 꽤나 용기 있게 느껴졌다. 다행히 변호사님은 이혼 후에 후회해본 적이 단 한 번도 없다고 말씀하셨다. 이에 함익병 선생님은 이혼을 할 거면 저렇게 후회 없는 이혼이어야 한다고 응답했다. 아마도 주변에 이혼 후 더 힘들어하는 이들도 있기 때문에 하신 말씀일 것이다.

실제로 이혼을 하고 나서 극심한 우울증에 시달렸다는 고백들도 있었다. 그토록 원한 이혼이었을지라도 하고 나서 100% 후련했다는 분은 없었다. 이혼을 해보지 않은 사람은 말하지 말라는 금보라 선생님의 말이 백분 이해가 되었다.

내가 이혼하지 않는 이유

살다 보면 이혼으로 치닫는 순간들이 있지만 그 시간을 넘기게 해주는 것들도 있다. 내가 이혼하지 않는 이유들에 대해서도 들어보았다.

> 이경제 내가 〈동치미〉 하면서 왜 그렇게 아내에게 이혼하자고 했는지 기억이 하나도 안 나요. 요즘 좀 여유로워졌거든요. 요즘 와서 깨달은 게 제가 이혼하지 않고 사는 건 딱 2가지의 힘이에요. 하나는 아내의 인내, 아내가 절대 이혼할 생각이 없는

거예요. 둘째는 큰애와 작은애의 만류.

제가 한번은 아침, 점심도 못 먹고 너무 배가 고파서 "비빔밥 좀 해줘" 그랬어요. 아내가 소파에 누워 있다가 귀찮다는 듯이 일어나서 밥을 비벼서 탁 놓는데 개밥 놓듯이 놓는 거예요. 내가 순간 개 같은 대접을 받고 있다는 생각이 들어서 너무 화가 나는 거예요. 개만도 못한 대접을 받고는 살 수 없다고 생각했어요.

그때 큰애가 학원 갔다 왔는데 아빠 이혼해야겠다고 말했어요. 아빠 이혼하면 자기 삐뚤어질 거라고 해서 그래도 이혼해야겠다고 하니 그럼 자기 자살할 수도 있다고 하는 거예요. 내가 생각을 했죠. 딸 입에서 그런 단어를 나오게 한 게 너무 미안한 거예요. 다시 딸에게 가서 "아빠 어떤 일이 있어도 이혼 안 할게" 네 입에서 그런 단어를 나오게 한 게 너무 죄스럽다고 말하고 이혼 안 했어요. 그날 이후로 단 한 번도 부부싸움을 안 했어요.

〈197회 오늘도 이혼하고 싶다〉 중에서

많은 분들이 자녀를 생각하면 이혼을 멈추게 되더라는 얘기를 하셨다. 나만 참으면 내 자녀에게 좋은 아빠 (혹은 엄마), 할아버지, 큰아버지 등 가족을 유지하게 해줄 수 있을 거란 생각이 들었다고 말씀하셨다. 정 때문에 못한다는 분도 계셨고, 내 재산 나눠주기 싫어서 안 한다는 분도 계셨다. 어찌됐든 위기의 순간에 잡아줄 무

135

언가가 있다는 건 감사할 일이다.

부부간의 다툼이 이혼까지 가지 않기 위해 일상 속에서 하고 있
는 노력들도 들어보았다.

이무송 지나고 나면 왜 싸웠는지 정확히 기억도 못하는 것이
싸움의 시작이거든요. 근데 그 순간만은 나의 자존심과 내 목
숨이 걸렸다고 생각해서 싸우거든요. 둘 다 가해자다 보니까
답이 없어요. 결국은 그 밥에 그 나물이라는 거죠.
저 사람이 뭘 잘못했으면 나 또한 그 정도밖에 안 되는 사람이
라고 생각하면 상대를 이해하기 좀 더 쉬워지고 그 시간이 편
하게 지나가요.

함익병 부부관계에서 가장 중요한 게 외교의전이에요. 부부관
계는 철두철미하게 위선적이어야 한다고 생각해요. 위선이라
는 게 내 마음과 다른 이야기를 해야 하는 거예요. 외교의전에
서 가장 중요한 게 상대방에 맞게 해줘야 하는 거예요.

심진화 사귈 때랑 결혼은 다르기 때문에, 저는 저를 많이 바꿨
어요. 저는 초등학교 이후 팔씨름을 어디 가서 져본 적이 없어
요. 근데 김원효 씨 앞에서는 무거운 건 못 들겠다고 하고 약한
척을 해요. 내숭도 떨고 남편으로 하여금 나를 여자로 볼 수 있
게 행동해요.

〈342회 나는 오늘도 이혼을 꿈꾼다〉 중에서

심진화 언니가 남편을 위해 나를 바꾼다는 얘기를 하자 김영옥 선생님께서 말씀하셨다.

"60년이나 산 사람이 결혼해서 8년밖에 안 산 사람한테 배워야 할 게 많네요."

보통은 상대가 나에게 맞춰주길 바란다. 내 뜻대로 상대가 변화하지 않으니 다툼이 생긴다. 근데 이분들은 말씀하신다. 내가 상대에게 맞추는 의전을 해야 한다고. 내가 상대의 필요를 알아보는 것이다. 그리고 상대방에게 맞추기 위해 나를 바꾼다는 것이다. 기준이 내가 아니라 상대방이었다.

프로그램 중간쯤에, 성공적인 재혼생활을 하고 계신 금보라 선생님께 이경제 선생님이 질문했다.

이경제 궁금한 게요. 성격이 조금 모나셨잖아요.

금보라 많이 모났어요.

이경제 그렇게 모났는데 성공적인 재혼생활의 비결이 뭐예요?

금보라 모나지 않았기 때문이에요.

성격이 모났다고 인정하셨는데, 성공적인 재혼생활의 비결은 모나지 않았기 때문이라고 답하신다. 모났는데 모나지 않았다? 어떤 역설일까? 그 다음 말이 궁금했다.

금보라 지금 저에게 말씀하셨잖아요. 성격이 모났죠? 전 인정해요. 모났다는 기준은 나한테 안 맞으니까 모난 거예요. 우리 남편이 저에게 제가 치약을 중간부터 짠다고 '저거 성격이 모나서 그런 거야' 그러면 내가 모난 사람이 돼버리는 거예요. 서로 인정을 안 하니까 모난 거지만 인정을 하게 되면 전혀 모날 이유가 없어요. 치약을 중간부터 짠다고 뭐라 할 게 아니라 치약을 두 개 사면 되는 거예요. 그럼 모날 이유가 없는 거예요. 해결이 되는 거죠. 근데 "넌 왜 그러냐", "네가 잘못됐다" 그러니까 나는 모난 사람이 되는 거예요. 저를 인정하는 사람한테는 제가 모날 이유가 없는 거죠.

〈197회 오늘도 이혼하고 싶다〉 중에서

"네가 잘못했어. 넌 문제야"라고 하면 상대는 문제가 있는 사람이 되고 관계는 힘들어진다. 그냥 인정해주면 모날 이유가 없는 거다. 금보라 선생님은 이혼 상담을 요청받을 때, "불행한 결혼을 지속하라고 할 수도 없지만 이혼해서 행복하다는 보장도 없으니 한 번만 더 노력해봐라"고 얘기해주신다고 하셨다. 재혼해서 행복해질 수 있는 사람이라면 지금 결혼생활에서도 그 노력의 10분의 1만 한다면 더 많이 행복해질 수 있다고 말씀하셨다. 아, 이혼을 얘기하다가 결국엔 결혼생활의 교훈을 배운다.

〈동치미〉 공식 로봇, 함익병 선생님. 그렇지만 조금만 알고 보면 로봇의 심장은 너무나 따뜻하다. 선생님과 함께 한 지 벌써 7년째다. 어렵사리 섭외했기에 내게는 의미가 있는 분이고, 〈동치미〉와 찐한 사랑에 빠져주셔서 더욱 기억에 남을 분이다.

섭외 거절에서 〈동치미〉 개근까지

정혜은 158회(2015년도 11월 21일)에 첫 출연을 하시고 그 후 간헐적으로 나오시다가 어느 순간부터 진짜 〈동치미〉 자리를 꿰차셨어요. 근데 마치 맨 처음부터 함께 하셨다는 듯이 참 자연스러워요.

함익병 대부분 프로페셔널들이 방송을 하잖아요. 근데 유일하게 프로페셔널리즘에서 벗어나서 아마추어리즘으로 방송을 하는 게 나라고 생각해요. 대부분 사람들이 아마추어라고 하면 '못한다', '서툴다'고 생각하고 사실 그런 개념도 있긴 한데요. 고대 그리스 시절에 두 단어의 뜻을 보면 프로페셔널리즘은 이것을 통해서 돈을 벌어야 하는 사람이고 아마추어리즘은 그냥 좋아서 하는 사람을 말해요. 나는 〈동치미〉에 오면 그냥 즐거운 거야. 내가 만일 이 프로그램에 잘 녹아들었다고 봐준다면, 많은 프로페셔널들 사이에 아마추어가 한 명 껴서 즐거워하는 모습을 보고 좋아해주는 게 아닐까 생각하는 거지.

　정혜은　선생님은 〈동치미〉를 두 번 거절하셨어요. 한 번은 작가들 섭외 전화
에 일말의 여지도 없이 거절, 두 번째는 안면을 튼 저의 요청에 에둘러 거절하다
가 저의 끈질긴 요청에 못 이겨 나오셨죠. 근데 1년 남짓 하시더니 〈동치미〉를
한 번도 빠지지 않는 게 올해의 꿈이라고 선포를 하셨어요. 그렇게 바뀌게 된 계
기가 있으셨나요?

　함익병　첫째, 나는 〈동치미〉에 나오는 이경제 원장을 보면서 의사 같지 않아
서 그 옆에 껴서 무슨 얘기를 한다는 게 무슨 가치가 있나 생각했고요. 둘째, 사
람들의 신변잡기 얘기를 하는 거잖아. 그래서 저걸 누가 봐? 생각했지. 정보도
없고 그렇다고 되게 재밌는 것도 없다고 생각했어요. 근데 첫 방송 갔을 때 이경
제 원장을 보니 의외로 사람 쿨하고 좋다고 생각했고요. 그리고 방송하다 보니
느낀 게 이렇게 많은 사람의 삶의 모습을 이렇게 짧은 시간에 많이 들을 수 있는
게 없더라고. 이런 걸 통해서 내 삶의 폭이 넓어져서 좋다 했죠.

정혜은 선생님의 〈동치미〉 거절 이유가 이경제 선생님이라는 걸 섭외한 저만 알았잖아요. 선생님을 겨우 설득해서 녹화장에 앉혔는데, 녹화하면서 이경제 선생님이 선생님을 공격했단 말이에요. 그때 제가 얼마나 가슴이 조마조마했는지 몰라요.

함익병 나는 그런 건 프로그램의 성격상 누군가에게 쏘는 맛이 필요했기 때문에 했을 거라 생각하지 악의가 있어서 그러는 건 아니라고 생각하지.

정혜은 그게 선생님의 좋은 모습인 것 같아요. 보통은 상처받고 안 나오기도 하거든요.

함익병 나는 원래 그런 생각이 별로 없는 사람이에요. 명백하게 나의 명예를 훼손하기 위해 덤버드는 사람이 아니면 어떤 상황에서 그런 역할을 하는 것에 대해서 별로 불편하게 느끼지 않는데 나중에 경제가 나한테 묻더라고. 자기가 그때 확 찔렀는데 화 안 났냐고. "그냥 재밌으라고 한 얘기 아니야?" 그러고 넘어갔지, 하하.

국민사위에서 함로봇으로

정혜은 사실 〈동치미〉 나오기 전에는 국민사위로 모든 여성들의 워너비 남편이었잖아요. 돈도 잘 벌고 잘생겼는데 집안일도 잘하고 돈도 아내에게 다 갖다 줘… 거기까지만 했으면 선생님은 여성 시청자들의 사랑만 받는 존재였을 거예요. 근데 〈동치미〉를 하면서 선생님의 더 깊숙한 실체가 낱낱이 밝혀졌어요. 〈동치미〉에서 선생님이 별명이 뭐죠?

141

함익병 로.보.트.

정혜은 그죠. 함로봇. 공감능력 제로, 함로봇이란 별명이 생겼죠. 첨에 그 말 듣는데 어떠셨어요?

함익병 전혀 아무렇지 않았어요. 나는 방송에서 아마추어이기 때문에 내 이미지가 어떻게 비치느냐에 대해서 별로 중요하게 생각하지 않는다는 거죠. 국민 사위의 모습을 보였다면 그것도 나의 모습이고 로봇처럼 보였다면 그것도 또 다른 나의 모습이라는 거죠. 근데 지금 로봇도 괜찮다고 생각을 해, 하하.

정혜은 "아이 러브 미" 명언을 남기셨잖아요.

함익병 나는 정말 세상 사람들이 이거 하나만큼은 지켰으면 좋겠어요. 나를 사랑할 줄 모르는 사람이 남을 사랑할 수 없어요. 내가 하는 모든 행위는 내가 편하려고 하는 거예요. 남들이 내가 장모님에게 잘한다고 생각한다면, 장모님을 각별히 사랑해서가 아니라 내가 나를 사랑하기 때문에 나를 위해서 '집이 조용해야 해'가 되는 거고, 장모님 상황이 어려우면 '우리 아내가 알면 마음이 상할 거야. 그러면 그 피해는 나한테 와'라는 결론! 나 좋자고 한 일이라고 생각해야 내 마음이 편하다는 거예요. 내가 처갓집에 이렇게 잘하는데 그만큼 못 받았다고 생각하면 속상할 수도 있잖아요. 근데 내가 나를 위해서 한 일이라고 생각하면 아무것도 아니잖아요.

'공감'과 '해결'에 대한 생각

정혜은 근데 내가 보는 선생님은 누가 힘든 일이 생기면 선뜻 도움을 주려고 하시는 따뜻한 사람이에요. 상대의 아픔을 공감하니까 그런 마음도 생기는 거 아닐까요?

함익병 정서적이고 따뜻한 이런 얘기를 할 때마다 나는 아닌 것 같다고 생각해요. 그게 마음이… 막 눈물이 나거나 그러진 않아, 하하. 저 친구가 어려우면 작게나마 도움을 주면 좀 해결이 되겠네. 머릿속에 계산이 되는 거지. '어떡하나. 눈물이 나' 이건 아니야. 예를 들어서 누가 다쳤다면 '아프겠다' 정도지 내가 아프진 않아.

정혜은 그건 당연하죠. 근데 예를 들어 저는 최홍림 선배님이 오늘 너무 힘들었다고 톡을 보내면 '왜 힘들지?', '무슨 일이지?' 걱정되고 그분의 이야기를 들어주려고 한단 말이에요.

함익병 나는 들어주려고 하는 게 아니라 해결해주고 싶어. 홍림이에게 문제를 얘기하라고 하는데 얘기를 안 해, 하하. 어떤 사람이 나한테 이런 얘기를 한 적이 있어요. 원장님과 얘기하고 난 다음에 정말 일이 잘된다는 거야. 내가 해준 딱딱한 얘기들을 자세히 듣고 그대로 하면 비즈니스가 잘 된대. 예를 들면, 어떤 친구가 중소기업을 하는 데 정말 좋은 사람을 뽑고 싶은 거야. 근데 실력 있는 친구들은 같은 조건이면 대기업을 가려고 하잖아. "월급도 많이 주는데 안 온다고 해요" 라는 말에 "얼마나 주는데?" 물으니까 삼성전자만큼 준대. "야, 그럼 네가 똑같은 조건이면 삼성전자 월급하고 네 회사 월급하고 똑같은데 어디를 가겠니? 너는 삼성전자 월급의 두 배를 줘야 해. 그래도 안 올 수 있어"라고 말했지. 나는 원인을 찾아서 해결하고 싶은 마음이 큰 거야.

정혜은 가끔 선생님이 답을 주면 출연자들이 한숨을 쉴 때도 있잖아요. 선생님이 주는 해결책이 다 맞는 말인데 너무 액자 속 결혼사진인 거예요. 현실은 난리부르스인데 액자 속 사진은 세상 행복한 듯 웃고 있잖아요. 저렇게 행복하게 살려고 결혼했고 저렇게 살아야 한다고 알고는 있지만 현실은 싸우고 지지고 볶는단 말이죠. 이게 선생님이 주시는 해결책과 현실 사이에 괴리가 있는 거죠.

함익병 근데 결국엔 액자 속 사진이 목표인 거잖아. 그리 가야지. 플라톤의 이데아론을 보면 이데아가 저기 있으니 저기로 가야 하는 거지. '이데아에 결코 도달할 수 없으니 나는 이데아와 반대 방향으로 가겠다', '내 맘대로 가겠다' 그러면 사람이 아니잖아. 내가 인간으로 가야 할 지향점이 있고, 그 지향점은 사람마다 각기 다르겠지만, 거기에 대해서 생각을 하고 고민도 하고 그 방향으로 가려고 애도 쓰고 하는 게 사람이지. 그냥 되는 대로 좋은 대로 살면 재미없을 것 같아. 그렇게 가는 과정 중에 어려움이 있을 때 얘기할 사람이 있으면 더 좋고요. 근데 그냥 자신의 얘기를 들어주는 것만으로도 해소가 될까? 그렇다면 그건 안 들어줘도 시간이 지나면 풀릴 일이에요. 돈이 없어서 문제가 생겼다? 그런 문제는 돈이 벌리기 전까지는 절대 해결이 안 돼요.

함익병의 '가지 않은 길'

정혜은 돈 하니까 생각나네요. 선생님이 어린 시절 찢어지게 가난했다고 했을 때 모든 출연자들이 놀랐잖아요.

함익병 정말 찢어지게 가난했어요. 그게 내가 돈을 벌어서 잘 살아야겠다는 내 삶의 방향성을 정해줬어요. 우리 아버지가 되게 부자여서 어릴 때부터 고기를 구워먹었다면 나는 분명 이렇게 살진 않았을 거야.

정혜은 그럼 어떻게 사셨을 것 같아요?

함익병 공부하고 살았겠지. 공부하고 학생들 가르치고 연구하고, 아니면 현실정치에 참여해서 정치를 했거나. 학문이나 정치는 여유가 있는 사람들이 하는 거예요.

정혜은 여유롭지 못해서 돈을 벌었고, 여유로웠다면 '이렇게 살았겠지' 하는 인생을 살지 못했잖아요. 그게 좀 아쉬우세요?

함익병 나는 문학적인 사람이 아니기 때문에 좋아하는 시나 이런 것도 별로 없는데, 로버트 프로스트의 〈가지 않은 길〉이라는 시는 굉장히 좋아해요. 어느 날 밖에 나갔는데 숲에 두 길이 나 있었다는 거야. "한쪽 길이 풀이 우거지고 사람이 밟지 않은 길인 것 같아서 나는 그 길을 갔다" 그러고 나서 마지막 문장이 뭐냐면 "나는 이 길을 선택했다. 그것으로 인해서 모든 것이 달라졌다"라고 해요. 중간에는 "내가 이 길을 선택했고 저 길도 언젠가는 가겠다고 마음을 먹지만 다시는 가지 못할 것을 안다"고 쓰인 문장도 있어요. 나이든 분이 자기의 살아온 삶을 자연의 오솔길에서 느꼈던 감정으로 담담히 쓴 거죠. 내가 가지 않은 길에 대해서 궁금하기는 해. 후회는 없고. 후회가 없다는 얘기는 아쉬움도 없어야 되겠지. 왜냐하면 후회와 아쉬움이라는 감정을 내 머릿속에 남기면 나는 그것 때문에 또 후회스러울 테니까.

정혜은 "아이 러브 미"를 위해서 후회나 아쉬움을 없애시는 것 같은데요?

함익병 지나간 시간에 하지 않았던 선택에 대한 아쉬움. 응, 아쉬움이라고 표현은 하겠지만, 아쉬움, 후회, 이런 단어가 내 마음속에 남으면 나한테 상처지 좋은 건 아니라는 거야. 그냥 굳이 묻는다면 '아련함'이라고 하면 가슴이 좀 덜 아플 것 같아. 결국 인간이란 이렇게 자기 합리화를 하지 않으면 힘들고 아프다는 거예요.
그리고 누군가가 나의 경험이 필요하다고 얘기하면 조언을 할 수 있을지언정 60살이 넘은 내가 사회의 주역은 아니라고 생각해. 나는 비교적 조로한 성격이고, 은퇴가 빨라지고 내가 사회의 뒷방지기로 밀려나가는 것에 대해서 그리 슬프지도 않아. 왜냐하면 내 자식들이 자라 올라갈 테고 그 친구들이 커 나가는 모습을 보는 것도 나이 든 사람 입장에서 좋다는 거야. 나이가 들어가면서 자꾸 움켜쥐려는 사람들을 보면 왜 저러지 하는 생각이 들어.

대화를 하는 내내 아련했던 선생님의 표정이 잊히지 않는다. 깊고 찐한 대화였다. 〈동치미〉를 할수록 순해진다는 함익병 선생님. 그의 노년의 모습이 기대된다.

146

〈동치미〉가 온에어 되면 세상 이런 단호박이 없다. 매회 한번은 "이혼하세요!"를 외쳤고. "오늘 아침에 이혼하려고 했잖아요!"로 말문을 연 게 얼마나 많았는지 모른다. 〈동치미〉 불이 꺼지면 세상 가장 넓은 배포의 사나이로 변한다. 쉬는 시간에 간식 담당은 기본(누가 요청하지도 않았는데), 출연자 한 명 한 명을 챙기시며 팀워크를 만들어주신 분. 어쩌면 그때가 그립다는 마음으로 선생님을 만났다.

정혜은 선생님이 〈동치미〉를 떠나신 지 1년이 넘었네요. 요즘은 어떻게 지내세요?

이경제 너무 좋아. 잘 지내고 있어요. 내가 40대 중반부터 7년 정도 〈동치미〉를 했는데 〈동치미〉는 학습의 장이었어요. 내가 제대로 된 인간의 모습을 갖추는 데 도움이 많이 됐어요. 난 사실 〈동치미〉 그만두고 심리상담을 30번 정도 받으면서 분노조절을 마무리했어요. 그래서 나는 이제 화를 잘 안 내요.

정혜은 〈동치미〉 그만둔 거랑 심리상담 받으신 거랑 연관이 있어요?

이경제 〈동치미〉가 나의 분노조절을 90프로 정도 완성시켜줬어요. 거기서 희노애락을 다 표출하다 보니까 어느 순간 이게 후련해지는 거야. 화병이 낫는 거지. 〈동치미〉를 하면 할수록 내 안에 있는 화가 다스려지는 거야. 90프로 정도 완성이 됐는데 마지막 10프로가 정리가 안 됐어. 근데 사실은 〈동치미〉에 있는 동안은 정리가 안 됐을 거야. 이제는 분노조절의 달인이 됐다는 것. 나의 이 학습 결과를 졸업작품으로 〈동치미〉가 마감할 때 보여드리고 싶다는 생각이 있지요.

〈동치미〉의 MSG, 욱하는 가장

정혜은 1회(2012년 11월 17일)부터 378회(2020년 2월 8일)까지 꼬박 7년을 넘게 하셨어요. 제가 요즘도 섭외를 할 때 듣는 말이 "거기 뚱뚱한 한의사 있지 않아요?"예요.

이경제 응, 아직도 환자들이 오면 하는 말이 "왜 〈동치미〉 안 나오세요? 선생님이 〈동치미〉에 안 나오니까 재미없어요" 이런 얘기 많이 해요. 어떻게 보면 독설가가 〈동치미〉에서 빠진 건 좀 아쉬움이 남는다, 이경제 같은 말은 이경제가 아니면 맛이 안 날 거라고 생각해요. 계속 사람들이 그런 얘길 할 때마다 내가 〈동치미〉에서 MSG 역할은 확실히 했구나, 이경제는 〈동치미〉의 MSG였다는 생각을 하죠.

정혜은 사실 〈동치미〉는 가족 얘기, 나의 이야기를 하는 프로그램이잖아요. 내 얘길 대중 앞에서 하는 게 쉬운 일이 아니거든요. 특히 선생님은 불특정 다수의 시청자들에게 욱하는 모습도 다 보여주셨잖아요.

이경제 나는 홈쇼핑을 한 지 12년쯤 됐어요. 또한 건강식품 회사 대표도 하고 있는데 내 홈쇼핑이나 건강식품의 고객, 한의원 환자들 90프로 이상이 여자예요. 근데 〈동치미〉에 나가서 내가 여자를 적으로 삼으면 안 되잖아. 굉장히 자제했어요. 근데 자제가 안 되는 거야! 말 같지도 않다고 생각했던 말들을 여성 패널이 하면 이게 안 참아지는 거야. 내 심리유형이 불이에요. 스티브잡스도 불이

거든. 조용조용 일어나는 불 없잖아요? 일부러 그런 역할을 하고 싶어서가 아니라 내 성향 때문에 욱하는 모습이 나온 거예요. 보여주고 나서 생각은 해. 그래서 나중에 제작진에게 전화하잖아요. "그거 좀 심하지 않나?", "내가 아내 욕을 좀 심하게 한 거 아닌가?" 그래서 괜찮다고 하면 그냥 가고 아니면 알아서 편집하겠다고 하는데, 재밌는 건 또 안 빼더라고, 하하.

정혜은 "아내는 사악하다", "내가 없이 비참하게 살아봤으면 좋겠다", "오늘 아침에 이혼하려고 했어요" 거침없는 폭로가 이어졌어요. 아내 분의 자제요청은 없으셨나요?

이경제 없죠. 얘기하지 말아달라고 했다는 말까지 내가 할 걸 아니까. 아내가 이경제를 잘 알고 있는 거죠. 아내 얘기는 더 심한 얘기도 많은데. 어느 정도 트레이닝이 되어 버려서 평상시에 하는 대화니까, 하하… 아내 주변에서도 "남편 그거 설정이지?" 물어본대요. 그럼 아내는 "아니야, 더 해" 그런대요.

우리 경제가 달라졌어요

정혜은 〈동치미〉를 한 지 4~5년이 넘어가자 선생님이 변했어요. 제가 예고 도 만든 거 기억나세요? "우리 경제가 달라졌어요" 이혼을 외치던 이경제가 몇 년 후 아내를 사랑한다는 고백을 하는 콘셉트로요. (이 와중에 아내를 사랑한다는 표 현을 한 적이 없다고 극구 부인하셨던 이경제 선생님. 나는 분명히 한 적이 있다고 주장했고, 절대 아니라는 이경제 선생님과 잠시 실랑이가 있었다. 결론은? "아내를 진짜 사랑하는 것 같아요"라고 말씀하신 영상을 내가 찾았다는 것!)

이경제 나는 〈동치미〉 처음 출연했을 때 사악한 아내들의 정체를 밝히겠다는 생각으로 시작을 했어요. 근데 하다 보니까 점점 아내들의 입장이 많이 이해가 되는 거야. 남편들이 문제가 많더라고. 그래서 나중엔 반반이 된 것 같아요. 사악 한 아내의 정체를 밝히겠다고 간 저격수가 나중에는 저격수의 본분을 잃어버리 고 오히려 여성들의 입장을 대변하기도 했죠.

정혜은 선생님이 생각하는 〈동치미〉 전과 후 달라진 점이 있어요?

이경제 난 많이 부드러워졌어. 한번 봐봐. 초창기 때 내 눈빛과 말투와 나중 의 눈빛과 말투를 보면 많이 달라졌을 거예요. 초창기 때는 그야말로 저격수처 럼 진짜 싸웠잖아. 우리 그때 마담들하고 진짜 싸웠어요. 근데 6개월 지나고 1년 지나면서 적당히 하는 법을 배웠죠.

정혜은 〈동치미〉를 통해서 선생님이 가장 크게 얻은 것이 있으세요?

이경제 너무 많아요. 〈동치미〉는 어찌 보면 나를 셀럽으로 만들어줬어요. 대 중들이 나를 좋아하게 만들어줬고, 건강식품 비즈니스를 하는데 브랜드를 만들어 준 것도 〈동치미〉이고. 또한 〈동치미〉를 하면서 만난 많은 패널들로부터 배운 간접 경험들, 그게 나는 참 커요. 격주마다 〈동치미〉를 하는 게 부담스럽기도 하고 힘들었지만 끝나고 났을 때의 성취감이 있었어요.

아버지의 빈 지갑

정혜은 〈동치미〉를 하면서 신기하다고 늘 얘기를 한 게, 〈동치미〉 의자에 앉으면 자기도 모르게 술술 얘기가 다 나온다고 했어요. 선생님도 느끼셨죠?

이경제 하하, 그렇지. 그게 무슨 굿판같이. 그 케미가 좋았지.

정혜은 선생님의 눈물도 인상적이었어요. 아버지 얘기할 때 많이 우셨죠. 아버지의 빈 지갑 얘기도 기억에 남아요.

이경제 나중에 보니까 그게 안 쓰는 지갑이어서 그랬다고는 하지만 나는 그런 생각이 안 들지. 아버지 유품을 정리하는데 지갑에 돈이 하나도 없는 게 보인 거예요. 거기에 만 원 짜리든 오만 원 짜리든 가득 채워줄 돈이 나는 있는데, 그걸 채워드리지 못한 거지. 사실 내 잘못은 아니에요. 아버지가 워낙 돈에 대해서는 내가 내지 못하게 하셨으니까. 그래도 내가 좀 신경을 썼어야 하는 거 아닌가, 거기에 미처 신경을 못 쓴 것에 대해서 울컥하면서 눈물이 나온 거죠. 그때 많이 울고 많이 편해졌어요. 사실은 난 아버지 장례식 때 안 울었어요. 3년 동안 중풍으로 준식물인간으로 힘들게 계시는 걸 봤거든. 괜히 가족들이 붙잡고 있는 거 아닌가 하는 생각을 해서 인간이 인간답게 죽는 것도 아름다운 모습이라는 생각을 했어요. 그래서 나는 이제 그것으로부터는 많이 화해를 한 것 같아요. 가끔 이런 생각은 해. 내 딸들을 보니까 아버지가 어떤 사람이었는지는 좀 알 것

같아요. 내 딸들이나 아내를 대할 때 내가 아버지의 감정을 갖고 있더라고요. '아, 아버지가 이런 느낌이었겠구나' 사실 자식을 키우면서 아버지에 대한 이해가 생기는 것 같아요. 그래서 아마 우리 애들도 나중에 그 나이가 됐을 때 느끼는 감정들로부터 나를 좀 더 이해하지 않을까 생각을 해요.

이경제가 남긴 명언들, 그리고 함익병

정혜은 〈동치미〉에서 무수한 명언들을 남기셨어요. "돈은 쓰는 자의 것이다", "물질에 마음을 담아라" 고개를 끄덕이게 만드는 내용들이 많아요. 그런 건 연구의 결과인가요? 아님 다양한 경험의 산물인가요?

이경제 경험에서 나온 거죠. 그리고 나는 추상적인 말에 대한 역겨움이 있어요. 김종필 총리가 그런 말을 했어요. "백번 위로하는 것보다 따뜻한 돈 봉투가 낫다" 국회의원 떨어지고 장관 그만두고 힘들어죽겠는데 "아, 어떡합니까? 총리님" 이것보다 "많이 힘드시죠? 힘내시죠" 하면서 따뜻한 돈 봉투 주는 게 낫다는 거예요. 함익병 원장님 명언도 있잖아요. "천 냥 빚은 천 냥으로 갚아라" 천 냥 빚을 말로 갚는다? 그건 돈 빌린 사기꾼이나 하는 얘기죠. 또 사랑이라는 말로 다 얼버무리는 거 싫어요. 나는 손 편지 싫어해. 돈 봉투가 제일 좋아요.

정혜은 함익병 원장님 얘기가 나왔으니까 말인데, 제가 함 원장님 어렵게 섭외한 거 아시죠? 처음에 거절의 이유가 "거기 나오는 이경제라는 한의사가 맘에 안 든다", "나랑 안 맞을 것 같다"였어요, 하하.

이경제 나한테는 왕종근 형이 연락이 온 거야. "함익병 어떻게 생각하니?" 그래서 "내가 제일 싫어하는 스타일이에요" 그랬어. "저는 사위 노릇 잘하는 사람 치고 변변한 사람을 못 봤어요"라고 대답했어요. 국민사위였잖아요. 근데 지금은 좋아하는 형이 됐죠. 의견이 같지는 않아요. 근데 그 형이 치열한 게 있어. 난 그걸 존중하는 거지. 그 형도 내 결론은 공감하지 않아. 근데 나도 치열하게 저 논리에 도달한 거거든. 서로 그걸 존중해주는 거지. 말하고 보니 〈동치미〉에서 가장 인상적인 사람은 함익병 원장이네요. 의견은 전혀 다르지만 그 사람의 논리적인 결론에 도달하는 과정, 그걸 난 아주 존중하지요.

정혜은 저는 개인적으로 선생님이 해주신 조언들이 기억에 남는 게 많아요. 요즘 제게 해주고 싶은 조언 있으세요?

이경제 있지. 좋은 기억이 쌓이면 좋은 인생이 되는 거야. 내가 지금 단 오 분이라도 좋은 시간을 보낼 수 있도록 나를 위한 행복한 순간, 사치가 좀 필요해. 그게 뭐가 돼도 상관없어. 뭘 배우든 뭘 보러 다니든 나를 위한 시간들이 좀 있어야 해. 직장생활이라는 게 약간 블랙홀 같아서 거기에 매이기 쉬어. 그럴 때는 잠시 한 발짝 떠나서 나를 위한 시간과 공간이 필요하다는 거지.

돈

아내도 남편도 자신만의 돈이 필요하다

나도 내 돈이 있었으면 좋겠다

나는 엄마에게 살가운 딸이 아니다. 엄마의 얘기를 잘 들어주지도 않는다. 할 말만 얘기하고 뚝 끊는 전화마저 내가 먼저 연락하는 경우는 거의 없다. 엄마랑 단둘이 해외여행도 갔지만 내 위주의 코스였던 것 같다.

엄마는 항상 자식 위주였다. 밥을 먹어도, 옷을 입어도, 늘 자신보다는 자식이 먼저였다. 자신을 위해 쓰는 돈은 거의 없었다. 아끼고 아껴 저축한 돈으로 자식들 서울로 대학 갔을 때 작은 전세방이라도 마련해주셨고, 그게 당연한 줄 알았다.

내가 태어날 때부터 돈은 아빠가 벌고 엄마는 살림을 하셨다. 아빠의 월급 내에서 알뜰살뜰하게 살며 자식을 키우는 게 엄마의 삶인 줄 알았다. 엄마가 돈을 벌고 싶다거나 엄마에게 따로 돈이 필요할 거라고는 생각을 못했다. 엄마는 아빠가 벌어오는 월급 안에서 자그마한 가정경제를 이끄는 사람이라고만 생각했다.

그랬던 어느 날 용산역 대합실에서 뜻밖의 말을 들었다. 내가 회사에 입사한 초창기쯤이었던 것 같다. 가끔씩 서울에 오셔서 자식들 사는 전셋집을 청소해주고 먹을 것을 챙겨놓고 내려가시곤 하실 때였다. 그때도 엄마가 반찬들을 챙겨 올라오셨던 것 같다. 내려가시는 날 내가 엄마를 용산역까지 배웅해 드렸다.

광주로 돌아가는 기차를 기다리는 대합실에서 엄마가 그랬다. 나도 내 돈이 있었으면 좋겠다고.

"엄마 돈?"

처음 듣는 엄마의 속마음이었다. '엄마 돈이 있으면 좋겠다는 게 무슨 말이지? 아빠 돈이 엄마 돈 아닌가?'라는 생각을 했다.

내 돈 100만 원이라도 있으면 든든하겠다고 하셨다. 뒤통수를 맞은 기분이었다. 엄마에게 100만 원이 없나? 이건 뭐지? 엄마가 난생처음 딸에게 단돈 100만 원이라도 내 돈이 있으면 좋겠다고 말하던 표정이 잊히지 않는다. 매우 서글퍼보였다.

나는 회사를 다니고 월급을 받으면서 작든 크든 내가 갖고 싶은 걸 살 수 있는 돈이 생겼다. 적금을 들어 내 명의의 목돈도 모은다. 그걸로 차를 사든 명품가방을 사든 아니면 그대로 갖고 있든 내 맘대로 할 수 있다. 근데 엄마에게는 그게 없었다.

평생을 아빠의 한정된 공무원 월급으로 가족들 챙기느라 헉헉

대며 살았다. 아빠는 벌어다준 돈 어디 갔냐 하고 엄마는 늘 부족하셨을 것이다. 자신을 위한 작은 거라도 살 때면(사실, 산 것도 없지만) 아빠의 눈치를 봐야 했을 것이다. 오롯이 내 것이라 할 수 있는 돈이 엄마에게는 평생 없었다. 엄마가 말한 건 단지 돈 100만 원의 문제가 아니었다.

꼭 무엇을 사지 않더라도 어느 정도의 돈이 사는 데 힘이 되어준다는 건 나중에 알았다. 나는 엄마에게도 그런 게 필요하다는 것을 용산역 플랫폼에서 처음으로 알게 된 거였다.

프로그램을 하면서 숱하게 들어왔다.

아내의 비상금은 자존심이다

아내의 비상금은 든든함이다.

남편 몰래 가지고 있다는 게 중요한 게 아니었다. 돈 자체가 힘이 된다는 사실을 말해주는 것이었다.

생활비와 월급은 다르다

요즘은 남자 여자 할 것 없이 대부분 돈을 벌기 때문에 우리 엄마 세대처럼 서러움을 느끼는 경우는 많지 않을 것이다. 맞벌이하는 경우 각자의 통장을 따로 관리하는 부부도 많다. 공동 지출은 공유하되, 경제권은 합치지 않고 내 돈 네 돈을 분리해 쓰는 것이다. 그러나 과거에 경제적으로 남편에게 종속된 삶을 살아온 엄마들 혹은 전업주부들은 얘기가 다르다.

한 친구가 직장생활을 하다가 휴직을 한 적이 있었는데, 남편 돈을 쓰니 이상하게 눈치가 보인다는 얘기를 한 적이 있다. 남편이 회사생활을 하는 대신 아내는 살림과 육아를 맡고 있으므로 당연한 건데 참 묘한 심리라는 얘기를 주고받았다. 그런 아내를 위해 생활비와 월급을 분리해서 줘야 한다고 주창하신 분이 계셨다.

이경제 저는 아내에게 월급을 두 개를 줘요. 생활비를 주고 일정량을 따로 월급으로 주는 거예요. 월급에 한해서 편하게 쓰라는 얘기죠. 사장이 월급을 줘도 그 월급을 어디다 쓰는지 물어보는 사장 없잖아요. 월급은 주면 끝이에요. 제 경우는 아내가 회사 일을 도와주고 있어서 회사 월급이 나가고 전업주부 월급 이렇게 두 개가 나가요. 생활비는 따로 주고요.

김용림 그러니까 생활비 따로 주면서 부인의 월급을 준다는 거 아니에요. 그런 남자가 몇이나 있어요?

이경제 누구나 할 수 있어요. 생활비를 줄이면 돼요. (일동 웃음) 아니, 이게 중요한 얘기예요. 생활비와 월급을 구별해줘야 한다는 얘기예요. 그래야 이게 아내 입장에서도 당당히 쓸 수 있는 자기 돈이라는 거죠.

〈214회 내 돈 다 어디 갔어?〉 중에서

아내에게도 당당히 쓸 수 있는 내 돈이 필요함을 인정해주는 말
이었다. 사실 육아와 살림도 가족 경제를 이루어나가는 엄연한 노
동이다. 그것을 돈으로 환산했을 때는 어느 정도의 월급으로 책정
할 수 있는지에 대해 여러 차례 얘기했었다. 생활비가 모자라면 내
월급에서 채울지언정 내 육아와 살림에 대한 보상이 아내에게도
필요한 것이다. 그리고 생활비가 아닌 온전한 노력의 대가로서 받
는 돈이 때로는 힘이 되는 것이다.

아내가 육아를 위해 회사를 그만두는 걸 망설이자, 내가 번 돈
을 다 주겠다고 약속하신 분도 있었다.

함익병 결혼을 할 때 아내는 학교 선생님을 했어요. 첫애를 낳
고 1년 무급휴직을 했어요. 근데 또 연년생으로 애가 나왔어요.
아내가 복직을 하려는데 아이가 엄마에게서 안 떨어져요. 저는
그걸 못 보겠더라고요. 그때 레지던트 3년차고 돈은 없는데 아
내에게 무조건 사표 쓰라고 했어요. 근데 아내가 안 쓰는 거예
요. 왜 안 쓰냐고 했더니 당신이 개업하고 돈 벌고 나면 당신은
잘나가고 나는 뭐가 되냐는 거예요. 자신의 사회생활에서 포지
션도 있잖아요. 근데 그만두면 내 인생이 뭐냐는 거예요. 그래
서 내가 "너한테 보상해줄 건 아무것도 없다. 번 돈 다 줄게" 했
어요.

〈301회 결혼은 여자만 손해다〉 중에서

자녀를 돌보는 것도 나가서 돈을 버는 것도 가정생활을 이루는 데 필요한 양쪽의 역할이다. 부부가 가정생활을 위해 역할을 분담해야 하는 순간이 온 것이다. 학교 선생님 월급보다는 의사가 벌 수 있는 돈이 훨씬 크니 아내가 직장을 그만두는 게 합리적이라는 함익병 선생님의 생각이었다.

그러나 아내 입장에서는 크든 작든 나의 경제력을 내려놓는다는 게 쉬운 일이 아니다. 그때 나온 함익병 선생님의 말이 "내가 번 돈 당신 다 줄게"였다. 함익병 선생님은 돈이 주는 힘을 아셨던 거다. 쉽게 직장을 그만두지 못하는 아내에게 당신이 벌 수 있는 것 이상의 돈을 당신 명의로 준다고 약속한 것은, 그것의 중요성을 아셨기에 하실 수 있는 말이었다.

이렇게 전업주부도 자신의 노력을 인정받는 증표가 필요하다. "고생했어"라는 위로도 좋지만 경제적 가치로 환산된 나만의 돈도 필요한 것이다.

남자도 비상금이 필요하다

그렇다면 돈을 버는 남자들은 그것으로 충분할까? 월급쟁이 남편을 둔 아내와 월급쟁이 남편을 동료로 둔 분들의 이야기 속에 답이 있었다.

임예진 제 남편은 평생 샐러리맨이에요. 월급, 보너스까지 나오는 통장을 다 제가 갖고 있으니까 남편에게는 용돈을 주고 또 필요할 때마다 줘요.

근데 어느 날 방송국에서 녹화를 하고 있는데 갑자기 친한 미용언니가 "넌 참 좋겠다" 그래요. "왜요?" 그랬더니 "오늘 보너스 나오는 날이잖아" 그러는 거예요. 근데 남편의 모든 돈을 내 통장으로 다 받아왔잖아요. (임예진 선생님 남편은 그 방송국 직원이셨다.) 그래서 "아니야, 언니. 내 통장으로 다 들어오는데 그런 거 없었는데" 그랬더니 "알아봐. 있어!" 그러는 거예요. 방송국 사내 전화로 남편에게 전화해서 "나한테 할 말 없어? 하여튼 내가 다 들은 게 있으니까 마음의 준비해서 들어와"라고 했어요.

정말 미안한데 저는 남편의 월급이 저희 집 생활하는 데 필요한 전부라고 믿었고 지금도 그렇게 생각해요. 내 생활의 전부를 이끌어가는 원동력이라고 생각해서 보너스도 저한테 알려줄 의무는 있었다고 생각해요. 근데 남편은 그런 돈은 혼자 여유 있게 쓰고 싶었나 봐요.

유인경 제가 드리고 싶은 말은 저도 직장생활을 30년 넘게 했잖아요. 꼬박꼬박 나오는 월급을 받는 월급쟁이인데, 어쩌다가 한번 현금으로, 통장에 안 꽂히는 보너스가 나올 때가 있었어요. 아주 조금이에요.

근데 그때 남자들의 밝아지는 표정이란! 정말 아무것도 아닌데 "야호!" 그러고 같은 아파트 사는 친구 보고 마누라에게 얘기하면 죽여 버린다고 하고 그래요. 저만 해도 제 남편이 제가 얼마 버는지 모르는 사람임에도 불구하고 말도 안 되는 작은 보너스에 그렇게 행복할 수가 없는 거예요. 남편에게 그 정도의 짜릿함도 만들어주지 않는다면 잔인한 거예요.

최홍림 제 친구들을 보면 다 직장인들이잖아요. 친구들 지갑을 보면 5만 원 이상 갖고 있는 친구들 별로 없어요. 물론 카드를 쓴다고 하겠지만 거의 3, 4, 5만 원 갖고 있어요. 그 자리에서 모임 회비가 있으면 지갑에 있는 5만 원을 안 내요. 지갑 안쪽 어딘가에 접어둔 비상금을 내요. 그 숨겨둔 5만 원 10만 원짜리 수표 한 장이 정말 큰 거예요. 아내들이 저런 비상금은 이해해줘야 해요.

〈209회 당신 속을 모르겠어〉 중에서

돈을 버는 남자들도 그 돈이 다 자기 것이 아니다. 남편의 월급으로 가정경제를 이끌어가는 아내들도 힘겹지만, 그 돈을 벌어 고스란히 가족에게 넘겨주는 남편도 불쌍하다. 남편에게도 현금으로 나오는 얼마 안 되는 보너스가 반가울 수밖에 없다. 아내에게 생활비가 아닌 월급이 필요한 것처럼 남편에게도 약간의 비상금이 소중하다는 것이다.

사실 나는 비상금의 필요성도 명의의 중요성도 몰랐다. 결혼을 했으면 당신 돈이 내 돈이고 내 돈이 당신 돈 아닌가, 생각했다. 근데 결혼을 하고 공용의 여윳돈이 생기자 신랑이 내게 그런 적이 있다. "이건 혜은이 통장에 가지고 있어. 그래야 사람이 든든해. 돈을 안 쓰더라도 네가 갖고 있어야 힘이 생기고 든든한 거야."

신랑의 마음 씀에 놀랐다. 내가 생각하지 못한 부분이었다. 그리고 엄마가 생각났다. 우리 아빠는 엄마에게 이런 말을 해줄 만큼 자상하지도 않고, 무엇보다 그럴 수 있는 경제적 여유도 없었을 것이다. 그래서 엄마는 딸에게 그 서글픈 마음을 딱 한번 털어놓으셨다. 나는 지금 돈을 벌고 있고 앞으로도 벌 생각이지만 신랑의 이런 배려가 새삼 고마웠다.

생각난 김에 엄마에게 비상금을 부쳤다. 생활비로 쓰지 말고 엄마 하고 싶은 거 하라고 보낸 단돈 100만 원이었다. 매달 정기적으로 생활비나 용돈을 드리는 것도 아니고 어버이날이나 생신 같은 특별한 날에 10만 원 20만 원 드리는 게 고작인데 그것도 기쁘게 받으시는 우리 엄마는, 비상금을 부쳤다는 내 문자에 울컥한 마음을 주체할 수 없다고 답장을 보내왔다. 결국 여자든 남자든 적든 많든 내 돈이 있어야 든든한 것이다.

돈은 쓰는 자의 것이다

나를 위해 쓰는 돈은 아깝다?

〈동치미〉를 하면서 각인된 말이 있다. "물질이 마음이다" 이경제 선생님이 항상 외치시던 말이다. 첨엔 웃으며 지나쳤다. 근데이게 참 묘하다. 시간이 지날수록 그 말이 맞다는 생각이 드는 것이다.

함익병 선생님도 비슷한 말을 하셨다. 생명을 담보로 하는 노동의 대가가 돈이라는 거다. 우리가 직업을 갖고 일을 해서 돈을 번다는 것은 우리의 생명을 깎아먹는 일이기 때문에, 부모의 돈을 받는 건 부모의 생명을 받는 것과도 같다는 말씀이었다. 누군가의 돈을 얻는 건 그 사람의 생명을 떼어주는 것과도 같으니, 물질이 얼마나 큰마음인지 알아야 한다는 뜻이었다.

평생 동안 땀 흘려 번 돈의 가치를 너무나 잘 아는 존재가 부모님이 아닐까 싶다. 그래서인지 유독 자신을 위해 쓰는 돈을 아까워하는 부모님이 많다. 자신의 생명과도 같은 돈을 자식을 위해서는 쓸지언정 자기 자신을 위해서는 못 쓰는 것이다. 대표적인 게 우리 부모님이다.

어렸을 때 용돈을 차곡차곡 모아 무려 백화점에 가서 엄마에게 새 지갑을 사드린 적이 있다. 지금 생각해보면 10만 원이 채 안 됐던 것 같은데 그땐 그 돈이 왜 그리 컸는지 모르겠다. 당시 광주의 번화가 충장로에 있는 화니 백화점이었던 것 같은데, 거기까지 버스를 타고 가서 엄마 지갑을 샀다. 뿌듯한 마음으로 포장을 해와 엄마께 선물로 드렸다. 말할 것도 없이 엄마는 매우 기쁘게 받으셨다. 문제는 아빠였다.

대체 왜 이런 비싼 지갑을 사냐는 거였다. 지갑에 넣을 돈이 중요한 거지, 뭣하러 지갑에 귀한 돈을 쓰냐는, 지갑이 있으면 뭐하나 그 안에 넣을 돈이 없는데, 뭐 이런 비슷한 잔소리였다. 가만히 생각해보면 틀린 말은 아닌데 아빠는 매사에 돈 쓰는 것을 무서워하셨다. 딱히 아빠가 자신을 위해 뭘 사는 걸 본 기억도 없다. 아빠가 돈을 아끼지 않는 건, 자식들에게 들어가는 음식, 학비, 용돈밖에 없지 않았나 싶다. 내가 돈을 벌고 무언가를 사드려도 "이거 비싼 거 아니냐", "비싼 거 사지 마라" 늘 돈타령이었다.

〈동치미〉 속 문인숙 선생님 남편분도 비슷하셨다. 자신을 위해서는 철저하게 돈을 아끼고 또 아끼시는 분이었다.

문인숙 좋게 말하면 근검절약이고 검소하다고 하지만 해도
해도 너무해요.

집이 코앞이어도 수도세가 아까워서 공중화장실에 들르는 사
람이에요. 휴대전화비도 아까워서 제일 저렴한 요금제를 써요.
며칠 전에는 눈이 멍들어서 왔어요. 등산을 갔다가 넘어졌대요.
전화비가 아까워서 나한테 전화를 안 한 거예요.

어버이날 선물로 운동화를 사줬는데, 돈이 좋긴 좋다고 하는
거예요. 왜 그러냐고 했더니 좋은 등산화를 신고 산에 올라가
니까 너무 좋더래. 와, 이제 이 남편이 변하나 보다 하고 이번에
는 샌들을 사다줬더니 왜 사왔냐고 야단을 쳐요.

〈349회 며늘아, 전화하는 게 그렇게 힘드니?〉 중에서

실제로 선생님 댁을 촬영할 기회가 있었는데 본인이 생각하기
에 불필요한 것은 철저하게 아끼시는 분이었다. 불, 전기를 끄는
것은 물론 일회용품들도 함부로 버리지 않으셨다. 반면 제작진들
을 위해 커피를 사주시고 밥 먹고 가라고 음식을 챙겨주시는 데는
모자람이 없으셨다. 나를 위한 건 아끼되 남을 위해선 기꺼이 베푸
셨다.

근데 다들 이구동성으로 하는 말이 본인을 위한 소비에도 조금
더 너그러워지시면 좋겠다는 거였다. 쉽게 바뀌진 않으실 테지만

나를 위해 쓰는 기쁨을 누리시면 좋을 텐데, 다들 아쉬워했다.

부모는 자식 돈을 못 쓴다?

부모님이 유독 아까워하는 돈이 있다. 바로 자식 돈이다. 자신의 돈을 자식에게 쓰는 건 아깝지 않으면서, 왜 그렇게 자식 돈을 쓰는 건 아까울까.

함익병 저는 엄마께 용돈을 늘 드리는데 그걸 저축을 하고 계세요. 그래서 쓰는 것도 배워야 한다는 생각이 들더라고요. 쓰던 사람이 쓰지 돈을 보면 은행밖에 갈 줄 모르니까 못 쓰더라고요. 그래서 용돈 중 일부는 백화점 상품권을 껴서 드려요. 쓰시라고. 이제는 돈 쓰는 재미를 좀 아시더라고요. 나가서 대접도 받고 그러니까. 돈을 쓰는 것도 배워야 써요. 자식이 주는 돈 쓰는 걸 늘 미안해하세요.

〈349회 며늘아, 전화하는 게 그렇게 힘드니?〉 중에서

이창훈 우리 어머니는 36살에 혼자가 되셨어요. 그래서 어머니는 1남 4녀를 키우기 위해서 뭐든지 하셔야 했어요. 그러면서 혈압으로 두 번인가 쓰러지셨어요. 병원에 입원하고 주사를

맞아야 하는데 자식들 먹여 살리느라 시간이 없으신 거예요. 그냥 견디시는 거예요.

그렇게 시간이 쭉 지나고 제가 20대 중반에 배우가 되면서 돈을 많이 벌어서 가장이 됐어요. 너무 행복했어요. 근데 어느 날 갑자기 전화가 왔어요. 엄마가 앰블런스에 실려 가셨다는 거예요. 가보니까 엄마는 체한 것 같다고 괜찮다고 하시는 거예요. 근데 의사 선생님이 저를 불러요. 급성 심근경색인데 몸 상태가 너무 안 좋다고 관리를 어떻게 했냐고 하시는 거예요. 동의서를 쓰고 엄마를 보러 갔는데 엄마가 이미 혼수상태인 거예요. 계속 안 깨어 나셔서 물어보니 최악의 상황을 염두에 두라고 의사 선생님이 말씀하시는 거예요. "우리가 할 수 있는 건 기도밖에 없습니다, 기적밖에 없습니다"라고요.

그때 한강에 나가서 뚜벅뚜벅 걸으면서 기도를 하는데, 추운지도 몰랐어요. 저는 총각이었고 '엄마를 데려가시면 저도 같이 갑니다. 저의 희망은 어머니였고 엄마가 힘들게 사는 게 싫어서 돈을 벌었는데 엄마가 안 계시면 아무것도 아닙니다. 엄마가 돌아가시면 저도 죽습니다' 제가 까무러치기 전까지 기도만 했어요. 그 뒤 한 달 반 만에 기적이 일어났어요. 엄마가 깨어나셨어요. 재활치료를 마치고 정확하게 3개월 만에 돌아가실 분을 일반병실로 옮겼어요.

그때 제가 생각한 게 뭐냐면 엄마를 병원에 보내야 하는데 가기 싫어하신단 말이에요. 엄마가 항상 걱정하신 게 뭐냐 하면 "우리 창훈이가 번 돈은 못 쓰겠다"예요. 그때 마침 엄마가 물어보셨어요. "창훈아, 얼마 들었어?" 솔직히 그때 한 4천만 원 가까이 들었던 것 같아요. "엄마 1억 들었어" 했어요. 그 당시 1억이면 엄청난 돈이잖아요. "미안해서 어떡하니" 하시는데 "그니까 엄마, 미안해하지 말고 병원을 자주 가자" 그랬어요. 그다음부터는 한 달에 한 번씩 병원을 가고 있어요.

이제는 밤 12시에도 전화 와요. "창훈아, 나 아파" 술 마시다가도 택시 타고 가보면 감기기운이고 그래요. 지금은 마지막 기적을 기도하고 있습니다. 어머니가 84세인데 어머니 100세까지 함께 건강하게 사시길 기도하고 있어요.

〈368회 당신이 아파봐야 정신 차리지〉 중에서

부모는 제 건강을 못 챙기면서도 자식을 위해 돈을 버는데, 자식 돈 쓰는 건 왜 이리 아까워하시는지 모르겠다. 쓰는 법을 모르실 수도 있다. 하지만 내가 힘들게 돈을 벌어봤기에 자식이 번 돈을 보면 자식이 했을 고생이 먼저 생각나시는 것 같다. 자식이 했을 고생 생각에 그 돈은 아까운 게 부모 마음이다.

가끔 녹화하다 보면 "내가 널 돈 들여 키웠으니 너도 내게 얼마씩 용돈을 주렴" 당당하게 얘기하시는 엄마들도 있다. 때로는 그게 좋기도 하다. 건강하게 잘 먹고 잘 살려고 버는 돈인데, 여유가 있다면 그 돈으로 부모도 즐겁고 나도 즐겁게 사는 게 좋지 않은가.

자식도 부모가 돌아가시고 나면 못해 드린 게 한이 된다고 무수히 얘기했다. 홍림 선배님은 어머니께 짜장면 한 그릇 못 사드린 게 한이 된다며 눈시울을 붉혔다.

최홍림 저는 엄마 아버지 모시고 짜장면 한 그릇을 사드린 적이 없어요. 아버지랑 밥을 먹으면 당연히 제가 얻어먹어요. 아버지는 워낙 돈을 많이 버시고 잘 쓰셨으니까 그랬는데, 정말 엄마에게 짜장면 한 그릇을 안 사드렸어요. 한 번도 보지 못한 여자 친구 어머니한테는 금가락지 두 개도 사드렸으면서 왜 우리 엄마한테는 금가락지, 짜장면 하나를 못 사드렸는지 제일 후회스러워요. 〈동치미〉 하면서 제일 후회스러운 게 부모님께 못해드린 거예요.

〈304회 당신, 돈 좀 그만 써〉 중에서

짜장면이 뭐라고, 백 그릇, 만 그릇도 사드릴 수 있는 게 짜장면인데, 엄마 좋아하는 음식 한번 못 사드린 게 한이 되었다. 짜장면 한 그릇 못 사드린 게 한이 되기 전에 내가 먼저 사드렸으면 좋았겠지만, 부모님이 먼저 짜장면 한 그릇 사달라고 얘기해주셔도 좋은 것이다. 부모님도 자식 돈을 기쁘게 쓰셨으면 좋겠다.

돈은 내가 써야 맛이다

돈은 결국 쓰는 사람이 누린다. 열심히 벌기만 하면 뭐하나? 돈을 쓸 줄 모르고 모으기만 한다면 그 돈은 내 것이 아니다. 통장이나 금고에만 보관되어 있고 내 삶을 더 윤택하게 만들어주지 못하는 돈이라면 유명무실한 것이다.

가난에 치여 억척같이 돈을 모으신 분들 중 안타까운 점이 넉넉한 지금도 돈을 못 쓴다는 것이다. 돈의 중요성을 알지만 내 인생의 중요성을 모르는 게 아닌가 싶은 생각도 든다. 흥청망청 쓰라는게 아니다. 필요한 곳에도 쓰지 못해 누릴 수 있는 기쁨을 못 누리는 것만큼 안타까운 게 없다는 말이다. 현명하고 멋지게 돈을 쓰는 것도 필요하다는 것을 〈동치미〉를 통해 배웠다.

이경제 돈을 버는 사람 따로 있고 쓰는 사람 따로 있다? 쓰는 사람은 쓰면 돼요. 하지만 버는 사람도 쓰는 습관을 가져야 해요. 그래야 돈 버는 기계라는 자조감이 없어요.
제가 일을 많이 하거든요. 이제 직업이 10개가 됐어요. 제가 올해 들어서 늦잠과 낮잠을 잔 게 어린이날 처음이었어요. 일요일이 일 년에 52개잖아요. 저는 이틀 빼고 50일을 다 일요일에 일을 해요. 저는 일을 많이 하잖아요. 일을 많이 하니까 돈도 쓸 자격이 있다고 생각하는 거예요. 적어도 제가 버는 돈의 10프로에서 30프로는 써야 되겠다고 생각해요. 제가 보기에는 털털한데 엄청 사치스러워요. 다만 티가 안 나는 게 특징이에요.

그렇게 하기로 한 계기가 있는데 저희 어렸을 때 성공한 기업가들 나오는 프로그램이 있었어요. 재벌인데 점심 때 짜장면 한 그릇 시켜먹어. 난 그거 보면서 저 사장은 나쁘다고 생각했어요. 사장이 짜장면을 먹으면 직원들이 언제 탕수육을 먹겠냐는 거죠. 사장이 탕수육을 먹어야지 직원들도 탕수육을 먹지, 정말 그건 나쁘다고 생각했어요. 그다음에 손톱깎이 회사 사장인데 자기는 항상 집에 손톱깎이 불량품만 갖다 준대요. 아까우니까. 집에 제일 좋은 신제품을 갖다 줘야죠. 저러면 저 사람들은 부자가 아니라 부자의 돈을 관리하는 집사예요. 부자는 돈을 쓰는 사람이에요.

돈은 쓰는 자의 것이지 버는 자의 것이 아니에요. 그래서 저는 돈을 쓰는 습관, 버는 습관 두 가지를 다 가지고 있는 거죠. 저는 마사지받는 것도 좋아하고요. PT를 하니까 이 몸속에 속 근육이 만들어지고 있어요. 돈을 쓸 때 그 보상이 얼마나 좋은지 몰라요. 우리 부모님 세대는요 돈을 버는 것만 얘기했지 쓰는 건 아무도 가르쳐 주지 않았어요. 그래서 우리는 돈을 멋지게 재밌게 쓰는 걸 배워야 해요. 저는 사치는 하지만 낭비는 안 합니다.

〈187회 돈 버는 게 쉬운 줄 알아?〉 중에서

돈과 관련된, 정말 많이 하는 말 중 하나가 "돈 버는 사람 따로 있고 쓰는 사람 따로 있다"는 말이다. 쓰는 사람을 뭐라 할 게 아니라 버는 사람도 쓰는 법을 배워야 한다는 말에 공감이 갔다. 돈의 주인이 되기 위해서는 버는 습관과 쓰는 습관 두 개가 모두 필요한 것이다. 진화 언니도 똑같은 얘기를 해주었다.

심진화 명품 이런 걸 잘 몰랐어요. 결혼하고 남편이 백을 하나씩 사주니까 집에 백은 많은데 그걸 어떻게 들어야 하는지도 잘 몰라요. 근데 저는 이제 한 가지 확실한 게 생겼어요.

저는 '나는 잘 될 거야'라는 믿음은 있었지만 이 정도 돈을 벌 수 있을 거라는 생각은 한 번도 해본 적이 없는데, 하여튼 돈을 좀 벌었어요. 근데 통장은 계속 0원이에요. 왜냐하면 돈이 좀 생기면 시부모님 집 해드리고, 돈이 좀 생기면 우리 엄마 뭐 해줘야 하고, 목돈이 좀 생기면 남편 차 사주고, 내가 가진 돈은 언제나 0이에요.

나는 행복할 줄 알았어. 왜냐하면 내가 늘 바라고 꿈꿨던 거니까요. 근데 나도 돈이 쌓이는 걸 눈으로는 봤잖아요. 통장에 돈이 있는 걸 봤는데 순식간에 뭘 하면 0, 또 열심히 해서 채워놓으면 또 0, 이걸 몇 번 반복하니까 갑자기 행복한데 눈물이 나요. 뭔가 허하고 혼돈이 오는 거예요. 앞으로 만약 돈이 모이면 이제 내 거 할 거예요.

〈372회 2020년에는 내 인생을 바꿀 수 있을까〉 중에서 내가 돈을 버는 이유는 그 돈으로 건강하고 즐겁게 살기 위해서다. 그러려면 나의 즐거움을 위해, 나의 건강을 위해, 내가 버는 돈을 쓸 줄도 알아야 한다.

나도 예전에는 PT 받는 돈이 너무 비싸서 감히 지출할 생각을 못했다. 이제는 과감하게 투자하기로 했다. 물론 여전히 돈을 쓸 때 백번 고민하고 벌벌 떤다. 돈도 모아야 한다. 그래도 한 가지 정도는 나의 건강을 위해 쓰기로 했다. 근력이라곤 전혀 없는 내 몸으로 일하고 돈만 모으다가 비실비실 아프면 누가 책임져줄 거냐는 말이다. 신랑이 내게 하는 얘기가 있다. 미래를 위해 돈을 모으는 건 필요하지만 허리띠 졸라매고 현재를 무조건 희생하는 건 아니라고 말한다. 지금 건강하고 즐거워야 미래도 있다는 거다. 나는 그런 신랑의 마인드가 참 좋다. 덕분에 현명하게 돈 쓰는 법을 배우고 있다.

요즘 후배들을 보면, 미래를 위한 저축을 하면서도 자신을 위해 멋지게 돈을 잘 쓴다. 돈은 쓰는 자의 것이라는 걸 어디서 배우고 왔나 싶다. 이제 고작 이십 몇 년을 산 후배들도 아는 지혜를 우리 아빠도 알았으면 좋겠다. 지금까지 충분히 아끼고 절약하며 사셨으니 쓸 자격도 충분하다. 아빠가 돈의 주인이 되어 즐겁게 썼으면 좋겠다. 진심으로.

돈, 정말 중요해요

　돈을 주제로 수차례 녹화를 했지만 언젠가 심진화 언니가 한 얘기는 매우 공감이 갔다. 돈이 안 중요하다고 말하는 사람도 있는데 돈은 너무너무 중요하다고, 정말 찢어지게 가난하게도 살아보고 돈도 벌어봤는데, 돈이 있어야 병도 고치고 건강하게 살 수 있다는 말이었다. 월세 35만 원이 없어서 전전긍긍해봤고, 고깃집 아르바이트, 극단 아르바이트, 호프집 아르바이트 등을 거치며 정말 열심히 산 사람의 말이었기에 더 공감이 갔다.

심진화　지금 가끔씩 광고나 이런 거 계약해서 목돈 들어올 때 있잖아요. 한 번도 경험하지 못한 액수가 제 통장에 있을 때 행복하기보다 가끔 너무 화가 나는 거예요. 우리 아빠 살아계실 때 차라리 지금 천만 원이 없고 그때 10만 원이 있었으면 아빠가 뭐라도 더 먹고 돌아가셨을 수 있는데, 고통 총량의 법칙 이런 게 있잖아요. 돈에도 그런 게 있다면 지금 몇 천만 원 없고 비싼 집에 안 살아도 되니까 그때랑 지금이랑 나눠줬으면 좋겠다는 생각이 들어요. 물론 가난해도 행복할 때가 많았지만 돈이 없어서 힘들었을 때도 있어서. 하늘 보면서 그래요. 그때 좀 잘되게 나눠서 해주지 그런 생각 너무 많이 들어요.

〈338회 효도하는 게 죄야?〉 중에서

176

돈이 있었으면 아버지가 좋아하는 것들 훨씬 많이 해드리고 후회 없이 지내다 보내드렸을 거라는 안타까움이었다. 돈이 있어 보니 없을 때보다 할 수 있고 누릴 수 있는 게 많아졌기 때문에 드는 생각일 것이다.

나는 사실 찢어지게 가난해본 적도 없고, 엄청나게 벌어본 적도 없다. 그저 내 월급 안에서 내가 쓸 수 있는 소비생활에 만족하며 살고 있다. 내 소비를 넘어서는 엄청나게 좋은 것들을 잘 모르기 때문에 탐내지 못하는 것일지도 모른다. 학창시절엔 당신들 쓸 것을 아끼시며 자식들에겐 부족함 없이 해주셨던 부모님 덕분에 무난히 지나왔을 것이다. 어릴 땐 돈이 중요하지 않다고 생각한 적도 있었다. 오만이었다. 지금 생각해보니 돈이 중요하지 않은 게 아니라, 기본적인 생활이 가능했기에 더 이상의 돈을 욕심내지 않았던 거였다. 신기한 게, 한 살 한 살 먹어갈수록 돈의 중요함을 느낀다. 실비보험 같은 거 왜 드냐고 했던 나인데, 엄마가 들어놓은 실비보험이 고마워지는 순간이 있으리라곤 상상도 못했다. 목돈이 들어가는 병원비가 필요한 순간도 살면서 생기더란 말이다.

지하철을 탈 때도 돈이고, 밥을 먹는 것도 돈이고, 아파서 병을 고치는 것도 돈이다. 기본적인 경제활동을 하고 있기 때문에 더 이상의 큰돈이 필요 없다고 생각할 수 있지만 돈은 중요하다. 돈이 행복을 보장하는 건 아니지만 마음에 물질이 더해지면 행복이 배가 된다. 큰돈을 벌 재간은 없으나 꾸준히 일을 하는 또 하나의 이유이기도 하다. 열심히 성실하게 돈을 벌어야겠다.

집 걱정 없이 살고 싶다

한강의 불빛이 갖지 못한 집으로 보이는 순간

밤늦게 녹화를 마치고 한강을 지나는 택시 안에서 '이렇게 많고 많은 불빛들 중에 왜 내 집 한 칸 없는 걸까' 하는 생각을 한 적이 있다. 처음이었다. 집 없는 서러움 비스무리한 걸 느껴본 게. 집을 스스로 구해야 했고 그건 맘에 드는 원피스 한 벌 고르는 것처럼 쉽지 않은 일이라는 걸 처음으로 인지한 시점이었던 것 같다.

사실 그전까지는 집에 대해 고민할 이유가 없었다. 고등학교 때까지 부모님과 함께 살았고, 나 홀로 서울에 있는 대학에 왔을 땐 기숙사에 살았다. 하숙 아니면 기숙사, 지방에서 서울로 대학 온 친구들의 당연한 수순이었다. 서울에 내 집이 있어야 한다는 생각 자체를 못했다. 기숙사가 내 집이었다.

기숙사 문을 닫는 방학 땐 서울 이모 댁에 한두 달 있으면 되었다. 직장생활을 시작하면서부터는 나와 마찬가지로 대학 때문에 서울로 올라와 기숙사 생활을 했던 남동생과 함께 지내게 되었다. 부모님이 동생 학교 근처에 마련해주신 조그마한 오피스텔 전세였다. 그 집에서 6~7년인가 큰 무리 없이 지냈다. 부모님과 함께 산 우리집, 기숙사, 오피스텔 전세, 내가 돈을 마련하거나 열심히 발품 팔아 거처를 마련한 게 아니었다. 학교가, 부모님이 마련해주신 당연한 내 집이었다.

몇 년 후 동생과 떨어져 내가 홀로 집을 알아봐야 하는 시점이 왔다. 신났다. 처음으로 내가 살 집을 내가 고를 수 있게 된 것이다. 내가 살고 싶은 동네, 나의 동선을 고려한 편의성, 이것저것 생각해가며 강남에서 강북까지 돌아다녔다. 그런데 이게 신났던 것만큼 쉽지 않았다. 내가 가진 전세금은 제한된 금액이었고, 회사와의 거리, 안전한 지역, 이사의 타이밍 모든 게 딱 들어맞는 집은 찾기 어려웠다.

서울에 거처를 마련하는 것이 녹록지 않은 일이라는 것을 그제야 알았다. 그때 처음으로 한강 주변에 있는 무수한 아파트 불빛들이 눈에 들어왔던 것 같다. '이렇게 많은 아파트와 이렇게 많은 집이 있는데 어떻게 내 집 한 칸이 없을까' 하는 생각을 처음으로 했다. 궁궐 같은 집을 바라는 것도 아니고 그저 방 한 칸이면 되는데 한강 주변의 반짝거리는 불빛이 아름다운 야경이 아닌, 내가 갖지 못한 집으로 보인 건 그때가 처음이었다.

그로부터 몇 년 후 〈동치미〉 녹화장에서 내가 가졌던 감정을 똑같이 느끼신 분을 만났다. 태진아 선생님이었다. 지금은 후배들이 어려울 때 제일 먼저 발 벗고 나서서 도와주시는 대 선배님이시지만 젊은 날의 태진아 선생님 역시 나와 똑같은 생각을 하셨던 거다.

태진아 89년도에 한국에 와서 〈옥경이〉, 〈노란 손수건〉 등 쭉 히트를 쳤어요. 근데 그때도 저는 집이 없었어요. 소속된 회사랑 저랑 나누는 게 있었으니까요.
하루는 부산 공연 갔다가 마지막 비행기로 서울 들어오는데, 비행기가 김포공항에 쭉 내려오는데 아파트 불빛이 너무 많잖아요. 불빛이 정말 너무 많은 거예요. 근데 저 많은 불빛 중에 왜 내가 잘 만한 내 집 하나 없나 하는 생각이 들면서 눈에서 눈물이 쭉 흐르더라고요.

〈340회 내 인생은 트로트〉 중에서

그날 밤 선생님의 꿈에 돌아가신 어머니가 나타나셨단다. 그 이후로 번 돈을 소속사와 나누지 않고 온전히 갖게 되었고, 광고도 찍으면서 집을 사셨다는 해피엔딩을 들려주셨다. 얼마나 기쁘셨을까.
젊은 날의 태진아 선생님처럼 내 집을 꿈꾸는 사람도 나처럼 금액에 맞는 전셋집을 찾던 사람도 비슷한 처지의 사람은 비슷한 시선을 갖게 되나 보다. 쏟아지는 불빛 속에 자신의 처지를 돌아보게 되는 이가 비단 태진아 선생님과 나뿐이랴.

집 없으면 결혼도 못한다?

집은 사람들의 로망이었다. 옛날, 아주 옛날, 문패가 있던 시절, 이름 석자가 새겨진 문패를 다는 날 온 가족이 대문 밖으로 뛰어나와 기뻐했던 장면이 그림처럼 그려진다. 우리 집 일은 아니었으니 드라마에서 본 것 같다. 집은 단순히 비를 피하고 바람을 막는 공간이 아니었다. 집은 꿈이자 성공의 척도였다. 그래서 내 문패가 달린 내 집 마련이 중요했다.

〈동치미〉에서도 집에 대한 남다른 애착을 가진 분이 계셨다. 그분은 집이 없으면 결혼을 하지 않겠노라 마음먹었다고 하셨다. 결혼해서 가정을 이루는 것과 집의 존재를 동일시하셨다니 좀 놀라웠다. 찢어지게 가난했던 어린 시절, 이사를 하도 많이 다녀서 대한민국에 존재하는 모든 형태의 집에서 다 살아봤다고 자부하는 함익병 선생님이다.

함익병 선생님은 집에 대한 서러움이 너무 커서 집 없이 결혼하고 가정을 꾸리는 건 상상도 못했다고 한다.

함익병 결혼하기 전에 둘이 합쳐 3천만 원을 모았어요. 87년도에 목동아파트가 2천 850만 원이었어요. 그때 저는 학생이었고, 8년 안에 군대, 인턴, 레지던트를 해야 했기 때문에 돈을 벌수가 없었어요. 그래서 무조건 집이 구해져야 결혼을 해서 살 수 있다고 생각했어요. 그래서 어떻게든 돈을 만들어 집을 샀어요. 그때 살 때 사람들이 다 뭐라고 했냐면 바보짓 한다고 했어요. 왜 그 돈을 주고 사냐고. 분양가가 1천 200만 원인데 두 배 더 주고 산다고 하니까요. 근데 그때 그 3천만 원 했던 집이 2017년도에 6억이 됐어요.

만약 그때 집을 못 샀으면 이혼했을 수도 있어요. 그때 전세금이 2천만 원 정도였는데 나중에 전세가 8천~9천만 원이 됐어요. 계속 전세로 살았다면 8천 9천만 원까지 오르는 전세금을 낼 수 없어서 매우 힘들어졌을 거예요.

〈260회 집 걱정 없이 살고 싶다〉 중에서

예복도 맞추지 않은 채 모든 돈을 집 마련에 쏟아부었던 선생님의 선택은 결론적으로 매우 잘한 셈이었다. 물론 집이 없어도 결혼은 할 수 있다. 하지만 함익병 선생님에게 내 집 장만은 새로운 가정을 이루는 1순위 필수조건이었음을 보여준다.

〈동치미〉에서 집에 대한 토크를 할 때면 세대마다 다양한 생각들이 나왔다. 젊은 출연자들이 집을 사기 위해 쩔쩔 매는 것보다는 어느 정도 즐기면서 사는 게 좋다고 얘기하면 선생님들은 대체로 걱정을 하신다. "젊을 때 즐기며 사는 건 좋은데, 나이 들어 어쩔 거야?" 하신다. 자식을 향한 부모의 마음이자 앞으로 내가 살아야 할 나이를 먼저 사신 분들의 경험에서 나오는 우려였다. 근데 요즘 젊은 세대도 변했다. 최근 1~2년 사이 영혼까지 끌어모아 집 사는 데 올인하는 것도 능력이 되었다. 물가는 오르는데 월급은 그대로 이고 전세는 천정부지로 오르지 집값은 내려올 생각을 안 하지 이러다 내 집을 사지 못할 거란 공포감이 생긴 거다. 가능한 대출을 모두 동원해서라도 일단 집을 사두면 오르니까 영끌해서 집을 사는 거다. "집을 꼭 사야 하나요?" 했던 나와는 다르게 일찍부터 부동산에 관심을 갖고 실행해가는 똑똑한 친구들을 보면 부럽다. 동시에 이들을 이렇게 내모는 사회가 안타깝기도 하다.

내가 돌아갈 곳만 있어도 감사하다

집에 대한 에피소드 중에 가장 기억에 남는 이야기가 있다. 집이 갖고 있는 본연의 가치를 일깨워주는 가슴 찡한 이야기다.

이달형 태어난 지 백일이 되기 전에 어머니가 돌아가셨어요. 당시 2남 3녀였는데 아버님께서 혼자서 5명을 다 케어할 수 없어서 뿔뿔이 흩어졌어요. 제가 큰 고모, 작은 고모집을 왔다 갔다 하다가 혼자 된 게 중학교 2학년이었어요. 돈도 없고 아무것도 없었어요. 그때 학교를 어떻게 다녔냐 하면 아파트 옥상에서 자고 연립주택 지하 보일러실에서 잤어요. 밤새서 새벽까지 걷다가 새벽 3시쯤 학교에 일찍 온 것처럼 교실에서 자고 그랬어요. 그때 한 생각이, '내가 돌아갈 수 있는 곳, 여행을 해도 다시 돌아갈 수 있는 곳이 있었으면 좋겠다'였어요.

96년도 20대 때 보증금 30만 원에 8만 원짜리 방을 얻었어요. 태어나서 처음 얻은 거예요. 시장에서 삼거리 골목에 이 집만 돌출되어 있어서 쌌어요. 문을 열면 바로 내 방이 나와요. 하루는 유람선 공연이 있어서 아침 일찍 나가서 밤에 늦게 돌아왔어요. 유람선 다 돌고 지쳐서 새벽 2시쯤 왔는데 집이 없어졌어요. 내가 술 취해서 안 보이나 해서… 슈퍼, 세탁소, 닭집, 다 있는데 우리 집만 공터야. 내가 지금 술이 취했나 하고 다시 밑으로 내려갔다가 올라왔어요. 여전히 없어요, 우리 집만.

근데 여기서 눈물이 줄줄 나와요. 친구에게 전화해서 "나 집이 없어졌어" 했더니 친구가 술 취했으면 그냥 자라고 하더라고요. 눈물이 완전 통곡이… 아침까지 거기서 계속 울었어요. 그전에도 잘 데는 없었는데 여전히 내 인생은 '대체 왜 이런 거지' 해서 눈물이 줄줄 나요. 아침에 가보니 보상금 때문에 이 집을 철

거한다고 했대요. 근데 집주인이 나한테 말을 안 해준 거였어요. 또다시 잠잘 데 없는 인생을 살았어요.

38살 될 때까지 잠 잘 곳 걱정 없던 군대 30개월이 가장 편했습니다. 재워주고 먹여주고 입혀주고 너무 좋았어요. 37살에 운 좋게 영화와 방송에 캐스팅이 되어 38살에 처음으로 나의 공간, 돌아와서 잘 수 있는 공간, 부엌 하나 있는 단칸방을 얻었어요. 그 뒤로 일을 열심히 하고 아내를 만나서 집을 샀어요. 내가 만들어놓은 공간 안에 우리 가족이 모두 모였으면 좋겠다는 소망이 있어요. 내 인생 중 지금이 가장 행복한 시간이에요.

〈260회 집 걱정 없이 살고 싶다〉 중에서

몇 년이 지났어도 기억에 남는 이야기다. 잠잘 데 없는 인생을 사셨다는 그의 말에 눈물이 핑 돌았다. 그의 이야기를 통해서 집은 투자도 소비재도 아닌 잠자는 곳, 돌아와서 잘 수 있는 나의 공간이라는 가장 기본적인 가치로 돌아왔다. 집은 사랑하는 사람과 함께 발 뻗고 잘 수 있는 안정적인 공간이었다.

영끌해서 집을 사는 요즘 세대도 집과 결혼을 동일시했던 부모님 세대도 주거의 안정성을 추구하는 건 동일하다. 내 소유의 집이 있는 게 안정감을 준다면 대출을 껴안아 집을 사면 되고, 굳이 집을 소유함으로써 골치 아픈 게 싫다면 돈이 많아도 다른 방식의 주거를 선택하면 된다. 다만 영끌을 하지 않아도 우리 모두 주거의 안정성이라는 큰 축복을 확보할 수 있었으면 좋겠다. 여러 가지 행복의 조건 중 주거 하나만을 위해 영혼을 쏟아붓는 건 너무 슬프니까.

나도 재테크가 하고 싶다

내 인생에 두자는 없었다

부끄럽지만 재테크의 '재'자도 몰랐다. 과거형으로 쓰고 보니 지금은 잘 아나 싶지만 지금도 모르는 건 마찬가지다. 다만 관심이 생겼다, 월급만으로는 살기 힘든 세상이 되었음을 깨달은 순간.

펀드, 주식 이런 건 하면 안 되는 줄 알았다. 부동산 분양을 받거나 사두면 몇 배가 되더라는 것도 남의 얘기였다. 애초에 부동산에 넣을 만한 시드 머니도 없었다. 빚내는 건 먹고 살 돈이 있으면 절대 해서는 안 되는 것인 줄 알았다. 그저 돈은 내 월급이 전부요, 10만 원, 20만 원씩 개미 집 짓든 모아야 하는 줄 알았다.

실은 이런 사고방식의 바탕에 집안 환경이 있었음을 고백하고 싶다. 공무원으로 착실히 돈을 벌고 아껴 쓰고 저축해서 자식들 결혼시킨 부모님 아래, 돈이란 자고로 예적금으로 모아야 함을 보고 배운 집안이었다. 입사하고 은행 언니의 권유로 최초로 적립식 펀드에 가입했는데, 나중에 그걸 안 아빠는 노발대발이었다. (그래봤자 매달 10만 원씩이었는데…) 그런 위험한 데에 돈을 넣으면 안 된다는 거였다. 수익률이 마이너스 30프로, 40프로를 처박을 때는 당장 팔라고도 하셨다. 근데 '손해 보고 왜 팔아?'가 나의 마인드. 손해를 보고 팔지는 못하겠고 추가 입금을 중지했다. 그리고 기다렸다. 기다렸더니 다시 오르더라. 얼마 안 되는 돈이지만 20% 이상의 수익을 실현하고 전세금 인상에 보탰던 기억이 있다. 지금 생각해보면 떨어졌을 때 입금을 중지할 게 아니라 꾸준히 넣었어야 했다.

부동산에 대해서도 할 말이 있다. 우리 큰 이모는 서울에서 부동산 중개업자를 하신다. 몇 십 년 전 서울로 상경하여 부동산을 시작하셨고 이제는 사촌 언니가 맡아서 하고 계시니 적게 잡아도 40~50년은 된 것 같다. 그런 이모가 우리 부모님께 권유하신 건 "서울에 집을 사라!"였다. 대출받고 전세 끼고 작은 아파트나 빌라 정도 사두면 좋을 것 같다고 하셨단다. 결론은 안 하셨다. 왜? 무리한 빚을 내서 집을 사는 게 싫으셨던 거다.

어렸을 땐 그 얘길 듣고도 그런가 보다 했다. 그래, 빚내면 그거 이자도 갚아야 하고, 생돈이 나가는데 좋은 게 아니지 했다. 같이 서울로 대학을 온 고등학교 친구가 부모님이 이촌동에 사둔 아파트에서 산다고 했을 때 조금 부럽긴 했다. 그게 다였다. 근데 지금은? 아, 울고 싶다. 자양동 집값이 얼마나 올랐는데.

가장 최근에 내 동생이 좌절한 사건이 있었다. 영끌해서 집을 샀는데 어느 날 전화가 왔다.

"누나, 내가 아파트 계약을 하면서 이전 등기를 다 봤거든. 2000년도에 전 집주인이 이 집을 얼마에 산 줄 알아?"

동생은 2020년도에 매수했고, 전 주인은 2000년도에 매수했으니 무려 20년 전 가격을 묻고 있는 거긴 하다. 이렇게 묻는 데는 분명히 이유가 있을 것이므로 나는 동생이 매수한 가격의 10분의 1 정도를 얘기했다. 부동산 값이 몇 배가 됐더라는 말을 흔히 들었던 터라 10배 정도면 많이 쳐줬다 생각했다.

"누나, 10배 아니야. 20배야."

허걱… 놀라도 너무 놀랐다. 2000년도면 내가 서울로 대학을 온 해였고 몇 년 후 동생과 나는 서울대입구역 근처 오피스텔에 살았는데 거기 오피스텔 전세금과 같은 돈이었다. 우리가 전세로 깔고 있던 돈이 그 아파트 한 채 가격이었고, 집주인은 20년 후 20배의 수익을 올리고 나갔다.

아빠에게 바로 전화해서 이 상황을 설명하니, 우리 아빠는 허허 웃으시며 우리는 지방에서 그런 걸 모르고 살았지 하셨다. 아무튼 이런 성장 배경 덕분에, 주식이나 투자, 뭐 이런 단어는 금기의 영역 안에 있었다. 회사생활을 하며 선배들과 함께하는 술자리에서, 소액으로라도 돈을 불릴 수 있는 건 주식밖에 없다는 얘기가 오갔다. 막상 직장인 생활을 해보니 따로 돈 벌 방법은 없고, 그 말이 맞는 것 같기도 했다. 그렇군요, 맞장구는 쳤지만 실행할 용기는 없었다.

적립식 펀드에 적금 붓듯 넣는 게 다인 내게 직접 투자는 전문가들만이 할 수 있는 영역 같아 보였다. 대학 친구 중 한 명이 주식에 투자했다가 1억을 날려서, 졸업한 지 10년이 지났는데도 여전히 학교 앞에 산다는 얘길 듣고 "주식은 하는 거 아니야" 했던 나였다. 영화 〈괴물〉에 투자할 뻔한 기회가 있었는데, "한강에 괴물이 나타난다는 게 말이 돼?" 하며 투자 기회를 날려버렸다는 선배들의 얘기에 한참을 웃었던 적도 있다. 투자 같은 건 역시 우리의 것이 아니야, 뭐 이런 자조적인 웃음이었다.

그랬던 내가 재테크라는 것에 눈을 뜨기 시작한 계기가 있었으니 바로 신랑이었다. 신랑뿐만 아니라 시댁에 가면 시어머님과 시아버님도 주식 얘기를 하셨다. 신혼 초 한동안은 대화에 낄 수가 없었다. 회사 이름은커녕 '매수', '매도'라는 단어도 국어사전에서만 봤지 해본 적이 없으니 헷갈리던 나였다. 뉴스를 보니 어떤 분야가 유망해보이고 이 회사가 기대된다는 대화가 우리 집에서는 할 수도 없고 들을 수도 없는 내용이라 어찌나 생경했는지 모른다.

근데 이런 대화들이 투자를 하는 건 일확천금을 노리는 베짱이들의 영역이라는 생각을 갖고 있던 나를 바꾸게 해주었다. 신랑의 투자 마인드와 감각은 그냥 생긴 게 아니었다. 매일 뉴스를 보고 그 회사를 공부하고 사회의 변화를 체크했다. '아, 주식으로 내는 수익이 공돈이 아니구나'를 옆에서 보면서 많이 느꼈다. 관심이 생기다보니 〈동치미〉에서 듣는 말도 허투루 들리지 않았다.

재테크의 성공담과 실패담

　살면서 주식이든 부동산이든 재테크를 생각해보지 않은 이는 한 명도 없을 것이다. 〈동치미〉에도 무수한 경험담들이 있었다. 그 중 재테크의 성공담은 언제 들어도 감탄사를 불러일으킨다. 실패 담보다는 성공담이 희망도 있고 기분 좋은 건 나만 그런가. 투자로 한 방 벌었다고 말하시는 분도, 가격이 내려갔을 때 자산을 사서 이익을 본 분도 있었다.

> 이창훈　저도 한 방에 번 적이 있어요. 거의 10년 전 쯤에 L사 와 M백화점이 합병할 때가 있었어요. 친한 형이 그걸 사라고 했어요. 제가 샀는데 딱 한 달 만에 4배가 됐어요. 처음 투자한 게 5억이었으면 20억이 된 거잖아요. 근데 저는 500만 원어치 산 거예요. 결국 1천 500만 원을 번 거죠.
> 근데 그 시간 동안 초조해서 연기도 못하고 맨날 노트북만 보고 한달 겨우 버텼는데 그걸 팔아서 1천 500만 원을 번 거예요. 그러 고는 여기저기 전화해서 술 한 잔 하자 해서 번 것 이상을 썼어요.
>
> 김경화　2015년도에 이사를 하려고 보니까 그때 진짜 경기가 안 좋았어요. 매매 나온 집들이 다 안 팔리고 저희 아파트가 한 줄짜리 동이었는데 저희 줄에만 4집이 나와 있는 거예요. 그러 니까 경쟁해야 하는 집들이 많잖아요.

또 집을 사려고 하는데 집값이 떨어질 거라고 부동산 아저씨가 자꾸 얘기하니까 저희 남편이 지금 사지 말고 전세로 갔다가 잠깐 몸을 낮춘 다음에 다시 오를 즈음에 사자고 그러는 거예요. 그래서 "아니 무슨 소리야. 우리가 이걸 투자로 생각하는 것도 아니고 깔고 앉아서 자는 집이야. 13년 만에 처음 이사를 하는 건데 그건 아니야. 집값이 내리든 오르든 우리는 그런 판단을 하지 않는 거야. 사야 돼!" 확고하게 남편에게 얘기했어요. 그때 딱 사자마자 갑자기 몇 개월 만에 반전이 되면서 집값이 쭉쭉쭉 오르더라고요. 저는 일단 사면 가격을 안 보는데, 남편이 갑자기 부동산에서 연락 왔다는 거예요. 오늘은 얼마까지 올랐다 또 몇 달 있다가 또 올랐다 그러는 거예요. 그래서 제가 그때 유일하게 남편에게 큰소리치면서 큰 결정은 여자가 하는 거라고 그랬었어요.

이경제 사는 타이밍과 파는 타이밍이 중요한데 2001년 미국에서 9.11테러가 터졌을 때 저는 생각했어요. '아, 이제 집을 사야겠다. 이제 부동산 경기가 침체되겠다. 전쟁이 날 거라는 위기 불안 이때는 집을 사기 가장 좋은 타이밍이다!'
제가 그때 2억을 가지고 5억짜리 집을 산 거예요. 그게 제 첫 집이에요. 어머니에게 "집 샀어요" 그랬더니 막 좋아하시더라고요. "야, 너 돈 많이 벌었구나" 그러시더니 "제가 빚이 3억이에요" 그랬더니 안색이 새까매지시는 거예요. 9.11 테러 터졌으니까 부동산 값이 똥값이 될 텐데 왜 이 시기에 집을 샀냐 잔소리를 하셨는데 나중에 보니까 그 집이 두 배가 올랐어요.

그래서 저는 어떤 큰 결정을 할 때 절대 부모님과 상의를 하지 않아요. '아버지의 판단과 반대로, 어머님에겐 비밀로' 그게 제 재테크 성공 비결이에요.

〈374회 당신이 벌어오는 돈으로 더 이상은 못 살아〉 중에서

내 주변에도 배우자의 우려를 등지고 독단적으로 판단해 집을 샀는데 집값이 상승해서 기를 펴고 사는 남편이나 아내가 있다. 세상에 내 돈 불리고 싶지 않은 사람은 없으니 나의 우려를 불식시키고 수익을 내준 배우자가 얼마나 고맙겠는가. 문제는 늘 그런 해피엔딩만 있지 않다는 것이다.

배우자가 내 반대를 무릅쓰고 투자를 해서 이익을 거뒀으면 업고 다닐 일이지만, 나 몰래 한 투자로 큰돈을 날리게 된 건 참으로 가슴 아픈 일이다. 아내와 시어머니가 손잡고 투자했다가 몇 억을 날렸다는, 역시 대인배 함익병 선생님의 이야기다.

함익병 저는 거짓말 때문에 돈을 3억 5천만 원을 날렸어요. 지금 돈도 아니에요. 15년 전 돈이에요. 그때 조그마한 아파트 하나 살 돈이 그냥 날아간 거예요.

여러분들 알 거예요. 펀드, 저는 넣지 않죠. 저는 절대로 돈은 은행에 가 있어야 하는 거고, 펀드나 원금보장 안 되는 건 절대 하지 말라고 해요. 저는 버는 돈을 집에 다 갖다 주거든요. 그리고 가끔 물어봐요. "은행에 잘 넣어놨어?" 병원을 좀 확장하려고 아내에게 돈을 좀 달라고 했어요. 근데 돈이 없대요. 어디 갔냐고 물었더니 어디에 투자를 했다는 거예요.

저는 항상 하는 얘기가 뭐냐면 누가 투자를 해준다 그러면 그렇게 잘 벌릴 거면 본인이 하지 왜 남의 돈을 가지고 하냐는 거예요. 수익률이 10프로래. 그럼 은행 금리가 3프로니까 은행돈을 꿔서 자기가 투자해도 7프로가 남으니까 그렇게 하면 되는데 왜 내 돈을 가져 가냐고요. 한 푼도 안 남았냐고 물었더니 3분의 1토막이 났대요. 뭐 어떡하겠어요. 그래서 저는 은행 대출을 받아서 새 병원을 열었어요. 아내에게 왜 얘기 안 했냐고 물어보니 얘기하면 하지 말라고 하니까 말 안 했다는 거예요.

근데 여기서 제일 중요한 게 뭐냐? 공동범죄예요. 우리 엄마랑 같이 한 거예요. 시어머니랑 며느리랑 친해서 둘이 같이 한 거니까 아내는 당당한 거예요. 둘이 같이 가서 제가 한땀 한땀 번 돈을 맡겨놓고 나중에 1년인가 1년 반 지나서 찾았는데 1억 2천만 원, 3분의 1정도 돌려받더라고요.

〈254회 여보, 솔직한 게 죄야?〉 중에서

남편이 힘들게 번 돈으로 재테크를 하려는 의도는 좋았으나 결과는 참패였다. 어머니와 아내가 손잡고 투자했다가 날린 돈이니 아내 탓만을 할 수도 없더라는 얘기를 이제는 웃으며 하시는 함익병 선생님이다. 얼마나 아깝겠냐마는 이미 엎질러진 물이니 덮고 넘어간 후 다시는 언급하지 않는다고 하셨다. (근데 방송에서 대국민을 상대로 공개하신 이 화통함이란…)

모두가 투자로 한 방의 수익을 얻는 게 아니다. 사실 성공담보다 더 많은 게 실패담이다. 7천만 원을 12억으로 만든 사람을 옆에서 보고 주식을 시작했는데 나는 잘 안 되더라는 분, 난생처음 한 주식이 4배의 수익률이 나서 신나는 마음에 더 보태서 했더니 폭삭 망하셨다는 분, 내가 집을 파니 집값이 마구 오르더라는 분, 가슴 아픈 사연은 말해 뭣하리. 내가 산 주식이 상장 폐지되어 휴지 조각이 되었다는 눈물 없이 들을 수 없는 얘기까지 무수한 실패담이 산재해 있다. 그렇지만 실패했다고 재테크를 등질 수는 없다. 실패담을 통해 얼마나 신중해야 하는지 배우는 것이다. 재테크도 공부를 해야 하고 나에게 맞는 방법을 찾아야 한다.

나에게 맞는 재테크 방법

전직 트레이더가 말하는 투자의 세계

실제로 증권사에서 트레이더로 일하다가 경제 유튜버로 잘 나가고 있는 슈카 씨가 〈동치미〉에 출연한 적이 있다. 실제 트레이더의 경험담이 신기하고도 재밌었다. 1년에 100억씩 버는 동료도 있었다는 말에 다들 억 소리 나게 놀랐다.

회사 일 하느라 개인 자산 재테크를 하지 못해 안타까웠다는 그의 이야기가 특히 기억에 남는다. 재테크의 기술을 아는데 내 재산은 불리지 못했으니 더 답답했을 것이다.

슈카 제가 30대 초반까지는 굉장히 자유분방하게 많이 놀았어요. 32살에 증권사에 처음 들어갔어요. 증권사에 처음 들어가서 기획업무를 하는데 옆에 보니까 트레이딩 룸이라고 컴퓨터도 굉장히 많고 거기서 뭘 하루 종일 파시는 분들이 있어요. 그게 너무 멋져 보이는 거예요.

저는 식사 값 7천 원이냐, 만 원이냐 하고 있는데, "야, 오늘 3억밖에 못 벌었어" 그런 말을 계속 하니까 그게 너무 멋져 보여서 회사 다니는 처음 1년 동안 나도 저기에 들어가서 어떻게든 저 트레이딩 업무를 해봐야겠다, 이걸 목표로 열심히 달렸거든요. 거기에 딱 들어가니까 정말 움직이는 돈의 단위가 다르잖아요. 그러니까 사람이 씀씀이도 달라지더라고요. 내가 거래 한 번을 누르면 수수료만 100만 원이 나오니까 밥을 먹는데 이게 만 원인지 2만 원인지는 관심이 없는 거예요. 사람들과 고기를 먹으러 가도 1인분에 4만 원짜리, 5만 원짜리 20만 원어치를 먹어도, '내가 오늘 번 돈이 얼마인데'라는 생각이 들고 근데 번 돈이 내 돈이 아니라 회삿돈이에요. 이런 식으로 생각하고 다니니까 개인 재테크는 완전히 딴판이고, 내가 회사에서 얼마나 돈을 벌었나, 내가 이쪽에서 얼마나 성공했나 이쪽에만 관심을 가졌어요.

옆에 사람 보니까 100억씩 벌어가는 사람도 있었어요. 저랑 동갑이었습니다. 1년에 100억씩 개인 돈으로요. 물론 10명이 들어오면 일 년에 5명이 나가요, 버티지 못하고. 근데 오직 눈에 보이는 건 100억 10억이에요. 이쪽만 보이는 거예요. 몇 억씩 받아가시니까.

근데 지금 정말 안타깝게 생각하는 것은 나도 뭔가를 조금이라도 사면서 갔어야 했는데 그것만 바라보니까 내 돈은 그냥 현금으로 있거나 정기예금도 아니고 일반 CMA통장에 들어 있고, 이렇게 그냥 5년 6년이 지난 거예요. 그다음에 펀드매니저로 이동을 했는데 이동을 하려고 내 통장을 보니까 그때 이사를 했어야 했는데 전세금도 안 나왔어요. 그러다 보니 정말 뭔가 돌파구를 찾아야겠고 '나는 이렇게 전셋집밖에 없고 평범하게 살아야 하나' 마음이 답답하니까 너튜브에 가서 얘기했죠. 그러다가 회사를 그만두게 됐지요.

전에 회사를 다니면서 돈이 있을 때는 재테크를 하나도 못 하다가 뭘 좀 해보려고 했더니 이제는 반대로 들어오는 수입이 없어졌어요. 정말 정말 많이 생각했던 게 조금만 더 일찍 뭘 했더라면… 한 5년 7년 전에라도. 정말 얼마 안 되는 시간들이거든요. 남들이 사라고 했던 것들, 1억만 있어도 5억짜리 집을 살 수 있던 시기였거든요. 그때는 안 하다가 이제 하려고 하려니까 힘들어요.

〈374회 당신이 벌어오는 돈으로 더 이상은 못 살아〉 중에서 회사에서 큰돈을 굴리느라 정작 내 자산 재테크에 소홀했음을 아쉬워하는 모습이 어째 나 같은 직장인 월급쟁이의 모습인 것 같아 살짝 공감이 되었다. 한 방으로 돈을 버는 사람, 분명 있다. 있는데 나는 아니라는 게 가장 큰 문제고, 슈퍼스타는 있지만 그 슈퍼스타 역시 한 방 뒤에 보이지 않는 노력이나 센스, 타고난 감 같은 게 있었을 것이다.

전문가도 재테크에 소홀했던 시절을 후회한다. 조금만 더 일찍 했더라면 지금 덜 힘들었을 거라고 한다. 역시 재테크에 관심을 가지고 살아야 한다. 그런 슈카 씨가 투자를 하려는 사람들에게 남긴 조언이 있다.

슈카 개인 투자자가 마켓 타이밍을 매일매일 보는 사람처럼 맞출 수가 없잖아요. 마켓 타이밍을 맞추겠다고 얘기하는 건 정말 힘듭니다.

하지만 확실한 것은 길게 보면 오르잖아요. 잃지 않는 방법은 길게 봤을 때 평균을 갈 만한 것만 사도, 저렴할 때 사면 잃지 않을 수 있어요. 근데 우리는 항상 욕심이 나기 때문에 문제죠. 이걸 좀 더 어려운 말로 하면 "공포에 사서 탐욕에 팔아라!" 책을 보면 이런 말이 나오잖아요. 공포에 사라는 건 다른 말로 하면 결국 쌀 때 사라는 거거든요. 탐욕에 팔라는 말은 결국 많이 올라가면 팔아라, 이 소리인데 우리가 주식이든 뭐든 버스를 놓

치면 뒷문을 잡고 올라가서 그 버스를 타는 게 정말 어려워요. 버스가 지나가면 다음 버스가 오거든요. 조금 더 마음을 편안하게 하고 지금 막 이렇게 올라간다고 해서 그게 영원하지 않고 결국엔 이렇게 파동을 그리니까. 마음을 급하게 안 먹으면 돈을 쉽게 잃지 않고 오히려 편안하게 접근할 수 있지 않을까 생각합니다.

〈374회 당신이 벌어오는 돈으로 더 이상은 못 살아〉 중에서

"공포에 사서 탐욕에 팔아라!" 한동안 외우고 다녔던 말이다. "공포를 알려 달라고 공포를!" 하면서 신랑을 윽박지르기도 했다. 결국 모든 자산은 쌀 때 사서 비쌀 때 팔아야 이득을 얻는 게 당연한 것인데, 그 타이밍을 정확히 알면 왜 여기 이러고 있겠는가. 그래서 길게 보고 평균을 갈 만한 것, 망하지 않을 것을 사면 잃지 않을 수 있다고 조언한다. 이는 주식뿐만 아니라 다른 것도 마찬가지다.

사람 마음이 간사해서 늘 탐욕이 생긴다. 그래서 조급함이 생기는 것이다. 조금만 오르면 막 사고 조금만 떨어지면 불안감을 못 참고 파는 게 조급함이 낳은 참사가 아닐까. 또 다른 전문가 유수진 씨도 비슷한 말을 했다.

내가 공부해서 내가 아는 만큼만 투자해야 한다. 조급함은 투자의 적임을 배웠다. 기초적인 것이지만 이렇게 하나씩 알아감이 즐겁다.

모르는 건 투자하지 않는다

김홍신 선생님은 서초동의 단독주택에 사신다. 인터뷰를 하러 몇 번 찾아뵌 적이 있는데 앞마당에 나무와 꽃들이 예쁘게 자리하고 있는, 기분 좋은 곳이었다. 평생 책 속에서 사신 만큼 재테크에 무심하셨을 것 같은 선생님도 "그 집을 3번만 옮겼다면 아파트가 3채나 되었을 텐데"라고 말씀하셨다.

김홍신 81년에 《인간시장》이 터졌는데 두 달 만에 10만 부 돌파를 했어요. 그리고 2년 만에 100만 부를 돌파하고 대한민국 최초의 밀리언셀러 작가로 제가 역사적 인물이 되어버린 거죠. 그니까 돈이 들어오는데 책이 그때 2천 700원이에요. 작가가 1할을 받으면 권당 270원씩을 받아요. 81년에 100만 부라는 게 돈으로 굴러들어오는데 저는 정신없이 바쁘니까 아내가 부동산에 투자했어야 하거든요. 근데 아내가 몸이 아프니까 그런 걸 전혀 모르고 저도 모르고, 돈을 모을 방법을 모르니까 계속 쓰는 거예요. 이게 쓰는 건 또 홀렁홀렁 나가요. 제가 지금 서초동 집에서 만 31년을 살았는데요. 만약에 그 집을 3번만 옮겼으면 70평짜리 아파트가 3채나 있었을 거예요.

〈171회 인생은 타이밍이다〉 중에서

선생님은 바빴고 아내 분은 편찮으셨기에 재테크에 관심을 둘 여유가 없었다는 말씀은 맞다. 이 집을 팔고 다른 아파트를 사고, 그 투자가 성공해 또 다른 아파트를 샀으면 3채는 너끈히 있었을 거라는 것도 맞는 말씀일 테다. 그런데 몰라서 못하신 것도 있겠지만, 사실은 지금 집을 떠날 수 없는 다른 이유도 있으셨던 거다. 글을 쓰시는 분이니 마당이 있고 정원이 필요하셨던 것. 나무도 보고 꽃도 보면서 산책을 할 수 있는 공간이 김홍신 선생님께는 꼭 필요했다. 지금의 단독주택이 작가인 선생님에게 제격인 집이었던 것이다.

이렇게 제아무리 훌륭한 재테크 방법이 있더라도, 결국 나의 필요와 맞아야 한다. 나의 필요와 맞아야 관심이 생기고 알게 되는 거다. 〈동치미〉에 내가 모르는 건 투자하지 않는 확고한 원칙을 지닌 분이 계셨다. 바로 아내와 어머니의 합작 투자로 손해를 크게 보신 경험이 있는 함익병 선생님이다.

함익병 저는 원래 주식이나 투자 개념이 없는 사람이에요. 돈을 벌면 은행에 예금을 하는 사람이기 때문에 누가 투자 얘기를 해도 "응 고마워. 근데 그렇게 좋으면 네가 해"라고 하는 사람이지 저는 투자를 한 적이 없어요.

근데 정말 아끼는 후배가 유명한 컨설팅 회사에 다니는 친구에요. 컨설팅 회사니까 잘 알 것 아니에요. 나한테 올 초인가 "형, 여기에 조금만 투자해"리고 해요. 최소 2배, 아무리 안 돼도 3배는 된다는 거예요. "아이 됐어. 고마워 안 해" 그러고 안 했어요. 안 했는데 11월에 상장이 됐어요. 수익이 30배가 됐어요. (일동 경악)

최홍림 미쳤어. 미쳤어. 그걸 나를 알려줬어야지!

함익병 얘기를 들어봐요. 그니까 이 친구는 10년 전에 넣어두

고 계속 기다린 거예요 이게 상장을 하려면 주식을 한번 분산해야 하나 봐요. 올 초에 잘 아는 사람이고 투자를 해도 괜찮겠다 싶으니까 나한테 진지하게 제안을 한 거였어요. 그때 들어가도 내가 넣은 돈의 3배는 버는 거였어요. 그래서 너무너무 아깝더라고요. 3배를 벌 수 있었는데.

근데 더 얘기를 들어보니 그 후배 경우는 10년 전에 20억을 투자해서 600억이 된 거예요. 그 후배랑 술 먹으면서 축하한단 얘기를 하면서 은근히 배가 아프다가 다시 곰곰이 생각해봤어요. 내가 그때 20억을 투자했더라면 나는 10년 동안 말라 죽었을 거예요. 난 10년 전에 600억 보장해준다고 하고 20억 넣으라고 해도 못 넣었을 사람이에요. 올 초에 넣었어도 3배는 벌었을 테지만, 나는 그 1년 사이에도 걱정돼서 명을 10년은 단축했을 것 같아요. 그래서 올해 가장 후회스러웠던 일이 투자 안 한 건데, 또 돌아서서 생각해보면 '1년 사이에 많이 늙었을 거야' 자기 합리화를 해요. 다음에 그 후배가 또 권유한다면? 그래도 안 합니다.

〈320회 올해도 뒷바라지만 하다 끝났다〉 중에서

함익병 선생님은 자신의 성향을 명확히 아시는 거다. 내 몸에 맞지 않는 건 관심을 두지 않는 현명함을 지니신 거다. 테슬라 주식을 1억 원어치 사서 20배의 수익을 올렸다는 사람이 있지만, 20배가 될 때까지 인내한 것도 그 사람의 성향이자 능력이다. (나라면 2배만 되었어도 팔았을 것 같다.) 주식에 투자해놓고 전전긍긍할 자신이 없는 함익병 선생님은 애초에 투자를 하지 않는 것이다.

재테크는 재물을 불리는 기술이다. 재테크에도 여러 가지 방법이 있으니 자기에게 맞는 방법으로 하면 될 것 같다. 정답은 없다. 주식 안 해도 잘 먹고 잘 사는 이가 있고, 돈이 많아도 부동산에 투자하지 않는 이도 있다. 금의 시세를 이용한 금테크, 절세를 재테크의 수단으로 여기는 세테크, 결혼을 재테크의 수단으로 활용하는 혼테크까지(?), 자신에게 맞는 기술을 습득하면 된다.

나도 신랑 덕분에 재테크에 관심이 생기고 조금씩 주식 투자를 하곤 한다. 직접 해보면서 느낀 게 절대 조급해하면 안 된다는 것이다. 조급하면 내가 괴롭다. 나는 어차피 단타쟁이는 아니니 (할 상황도 안 되고 능력도 못 되고) 그저 묵직하게 들고 있으면서 성장하는 곳에 투자하는 게 좋다. 20배가 된 테슬라를 사겠다는 욕심은 없다. 그저 내 그릇에 맞게 은행 예금보다 조금씩만 벌면 그것으로 족하다. 고기 1인분 사먹을 돈 정도만 벌어도 나의 재테크는 성공한 거다. 물론 이 소박한 꿈이 언젠가는 조금씩 커지길 슬며시 바라본다.

경향신문 70년 역사상 여기자 최초로 정년퇴직을 하시고 현재도 방송, 강연, 책 등으로 활발히 활동 중이신 여성들의 워너비, 늘 내게 격려와 응원을 아끼지 않으시는 유인경 기자님을 만났다.

정혜은 선배님의 〈동치미〉 첫 출연을 찾아보니까 26회부터 함께 하셨더라고요. 그때가 2013년 5월 11일 방송이에요. 〈동치미〉 첫 방송이 2012년 11월이니까 거의 초창기부터 함께 해오셨어요(중간에 잠깐 쉬셨지만).

유인경 초창기 멤버지. 남아 있는 유일한 여자 패널, 하하하.

정혜은 어때요, 선배님?

유인경 처음에 레스토랑 앞에서 정혜은 피디를 우연히 만나서 인사했을 때는 내가 즐겨보던 프로그램이었고 당시엔 굉장히 신선하고 획기적인 프로그램이었기 때문에… 중년여성을 대상으로 하는 프로그램이 거의 없었잖아요. 섭외받고 1회 출연하러 갔다가 이렇게 오래 주저앉아 있을 줄은 몰랐죠. 한 피디가 이렇게 오래할 줄도 몰랐고, 하하. 경이적인 프로지요.

마포불백 남편 최초 공개

정혜은 처음 나오시자마자 우리 남편은 마포불백(마누라도 포기한 불쌍한 백수)
이다, 돈만 보고 결혼했는데 돈만 사라지고 없더라, 이런 얘기를 거침없이 해주
셨어요.

유인경 남편은 그동안 백수로 편안하고 평화로운 생활을 누려서 감수해야 될
부분이라고 생각을 해요, 하하.

정혜은 처음에는 엄청 꺼리시다가 〈동치미〉를 통해 남편을 최초 공개하셨어
요. 같이 촬영해보니 어떠셨어요?

유인경 지금도 후회하고 있어요, 하하하. 사실 〈동치미〉 투어는 내가 정말 여
행도 가고 싶었고, 정혜은 피디가 그때 "선배님 꼭 같이 가요" 그래서 추억을 만

들려고 간 건데, 너무 다녀오길 잘한 것 같고 또 가고 싶어요. 그리고 VCR을 통해 우리 집을 공개한 건 처음이었죠. 〈동치미〉 인연으로 〈동치미〉에 애정이 있어서 한 거예요. 근데 우리 남편이 방송에 안 나간다고 할 줄 알았는데 웬걸 이 사람이 냉큼 하겠다고 해서 놀랐어요. 방송 나가고 나서 마스크 써도 알아본다고 헛소리를 해요.

정혜은 알아볼 만해요. 일반인으로 포털사이트 실검 1, 2위에 오른 사람이 어디 있겠어요.

유인경 캡쳐해 뒀다, 본인이. 하하하.

〈동치미〉의 브레인, 기자 유인경

정혜은 말씀하실 때 항상 읽은 책이나 격언들을 인용해주셔서 홍림 선배나 혁재 선배는 늘 "누구라고요?" 되물었었잖아요. 덕분에 예능프로그램이지만 격이 높아졌다고 생각해요.

유인경 기사를 쓸 때는 늘 근거가 있어야 하니까 〈동치미〉도 그렇게 한 거죠. 사실 〈동치미〉는 연예인만 출연하는 것도 아니고 다양한 연령대의 각 분야 전문가들도 출연하잖아요. 그리고 졸혼이나 고부갈등, 은퇴, 갱년기, 이런 주제들이 다 신문 사회면이나 생활면에 나오는 기사들이잖아요. 그런 내용을 좀 더 생활적인 개인 에피소드로 푸는 거니까 무조건 웃기기만 할 필요는 없는 것 같아서, 물론 사명감을 갖고 한 게 아니라 직업병이긴 한데요. 나는 연예인이 아니고 당시엔 현직 기자였으니까 그런 얘기가 더 자연스러웠던 것 같아요. 물론 홍림 씨가 제발 책 얘기 좀 하지 말라고 그랬지만 절대 기죽지 않았어요, 하하.

정혜은 기자로서 인맥이 넓으시잖아요. 사실 저는 선배님께 참 감사한 게, 가끔 섭외 도움을 요청드리면 굳이 그렇게까지 안 해주셔도 되는데 정말 열심히 애써주셨어요.

유인경 정혜은이 좋았어, 하하하. 싫은 피디 같았으면 "그렇게 친하진 않아요. 혹시 친하다고 소문났어요?" 그럴 수도 있었을 텐데. 정 피디는 나처럼 오랜 시간에 걸쳐서 별의별 사람을 만날 기회가 없었잖아요. 그러니 같이 고민하고 안 도와 줄 이유가 아무것도 없는 거죠. 내가 그 사람을 알면 전화해서 "같이 해요" 하면, 정 피디 혼자 하는 것보다 낫잖아. 그건 선배로서 당연히 해줄 일이지.

정혜은 "선배로서 당연히 해줄 일이지" 라는 말이 되게 감동적이네요.

유인경 응, 예쁜 후배니까. 후배도 여러 장르가 있거든요.

〈동치미〉를 몹시 사랑한 어른들

정혜은 〈동치미〉 하면서 가장 기억에 남는 출연자가 있으실까요?

유인경 가장 기억에 남는 사람은 아무래도 엄앵란 선생님. 그분의 놀라운 카리스마는 늘 존경스러웠어요. 80대에도 어르신으로서 단호히 말씀해주신 분이 별로 없잖아요. 오랫동안 〈동치미〉를 대표하는 어르신이었고요. 녹화하는 순간만이 아니라, 대기실에 있을 때도 귤이라도 한 박스 사오셔서 나눠주시는 모습들을 통해 많이 배웠지요. 참 기분이 좋았던 건 엄앵란 선생님, 김용림 선생님처럼 센터를 지키셨던 분들이 〈동치미〉를 몹시 사랑하셨다는 거예요. 오셔서 어울리는 걸 너무 좋아하시고 즐기시는 것 같아서, 어르신인데 심술을 부리시거나

융화가 안 되거나 하면 힘드실 텐데 전혀 그렇지 않아서 많이 배웠죠. '나도 나이 들어도 꼰대가 안 되어야겠다' 생각했지요.

204호나 302호나 마찬가지다

정혜은 〈동치미〉를 통해 얻은 것들이 있으실까요?

유인경 목사님도 박사들도 누구도 다 가정마다 문 열고 가면, 엄앵란 선생님 말처럼 204호나 302호나 마찬가지라는 걸 알게 됐지요. 코로나가 나만의 문제가 아니어서 견뎌낼 수 있듯이, 내가 겪는 억장 무너지는 일들이 있는데 더 이상한 일들도 많더라고요. '누구나 다 외롭고 괴롭구나'를 배우고, '그 와중에도 관점을 조금 달리 하면 달라질 수 있겠구나' 이런 생각을 하지요.
그리고 어떻게 보면 기자를 정년퇴직한 이후에도 자연스럽게 〈동치미〉 길을 따라와서 책도 쓰고 강연도 하고 〈동치미〉도 출연하고 있으니까, 그래서 퇴직 이후의 황당함, 헛헛함, 우울증을 앓지 않고 지나간 거죠.

나의 50대가, 광범위하게 보면 나의 중년이 오롯이 〈동치미〉와 함께 한 거예요. 재방송이나 예전 영상들이 유튜브에 많이 돌아다니던데 연령대별로 내 모습이 다 보이더라고요. 그 무렵의 영상들이 올라와서 본의 아니게 보면서 일부러 내가 만들지 않아도 나의 10년이 여기 다 남아 있네 싶어서 고맙죠, 굉장히.

정혜은　아, 저는 저의 30대를 〈동치미〉에 바쳤는데 선배님은 50대였네요.

유인경　그러니까 하하하, 정피디는 너무 조숙했어. 돌이켜보니 50대가 큰 의미는 없지만 나한테는 아름다웠던 시절이었던 거야. 약간의 단점이라고 하면 내가 너무 〈동치미〉인 거예요. 기자를 30년 했는데 어디 가면 "〈동치미〉 아줌마가 나와서 시사 얘기를 해?"라고 해요, 하하하.

은퇴 후에도 일을 할 수 있는 비결

정혜은　선배님과 8~9년을 함께 하면서 선배님이 기자로 열심히 뛰어다니신 것도 봤고, 정년퇴직 후 인생을 일궈가는 모습도 보고 있잖아요. 선배님은 직장인들의 워너비 같아요. 퇴직이 곧 졸업인 월급쟁이에게 퇴직 후에도 새로운 길이 있음을 보여주고 계세요.

유인경　좋게 말하면 하나에만 얽매이지 않았어요. 하나의 주제를 가지고 기사도 쓸 수 있고 방송에 나와 말도 할 수 있고 책도 쓸 수 있잖아요. '원 소스 멀티 유즈'를 할 수 있는 직업군인 거죠. 나는 이제 퇴직했으니까 말이지만 좀 뻔뻔했어요. 나는 충분히 내 월급의 가치만큼 일했어. 새벽같이 나와서 기사 써놓고 아침 방송 출연하러 갔고요. 또 너무 아까운 거지, 다른 사람 만나고 했던 게. 요즘 말로 부캐라고 하죠. 기자 유인경이 있고 작가 유인경, 그리고 〈동치미〉 아줌마 유인경을 만드는 거예요. 일종의 파생상품인 거예요. 그게 운이 좋게 성공한거죠.

직장생활 하는 후배들에게 전하는 조언

정혜은 직장생활 하는 후배들에게 조언을 주신다면요?

유인경 내가 예전에 정 피디에게 "석사를 했으니 박사를 해" 이런 조언을 했었던 것 같아요. 근데 최근에 보니 박사가 별로 의미가 없는 것 같아요. 내가 뭘 재밌어하지? 재밌는 일, 잘하는 일을 찾아야 하는 것 같아요. 다양한 세상에서 내가 가장 관심이 가는 것을 보면 그 안에 또 다른 기회가 생기는 것 같아.
직장생활에서 제일 필요한 게 멘토와 스폰서와 라이벌이래요. 이건 외국의 유명한 CEO가 한 말이에요. 라이벌이 있어야 내가 분발을 하게 되고 멘토가 있으면 내가 어려울 때 조언을 얻을 수 있고 스폰서는 내가 뭘 하고자 할 때 "오케이, 한번 해봐" 응원군이 되어준다는 거예요. 누군가에게 "도와주세요", "멘토가 되어주세요", "스폰서가 되어주세요" 요구할 필요도 있고 그 태도가 중요한 것 같아요.
그리고 직장에서도 가장 중요한 건 내가 나를 안 들볶는 게 중요해요. 성격의 문제가 아니라 훈련과 연습이 되어야 해요. 나도 흥분할 때도 있고 짜증날 때도 있고 속상할 때도 있지만 60을 넘게 살다 보니 다름을 인정하는 게 편하더라고요. 정신건강이 몸의 건강에 너무나 직결돼요. 물론 양쪽 다 건강해야하지만 내가 얼마나 나를 평화롭게 만드느냐, 아무도 모르지만 나 혼자만의 정신승리도 필요하다는 거죠. "괜찮아, 나는 괜찮아" 하면서.

〈동치미〉 최고의 엠씨. 방금도 언니랑 문자를 하는데 언니는 본인의 성격이 지랄 맞아서 힘들다고 했고 나도 부정은 못하겠다고 답을 했다. 뭐든 잘하고 완벽해서 스스로를 피곤하게 하지만 다른 이들에게는 항상 최고의 모습을 보여주는 진정한 프로. 언니와 함께 한 지 10년째다. 신기하다. 언니와 내가 둘 다 기억하고 있는 첫인상이 있었다.

정혜은 언니, 우리 첫 방송 티저 찍을 때 생각나요?

최은경 나 운거? 하하하, 나 그때 사진 아직도 있잖아. 그 영상도 너무 갖고 싶어.

정혜은 그때 갑자기 우리가 울어달라고 주문을 했잖아요. 언니가 혼자 눈물을 흘리며 슬퍼하다가 〈동치미〉 한 사발 들이키고 모든 걱정과 슬픔이 해소된 듯 미소 짓던 거.

최은경 그때가 내가 드라마 끝난 지 얼마 안 됐을 때였나 그랬을 거야. 그러면 좀 돼. 근데 지금 하라고 하면 못할 거야, 하하하. 근데 되게 독특했어. 딱 우는 장면을 누가 캡처해서 보내줘서 아직도 갖고 있는데 〈동치미〉 하면 나도 그게 제일 먼저 떠올라. 나도 너 기억나. 니가 막 왔다갔다 다녔잖아. 근데 너무 예뻤어. 가녀린 몸으로 막 뛰어다니는 게 상큼하게 예뻤어.

누군가의 10년이 고스란히 들어가 있는 〈동치미〉

정혜은 〈동치미〉가 2012년 11월 첫방송을 했으니 햇수로는 10년째이고 만 9년을 채우고 있네요. 이렇게 오래할 줄 알았어요?

최은경 아니 난 진짜 몰랐어. 20대에 아나운서가 되고 나의 가장 대표 프로그램을 생각하면 오래하진 않았지만 내 라디오였던 〈FM대행진〉을 생각하거든. 30대에는 가장 오래했던 〈해피타임〉이 생각나고. 〈동치미〉는 오롯이 40의 시작과 함께 내 40대를 다 갖다 바친 프로그램인 거야. 그래서 그게 너무 달라.

정혜은 언니, 이게 너무 재밌네요. 유인경 기자님은 자신의 50대가 〈동치미〉에 그대로 녹아 있대요. 저는 저의 30대가 오롯이 〈동치미〉에 들어갔다고 그랬거든요. 근데 언니는 언니의 40대가 들어간 거예요. 누군가의 30대, 40대, 50대가 〈동치미〉에 고스란히 들어가 있네요.

최은경 하하하, 그렇네. 〈동치미〉 없이 40대를 보냈으면 지금의 내가 안 됐을 거야. 나는 그건 확신해, 100퍼센트.

정혜은 좋은 의미에요?

최은경 좋은 의미지. 내가 막 훌륭해졌다는 게 아니라 확실히 넓어졌어. 이만 큼 넓어졌어. 〈동치미〉를 안 했어도 MC라는 직업을 가지고 있으니까 다양한 사람들을 만나고 어느 정도는 넓어졌겠지만, 이만큼만 넓어졌을 내 시야가 〈동치미〉를 하면서 이렇게나 넓어졌어. 그건 확실한 것 같아. 〈동치미〉를 안 했으면 물론 다른 걸 만났겠지만, 〈동치미〉를 했을 때의 나와 안 했을 때의 나를 비교해보면 나한테는 너무너무 좋은 경험이었어. 넓어졌어, 확실히.

무수한 남의 가정사를 듣는다는 것은?

정혜은 〈동치미〉는 자기 얘기를 하는 프로그램이잖아요. 그래서 출연자들 섭외할 때 가족 얘기는 힘들다는 거절이 많았어요. 물론 막상 나오시면 알아서 다들 얘기하셨지만. 무수한 남의 가정사를 10년째 듣고 있는 소감이 어때요?

최은경 나는 남의 가정사에 정말 관심이 없는 사람이야, 하하. 근데 〈동치미〉에는 다른 사람들의 행복한 이야기도 나오고 불행한 이야기도 나오고 잘된 이야기도 나오고 망한 이야기도 나오잖아. 내가 진짜 좋아하는 사자성어가 타산지석이거든. 남의 산에 돌멩이라도 배울 게 있는 거야. 그 자리에 10시간을 앉아서 모든 사람들의 이야기를 다 들었잖아. 그만큼 훌륭한 교과서가 없어. 난 정말 그랬던 것 같아. 그리고 MC는 미친 듯이 몰입해서 들어야 하니까 찐하게 찐하게 그들의 이야기를 다 받아들여서 힘든 얘기하면 내가 녹초가 되고 그랬던 것 같

아. 보통은 보여주고 싶은 모습만 보여주는데 〈동치미〉는 '저걸 과연 왜 보여줄까', '마음의 준비가 된 걸까' 하는 것까지 막 털어놓고 나가니까 진짜 달랐어. 내 평생 30년간 들어온 이야기보다 10년간 들은 게 더 많아, 하하하.

정혜은 10년째 같은 프로그램을 진행하면, 이제는 눈 감고 진행해도 될 것 같은데 언니는 대본을 열심히 공부하고 오잖아요.

최은경 말을 안 시켜도 스스로 잘하는 출연자도 있지만 누군가는 10년 만에 TV에 나왔단 말이야. 이 사람은 할 얘기를 이만큼 준비해왔는데, 전부는 하기 힘들지만 MC가 그걸 몰라서 그냥 넘어가버리면 그 사람은 너무 억울할 거 아니야. 나는 출연자로는 많이 안 나가 봤지만 그렇게 챙겨주는 MC가 있으면 너무 고마워. 그게 방송에 나가든 안 나가든. 왜냐하면 그렇게 한번 챙겨주고 나면 그 사람도 힘을 받아서 그 다음 이야기도 잘하게 되거든. 그리고 준비한 에피소드를 까먹었다고 해봐. 근데 너무 재미있어서 나갔으면 좋겠어. 그럼 내가 콕 집어서 물어봐주면 방송에 나갈 수 있잖아. 그래서 할 수밖에 없어. 그리고 나는 내 옆에 있던 남자 MC들이 대본을 보고온 적이 없었어, 하하하하.

〈동치미〉에서 삶의 해답을 찾다

정혜은 〈동치미〉 하면서 가장 기억에 남는 순간 있어요?

최은경 나는 그게 있었어. 참 신기했던 게 나의 40대가 고스란히 들어가 있었다고 했잖아. 아들 교육이 시작되는 시점이었는데, 분명히 남편과 티격태격 안 맞을 때가 있단 말이야. 뭔가 사건이 있거나 둘이 싸우거나 그랬어. 〈동치미〉 녹화를 가잖아. 그 주제가 아니었어도 무슨 종교처럼, 종교 있는 사람들은 자기

가 고민이 있을 때 가면 희한하게도 나한테 맞는 얘기가 들린다고 하더라고. 나한테 〈동치미〉가 딱 그랬어.

내가 애 키우는데 너무 힘든 부분이 있거나 남편과 티격태격했거나, 내 마음이 서지 않아서 진짜 괴로울 때 2주에 한 번씩 녹화를 가면 주제가 절대 그게 아닌데도 불구하고 그 녹화 속에서 답이 맨날 나오는 거야. 나는 그게 너무너무 신기한 경험이었어. 여기서 내가 너무 힘들었던 일에 대한 해답을 찾는 거야. 그게 정말 신기할 정도였어. 그래서 녹화하러 갈 때는 약간 삐친 마음으로 갔었다면 집에 돌아올 때는 다 풀려서 오는 거야. 몸은 힘들었어도. 〈동치미〉가 나한테 딱 그랬어. 그 기억이 잊히지 않고 그게 너무너무 좋았어.

그리고 내가 〈동치미〉를 좋아했던 이유가 나는 토론을 싫어하거든. 토론을 하다가 싸움을 하잖아. 그게 싫었어. 근데 아주 성숙한 토론이 이루어지는 장이 〈동치미〉였어. 그게 너무너무 좋았어. 나는 기가 약해가지고 누가 강력히 주장하면 "그러세요" 하는 사람인데, 뭔가 이의제기를 하면서 아슬아슬하지만 참을 만하게 성숙한 토론이 벌어지는 게 너무너무 좋은 거야. 그런 토론이 이루어진다는 건 우리 멤버 중의 어느 한 명의 힘으로는 안 되는 거잖아. 그러니까 전체적인 프로그램의 케미가 너무너무 좋았던 거지.

나도 멋있게 나이 들고 싶다

정혜은 저는 〈동치미〉 녹화가 끝나면 늘 한 가지씩은 가슴에 울림을 안고 집에 갔던 것 같아요. 언니도 많은 영향을 받았어요?

최은경 난 너무 많이 받았지. 나는 너와 다르게 어른과 편하게 지내는 사람이 아니었어. 나는 내 또래만 만났지. 후배나 선배는 잘 안 만났어. 어른들 얘기가 다 맞지는 않지. 맞는 것도 많다는 걸 〈동치미〉 하면서 깨달았어. 그리고 나도 어쨌든 누군가의 선배가 되고 있고 어른이 되고 있는데 '저분의 저건 너무 좋다', '나도 나이 들어서 저래야지' 느꼈던 것들만 적어도 너무 훌륭한 교과서가 되는 거야. 나는 그게 너무 좋았어. 나보다 먼저 인생을 사신 분들을 보는 것 자체가 매우 큰 공부가 되더라고. 정말 많은 길을 보여줘서 그게 너무 좋았어.

정혜은 특별히 그런 분이 있었어요?

최은경 김용림 선생님. 김용림 선생님이 나랑 비슷한 부분이 꽤 많아. 물론 속마음까지는 우리가 잘 모르지만 선생님의 생활방식, 여성으로서 연기자로서 그 나이에도 흐트러지지 않고 꼿꼿하게 풀지 않는 모습이 참 멋졌어. 사실 아나운서가 되고 방송으로는 멋있는데 실생활은 아닌 사람들도 본단 말이야. '나도 저 나이에 저렇게 유지가 될까', '저렇게 대본을 공부하고 모습도 유지하고 저렇게 할 수 있을까' 왜냐하면 내가 이 나이에도 놓고 싶은 부분이 있는데 그렇게 유지하고 계신 모습이 너무너무 멋있었어.

부부

밥 밥 밥

나는 밥하는 여자다

"언니 토요일인데 뭐하세요?"

"집에서 밥한다."

아, 내가 이런 답장을 보내게 될 줄 몰랐다.

토요일인데, 날씨도 화창한데, 집에서 밥을 하고 있다. 문제는 한 끼 해먹는 것으로 끝나지 않는다는 것. 아침을 먹고 뒤돌아서면 점심이고, 집 좀 정리하고 나면 저녁을 먹어야 한다. 그 다음엔? 또 내일이 온다. 내일도 먹어야 사니까. 내일 아침은 뭘 하지? 점심은 어떤 걸? 저녁엔 비 온다니 김치찌개를 끓여야 하나를 고민하고 있다. 끼니 걱정으로 주말이 날아가 버린다. 옛날 엄마들이 밥 먹고 뒤돌아서면 다음 끼니 걱정이라고 하신 말씀이 딱 맞았다.

이래서 요리 프로그램이 잘 되고, 요리 유튜브 조회수가 높은가 보다. 다른 집 식사메뉴는 뭔지 여기저기 검색하고 있는 나를 종종 발견하곤 한다.

전혀 해보지 않은 걱정이었다. 끼니 걱정. 예전에 〈오늘 뭐 먹지?〉라는 프로그램이 있었다. 신동엽, 성시경 두 명의 엠씨가 요리 선생님을 따라 직접 요리해보는 내용이었는데 요리는 기억도 안 난다. 그저 '두 엠씨의 케미가 재미있다', '프로그램 제목 한번 참 잘 지었네'라고 생각했다. 지금에 와서 밥 걱정을 하는 내게 문제는 '오늘 뭐 먹지' 가 아니라 '오늘 뭐 해.먹.지.' 이다. 근데 사실은, '오늘 뭐 먹지 → 뭐 해 먹지 → 뭐 해 먹이지'가 맞다.

혼자 살 땐 해보지도 않은 걱정을 하게 된 이유는 단 하나다. 바로 남편. 남편이라는 존재가 생기자 끼니 걱정이 늘었다.

밥에 담긴 철학, 남편의 입으로 듣다

밥은 그냥 밥이라고 생각했는데 결혼하고 나니 밥은 단지 밥이 아니었다. 남편들이 밥에 큰 의미를 부여한다는 걸 〈동치미〉를 하면서 알았다.

유인경　남편은 자기가 약속 있고 모임 있을 땐 아무런 연락이 없어요. 근데 본인이 집에 있을 때만 문자가 와요. "밥은?"

이건 "당신은 밥은 먹고 다녀?"가 아니에요. "내 밥은 어떻게 할 거야?"라는 의미에요. 얄밉죠. 내가 들어가서 챙겨주는 게 대단한 게 아니에요. 그냥 전기밥솥에 있는 밥 퍼주고 가스레인지에 국 데워주고 밑반찬해주는 것밖에 없는데 꼭 받아먹기를 바라더라고요.

근데 내가 안 차려주면 이상하게 라면을 끓여서 식탁에서 안 먹고 비참한 데서 먹어요. 그리고 흔적을 남겨둬요. 나는 네가 밥을 안 차려주는 동안 이렇게 비참하게 먹었다는 걸 보여주려고요. 남자에게 엄마와 아내가 차려주는 밥은 밥 그 이상의 의미를 가지는 듯해요. 밥은 남자의 생명줄 같아요.

최홍림　밥은 아내의 마음이에요. 기분이 좋을 때는 가지런히 나오고 기분 나쁠 때는 밥상도 어질러져 있어요.

이혁재　밥은 아내와의 관계가 유지되고 있다는 관계의 척도 같아요. 국이 없어도 계란 프라이에 김 하나 김치 하나라도 아내가 차려주고 "밥 먹어" 하면 그녀의 울타리 안에 같이 소통하고 있다는 느낌이 들어요. 이쯤되면 소통해야 하는데 아내가 밥 먹으라는 말을 안 하면 불안해져요.

〈62회 밥이 그렇게 중요해?〉 중에서

밥에 이리 심오한 철학이 담겨 있다는 걸 이분들의 말을 통해 깨달았다. 내가 대단한 걸 차려주는 것도 아닌데, 내가 안 차려주면 꼭 라면을 끓여먹고 흔적을 남긴다는 유 기자님의 말씀은 결혼해보니 100프로 공감한다.

한번은 신입으로 들어온 후배 피디가 내게 이런 말을 한 적이 있다. 서너 달 같은 프로그램을 하면서 제법 가까워진 사이였다.

"선배 나는 선배랑 세대 차이, 나이 차이, 그런 거 크게 못 느껴봤는데요. 선배가 남편 아침밥 차려주고 출근했다는 얘기에 처음으로 세대 차이를 느꼈어요."

나는 이제껏 후배와 내가 비슷한 세대라고 생각했다. 한 번도 생각해보지 않았던 후배와 나의 나이 차이를 세어보았다. '이제 갓 대학을 졸업한 애들이니 나와 차이가 많이 나긴 나는구나' 싶었다. 내가 내 나이도 모르고 20대랑 비슷하다고 착각하며 지내고 있는 건 아닌지 순간 부끄러워서 얼굴이 달아올랐다.

세대 차이라면 세대 차이일지도 모르겠다. 왜 남편 밥을 해주고 출근해야 하는지 전혀 이해가 안 간다는 후배와 그래도 밥을 차려주는 나 사이에는 약간의 거리가 있는 게 분명하다.

왜 꼭 밥을 해주고 차려주냐고? 유 기자님의 에피소드에 답이 있다. 안 차려주면 안 먹으니까. 안 해주면 치킨을 시켜먹거나 햄버거를 시켜먹거나 그것도 아니면 유 기자님 남편처럼 라면을 끓여먹으니까.

"알아서 먹을게" 말은 잘 하지만, 냉장고에서 꺼내 뚜껑만 열면 되는 것도 하지 않는 게 신기했다. 한번은 왜냐고 물어보았다. 그랬더니 혼자 집에서 밥을 차려먹는 게 왠지 궁상맞게 느껴진다는 것. 더 쓸쓸하게 느껴진다는 게 이유였다. 이혁재 선배님의 말처럼 밥으로 아내와 소통한다고 느끼는 것일까? 내 울타리 안에서 관계가 정상궤도를 달리고 있음을 깨닫고 싶어서일까? 아내와 잘 지내고 있다는 관계의 안정감을 주는 게 왜 꼭 밥이어야만 하는지 모르겠지만, 이경제 선생님의 말을 들으면 일견 이해가 된다.

> 이경제 오늘 아침에 나올 때 제가 좀 늦게 나왔는데 아내가 운동을 갔더라고요. 근데 아내에게 문자가 왔어요. "지금 시장에서 맛있는 국밥 사갈 테니 조금만 기다리세요"라고. 근데 내가 지금 나왔다고 했더니, "어떡하지 미안해서"라고 하는데 그 마음이 너무 고마운 거예요. 사오는 국밥이지만 남편 아침을 챙겨주지 못해 미안한 그 마음이 제게는 사랑인 거예요. 저에게는 아침 해장국이 명품백과 똑같은 거예요.
>
> 〈62회 밥이 그렇게 중요해?〉 중에서

아내의 밥을 먹으면 남자는 따뜻해진다?

사실 내가 신랑에게 아침밥을 차려줘야겠다고 마음을 먹은 계기가 있었다. 결혼할 당시 〈동치미〉 외에도 〈카트쇼〉라는 프로그램까지 진행하느라 몸과 정신이 안드로메다에 가 있었다. 남들은 반년, 일 년 전부터 준비한다는 결혼식과 신혼집 꾸미기, 살림살이 장만 등은 그야말로 남의 일이었다. 일단 '되는 대로 결혼식만 하자'가 목표였다. 결혼식을 올리고 신혼여행을 다녀오니 신혼집은 깔끔하게 정리되어 있었다. 엄마가 필요한 살림살이들을 사서 잘 정리해주신 덕이었다.

문제는 내 체력이었다. 지난 1년간 밤새서 촬영하고, 밥 먹을 시간 없이 두 건물을 오가며 두 개의 프로그램을 운영했던 내 체력이 바닥난 거다. 도저히 아침에 일찍 일어나지지 않았다. 그나마 눈떠서 몸을 이끌고 회사에 출근한 게 다행이었다. 그러니 결혼해서 아침밥을 해준다느니 아침밥을 얻어먹었다느니 하는 것도 남의 집 애기였다.

솔직히 처음에는 아내인 내가 꼭 아침밥을 차려줘야 한다는 의무감을 갖지는 않았던 것 같다. 둘 다 똑같이 일하는데 여유 있는 사람이 차리면 되지 않을까 아니면 돌아가면서 준비하면 되지 않을까 정도였다. 아침밥을 차리는 사람이 반드시 나여야만 한다는 생각을 하진 못했다. 근데 신랑의 생각은 달랐나 보다. 내가 해준 아침밥을 먹고 나가고 싶었던 마음이 있었던 것 같다.

어느 날 퇴근하고 와서 그러는 거다. "아침에 차 타러 나가는데 머리가 핑 돌아서 몸이 휘청거렸어" 아니, 왜? 배고파서? 직접적으로 말하진 않았지만 빈속에 나가니 어지러웠다는 뭐 그런 뉘앙스였다. 그 큰 몸이 휘청거렸다니 우습기도 하고 짠하기도 했다. 다음 날 기를 쓰고 아침에 일어났다. 따뜻한 국을 끓이고 밥을 해서 아침상을 차려줬더니 밥 한 공기를 뚝딱하는 게 아닌가. 참으로 신기했다. 눈뜨자마자 저 밥이 소화가 될까 싶었다. 나간 지 5분 정도 후 신랑으로부터 문자가 왔다.

"혜은, 밖이 하나도 안 추워!"

한겨울이었는데 밖이 하나도 안 춥단다. 내가 해준 따스한 아침밥을 먹고 나간 것에 대한 고마움의 표현이었다. 그 표현이 웃기기도 했지만 그동안 못 먹은 아침밥에 추웠을 생각을 하니 마음이 살짝 시렸던 것 같다. 그래서 결심했다. 아침밥을 해줘야겠다고. 못 먹고 살던 시절 밥은 그야말로 생명줄이었다. 21세기를 사는 지금은 밥이란 한 끼의 즐거움이자 취향에 맞는 소비재가 되었다. 밥이 가진 상징성이 과거 시대와는 달라졌다지만 여전히 남자에게 밥은 중요하다.

나와 비슷한 세대이자 애 둘 맘 김빈우 씨는 남편과 대판 싸우고 너무 화가 나서 3일 동안 말을 안 한 적이 있었다고 한다. 서로 없는 사람처럼 3일을 지내다가 순간 이런 생각이 들었다고. '남편의 잘못으로 싸웠는데 왜 지금은 도리어 남편이 나한테 화를 내고 있지?'

이해가 안 된 빈우 씨가 왜 그러냐고 물었다. 그랬더니 남편의 대답, 자기가 한번 화해하려고 했을 때 아내 반응이 없었고, 그 다음부터 밥을 안 차려줘서 화가 났다는 거다. 네가 나를 무시했고 내 기를 죽였다고 말했다고 했다. 여기서 최홍림 선배는 "우리 아내는 아무리 싸워도 밥은 차려줘요"라고 했고, 김빈우 씨 역시 "우리 남편도 아무리 죽을 듯이 싸워도 밥은 차려달라고 하더라고요"라고 답했다.

밥을 안 주면 기를 죽이고 무시하는 거라고 느끼다니? 밥이 가진 상징성이 달라졌다는 건 여자들만의 이야기인가. 우리 신랑도 최근에 내게 이런 말을 했다. "너랑 싸워도 네가 해준 밥을 먹고 나면 너한테 잘해줘야겠다는 생각이 들어" 생각해보니 무서운 말이다.

밥하는 일은 신성하다

비교적 최근 녹화에서도 왜 꼭 아내가 밥을 해야 하느냐로 변함 없이 옥신각신 중이었다. 남편들도 자신들의 입장을 열심히 대변 했다. 아내가 아픈데 밥 차리라고 하지는 않는다며 합리적인 선을 주장하던 와중에 손을 번쩍 든 분이 계셨다. 비난을 무릅쓰고 손을 들어 소신을 밝히신 분. 〈동치미〉 공식 로봇 함익병 선생님이었다.

함익병 저요! 저는 아내가 아파도 밥을 차리라고 해요. 생각해
보세요. 저도 몸이 아플 거 아니에요. 아파서 드러누워야 할 상
황이 아니면 병원 출근요. 죽지 않을 상황이면 환자와 약속
한 거니까 가서 진료를 봐요. 돌아와서 앓아눕더라도.

전업주부가 집에서 밥하는 건 제가 하는 일과 똑같은 거예요.
그러니까 밥하는 걸 하찮게 생각하지 말라는 거예요. 굉장히
중요한 일이에요. 정말 아파서 못할 상황이면 모르겠지만요. 밥
하는 일은 신성하다니까요. 꼭 해야 하는 의무라서 저는 밥을
반드시 해야 한다고 생각해요.

<295회 밥 좀 그만하고 싶다> 중에서

몇 차례 같이 촬영을 하면서 함익병 선생님 아내 분으로부터 들
었던 말이 있다. "저는 밥을 정말 열심히 하는 사람이에요!" 아, 그
말이 완벽하게 이해가 되었다.

함익병 선생님의 직업은 피부를 고치는 거고, 아내분의 직업은
밥을 하는 거였다. 함익병 선생님은 아내가 밥하는 걸 존중했기 때
문에 본인이 빨래도 하고 청소도 하는 거다. 아내가 밥하는 걸 자
신이 환자의 병을 고치는 것처럼 신성하고 중요하게 보았다. 밥하
는 행위를 '신성하다'는 표현으로 격상시키셨다. 밥하는 일을 그만
큼 존중하면서 의미를 부여한다면 지겨워도 밥을 열심히 할 수밖

에 없으리라.

밥을 요구하는 남편들이 밥하는 아내에 대한 존중이 있으면 좋겠다. 그러면 밥하는 아내들이 항상 지겹거나 힘들지만은 않을 것 같다. 우리는 맞벌이지만 내 밥을 먹고 안 춥다는 신랑 덕분에 나는 오늘도 밥을 한다. 내 밥을 먹고 안 춥다고 말하는 게 나를 향한 그의 존중법이다.

말로 해야 아냐? vs 말을 해야 안다!

엄마가 듣고 싶었던 따스한 말 한마디

우리 엄마는 6남매 막내딸로 태어났다. 그 시절 외할아버지는 나주에서 꽤 큰 농사를 지으셨고 일꾼들도 여럿 있었다 한다. 첫째 큰 이모가 있고 그 뒤로 줄줄이 아들들, 그리고 엄마가 막내딸이니 그 귀여움은 오죽했을까 싶다.

엄마는 27살, 내가 상상도 할 수 없던 나이에, 왜냐하면 난 26살에 MBN에 들어왔고 한창 피디라는 직업에 꿈과 희망이 부풀어 있던 때라 결혼 같은 건 상상조차 할 수 없었던 그런 나이에, 6남매 중 넷째 아들에게 시집을 갔다. 첫째 아들, 둘째 아들, 셋째 아들, 그리고 넷째 아들이니 고생은 안 하겠다 싶어 시집보내셨다고, 이모한 테 들었는지 외할머니에게 들었는지 아니면 엄마에게 직접 들었는지 암튼 많이 들었다.

고생은 안 하겠다 싶어 넷째 아들에게 시집 간 엄마는, 역설적이게도 시부모님을 돌아가실 때까지 모셨다. 공무원인 아빠의 직업 특성상 경상도에서 보냈던 어린 시절을 제외하고(본가는 전라도 광주), 초등학교 입학 때부터 쭉 할아버지 할머니랑 같이 살았다. 내 입장에서는 할아버지, 할머니와 같이 산 것이고, 엄마 입장에서 시부모님을 모시고 산 것이다. 큰 이모는 "네 엄마가 시부모님을 모시고 살다니, 진짜 상상도 못했는데 놀랍다"고 늘 말씀하셨다.

할아버지가 돌아가시고 집에서 장례를 치렀다. (그땐 집에서 장례를 치르는 게 당연했던 것 같다.) 대충 모든 일이 끝나고 난 어느 날이었나, 엄마가 내뱉었던 말이 아직도 기억이 난다. 첫째, 둘째, 셋째 아들도 안 모신다는 시부모 모시고, 명절마다 일가친척들 명절상도, 시부모 장례도 다 치렀는데, "당신 고생했어" 그 한마디를 못 들었었다고. 돈도 꽃도 목걸이도 아니고, "당신 고생 많았어. 고마워" 그 말 한마디면 되는데 그 한마디를 안 해준다고. 그때 배웠다.

아, 말로 표현해주는 게 중요한 거구나.

근데 아빠의 입장은 이랬다. 고생한 거 다 아는데 고마운 거 당연한 건데 그걸 꼭 표현을 해야 아냐고. 가족끼리 고마움은 당연히 품고 사는 건데 왜 그걸 꼭 말로 해주길 바라느냐고. 나는 엄마의 서운함도 이해가 됐는데 아빠의 논리도 상당히 이해가 됐다.

왜 굳이 말을 해야 알까? 아빠 말처럼 우리는 가족이고 아빠는 엄마를 사랑할 테고 아빠는 자신의 부모를 모셔준 엄마에게 고마위할 텐데. 굳이 말로 해야 하나? 6남매 막내딸로 곱게 태어난 당신이, 고생 안 할 줄 알고 넷째 아들에게 시집왔는데, 이놈의 넷째 아들이 제 부모를 모신다고 나서서, 국가의 명에 따라 옮겨 다녀야 하는 공무원이란 직업 때문에 타 지역으로 발령 갈 때도, 애들 데리고 홀로 고향을 지키며 제 부모를 모셔주어 얼마나 고마운지 모른다고, 부모가 살던 초가집을 직접 부모에게 제값 치르고 사서, 1년여 동안 2층 양옥집으로 번듯하게 지어, 그 부모 장례까지 이 집에서 모셔주어 평생을 고마워하며 살겠노라고, 꼭 그렇게 말을 해야 알까?

그런 생각을 한 지 10여 년 후 말을 해야 안다는 우리 엄마와 말로 해야 아느냐는 우리 아빠가 또 있었다. 바로 〈동치미〉에.

고맙다는 말은 잠자는 아내도 웃게 만든다

김용림 표현을 안 하는 사람과 사는 게 얼마나 괴로운가 하면요. 남자들은 어떻게 매번 아내에게 고맙다고 하냐고 하지만 정말 말로 표현을 해야 해요. 이 자리를 빌어서 우리 남편에게도 이 얘기를 꼭 하고 싶어요.
우리 남편은 정말 고마워해요. 저는 그 마음을 알아요. 모든 걸 고마워하는 줄 알지만 '고마워' 소리를 평생 들어본 적이 없어요. 그런데 어제 들었어요. (일동 탄성) 별것도 아니에요. 어제 남편이 추울 것 같아서 목화솜 새 이불로 갈아줬어요. 그랬더니 "아이고, 왜 이불을 갈았어?"라고 하길래 "당신 좀 무거워도 겨울에는 목화솜 이불을 덮어야 해요" 했더니. 근데 술을 한잔 먹었기 때문에 한 거예요. 제정신에는 안 했을 거야. (일동 웃음) 술을 한잔 하고 들어와서, 이불을 들춰보더니 "고맙소" 이러는 거예요. '술김에 하는 거지', '술을 마셨으니까 하는 거지' 생각하면서도, "고맙소" 그 처음 들어본 말에 웃음이 나는 거예요. 자려고 누웠어요. 근데 너무 기분이 좋은 거예요. 웃음이 나. 오래 살다보니 고맙단 소리도 듣나 보다. 흥흥, 웃어지더라고요.

〈219회 당신, 나한테 안 고마워?〉 중에서

고맙다는 말, 70년 넘게 사신 김용림 선생님도 남편에게 한 번도 들어보지 못한 말이었다. 고마워한다는 마음은 알지만 표현받지 못한 아쉬움이 있으셨던 것이다. 술에 취해서 나온 "고맙소"라는 한마디가 그렇게 좋으셨을까. 고맙다는 말은 잠자는 아내도 웃게 만든다는 것을 몸소 경험으로 알려주셨다.

아내들은 미안하다는 말보다 고맙다는 말에 약하다고 한다. "내가 당신보다 돈을 덜 벌어서 미안해"가 아니라, "나보다 더 많이 돈 버느라 고생해주어 고마워", "내가 당신 호강 못 시켜줘서 미안해"

가 아니라 "고생만 시키는 내 옆에 항상 있어줘서 고마워"라는 말. 고맙다는 말이 이렇게 귀하다는 사실을 또다시 배운다.

근데 고맙단 표현에 목마른 건 여자들만이 아니었다. 아내가 고마워하지 않는다고 9년째 꾸준히 분노 중이신 분이 계셨다. 이경제 원장님. 열심히 돈을 벌어서 생활비를 주고, 아내 용돈도 따로 주는데, 이걸 받는 아내는 한 번도 고맙다는 표현을 하지 않았다 한다. 남자들 역시 때로는 자신의 노고에 대해 말로 표현받고 싶어 한다. 맛있는 밥상 대신 때로는 고맙다는 표현이 필요한 거다.

고마움은 표현되어야 한다

나 역시 표현에 인색한 사람이었다. 아빠 딸 아니랄까 봐 가까운 사람일수록 특히 가족에게는 고맙다는 표현을 잘 못했던 것 같다. 그런데 무덤덤한 나와는 달리 표현을 참 잘하는 신랑을 만났다. 연애 때는 잘 몰랐는데, 결혼하고 나니 그의 표현이 귀에 들어오기 시작했다.

밥을 차려주면 "고마워", 시댁에 가서 종일 있다 오면 돌아오는 차 안에서 "고마워", 내가 빨래를 해놓으면 "고마워", 살쪄서 바지가 작아졌다고 불편함을 토로하는 그에게 이태원에서 큰 바지를 사다주면 "정말 고마워", 목이 아프다고 해서 생강차를 타주니 "고마워", 고맙다는 얘기를 듣자고 한 일이 아닌데, 자꾸 고맙다고 한다. 첨엔 살짝 어색하기도 했다. '서로 챙겨 주는 게 당연한 건데, 왜 이렇게 나한테 고맙다고 하지?' 라는 생각이 들기도 했다.

근데 신기한 일이 벌어졌다. 나의 작은 수고에도 고맙다고 해주는 신랑 덕에 내 삶이 조금 더 풍요로워졌다. 말하지 않아도 아는 것과 말로 표현해주니 느끼는 것은 달랐다. 상대로부터 존중받고 있다는 생각이 들게 했다. 배우자의 "고마워"라는 표현은 단순한 말이 아닌 존중이었던 것이다. 우리 엄마도, 이경제 선생님도 "고마워"라는 표현을 통해 존중받고 싶었던 게 아닌가 싶다.

가장 가까이 있는 사람과는 나도 모르게 서로 닮아간다. 상대가 쓰는 말투, 어휘, 표현이 귀에 익어 나도 모르게 비슷해진다. 자꾸 사투리를 쓰는 친구와 대화하다 보면 나도 똑같이 사투리로 응대하는 것과 같다. 말끝을 올리는 언니와 오랫동안 대화하고 나면, 어느 순간 말끝을 올리고 있는 나를 발견하게 되지 않나? 그러니까 내가 듣고자 하는 말을 내가 먼저 해보는 건 어떨까.

남편에게 고맙다는 말을 듣고 싶으면, 내가 먼저 고맙다는 말을 해보는 거다. 첨엔 '왜 고맙다고 하지?' 생각할 수 있다. 근데 모든 일이 자꾸 하면 익숙해지듯 고맙다는 표현이 내 귀에 익숙해지고 어느 순간 내 입에도 붙게 된다. 그걸 꼭 말로 해야 알아? 말로 해야 알더라. 물론 말로 하지 않아도 알 수는 있다. 그러나 말하지 않아도 알 수 있는 사실조차도 직접 말로 듣고 싶을 때가 있다. 드라마 제목처럼 '따스한 말 한마디' 그것이 엄마가 받고픈 사랑이었다. 따스한 말 한마디가 당신의 입술에서 나와 내 귓가로 들릴 때 그것이 존중이다.

공감을 원하는 아내 vs 해답을 제시하는 남편

아내가 눈물이 날 때 남편에게 듣고 싶은 말은?

어느 가을 날 아침, 곱게 물든 낙엽이 스르르 떨어진다. 아내가 창밖을 바라보다가 무심히 얘기한다.
"여보, 나는 저런 걸 보면 눈물이 나"
이때 남편의 대답은 뭐라고 예상하시는가?

나를 비롯한 〈동치미〉 여성들의 예상 답변은
"아 당신 가을 타? 왜 그래 무슨 일 있어?"
"당신 요즘 좀 힘들구나. 얘기해 봐."

그렇다면 〈동치미〉 남편의 답변은?
우리 모두의 예상을 가뿐히 뛰어 넘었다.
"응, 정신과 예약해 줄게. 병원 가봐."

9년째 끊임없이 싸우는 주제다. 공감을 원하는 아내와 해답만 제시하려는 남편. AI시대에 인간이 살아남기 위해 꼭 쌓아야 할 능력이 공감능력이라던데, 이 세상 남편들은 특히 아버지 세대의 남편들은 AI 따위는 무섭지 않으신가 보다. 공감을 원하는 아내와 해답만 제시하려는 남편 사이에는 어떤 차이가 존재할까? 화성에서 온 남자와 금성에서 온 여자만이 답일까?

가끔씩 〈동치미〉에 출연하는 채영인 씨도 똑같이 얘기한다.

채영인 제가 눈물을 흘리고 있으면 남편이 그래요. 난 네가 왜 눈물을 흘리고 있는지 모르겠어. 자기 때문에 우는데! 남편들은 공감능력이 떨어진다니까요.

〈379회 여보 나도 이혼하고 싶을 때가 있어〉 중에서

부부싸움을 하다가 아내가 속상해서 우는데, 남편은 당신이 왜 우는지 모르겠다고 억장 무너지는 소리를 한다. 물론 정말 모를 수도 있다. 남편 입장에서 "잘못은 당신이 했는데, 대체 왜 우는 거니?"라고 아내를 볼 수도 있다.

남편1 이게 정말 울 일인지 자기반성을 못하고 왜 남편 탓을 하는지 이해가 안 가요.

남편2 연애할 때는 정말 좋아하는 여자 친구가 나 때문에 울면, "왜 울어? 내가 뭐 잘못했어? 내가 고칠게. 울지 마. 자기가 우니까 내 가슴이 아파" 하잖아요. 이게 사랑이에요. 지금은 사랑이 없어진 거예요. (일동 비난)

남편 1은 정말 모르는 거고 남편 2는 모르고 싶은 거다. 정말 모를 수도 있고 모르고 싶어서 모를 수도 있으나, 아내의 입장에서 결론은 둘 다 모른다는 것. 아내가 친구들을 만나서 다투고 들어왔다 치자.

"내가 이래저래 해서 친구랑 다퉜는데 걔가 내 험담을 뒤에서 했다잖아. 내가 열받지 않겠어?"

화가 나서 말하는 아내에게 남편들이 주로 하는 말은 이렇다.

"너도 지난번에 그 친구 뒷담화했잖아. 그리고 이번엔 얘기 들어보니 당신이 잘못했네. 그 친구가 열받을 만했어."

지금 이 순간 남편에게 "당신이 잘못했네"라는 말을 듣고 싶은 아내는 없을 것이다. 내가 먼저 친구를 화나게 한 게 사실이라 할지라도 이 순간 중요한 건 그게 아니다. 지금 내가 상처받고 들어왔으니까, 집에 있는 내 편에게 내 편 들어달라고 쏟아붓는 거다.

근데 여기에 대고 원인 제공자를 찾아 책임을 묻겠다고 달려든다. "이건 당신이 잘못했으니까 당신이 사과해"라니, 서운하지 않겠는가. 일의 잘잘못을 따져 관계를 바로 잡아주는 건 고마울 일이다. 그러나 일단은 "그래, 당신이 그 친구에게 많이 서운했겠다"라며 토닥여주는 게 먼저이길 원하는 게 여자다. 그 다음에 책임을 묻는다고 누가 뭐라 하겠는가.

채영인 씨도 마찬가지다. 내 마음이 너무 아파서 울 때 남편에게 듣고 싶은 말은 "많이 속상해?" 위로의 한마디다.

> 심진화 내가 사랑하는 사람이 울고 있으면 먼저 위로하고, 그 다음에 왜 우는지에 대해 얘기해도 되잖아요.
>
> 〈379회 여보 나도 이혼하고 싶을 때가 있어〉 중에서

아내가 울 정도로 상처를 받았음을 감지하고 먼저 한번 달래주면 어디가 덧나. 부부 싸움의 원인은 그 후에 조근조근 따져도 늦지 않다.

남자의 사고는 생각보다 단순하다

남자의 사고는 생각보다 단순하다고 〈동치미〉 남편들은 무수히 얘기했다. 가을 낙엽을 보고 눈물이 난다는 아내에게 병원에 가라고 답한 남자의 사고 역시 단순하다.

동치미 남편 계절적으로 우울하고 눈물이 난다면 우울증이니 병원에 가야죠. 커피 한 잔 먹고 끝날 일이면 왜 눈물이 나요?

이 남자의 사고 속에는 낙엽을 보고 눈물을 흘리는 상황이 탑재되지 않은 거다. 그저 '아내가 아프구나. 해결해야지. 이건 몸의 증세가 아닌 마음의 문제. 그렇다면 정신병원' 이런 식의 구조만 있을 뿐이다. 사실 여기서 아내가 듣고 싶었던 말은, "그래, 그런 날이 있지. 어디 분위기 좋은 데 가서 커피라도 마시며 기분 전환할까?" 식의 단순한 공감이었을 뿐인데, 그런 상황이 남자의 공식 속에 없을 뿐이다.

문제가 발생하면 해결을 해야 한다는 사고는 매우 유용하지만, 부부 생활에는 가끔 부작용을 낳는 것 같아 안타깝다. 문제 해결 이전에 '공감'이라는 중간 단계가 있으면 좋으련만. 그런데 여기서 더 안타까운 게 있다. 공감이 빠진 남자들의 리액션이 또 다른 화를 불러온다는 점.

채영인 씨는 "나는 네가 왜 우는지 모르겠어"라는 말을 듣고 앞으론 화가 나도 절대로 울지 않고 남편에게 더 바락바락 따지고 들게 되었다고 했다.

가을에 떨어지는 낙엽을 보고 감성에 젖어 눈물이 난다는 아내에게 정신과 가라는 처방을 내리는 남편. 그 남편에게 아내는 말한다. "도저히 못 살겠어!"

"당신 감정이 지금 힘들구나" 이 한마디를 듣지 못해서 아내들은 독해지는 셈이다. 그런데 바락바락 따지고 드는 아내가 예쁠 배우자가 어디 있으며, 못 살겠다고 외치는 아내가 당황스럽지 않을 남편이 어디 있겠는가. 서로 안타까운 변화만 쌓여가는 꼴이다.

이쯤에서 남자들은 말한다. 울 때 위로 한번 안 해줬다고, 눈물 나니 정신과 가라고 했다고 "못살겠다!" 바로 외치지 말고, 한번은 다시 말해줄 수 없냐고. "여보 그럴 땐 그렇게 말하지 말고 그냥 내 맘을 위로해줘야 해. 근데 병원 가라고 하면 나를 환자로 만드는 것 같아서 기분이 안 좋아"라고 말을 해주면 좋겠다는 것. 아내가 느끼는 감정을 다시 한 번 차근히 설명해주고 남편들에게 바라는 답을 하나하나 가르쳐달라는 남편들의 부탁이었다.

물론 이 지점에서 여자들의 할 말이 없지 않다. 그렇게 처음에 다 해봤는데, 하고 또 하고, 수차례 해도 안 되니까 못살겠다는 소리가 나온다는 것. 아휴, 〈동치미〉를 하다 보면 알게 된다. 각자의 입장은 다 있는 법이다.

241

공감한다는 것은 존재를 인정하는 것이다

공감한다는 행위에 대해 잘 해석한 문장이 있다. 미국의 경제학자이자 행동주의 철학자 제레미 리프킨은 《공감의 시대》에서 이렇게 말한다.

"공감한다는 것은 다른 사람의 존재를 긍정하는 것이고 그들의 인생을 예찬하는 것이다. 공감의 순간은 살면서 누릴 수 있는 경험 가운데 가장 밀도 높은 생생한 경험이다. 공감할 줄 몰라 경험을 제한받는 사람의 인생은 그만큼 충만하지 못하다. 인생을 살아간다는 것은 다른 사람과 단단히 묶여 산다는 것이다. 뚝 떨어진 혼자만의 삶은 그만큼 부족한 삶일 수밖에 없다."

제레미 리프킨은 공감에 대해 이렇게나 위대하게 말했다. 존재를 인정받는다는 것은 매우 중요한 일이다. 공감한다는 것은 다른 사람의 존재를 긍정하는 것이라니, 사랑한다면 공감하라는 말 같다. 사랑한다는 것은 그 사람이 있어주어 고마운 것이고 그 사람의 존재를 긍정하는 것이다. 그러니 아내의 말에 공감을 해주는 것은 사랑의 또 다른 표현일 수 있다.

공감을 하면 경험도 늘어난다. 이런 면에서 공감할 줄 모르는 남자의 인생은 그만큼 충만하지 못하다. 나이 들고 약해질 때 아빠들의 삶이 가족으로부터 찬밥 신세를 면치 못하고 있다면 바로 이것 때문일까. 자식과의 관계에서도 친구들과의 관계에서도 여자들은 공감을 주고받으면서 밀도 높은 경험을 쌓는다. 그런 경험들로 인해 여자들의 인생은 충만해지는 것이다. 나이 먹을수록 자식들도 친구들도 다 엄마만 찾는 이유일지도 모른다.

이지성 작가도 《에이트》라는 책에서 인공지능에 대체되지 않기 위해 인간이 갖춰야 할 필수적인 것이 공감 능력과 창조적 상상력이라고 했다. 창조적 상상력 또한 위대한 공감에서 생겨난다며 공감 능력을 인간이 가질 수 있는 최고의 능력으로 꼽았다. 이쯤 되면 한 번쯤 공감 능력을 키워보는 것도 손해는 아닐 것 같다.

공감을 원하는 아내, 해답을 제시하려는 남편. 단순해 보이지만 단순하지 않다. 그 안에는 각각의 부부가 갖고 있는 수천 가지의 다른 사연이 있다. 각자의 상황과 사정에 따라 해법도 수천 가지일 테지만 상대에 대한 공감을 기본 뼈대 같은 걸로 생각하면 좋겠다.

남편이든 아내든 상대의 말에 일단 맞장구쳐주는 것은 어떨까? 프로그램에도 출연자의 말에 박수와 웃음으로 맞장구쳐주는 방청객이 필요한 것처럼 말이다. 방청객이라고 출연자의 말이 다 재밌겠는가. 재미없어도 일단 웃어주는 거다.

우리, 싸우는 건 당연한 거지?

신혼 초 1년은 싸움의 연속이었다

지긋지긋하게 싸웠다. 사실 내 입장에서는 싸웠다기보다 상대의 일방적인 삐침이었다고 본다. (이건 순전히 내 입장이다.) 왜 이런 걸로 삐치지? 왜 이런 걸로 화내지? 정말이지 이해가 안 됐다. 부부 사이 일은 부부만 안다는 어른들의 말씀처럼 우리의 문제를 친구들에게 하소연할 수도 없었다. 쪽팔려서? 아니다. 이해받지 못할 거란 생각에서였다.

내가 이해할 수 없는 신랑의 분노를 내 친구들은 이해할 수 있겠는가? 내가 납득이 안 되니 납득이 안 되는 내 언어로 친구들에게 설명할 테고, 납득할 수 없는 이의 납득 불가한 해석을 내 친구들도 당연히 이해할 수 없을 것이다. 그렇다면 "결국 그런 사람과 왜 결혼했니? 네가 너무 아깝다" 식의 결론에 다다르는 건 불 보듯 뻔한 일이다. 친구들은 내 편을 들어주겠지만 그것은 곧 "내 얼굴에 침 뱉기"였다. 그런 남자랑 결혼한 것도 나고, 그런 남자랑 평생 살아가야 하는 것도 나니까.

그때 그나마 하소연할 수 있는 창구가 딱 두 곳이 있었다. 바로 시어머니와 내 동생. 내 동생은 나보다 2년 먼저 결혼했다. 우리는 원래 매우 쿨한 남매였다. 시시콜콜한 사는 얘기 같은 건 우리 사이에 없었다. "나 핸드폰이 망가졌어", "노트북이 안 돼" 같은 주로 나의 필요에 의해 연락이 오갔다. 나보다 3살 어린 동생을 매우 어리게 봤었는데 나보다 먼저 결혼을 하고 보니 경험치가 나보다 높아졌다고 해야 하나 먼저 어른이 된 것일까? 전에는 상상하지 못했던 경험의 공유가 생겼다.

"매형이랑 싸웠어? 휴, 나도 싸웠다"라고 맞장구쳐주는 것만으로도 좀 위로가 됐다. 그리고 결론은 늘 "그래도 매형 좋은 사람이 잖아. 누나가 이 부분은 이해해야지 어쩌겠어"라는 것도 좋았던 것 같다. 이해 안 되는 내 언어 속의 이상한 신랑의 모습뿐만 아니라 그의 장점을 아는 사람이니까 그 장점을 깨쳐 주는 것이 내가 다시 신랑을 이해하는 계기가 됐다.

시어머님은 나보다 신랑에 대해 훨씬 잘 아시는, 아니지, 누구보다도 신랑을 이해하려고 노력하시는 분이다. 내가 낳은 자식이라도 때론 부모가 자식을 제일 모르기도 한다지만, 부모는 자식을 이해하려고 가장 노력하는 존재다. 자식이 이유 없이 짜증을 내거나 이상한 행동을 할 때도 누구보다도 자식의 편에서 이해할 준비가 되어 있는 사람이 부모다. 그러니 신랑의 성향을 누구보다 잘 아시고(어떤 면에서는 내가 모르는 부분까지도 더 잘 아시는) 이해할 준비가 되신 어머님은 참 감사한 존재였다.

자주는 아니고 아주 가끔씩, 내 입장에서는 참다 참다 도저히 못 참을 만큼 답답한 순간이 왔을 때 어머님과 통화하는 타이밍이 맞으면 슬쩍 흘리곤 했다. 낯 놓고 기역자만 말씀드려도 가나다라마바사까지 다 아시는 분이니 참 편했다. 그리고 시어머님께 신랑에 대한 얘기를 하면 흥이 안 잡혀서 좋았다. 어머님도 자기 아들이고 내게도 내 남편이니, 결국 안으로 굽는 팔끼리 그나마의 하소연을 통해 숨통을 틔우는 셈이었다.

결혼하고 처음 맞는 어버이 날이었나 어머님 생신 때였나? "저는 어머님이 계셔서 참 좋아요"라고 카드에 쓴 말은 정말이지 진심이었다.

부부가 안 싸울 이유는 없다

부부싸움의 원인은 단정하기 참 어렵다. 때로는 지극히 사소하다, 말하기 창피할 정도로. 근데 또 때로는 너무 크다, 감당이 안 될 정도로. 돈 때문이기도 하고 다른 성격 때문이기도 하고 안 맞는 생활습관 때문에 다른 가치관 때문에 상대 집안 문제로 아니면 말하는 뉘앙스나 작은 단어 하나 때문에, 하나부터 열까지 안 싸울 이유는 없다.

싸움의 이유를 찾는 것보다 안 싸울 수 있는 이유를 찾는 게 더 빠를 것이다. 기본적으로 '다름' 때문일 텐데 인간은 어차피 '다르니까' 싸움도 당연한 게 아닌가 싶기도 하다. 지나고 나면 원인조차 생각나지 않는 싸움이 부지기수다. 여기 작은 사례 하나를 통해 각자의 입장을 이해해가는 이야기가 있다.

채영인 제 남편과 차를 타고 가고 있는데 가는 길에 차 정비소에 들를 일이 있었어요. 들른 김에 마침 제가 뭐 궁금한 게 있어서 이것도 좀 물어보고 오라고 했어요. 남편이 내려서 뭐라 뭐라 얘기를 하더라고요.

다시 차에 탄 남편에게 뭐라고 하더냐고 물어봤더니 안 물어봤다는 거예요. "아니 왜?"라고 했더니 민망해서라는 거예요. "아니 뭐가 민망해? 물어보면 되잖아" 했더니 자기는 그런 얘기 못한대요. 그래서 제가 화를 냈어요. 그랬더니 난폭운전을 하면서 공포분위기를 조성하는 거예요. 제가 그때 임신 중이었거든요. 그래서 너무 화가 나서 남편에게 내리라고 하고 내가 차를 몰고 혼자 집에 왔어요.

〈385회 당신이랑 부부싸움 하는 것도 지겨워〉 중에서

도대체 자동차 정비소에 물어봐달라고 한 아내의 부탁이 무엇이었길래 남편은 민망했을까?

채영인 리스였던 차 범퍼를 긁었는데 그걸 수리해서 반품하는 게 나은지, 반품하고 돈을 내는 게 나은지 물어봐달라고 했거든요. 근데 거기가 리스 회사도 아니고 정비소인데 그 질문을 하는 건 맞지 않다고 하는 거예요.

〈385회 당신이랑 부부싸움 하는 것도 지겨워〉 중에서

여기서 편이 갈렸다. 여자들의 입장은 "그게 뭐 민망하다고! 한 번 물어봐주면 되지 않나"였다. 남자들의 입장은 남편 말이 맞다는 거다. 그건 리스 회사에 물어봐야 하는 거지 정비소 문제가 아니라는 팩트를 지지했다. 실제로 남편의 입장을 전화연결을 통해 들어보았다.

채영인 남편 불편한 걸 자꾸 물어보라고 시키니까 이미 스트레스 받은 상태에서, 못 물어보고 왔는데 옆에 앉아서 계속 화내고 짜증내고 혼내니까 스트레스가 올라가더라고요. 운전 자

체가 되게 위험한 행동이라서 옆에서 자꾸 화내거나 스트레스
를 올리면 나도 모르게 폭발하게 되더라고요.

<385회 당신이랑 부부싸움 하는 것도 지겨워> 중에서

남편은 질문 자체가 상당히 불편했던 거다. 아내는(정비소에서 설령 모른다 할지라도) '질문 한 번 하는 게 뭐라고' 할 수도 있지만, 남편에게는 꽤나 불편할 수 있다.

불편함을 느껴서 안 물어본 것뿐인데 옆에서 화를 내니 스트레스 지수가 매우 상승했다는 남편. 난폭운전한 건 잘못했지만 운전하는 일도 신경을 많이 써야 하는 행위인데 옆에서 화내니까 더 폭발하게 되었다는 그의 입장도 이해가 되었다. 아내가 부탁한 질문이 부적절했다면, 아내가 남편에게 바란 답은 무엇이었을까?

"리스회사도 아닌데 왜 여기서 물어보라고 해?"가 아니라, "정비소는 차를 수리하는 곳이니까, 이 문제는 리스회사에 정식으로 문의하자"라는 설명이었다. 남편이 안 물어본 이유에 대해 친절히 설명을 해줬으면 거기서 끝났을지 모른다. 아내는 왜 안 물어봤냐고 계속 화내지 않았을 거고 난폭운전까지 가기 전에 상황은 종료되었을 것이다.

근데 입장 바꿔 생각해봐도 어렵긴 하다. 남편 입장에서 쓸데없

는 질문을 시켰다는 것 자체가 기분이 상하는데, 이걸 또 친절히 설명해준다는 게 말이 좋아 좋은 거지 어디 쉽겠는가. 처음 만난 연인 사이도 아니고 이와 비슷한 일들이 여러 차례 있었던 부부일진대 '왜 또 이런 걸 시켜?'라는 감정도 이미 그 안에 들어가 있었을 것이다. 꼬리에 꼬리를 물고 쌓이고 쌓이는 것, 그게 부부들의 싸움인 것 같다.

일방적인 싸움은 없다. 내가 이해할 수 없는 신랑의 삐침이라고 본 우리의 싸움에도, 신랑의 입장이 존재한다. 그의 입장에서 본다면 분명히 다른 시나리오가 나올 것이다. 컵에 절반 남은 물을 보고 한 명은 '물이 왜 이거밖에 안 남았지?' 다른 한 명은 '물이 절반이나 남았네?' 라고 생각하는 게 부부다. 같은 상황에 처했으나 다른 시나리오를 쓰는 게 부부 싸움이다.

부부싸움의 목적에는 세 가지가 있다

정신과 전문의 김병수 선생님이 출연하신 적이 있다. 부부싸움을 하는 목적에 대해 설명해주셨는데 '아, 싸움에는 목적이 있었구나'를 새삼 상시시켜 주었다. 싸우다 보면 왜 싸웠는지는 기억이 안 나고 상처만 남기 일쑤이기 때문이다.

김병수　부부싸움을 하는 세 가지 목적이 있어요. 첫 번째, 분풀이에요. 충분히 분이 풀릴 때까지 싸워야 해요.

두 번째는 통제욕구예요. 싸움으로써 상대를 제압하고 싶은 욕구가 있거든요. 그래서 내가 충분히 분이 풀렸거나 싸움의 주도권을 잡았다고 생각되면 화해를 해야 하는데 그게 충족이 안됐는데 넘어가면 쌓여요.

마지막 세 번째가 상대의 행동변화예요. 내가 상대와 싸운 이유가 '상대가 술을 그만 먹게 하고 싶다'는 상대의 행동변화가 목적이라면 충분히 술을 안 먹는 모습을 보일 때까지 용서해주면 안 되는 거거든요.

싸울 때는 항상 내가 부부싸움을 하는 목적이 무엇인지 주도권을 잡기 위한 것인지 분풀이인지 상대의 행동변화를 보고 싶은 건지 명확히 하세요.

〈385회 당신이랑 부부싸움 하는 것도 지겨워〉 중에서

〈동치미〉를 하던 초창기 시절, 나는 미혼이었고 결혼에 큰 관심도 없었다. 그때 결혼해서 아이까지 낳은 친구가 한 말이 있다.

"오빠가 화장실을 쓰거나 부엌에 갔다 온 후에 불을 안 끄는 거야. 처음에는 너무 화가 났어. 화장실 갔다 와서 불 좀 끄라고! 많이 싸웠는데 일 년이 지나고 이 년이 지나도 안 고쳐지더라. 이제

는 그냥 내가 따라다니면서 불 꺼. 그게 속이 편해."

그때는 웃어 넘겼다. 똑같은 일이 내게 벌어질 거라는 생각을 못한 채. 결혼하고 바닥에 발 디딜 공간이 자꾸 없어졌다. 신랑이 옷을 벗어 자꾸 방바닥에 내팽개치는 거다. 샤워라도 하고 나오면 넓지도 않은 방바닥 여기저기에 수건, 바지, 티셔츠, 양말, 팬티가 널브러져 있었다.

"빨래통에 넣어" 좋은 말로 했다. 안 넣는다. "빨래통이 있는데 왜 바닥에 여기저기 널어두는 거야?" 싸우기 싫으니 알았다고 대답은 하는데 행동은 바뀌지 않았다. 따라다니면서 화장실 불을 끈 친구처럼 결국 내가 주워서 빨래통에 담고 있었다.

어느 날 예쁜 빨래 바구니를 하나 주문했다. 신랑이 퇴근하고 항상 누워 있는 침대 바로 옆에 갖다 뒀다. 그랬더니 바닥에 절반의 공간이 생겼다. 침대에서 옷을 벗어 그냥 떨어뜨리면 바로 바구니였다. 어찌됐든 벗은 양말과 옷가지들을 신랑 스스로 빨래 바구니에 담게 된 셈. 그러면서 하는 말! "거봐. 바로 옆에 빨래 바구니가 있으니까 나도 잘 넣잖아. 나도 잘 한다고!" 그래그래, 대판 싸우지 않고, 싸움의 세 번째 목적, 행동변화를 절반 정도 달성한 셈이니 됐다.

대부분의 부부싸움은 내 맘에 들지 않는 상대의 행동변화가 목적인 경우가 많다. 근데 내 맘에 안 드는 상대의 행동을 변화시키기란 세상 어렵다. 너만 맘에 안 드냐? 나도 너 맘에 안 드는 게 얼마나 많은 줄 알아? 이렇게 나오면 싸움의 목적이 서로를 디스하는 것으로 변한다. 그래서 싸움의 목적이 상대의 행동변화라면 좀 더 현명하게 접근하는 게 좋다. 무조건적으로 맘에 안 드니 바꾸라고 요구하기보다는 상대가 바뀔 수 있게 자리를 깔아주는 거다. 예쁜 빨래 바구니를 하나 사서 침대 옆에 두는 것처럼. 아니면 내가 먼저 행동으로 보여주는 거다. 술버릇 안 좋은 배우자를 고치는 법이 내가 잔뜩 취해서 진상을 부리는 거라고 하지 않나.

'이번 싸움의 목적은 이것이지'를 생각하고 싸우는 경우는 별로 없다. 근데 싸움의 목적을 생각해보는 것도 좋겠단 생각이 들었다. 내가 지금 다투는 게 이 사람의 행동을 변화시키고 싶은 건지, 단순히 분풀이를 하고 있는 건지, 아니면 내가 주도권을 쥐고 싶은 건지를 한번 생각한다면 좀 더 싸움을 객관적으로 바로 볼 수 있게 된다. 그리고 어디서 싸움을 끝내야 할지도 분명해진다.

40년을 넘게 산 우리 부모님도 여전히 싸우신다. 아빠가 친구들과 노느라 밤늦게 들어오시면 싸움이 난다. 아빠를 집에 일찍 들어오게 하는 것, 아빠의 행동변화가 엄마의 목표다. 근데 여전히 싸움이 진행 중인 걸 보면 엄마의 목적은 미달성이다. 배우자의 행동을 변화시키는 건 그만큼 어려운 거다. 50년을 함께 살아도 여전히 싸우실 거다.

요즘은 다투는 부모님을 보면 오히려 감사하다. 싸움거리가 있다는 건 아무리 미워도 상대에게 관심이 있다는 뜻이고 싸울 힘이 있을 정도로 건강하다는 거니까. 부부가 싸우는 건 당연한 거다. 안 싸우고 깨를 볶으면 좋겠지만, 싸움하는 것조차 지쳐버려 무관심 속에 살아가는 것보단 싸우는 게 백 배 낫다.

당신이 갱년기를 알아?

워킹맘에서 갱년기 여성으로

양소영 변호사님을 알고 지낸 지 거의 10년이 되었다. 프로그램을 시작하고 초기에 섭외한 분이니 벌써 그렇게 되었다. 사람과의 인연을 햇수로 세어보니 또 새삼스러운 시간이다.

양 변호사님의 첫인상은 목소리 톤이 참 높다는 거였다. 녹화를 진행하는데 목소리 톤이 높아 자칫 귀에 거슬릴 수도 있겠단 생각을 했다. 기우였다. 차분한 어조로 자신의 생각을 논리정연하게 펼치셨다. 사람들의 귀에 잘 들리도록. 자신의 색깔을 잘 아시는 분이었다.

두 번째 인상은 참 여성스러우시다는 것. 남편에 대한 애정을 표현할 때는 한없이 수줍은 소녀가 되고 다른 출연자들의 구박조차 귀엽게 받아치셨다. 능력 있는 여자 변호사가 가정도 잘 꾸리고 여전히 남편을 열렬히 사랑한다니! 한동안 〈동치미〉 남자 시청자들의 사랑을 독차지했다.

세 번째 인상은 허당. 똑소리 나게 일도 잘하고 애도 셋이나 키우시는 열혈 워킹맘이었지만 사적인 자리에서는 한없이 인간적이었다. 술을 좋아하고 함께 마시는 사람들을 좋아했다. 2차를 가자고 혼자 외치시기도 하고 계단에서 넘어지기도 일쑤였다. 그렇게 양소영 변호사님과 시간의 마일리지를 쌓았다.

첫째 따님이 서울대에 합격했단 소식을 들었다. 술을 마셔도 애들 학원 픽업 가야 하는 시간엔 칼같이 일어났기에 얼마나 신경을 쓰고 있는지 잘 알았다. 첫째 딸의 대학입시는 더 남달랐을 것이다. 합격 소식에 꽃다발을 한아름 사들고 만났다. 진심으로 축하했다. 행복하신 줄 알았다. 늘 그랬듯 부드러운 목소리 안에 강함이 있는 줄 알았다.

그랬던 양 변호사님이 갱년기란다. 갱년기를 주제로 촬영을 했다. 촬영 내내 덥다고 부채질을 하시는 변호사님의 모습에서 저게 갱년기인가 싶었다. 근데 그게 다가 아니었다.

> 양소영 저 진짜 제가 상담하러 왔어요. 나름대로 혼자 컨트롤
> 하려고 하는데 요새 드는 생각이 그냥 힘들면 누구에게 도움
> 받아도 되지 않을까 해서요.
>
> 김병후 특히 외로웠을 거예요.

상담실 문을 열고 들어가 상담의와의 첫 대화에 눈물을 쏟아내
셨다. "특히 외로웠을 거예요" 답변 한마디에.

그럴 때가 있다. 꾹꾹 눌러 참다가 어떠한 상대를 만나면 나도
모르게 눈물이 터지는 때가 있다. 양 변호사님은 그런 거였다. 얼
마나 힘드셨을까. 얼마나 외로우셨을까.

사실 프로그램의 제작자 입장에서 촬영 전 상담을 담당해주실
김병후 선생님께 웃음 반 진담 반 말씀드렸다. "선생님, 양 변호사
님 많이 힘드시니까 눈물이 날 만큼 얘기 좀 잘 끄집어내주세요"
그런데 전혀 그럴 필요가 없었다.

이제는 좀 그만 살아도 되지 않을까…

양소영 사는 건 다 외롭다고 생각하는데, 왜 얘기 시작하자마자 눈물이 나지. 저는 초등학교 6학년 때부터 혼자 생활을 했어요. 그동안은 제가 늘 알아서 해결하는 편이었거든요. 근데 최근에는 혼자 극복하는 게 한계에 다다른 게 아닌가 하는 생각이 들었어요.

제가 왜 상담을 오게 됐냐면 얼마 전에 제가 침대에 누워 있는데 갑자기 저도 모르게 평소와 다른 생각이 드는 거예요. 정말 여기까지 열심히 왔으니까 이제는 좀 그만 살아도 되지 않을까. 이런 생각이 드는데,

'내가 이러다가 정말 이게 더 심해지면 어떡하지'라는 생각을 잠시 했어요. 잘 모르겠는데 나이 때문인 것 같기도 하고 상황 때문인 것 같기도 한데, 뭔가 패닉 상태, 답이 안 나오는 상태, 뭔지 모르겠는 상태가 내가 그동안 잘못해 와서 그런가 싶기도 하고요.

〈401회 당신이 갱년기를 알아?〉 중에서

촬영을 하면서 나와 작가가 놀랐다. 스튜디오 녹화를 하면서는 모든 사람들이 놀랐다. 그동안 양 변호사님이 열심히 살아온 모습을 아는 이들에겐 충격이었다. 갱년기라는 증상이 사람마다 상황

마다 다르게 표출되겠지만, 그녀에겐 어쩌면 코로나19로 인해 힘든 시절과 맞물려 더 강하게 왔는지도 모른다.

이제 그만 살아도 되지 않을까… 힘이 빠지고 앞이 보이지 않는 상황에서 이런 생각이 들 수도 있다. 근데 이런 생각을 한 이가 그녀라는 사실에 더욱 놀라고 마음이 아팠다. 내가 보아온 40대의 양소영 변호사님은 자신의 삶과 일에 누구보다도 열정을 불태웠던 사람이었다. 그녀의 이야기를 들으며 다른 출연자들도 함께 눈물을 흘렸다. 그리고 각자 자신의 경험을 보태주셨다.

전성애 저는 다른 사람보다 갱년기가 일찍 왔어요. 40대 중반에 갱년기가 왔어요. 갑자기 가슴이 두근거리고 화가 올라오고 귓속까지 열감이 느껴지는 거예요
근데 이걸 주변에 얘기해도 친구들이 전혀 이해를 못하지요. 왜냐하면 저만 너무 일찍 왔으니까. 저는 제가 죽을병에 걸린 줄 알았어요. 한 2년 정도 가더라고요.

선우은숙 저는 50대 초반에 왔어요. 애들 아빠랑 헤어지고 혼자 있으면서 갱년기를 앓은 거예요. 촬영을 하고 일을 하는데도 나만 자꾸 덥다고 에어컨을 켜라고 하고 화장도 못하겠고 얼굴은 빨갛고 간지럽고 전봇대에다가 긁는다니까요. 얼마나 힘들겠어요. "당신 요즘 힘들지?"라는 말이 듣고 싶은데 들을 데는 없고, 아이들은 아직 어리니까 나는 씩씩한 엄마여야 하

는 거예요. 저 혼자의 역할이 너무 크니까 정말 어떤 때는 '나 이러다 죽으면 아무도 모르겠지' 그런 생각이 드는 거예요.

김미경 갱년기가 종합선물세트로 와요. 저는 갱년기 때 팔에 힘이 하나도 없어서 어떤 병도 못 땄어요. 근데 어느 날은 신호등을 못 봐요. 목이 안 돌아가요. 손이 퉁퉁 부어서 잼잼이 안 돼요. 아침에 일어나면 입도 부어요. 이게 한 달 두 달 이상 계속 부은 상태로 가면요. 아침에 일어나서 손을 보면 너무 우울해져요. 그리고 자다가 벌떡 깨요. 심장이 너무 두근거려서. 그리고 너무 더우니까 바닥에서 자요. 그럼 남편이 지나가다가 너 왜 거기서 자냐고 해요.
정말 아무리 부부라 할지라도 육체가 다르니까 다른 사람 육체에서 벌어지는 일은 절대 알 수가 없어요. 그래서 갱년기 증상은 친구가 제일 잘 알아요. 같이 겪고 있는.

〈401회 당신이 갱년기를 알아?〉 중에서

육체의 변화가 온다. 근데 육체는 정신을 지배한다. 마음이 몸을 지배한다지만 몸도 마음을 지배한다. 몸이 아프면 밖에 나가기도 싫고 사람도 만나기 싫다. 그러다 보면 우울해지고 왜 나만 이러지 싶다. 마음이 아프게 된다. 갱년기는 몸의 변화만이 아니었다. 몸의 변화가 지배하는 마음의 상실감이었다.

김미경 원장님 말처럼 아내의 몸에 벌어지는 일을 남편은 절대로 알 수 없다. 부부라 할지라도 내가 아파보지 않으면 상대가 얼마나 아픈지 절대 모르는 법이다.

남편 대신 친구를 찾을 수도 있고 자식을 찾을 수도 있고 전문가를 찾을 수도 있다. 그렇지만 한평생 함께 해온 남편에게 나의 상실감을 위로받고 싶은 건 당연하지 않을까? 내 몸의 변화를 일일이 알아달라는 게 아니라 나를 인정해달라는 것, 그것이 양소영 변호사님의 바람이었다.

배우자의 인정이 필요한 순간

양소영 제가 남편에게 "집에서 좀 벗어나라. 당신 고마워" 이런 얘기가 듣고 싶다고 했더니 안 해주더라고요. 고마운 건 알겠는데 자기가 그렇게 얘기를 해주면 자기는 고생을 안 한 것처럼 생각될까 봐 그런 것 같아요. 듣고 싶은 말을 안 해주니까 20년을 내가 왜 이렇게 열심히 살았지 그런 생각도 들고 그러면 앞으로 열심히 안 살아야지 이런 생각도 들고. 제 딴에는 그동안 정말 죽어라고 살아온 건데…

〈401회 당신이 갱년기를 알아?〉 중에서

그랬구나, 그동안 정말 죽어라고 살아오신 거구나. 사람들은 성공의 앞면만 본다. '저렇게 성공해서 돈도 잘 버는데 밥 한 끼 살 수 있지' 당연하게 받아들인다. 남들의 성공에 대해 쉽게 말한다. 성공의 이면에 죽어라고 살아온 감정은 오로지 본인의 몫이다.

죽어라 살아왔는데 어느 순간 방전이 됐다. 더 이상 열심히 살고 싶지 않다는 감정, 그 감정을 남편으로부터 치유받고 싶은데, 치유받고 싶은 대상인 남편으로부터 받지 못한 인정. "당신에게 참 고마워. 그동안 열심히 살았으니 이제 좀 짐을 내려놔" 남편 분은 그 한마디가 왜 그토록 힘드셨을까?

김병후 남편이 양 변호사를 안쓰럽게 생각하지 않는 거예요. 다 갖고 있고 힘이 있다고 생각하니까 안쓰럽게 생각하지 않는 거예요. 다른 사람들도 이해를 못할 거예요. 저 사람이 왜 우울하지? 현재도 탄탄하게 잘하고 있는 사람이니까요.

양소영 그죠? 제 딴에는 정말 죽어라고 살아온 건데… (눈물) 요새는 또 상황도 안 좋고 하니까 답이 안 보이는 것 같아요.

김병후 아무리 훌륭한 사람도 시간이 지나고 나이가 들면 약해지잖아요. 근데 약해지는 걸 경험해보지 못했으니까. 그 떨어지는 순간에 대한 것이 정상적으로 밝게 받아들여져야 하는

261

데 잘나가는 사람들은 그걸 받아들이기 쉽지 않거든요. 그래서 떨어지는 걸 당연하다고 받아들이는 연습을 해야 해요.

남편의 말은 아내가 아프다는 얘기는 들어줄 수 있는데, 아내가 얘기한 것만큼 힘들고 아프다는 건 인정하기 어렵다, 그거 같아요. 이유는 알겠어요. 아내가 힘들고 마음이 아픈 게 있다고 말하면 남편은 '내가 뭘 잘못했나' 생각하게 되거든요. 본인은 성실한 남편이었고 열심히 살았고 사회적으로 어느 정도 성공했어요. 근데 아내가 아프다고 하니까 그걸 못 받아들이는 거예요.

양 변호사님이 제일 힘든 게 뭐냐면 아프고 힘든데 가장 사랑하는 사람에게 인정 못 받는 거거든요. 남편은 자기가 정말 열심히 살았는데 아내가 아프다는 게 마치 자기한테 책임이 있는 것 같아 부담스러워서 그럴 거라고 생각해요.

〈401회 당신이 갱년기를 알아?〉 중에서

'고생했어, 당신 덕이야, 그 한마디가 왜 힘들지?'라는 의문이 김병후 선생님의 이야기를 통해 조금은 이해가 되었다. 남편도 죽을힘을 다해 열심히 살았는데 이제 와서 아내가 아프다니 당황스럽고 내 잘못인가 싶은 두려움이 있을 수 있겠다. 또한 그동안 한 번도 요구하지 않았던 말을 원하니 남편 입장에서 어색하기 그지 없는 것이다.

"당신 덕분이야. 고마워" 그 한마디가 뭐가 그리 어렵냐 할 테지만, 표현 없이 살아온 중·노년 대한민국 가장들(예를 들면, 우리 아빠)에게는 충분히 어려울 수 있다. 아내가 갱년기로 고통받고 있는 동안 남편들 역시 은퇴로 인한 심적 갱년기를 겪고 있다는 남자 출연자들의 설명도 이해가 되었다. 가장 사랑하는 사람에게 인정 못 받는 아내의 입장도, 아내의 아픔이 내 책임인 것 같아 부담스러운 남편의 입장도 어느 것 하나 이해 못할 바가 아니다.

결국은 관계다

사람은 인정을 갈망하는 존재다. 어렸을 때는 부모님에게, 하고 사회생활을 하면서는 직장에서 인정을 갈구한다. 인정을 통해 만족감을 느끼고 비로소 '내가 잘 살아가고 있구나' 안정감을 느낀다. 나 역시 회사생활에서 인정받기 위해 죽어라 일해 왔는지도 모른다.

자녀를 대학에 보내고 안도감이 자리 잡을 찰나 갑작스레 찾아온 그녀의 텅 빈 공터에는 남편의 인정이 필요했다. 사회에서의 인정보다도 그녀가 평생을 애써온 이유인 가족, 그 중심에 있는 남편의 인정이 그 무엇보다 필요했던 것이다. 남편에게 받지 못한 인정 때문에 더 이상 열심히 살 이유를 모르겠다던 양 변호사님의 말에 김병후 선생님이 답을 주셨다.

김병후 모든 분들이 저런 생각을 다 해요. 표현을 안 해서 그
렇지. 근데 그때 사람들의 마음을 다시 다잡게 하는 게 뭐냐면,
주변 사람들의 관계 때문에 다잡아요. 사녀나 배우지와 말이
통한다든지 그런 거요. 갱년기는 누구나 있는데 더 힘들거나 그
렇지 않은 변수 중에 하나는 주변 사람들과의 관계 때문이에요.

맞다. 갱년기는 누구나 있는데 변수 중의 하나는 주변 사람들과
의 관계다. 힘든 시기는 누구에게나 올 수 있는데 누구는 더 어렵
고 누구는 그렇지 않은 이유는 주변 사람들과의 관계 때문인 것이
다. 관계 덕분에 우리는 버틴다. 사춘기 때도 또래 친구들과 어울
리며 그 시기를 버텨가고 오춘기를 겪는 가장들도 가족들을 바라
보며 마음을 다잡는다. 인생의 모든 아픈 시기를 우리는 관계를 통
해 버텨낸다. 갱년기라고 다를쏘냐. 친구가 됐든 자식이 됐든 양
변호사님이 그토록 원하던 남편이 됐든 그들과의 관계가 이 시기
또한 지나가게 해주는 동력이 되는 것이다.

프로그램 말미에 변화가 일어났다. 남편 분의 한마디. "애들 잘
크고 우리가 이만큼 사는 거 다 당신 덕이야" 주르륵 눈물 흘리는
양 변호사님. 이 한마디의 변수로 양 변호사님의 갱년기는 덜 힘든
국면에 접어들었을 것이다.

바람 피우고 싶어?

바람 하면 생각나는 책

우리에게 버릇이 되어 버린 것들, 예사로 보아 넘기는 사실들도 조르 바 앞에서는 무서운 수수께끼로 떠오른다. 지나가는 여자를 봐도 그 는 말을 멈추고 큰일이나 난 듯이 말한다.

"대체 저 신비의 정체는 무엇일까요?"

그는 묻고 또 묻는다.

"… 여자란 무엇인가요? 왜 이렇게 고개를 갸웃거리게 하지요? 말해 보시오. 나는 저 여자란 것의 의미가 무엇인지 묻고 있는 거요."

그는 남자, 나무에 핀 꽃, 냉수 한 컵을 보고도 똑같이 놀라며 자신에 게 묻는다. 조르바는 모든 사물을 매일 처음 보는 듯이 대하는 것이다.

《그리스인 조르바》 중에서

《그리스인 조르바》내가 좋아하는 소설 중 하나다. 조르바는 이 소설의 주인공이다. 너무나 매력적인 남자다. 뽀글뽀글 머리와 위트 있는 진행으로 유명한 김정운 교수가 10여 년 전 정규직인 대학교수를 그만두고 일본으로 그림 공부 하러 떠나게 만든 결정적 인물이다. (그가 쓴 칼럼에서 《그리스인 조르바》를 다시 읽고 자유롭게 살 용기를 얻었다고 했다.) 얼마나 매력적인 인물이면 한 사람의 안정적인 인생에 바람을 불어넣어 방향을 틀도록 만들겠는가! 그것도 실제도 아닌 가상의 인물인 주제에.

조르바의 가장 큰 특징은 감탄을 잘 한다는 것이다. 익숙하거나 별것 아닌 것에도 감탄할 거리를 찾아낸다. 그 일환으로 세상 모든 여자에게서 장점을 본다. 홀로 있는 여인네를 외롭게 두는 건 사내의 역할을 방기한 것으로 죄악 중의 죄악이라고 말한다. 세상 모든 여자에게서 하나라도 장점을 찾아내는 것이 사내 된 도리라고 믿어 의심치 않는 상남자다.

그래서 그런가? 바람피우는 남자에 대한 이야기를 들을 때마다 나는 이 매력적인 인물이 생각난다. 남자에게 가장 매력적인 여자는 오늘 처음 보는 여자라고 하지 않았던가. 모든 여인을 매일 처음 보듯이 대할 수 있는 조르바는 바람둥이가 갖춰야 할 최고의 조건을 가졌다고 할 수 있지 않을까.

바람에 대한 이야기를 안 쓰고 넘어갈 수가 없다. 〈동치미〉 1회 주제는 바람이었다. 당시 종편에서 2프로만 넘으면 대박이라던 시절 우리는 대박을 냈다. 오랜만에 잠 못 든 밤이었다.

바람의 상처, 그리고 경제력

〈동치미〉를 하면서 알게 된 건 배우자의 외도는 상대방에게 죽어도 잊히지 않는 상처를 준다는 사실이었다. 배우자의 바람으로 인한 충격은 가까운 이의 죽음과도 같은 충격일 수도 있다고 들었던 것 같다.

결혼도 남의 일이었던 당시에는 바람의 충격에 대해 진지하게 생각해본 적이 없었다. 다만 "바람은 피우면 안 되죠!"만 외쳤다. 외도로 인해 받는 충격이 평생의 트라우마가 된다는 사실은 〈동치미〉에서 처음 알게 되었다.

> 양재진 60대 이상의 여성분들이 화병이나 우울증으로 병원을 찾아오시는 경우가 있어요. 그분들 같은 경우 얘기를 듣다 보면 남편의 외도 때문에 화병이 생긴 분들이에요. 근데 그 외도가 언제 생긴 거냐면 대략 30~40년, 20~30년 전이라는 거예요. 그때 당시 여성들은 경제력이 없었기 때문에 어쩔 수 없이 눈치 보며 용서하고 살아야 했던 세대였거든요.
>
> 〈1회 바람피운 남편, 용서해야 할까?〉 중에서
>
> 양소영 제가 상담한 것 중에 얼마나 기가 막힌 사연이 있었냐면요. 평생 바람피우다가 남편이 아파서 들어왔어요. 아내가 간

호해서 살려놨어요. 그랬더니 또 나갔어요. 또 나가서 바람을
펴요. 그걸 보고 결국엔 아내 분이 이혼소송하기로 결심을 하
셨던 경우가 있어요.

<307회 바람피우는 것도 능력이라고?> 중에서

30, 40년 전의 남편의 외도가 아내의 인생을 30, 40년 동안 짓눌
러왔다. 아파 돌아온 남편을 버리지 못하고 간호해서 살려놨는데
또 나간다. 그 아내들의 삶은 어땠을까. 다른 이유가 아닌 경제력
때문에 어쩔 수 없이 참아야 했다면 그 마음이 얼마나 비참했을까.

작년에 <동치미>와 동시간대에 편성된 타사 드라마가 있었다.
(안타깝게도) 시청률이 28%까지 치솟으며 탄탄한 배우들과 연기력
으로 주목을 받았다. 그 드라마의 주제도 바람이었다.

남편의 외도를 알게 된 극 중 여주인공이 표현한 괴로움과 배신
감은 리얼했다. 전 여성들의 공감과 분노를 일으켰다. "사랑에 빠
진 게 죄는 아니잖아"라는 말로 자기변호를 했던 남편은 찌질한
불륜남의 대명사가 되었다.

드라마의 여주인공은 배우자의 외도를 결코 참지 않았다. 상간
녀 부모 앞에서 당신 딸이 내 남편과 바람 폈다고 폭로하고, 모든
재산을 자신의 명의로 돌려둔다. 남편으로부터 모든 것을 뺏겠다
고 다짐하고 실행한다. 믿었던 배우자의 외도로 인해 상대가 느끼

는 배신감과 상처, 그로 인해 사람이 어디까지 갈 수 있는지를 보여 주었다고 생각한다. 드라마라서 더욱 더 극적이긴 했지만, 어찌 보면 의사인 그녀에게 경제력이 있고 능력이 있었기에 가능했던 일이다.

지금은 여성들도 경제력을 갖고 있는 게 태반이고 무조건 참지 않는다. 얼마든지 이혼을 선택할 수 있다. 30대 초반에 결혼을 앞둔 한 친구도 그랬다. "나는 오빠한테 말했어. 결혼해서 오빠 바람 피우면 집, 애들 다 내가 데리고 이혼할 거라고. 그거 알고 결혼하라고" 결혼 전부터 그렇게 선전포고를 날리는 친구가 당차 보였다.

이렇듯 요즘은 경제력 때문에 배우자의 바람을 참는 경우는 별로 없다. 물론 경제력 외에도 다른 수많은 요인이 배우자의 외도를 참게 만들 수 있다. 그럼에도 경제력이라는 먹고사는 문제에서 어느 정도 자유롭게 생각할 수 있을 때 그나마 덜 비참한 것 같다.

남자의 바람 vs 여자의 바람 vs 순진한 남자의 바람

〈동치미〉에서 남자는 경제력이 있으면 배짱이 생겨 바람을 피우기 쉽고 경제력이 없으면 이성에 대해 자신감을 잃는다고 많이 얘기해왔다. 물론 꼭 그런 것은 아니다. 그런데 여자의 바람은 현실의 힘든 상황을 해결해주길 원하거나 인정받고자 하는 상황에서 시작한다는 얘기가 많았다. 그리고 남녀의 바람 중 어떤 게 더 무서운지에 대한 얘기까지 이어졌다.

전수경 여자들은 대부분 사랑의 결핍에서 바람을 시작하는 것 같아요. 내가 사랑받지 못하고 있다고 느꼈을 때 누군가에게서 사랑받고 싶고 나를 소중한 존재로 봐주는 사람과 사랑에 빠질 가능성이 높은 거죠. 이게 스쳐지나가는 바람이 아니라 정말 마음까지 잘 맞았을 땐 그 사람에게 빠져 들어가면서 여자들은 대부분 뒤를 돌아보지 않는 것 같아요.

김학래 남자들은 바람피우면서도 딴 생각을 해요. 누가 보면 어쩌나, 가정에 이상이 생기지 않을까, 잘못되지 않을까, 스쳐지나가는 걸로 대개 생각해요. 근데 여자들은 마음이 맞닿아야 하기 때문에 집안이 거덜 나요.

최홍림 옛날 얘기예요. 요즘 여자들도 남자처럼 행동해요. 가정 지키면서 가볍게 스치듯 바람 피워요.
옛날엔 여자 바람이 더 무섭다고 하는데, 솔직히 따지면 남자 바람이 더 무서워요. 여자는 바람피워도 애라도 데리고 가려고 하는 사람이 있어요. 근데 남자는 절대 애 안 데리고 가요. 집문서 들고 나가지. 그렇게 따지면 남자들 바람이 더 무서워요.

〈346회 바람에는 이유가 없다?〉 중에서

남자는 몸만 주고 여자는 마음을 주기 때문에 여자의 바람이 무섭다고 했었다. 근데 요즘은 여자도 스치듯 가볍게 바람을 피운다는 말에 스튜디오는 또 술렁였다. 오히려 제일 무서운 건 순진한 남자의 바람이라는 데까지 논의가 이어졌다.

심영섭 나쁜 남자보다 더 위험한 남자는 순진한 남자 같아요. 외도를 했는데 운명의 상대라고 생각하고 가정도 버리고 이 여자에게 올인하겠다고 생각을 하는 거죠.

지위고하를 막론하고 순진한 남자를 정말 못 말리는 게, 예를 들어 굉장히 유명한 국방부 장관 같은 분이 쓴 편지를 보면 이분이 정말 군대를 통솔하는 국방부 장관일까 싶을 정도로 소년 같은 연애편지를 여자 로비스트한테 쓴단 말이에요.

물불을 가리지 않고 빠져드는 남자는 정말 위험하다고 봐요. 현실감각이 결여된 남자들의 특징이 있어요. 일만 했고, 현실적인 경험이 없고, 사회적으로 성공은 했으나 사적인 낯선 감정에 부딪치면 굉장히 빠져 들어요.

〈346회 바람에는 이유가 없다?〉 중에서

아, 자고로 순진한 사람의 늦바람이 제일 무섭다는 게 이런 건가. 순진한 사람보다는 젊었을 때 많이 놀아본 사람이 미련 없이 가정생활에 충실하다는 말을 많이 들었다. 놀아본 사람은 다 경험해봤기 때문에 유혹의 세계에 동경도 없고 미련도 없단 뜻이었다. 근데 또 젊었을 때 놀아본 사람이 늙어서도 놀 줄 알기 때문에 위

험하다고도 한다. 아, 어렵다.

'바람의 기준', '바람피우고 싶은 순간', '바람 용서해야 할까 말까' 등 다양한 논의를 했다. 정신적으로 좋아하는 것도 바람이라는 여자 출연자도 있었고, 속으로 하는 짝사랑은 괜찮으나 행동으로 옮기면 바람이라고 하는 남자 출연자도 있었다. 생각을 행동으로 옮겼는데 거기에 보태서 만나는 시간이 잦아질 때가 진짜 바람이라는 자칭 타칭 바람 전문가의 의견도 있었다.

배우자의 바람에 대해 죽어도 용서할 수 없다고 분노하는 젊은 세대도 있고, 한 번쯤은 봐줄 수 있지 않나 꽤나 너그러운 이도 있고, 바람피워도 괜찮으니 제발 집에서 좀 나갔으면 좋겠다는 노년 세대도 있었다.

전반적으로 나이가 들수록 바람의 기준에 대해서도 용서에 대해서도 좀 더 너그러워지는 것 같다는 말씀도 하셨다. 나이가 들수록 바람을 피우는 것도 쉽지 않을 거라는 전제가 있기 때문에 너그러운 마음을 가질 수 있는 건지도 모른다.

바람은 성향의 문제다

'바람' 주제는 참 어렵다. 바람은 어디에서 부는지 누구에게 오는지 끝없는 논의 중에 결국 바람을 피우고 안 피우고는 사람의 성향 문제라는 데 이르렀다.

양재진 결국엔 사람의 성향이라는 거예요. 설레는 건 누구나 다 설렐 수 있고 설레야 해요. 사람은 살아가면서 끊임없이 외부의 자극이 필요하거든요. 그런 자극이 왔을 때 마음이 동화되고 설레는 건 당연한데 문제는 이 설렘의 충동을 마음에서 멈추느냐 행동으로 표현하느냐, 그거죠. 충동을 조절하는 능력이 있어요. 또 리스크 테이킹이라고 조금만 위험해도 피하는 사람이 있고, 그 위험을 쫓아가고 즐기는 사람이 있거든요. 행동을 한 후에도 멈추고 돌아올 것이냐 끝까지 갈 것이냐 역시 성격이나 성향에 따른 것이지 남녀의 차이로 볼 수는 없어요.

〈179회 나도 바람 피우고 싶다〉 중에서

이경제 제가 바람피우는 남녀를 분석해본 적이 있었거든요. 《소년탐정 김전일》이라는 일본 만화가 있어요. 거기에 보니 "이래서 살인을 했다" 살인자들은 항상 이유를 얘기하는데, '이래서' 살인을 꼭 하지는 않아요. 살인자가 그러한 성향을 갖고 있는 거예요. 바람피울 때 똑같은 이유로도 바람피우지 않는 사람이 있는가 하면 그 이유로 바람피우는 사람이 있어요. 그래서 저는 이유가 있지만 꼭 그 이유 때문은 아니고 사람 성향의 문제라고 생각해요.

〈346회 바람에는 이유가 없다?〉 중에서

습관적으로 바람피우는 나쁜 남자(여자)도 있을 테고, 순진한 사람이 교통사고처럼 속수무책으로 당하는 바람도 있을 테다. 결국엔 성향 문제라는 게 대세적인 결론이었다. 흔히 말하는 돈이 많아서 바람피운다, 잘생겨서 바람피운다로 볼 문제가 아니라는 것을 말하고 싶으셨던 것 같다. 사실 돈이 많아서 바람피우는 사람도 있지만 아닌 사람도 있다. 그러니 특정한 상황만 보고 바람피울 거라 의심할 필요는 없는 것이다.

　바람이 성향의 문제라면 상대의 성향을 보고 결혼을 해야 하나? 말이 쉽지 어려운 문제다. 무엇보다 이 사람과 결혼을 하겠다고 마음먹었을 쯤엔 상대의 나쁜 성향이나 단점이 안 보이거나 중요하지 않다. 원점으로 돌아가 보자. 결혼은 상대를 평생 아끼고 사랑하겠다는 맹세다. 부모 형제 그리고 내가 아는 모든 사람 앞에서 약속한 거다.

　"바람피울 거면 결혼을 하지 마세요"라고 외쳤던 양재진 선생님의 말이 생각난다. 이 말은 결혼을 하지 말라는 게 아니라 바람을 피우지 말라는 거다. 결혼 후에 생길 수 있는 교통사고 같은 상황에서도 이성적으로 멈출 줄 아는 능력을 갖자는 말이다. 말처럼 쉽지는 않겠지만 기꺼이 노력을 하고 결단을 하는 게 결혼생활이다. 상대에게 씻을 수 없는 상처를 주는 일 따위는 하지 말고 살았으면 좋겠다. '바람'이라는 주제는 사랑과 결혼의 의미를 다시금 생각해 보는 계기가 되었다.

양소영 변호사님은 고향 큰 언니 같다. 사실 맞다. 알고 보니 동향이었다. 〈동치미〉 고정 출연자로 3년 남짓 함께하고 그 이후에도 여전히 밝은 표정으로 〈동치미〉를 찾아주시는 분. 〈동치미〉를 논할 때 자신을 빼면 서운하다는 양 변호사님을 한가한 주말 오후에 만났다.

여성들의 대변인 〈동치미〉 변호사가 되기까지

<u>정혜은</u> 초창기부터 3년 남짓 〈동치미〉 고정 출연을 하셨고 그 이후에도 지금까지 변호사가 필요할 때마다 나오셨어요. 이상하게도 양소영이라는 이름 앞에 〈동치미〉 변호사라는 타이틀이 붙는 것 같아요.

<u>양소영</u> 그게 나한테는 너무 좋은 애칭이고, 그걸 다른 사람에게 안 뺏기고 싶지. 나 말고도 변호사들이 몇 분 나가셨더라고. 근데 고정으로 나가시는 분이 없어서 되게 좋았어, 하하하. 지금도 강의를 가면 다들 얘기해 주시는 게 나 나올 때가 재미있었다고 그러시는데, 그게 그냥 하는 말이라도 기분이 좋지.

<u>정혜은</u> 처음에 우리 진짜 싸웠잖아요. 거기서 여성들의 대변인이셨어요.

<u>양소영</u> 내 스스로 그렇기도 하고 의뢰인들의 얘기를 대변해야 하는 부분이 있었으니까. 10년 전만 해도 직장여성이나 워킹맘은 소수에 가까워서 억울한 면

도 있었고 그들의 입장을 대변해야 한다는 책임감도 있었고 그랬던 것 같아.

나를 세련되게 만들어준 〈동치미〉

정혜은 남편을 무지하게 사랑하는 캐릭터셨잖아요. 그래서 모든 출연자들이 놀라움을 금치 못했죠. 그땐 진심이었죠?

양소영 남편을 사랑하는 마음은 진심이었고 지금도 진심이고, 하하. 우리 애들도 그러는데 엄마 아빠가 형식적인 부부로 사는 게 아니라 정말 좋아하는 것 같다고. 싸울 땐 싸우고 투명하게 사는 것 같아. 그때 엄앵란 선생님이 경악스러워하셨지, 하하.

정혜은 모든 분들이 다 그랬죠. 일도 잘하고 가정도 잘 꾸리고 돈도 잘 버는데 남편을 열렬하게 사랑해? 남자들 입장에서 워너비 아내 같은 느낌이었어요.

〈동치미〉 남성 시청층의 사랑을 독차지하셨잖아요.

양소영 음, 그런 면이 좀 있었겠지, 하하. 초창기에 나 많이 혼났잖아. 이경제 원장님 양재진 원장님께 그렇게 살면 안 된다고 많이 혼났지. 너무 내 인생 없이 산다고. 특히 양재진 원장님이 나를 많이 혼냈지. 내 삶이 없다고.

정혜은 그 얘기들이 변호사님 인생에 도움이 됐어요?

양소영 도움이 많이 됐지. 우리 세대만 해도 여성이라면 결혼했다면 가족이 더 우선시되어야 한다는 것에 많이 익숙해져 있어서 그게 자연스러웠던 나를 많이 일깨웠죠. 왜 아이들을 위해서 희생하냐, 자기 인생도 중요하다, 혼자서 휴가도 갈 필요성이 있다, 이런 얘기들이 지나가는 얘기였지만 나에게는 새로운 세상이었지. 은경 씨도 독립적인 여성이잖아. 은경 씨나 선영 씨 같은 후배들을 보면 너무 멋있어 보이는 거야. 나는 너무 촌스러워 보이고. 그게 나한테 굉장히 신선한 충격이었지. 또 하나 가장 큰 충격은 공부만 해온 삶이라서 그것만이 잘 사는 방법이라고 생각했거든. 근데 다른 사람들이 다른 방식으로 너무 잘 살고 있는 것들이 내게는 또 다른 충격이었지. 나의 생각을 많이 열게 해줬어.

정혜은 그럼 〈동치미〉 하기 전과 후, 달라진 점이 있겠네요.

양소영 그럼. 그전에는 촌스러웠고 지금은 많이 세련되어진 것 같아, 하하하.

누구에게나 찾아오는 갱년기

정혜은 제가 변호사님을 10년째 봐왔잖아요. 사실 지난번 갱년기 편 촬영을 하면서 많이 놀랐어요. 변호사님의 밝은 모습 뒤에 저렇게 고군분투한 시간이 있었구나 싶어서 짠하기도 하고 마음도 아프고 그랬어요. 갱년기를 겪는 워킹맘의 모습을 제대로 보여줬다는 생각이 들었어요.

양소영 그때는 정말 진심이었고 '이게 뭐지', '이걸 어떻게 뚫고 나가야 하지' 고민이었어. 주변에 보니 친구들도 그런 고민을 많이 하더라고. 그래서 답을 구하고 싶은 마음도 있었고, 같이 얘기를 나누고 싶은 마음도 있었던 것 같아. 글쎄, 〈동치미〉여서 용기를 낼 수 있었어. 다른 프로그램이라면 내가 자연스럽게 내 모습을 드러낼 수 없었을 것 같은데 〈동치미〉는 내게 고향 같기도 하고 시청자분들도 내 모습을 많이 알잖아. 그래서 있는 그대로의 모습을 보여줄 수 있었던 것 같아. 가끔 주변 분들이 〈동치미〉에 나오는 이야기들이 진짜냐고 물어보잖아. 그럼 되게 자신 있게 진짜라고, 정말 솔직하게 다 얘기를 한다고 많이 답변하거든. 그래서 〈동치미〉에서는 편하게 그런 이야기도 할 수 있었던 것 같아.

정혜은 그때 변호사님의 한마디 한마디가 참 기억에 남는데요. "여기까지 정말 열심히 살아왔는데 텅 빈 느낌, 이제는 그만 살아도 되지 않을까" 우리도 가끔 힘들면 그런 생각을 하기도 하잖아요. 그때 작가랑 그런 얘길 했어요. 미래의 우리 모습일까…

양소영 지금도 눈물 나려고 하는데, 그런 때가 찾아올 거라고 생각을 못했는데 50이 되니까 정말 세상이 달리 보이는 게 있는 것 같아. 정 피디는 아직 무슨 말인지 모를 거야, 하하. 그래도 보람은 있는 게 지금은 남편도 내 마음을 알아주고, 답이 정해진 질문을 던지면 그 답을 할 수 있을 정도로 바뀌고, 나도 나아

지고 있고, 그래서 좋아요. 그때 촬영을 한 것이 계기가 되었고, "고맙다"라는 그 한마디가 나한테 정말 필요했다는 진심을 이해해줘서 좋아졌어.

〈동치미〉 속 나의 멘토들

정혜은 〈동치미〉 하면서 가장 기억에 남는 순간 있으세요?

양소영 기억에 남는 순간은 갱년기 편이 되어버렸지. 갱년기 편을 찍으면서 나의 성장기를 기록한다는 느낌, 내가 〈동치미〉와 같이 늙었구나 그런 느낌이 들었지. 내가 정말 중요한 40대를 같이 보낸 거잖아. 내가 〈동치미〉와 같이 늙고 같이 성장했구나, 사실 변호사 사무실도 〈동치미〉를 하면서 많이 성장했고.

정혜은 기억에 남는 분도 있으세요?

양소영 내 머릿속에 있는 건 우리 엄앵란 선생님. 친정엄마 생각하듯이 어떻게 지내시나 문득문득 생각나고 함께했던 시간들이 떠올라. 엄앵란 선생님이 처음 방송하는데, "얘 너 잘한다. 너 그렇게 하면 되겠다" 격려를 많이 해주시고 칭찬해주셨어. 다른 방송을 해도 "방송 잘 하더라. 그렇게 하면 되겠더라. 변호사가 그렇게 얘기를 해야 해" 이렇게 얘기도 해주시고. 초반에 메인 마담님이 나를 안 받아주고 인정 안 해주시면 힘들었을 텐데 정말 많이 예뻐해주셨어. 혁재도 조언 많이 해줬어. 밖에 나가면 변호사인데 〈동치미〉 가면 구박받고 깨지잖아. 혹시 그걸로 마음이 상하고 멘탈이 흔들릴까봐 혁재가 많이 조언을 해줬지. 유인경 기자님은 나랑 딱 띠동갑인데 내 멘토가 됐어. 나는 저 나이에 저렇게 살 수 있을까? 늘 조언을 구할 수 있는 언니지. 서로 조언을 구할 수 있는 사람들이 있어서 참 좋아.

1회(2012년 11월 17일)부터 204회(2016년 10월 8일)까지 꼬박 4년을 함께 했다. 선생님은 〈동치미〉의 장미 같은 존재였다. 결혼하지 않은 유일한 남자 패널로서 〈동치미〉의 얼굴을 담당했던 것은 물론, 기혼자들에게는 부러움의 대상이었다. 반면, 할 말과 옳은 말은 콕콕 집어서 하는 가시 같은 부분도 있었다. 암튼 양재진 선생님은 〈동치미〉의 활력이었고 긴장감을 주는 존재였다.

　정혜은　오랜만이에요, 선생님. 책 잘 읽고 있어요. 요즘이야말로 정신과 전문의가 꼭 필요한 세상이지 않나 싶은 생각이 들어요.

　양재진　쌓여 있던 갈등이 폭발 직전까지 간 상황에 코로나까지 더해져서 사람들이 지금 화가 너무 많아. 평상시에 먹고 살만하고 괜찮을 때는 성숙한 방어기제를 쓰면서 고상한 척하고 살아갈 수가 있는데 스트레스가 있는 상황에서는 그게 안 되고 미성숙한 방어기제를 쓰게 되는데 요즘이 그런 것 같아. 사실 우리나라만의 문제도 아니고 전 세계적으로 봐도 '이게 어떻게 가능해?' 하는 비상식적인 일들이 너무 많이 벌어지니까.

결혼하지 않은 남자, 〈동치미〉를 시작하다

　정혜은　선생님이 〈동치미〉를 시작한 게 30대였던 것 같아요. 지금 생각해보니 엄청 젊었어요. 맞죠?

양재진 응, 내 기억으로 그때가 2012년 가을인데, 제일 친한 동생 결혼식 사회 봐주기로 한 날이었는데 첫 녹화가 그날로 잡혔다고 그랬어. 1회 녹화하는 데 8시간 가까이 걸렸던 것 같아. 녹화 끝나고 결혼식장 바로 가기로 했는데 결혼 피로연 할 때쯤 뒤늦게 도착했던 기억이 나네.

정혜은 그럼 사회를 못 봐줬어요?

양재진 못 봤지. 사회가 뭐야. 결혼식 다 끝나고 애들이 파티하고 있는데 갔는데, 밤 11시쯤인가 됐을 거야. 1회 녹화니까 세팅하고 녹화하고 그러는데 8시간 정도로 오래 걸렸던 것 같아.

정혜은 〈동치미〉에서 선생님은 아이돌 같은 존재였던 것 같아요. 잘생긴 젊은 정신과 의사였단 말이에요.

양재진 평균 연령이 높았으니까, 하하. 어머니들이 좋아해주신 건 〈동치미〉 덕분이 컸지.

〈동치미〉에서 정신과 전문의로서 역할

정혜은 처음 〈동치미〉 할 때 어떠셨어요?

양재진 원래 〈황금알〉을 하다가 〈동치미〉 섭외를 받고 시작을 하게 됐는데. 그때는 사실 지금보다 나도 좀 더 강했던 것 같고, 약간의 사명감 같은 것도 있었던 것 같고.

정혜은 어떤 사명감이요?

양재진 너무 옛날 마인드에 사로잡혀 있는 분들에게 '요즘에 그건 아니다' 라는 얘기를 해주고 싶었어. 그때만 하더라도 확실히 10년 전이어서 그런지 사람들의 생각이 많이 달랐어. 결혼에 대한 거라든지, 고부갈등, 부부갈등에 대한 것들이 지금은 상상하기도 힘든, 지금 그런 얘기를 하면 꼰대라는 말을 들을 만한 생각을 여전히 많이 할 때였기 때문에 어르신들하고 많이 부딪혔지. 〈동치미〉에서 특히 엄앵란 선생님께 "시대가 변했어요" 이 얘기를 내가 제일 많이 하고, 하하.
요즘에 내가 방송하거나 유튜브 하는 걸 보고 〈동치미〉 초창기부터 좋아했다는 분들이 하시는 말이, 내가 유해졌대. 그때는 30대다 보니까 확실히 옳고 그름이 있다고 생각했던 것 같고 사람들에게 도움이 되는 얘기를 해야 한다는 생각이 강했기 때문에, 좋게 말하면 쉬크하고 나쁘게 말하면 사납게 비쳐졌던 것 같아.

정혜은 저는 정신과 의사로서 선생님의 의견이 참 좋았던 것 같아요. 과거의 고정관념에 사로잡힌 부모님 세대의 생각에 찬물을 뿌리셨어요. 환기를 시킨 거죠. 그게 프로그램을 움직이게 만드는 동력이었던 것 같아요.

양재진 내가 뭔가에 대해서 이야기할 때 발언의 기준이 딱 2개였어. 이게 객관적인가? 그리고 페어(공정)한가? 그래서 어느 한쪽이 약자라면 그 약자의 편에서 이야기하자 생각했지. 그때만 하더라도 지금 같지 않았기 때문에 사회적으로 여성이 약자였던 시대였고, 남편보다 부인이 약자였고, 시어머니보다 며느리가 약자였던 시대였기 때문에 약자의 편에서 많이 얘기를 하려고 노력했던 거지.

정혜은 어른들 앞에서 다른 생각을 말하는 게 어렵지 않으셨어요?

양재진 방송에 나갈 때는 내 아이덴티티를 지키자는 원칙이 있었으니까. 정신과 전문의로서의 정체성을 가지고 그 방송에 나가는 거였기 때문에 상대방의 나이와는 크게 상관이 없었지. 다만 걱정된 것은 어르신들이 감정이 상하실까 봐, 그래서 내 딴에는 얘기하다가 그분들의 표정이 안 좋으실 때면 웃으며 넘어간 적도 꽤나 있었지. 어느 정도 선은 지키며 했던 것 같아.

컨센서스의 장 〈동치미〉

정혜은 〈동치미〉 하면서 가장 기억에 남는 순간 있으세요?

양재진 〈동치미〉는 사실 기억나는 게 처음으로 시청률 5% 넘었다고 그랬던 거. 그리고 얼마 안 있다가 MBN에서 최초로 7% 넘었다고 우리끼리 막 좋아하고 그랬던 거.
그리고 그런 게 기억에 남지. 예를 들면, 엄앵란 선생님과 내가 거의 사십 몇 년, 50년 가까이 차이가 나는데 세대 차이 속에서 나오는 가치관과 생각의 다름, 그리고 시간이 지나면서 그런 간극이 조금씩 줄어드는 경험이 좋았어. 소영이 누나 같은 경우에도 처음에 세상 답답한 누나였는데 생각이 많이 변화하는 과정을 봤고. 뭔가 되게 생각이 다르고 다양한 사람들이 모여서 일종의 컨센서스를 이루는 과정이 좋았던 것 같아.

정혜은 기억에 남는 분도 있으세요?

양재진 엄앵란 선생님이 제일 기억에 남지. 왜냐하면 아버지가 영화를 좋아하셔서 어릴 때 옛날 영화를 봤던 기억이 나는데 부모님이 좋아하시던 대스타분과 내가 방송을 한다는 게 신기했고, 우리 어머니도 좋아하시고 그랬지. 그리고

기억에 남는 분이 유인경 누나. 인경이 누나가 중간에 들어오고 난 다음에 토론 다운 토론이 됐던 것 같아. 그전에는 무슨 말을 하면 "결혼하고 얘기해", "애 낳고 얘기해" 그런 소리만 듣다가. (동시에 웃음) 하하, 인경이 누나는 기자를 오래 하셨으니까 사고방식도 합리적이고 상식도 많아서 토론하는 재미가 있었지.

정혜은 앞자리가 4로 바뀐 저 같은 친구들에게 조언을 해주신다면요?

양재진 열심히 잘 살아야지, 하하. 너는 결혼을 했으니까 삶의 균형을 잘 맞춰가는 노력을 하는 게 좋지. 일, 아내로서의 삶, 그리고 너, 이 균형을 잘 맞춰야하는 거지. 일에만 너무 치우치지도 말고, 남편과의 관계에만 너무 매달리지도 말고, 그렇다고 너밖에 몰라도 안 되고. 이 균형을 잘 이루고 사는 게 되게 힘든데 스스로 정신 똑바로 차리고 노력하지 않으면 절대 되지가 않거든.

인생

인맥 없이는 못 살아

섭외도 인맥이다

누군가를 만나면 어떻게 인연을 만들어 〈동치미〉에 섭외할까
고민을 한다. 인맥을 섭외에 이용하는 건 아니지만 종종 도움을 받
는 게 사실이다. 섭외도 사람이 하는 일이라 한번 얼굴 보고 관계
를 맺게 되면 훨씬 쉬워지는 법이다.

〈동치미〉 출연으로 본방송과 재방송 연일 검색어 1위를 차지한
김수영 씨도 처음엔 소개로 우연히 식사 자리를 함께한 게 시작이
었다. 그러다 친구가 되었고 수영이의 인생 스토리를 들었다. 가난
한 집안 장녀로 태어나 여수 공단 취업이 최고인줄 아는 환경에서
상고에 들어간 10대의 수영이는 KBS 〈도전 골든벨〉이라는 프로그
램에서 골든벨을 울리면서 유명해졌다. 그 뒤 서울의 스카이 대학

에 입학, 해외 유명 투자은행에 입사, 전 세계를 돌아다니면서 다양한 활동을 했던 그녀는 나와 같은 나이라고 믿기지 않는 경험과 열정을 가진 친구였다.

30대 초반 만나면 대화의 주제가 연애와 결혼일 무렵 수영이는 먼저 결혼을 했고 마음을 담아 박수를 보냈다. 그러다 〈동치미〉에서 인맥에 대한 이야기를 다뤄보고자 할 때 그녀가 생각났다. 전 세계 100여 개 나라를 돌아다니면서 인터뷰를 해서 책도 내고 다큐멘터리까지 제작한 당차고 경험 많은 그녀의 이야기는 이 주제에 적합하다 싶었다. 수영이는 인맥이 없어서 힘들었던 학창시절과 취업, 현재에 이르기까지 자신의 이야기를 솔직히 들려주었다.

> 김수영 저는 부모님 인맥이나 도움 하나 없이 모든 것을 스스로 개척해왔어요. 대학 때 한창 취업준비를 할 때 밤새 이력서를 써서 50군데 정도 넣었어요. 근데 우수수 다 떨어졌어요. 내가 생각해도 스펙은 끝판왕이었는데, 면접도 너무 잘 봤는데 이상하게 다 떨어지는 거예요. 강남 부자동네에 사는 친구가 있었는데 취업이 됐대요. 이력서 쓴 적도 없었는데 앞집 아저씨가 취업을 시켜주셨대요. 그때 자괴감이 들었어요.
> 저는 다행히도 외국계 투자 은행에 들어가게 됐어요. 거기에 공식 인턴 말고 비공식 인턴을 뽑는 시즌이 있더라고요. 근데 비공식 인턴들이 다 인맥으로 들어온 애들이에요. 고등학교 졸

업 후에 인턴을 하러 온 건데 미국으로 유학 갈 애들이에요. 그 애들이 다 하나같이 대단한 집안의 애들이더라고요.

걔들은 이미 이력서에 엄청난 회사의 이름이 찍힌 거예요. 똑같은 대학교 1학년인데도 누구는 편의점 알바를 하고, 누구는 엄청난 회사의 인턴 경력이 이력서에 찍히는 거죠. 제 동료들도 다들 대단한 집 아들, 딸들이에요. 근데 그게 끝이 아니에요. 제가 영국에 갔더니 금수저가 아니라 온갖 다이아몬드 수저들을 만나게 된 거예요. 한 친구는 14세기 때부터 조상 대대로 성을 물려받아서 그 성에서 일하는 사람만 50명이에요. 러시아 갑부, 중동 왕족, 별의별 친구가 다 있었어요.

어쨌든 저는 영국에서 그때 당시 매출액 세계 1위 기업에 취직하게 되었어요. 그 안에서도 다양한 네트워크 모임이 있더라고요. 그래서 저도 뭔가 네트워크를 만들어야겠다고 생각했어요. 스스로 아시안 네트워크 모임을 만들어 회장이 되었어요. 그러니까 다양한 사람들을 만날 기회가 생기더라고요. 영국 총리나 대단한 사람들을 만나 많은 격려와 응원을 받았어요.

부모를 잘 만난 건 행운이지만 그렇지 않다고 포기할 수는 없잖아요. 꿈을 이루기 위해서 없는 돈은 벌고 없는 빽은 만들어서 많은 걸 쌓아두면 베풀 수 있는 시점이 온다고 생각해요. 그런 결핍들이 나를 만든 내공이 되었다고 생각해요.

〈277회 인맥 없이는 못 살아〉 중에서

나도 수영이와 비슷한 경험을 한 적이 있다. 대학원 시절, 한미 청소년 교류 프로그램에 선발되어 미국에 2주 정도 연수를 간 적이 있었다. 난생 처음 가본 미국이었고, 나름 국제대학원생이었으나 영어에서 자유롭지 못했다. 외국에 나가 살아본 적도 없고, 그걸 커버할 만한 능력도 갖추지 못했다.

2주 동안 미 의회 인턴십 등 온갖 세미나와 강의 일정이 좀 버거웠다. 근데 함께 선발된 친구들은 미국도, 영어도, 너무 익숙했다. 알고 보니 선발된 친구들의 집안이 대단했다. 정재계 유명인사의 친척이거나 자녀였다. 자기소개서와 면접이라는 과정을 거쳐 선발된 만큼 그들 각각의 능력이 출중했다. 하지만 애초에 그 프로그램 지원 자격이 국회의원의 추천서가 있어야 가능했기 때문에, 인맥이 겸비되어 있어야만 했던 거였다. 나의 경우 대학 때 국회 인턴을 지냈던 경험 덕에 추천서를 받아 운이 좋게 합격했지만, 좁은 문이었던 것은 확실했다.

일상에서 만드는 아내와 남편의 인맥

인턴, 취업, 직장생활에서만 보이는 인맥이 다가 아니다. 남편들도, 아내들도 각자의 삶에서 만나는 인맥의 덕을 보고 산다. 남편들의 술자리 모임은 필요하지만 아내의 브런치 모임은 실속 없다는 논의를 하던 중, 함익병 선생님께서 아내의 모임 덕을 톡톡히

봤다고 얘기한 적이 있다.

함익병 제 아내가 개를 키우는데 아파트에서 개를 키우는 사람이 소수자예요. 그러다보니 개를 키우는 사람끼리 모임을 만들었어요. 멍멍이를 사랑하는 모임, 멍사모라고 해요. 제가 주중에 하루씩 쉬는 날이 있어서 따라 나가보면 되게 재밌어요. 아줌마 3, 4명 사이에 저만 끼어 있는데 주로 개에 관한 얘기를 해요. 호칭이 다 개 이름 엄마예요. 그때는 뭘 그리 자주 모이나 했는데, 한참 시간이 지나고 보니까 그 모임이 꽤 끈끈하더라고요.

개를 키우는 문제로 아파트에서 소송이 걸린 적이 있었어요. 근데 가족 외에 어떤 누구도 도움을 주는 사람이 없어요, 변호사밖에. 소송을 하는데 아파트 내에 불화도 있잖아요. 그때 그 멍사모 아줌마들이 나서서 도와주는데 여자들 의리가 무섭더라고요. 이 개 때문에 피해를 본 게 없다고 탄원서를 써서 관리사무소에 전달해주고 하는 걸 보니까 아내의 인맥이 괜찮더라고요.

〈277회 인맥 없이는 못 살아〉 중에서

최근 가족 여행을 가는데 아내 친구들이 준 현지 정보가 꽤나 도움이 되었다는 이창훈 선배님처럼, 실생활에서 여자들의 인맥 도움은 어마무시하다. 내가 써보고 좋은 건 공유하고자 하는 속성이 큰 여자들은, 좋은 화장품도, 자녀 학원도, 오늘 저녁 메뉴도, 각종 쇼핑 할인정보도 공유한다.

나 역시 이사를 오면서 세탁기를 바꿔야만 하는 상황에서 기존 세탁기를 버려야 하는 게 너무 아까웠던 적이 있다. 근데 회사 후배가 '당근마켓'이라는 곳을 알려줬다. 신세계였다. 공기청정기까지 덤으로 준다고 올려서인지 하루 만에 팔렸다. 후배의 정보 덕분에 멀쩡한 가전제품을 버리지 않고 단돈 10만 원이라도 벌면서 필요한 이에게 양도할 수 있었다.

남자들 역시 술자리에서 그들이 필요한 정보를 얻기도 한다. 회사생활에서 진짜 중요한 얘기는 회의시간에 나오는 게 아니라 흡연장소에서 나온다는 말도 있지 않나. 그럴 수도 있을 것 같다. 회의석상에서는 정제된 그리고 공적인 얘기가 오가지만, 흡연장소에서는 상사의 사생활이, 회사의 인사이동에 대한 예측이 툭툭 쉽게 나올 수 있는 법이다. 술자리도 나쁘게만 볼 게 아니다.

아내들의 브런치 모임도 남편의 술자리도 모두 필요하다. 거창한 게 인맥이 아니다. 결국 내가 활동하는 반경 내에서 가까운 사람들과의 교류가 인맥인 것 같다. 우리 모두는 인맥을 쌓으며 살아가고 있다.

인맥 만드는 법

우리는 매일 사람을 만난다. 스쳐 지나가는 인연이 숱하다. 그러나 한 번의 만남에도 좋은 관계를 맺어 평생을 보는 사람도 있다. 좋은 인맥을 쌓아온 분들의 비결을 들어보았다.

유인경 기자들이 인터뷰를 갈 때 그냥 가는데요. 저는 빈손으로 간 적이 거의 없어요. 꽃을 사가지고 가든 선물을 준비해가요. 작가 최인호 선생님은 시가를 정말 좋아하셨어요. 하바나 시가를 사가지고 가니까 너무 좋아하셨어요. 기자는 보통 책을 그냥 받는데 이윤기 작가를 인터뷰하러 갈 때는 책을 사들고 가서 "사인해주세요" 그랬어요.

이후로 그분들이 다 좋은 친구가 되었어요. 인맥을 쌓으려면 돈이 아니라 부지런해야 하는 것 같아요. 한 번 더 연락하고요.

김수영 저는 싸돌아다니고 구체적으로 사람들에게 내가 좋아하는 것을 알리는 게 중요하다고 생각해요.

인도영화를 너무 좋아해서 샤룩 칸이라는 배우가 있는데, 내가 언젠가 저 사람 뒤에서 한번만 영화에 등장했으면 좋겠다는 생각으로 인도 뭄바이에 무작정 갔어요. 인도 인구 13억 중에 가장 유명한 감독을 수소문했어요. 세상이 생각보다 좁아요. 한 다리 두 다리 세 다리를 건너 그 감독의 캐스팅 감독을 만날 수 있게 되었어요. 느닷없이 그 앞에 가서 내가 아는 힌두어로 내 소개를 했어요.

너무 황당한 그 사람이 대체 뭔 일인지 들어나 보자 하더니 내 얘길 듣고 막 울더니 네 꿈을 이뤄주겠다고 하는 거예요. 근데 하필 런던에서 촬영해서, 런던까지 사비를 들여 날아가서 샤룩 칸 뒤에서 영화의 한 장면을 남기게 되었어요.

서갑원 목적을 가지고 사람을 만나는 게 아니라, 내가 마음에 들고 좋은 감정을 가지고 맺어져야 진정한 인맥입니다.

⟨277회 인맥 없이는 못 살아⟩ 중에서

수영이는 열정이 인맥을 만들어 스스로의 꿈을 이뤘다. 수영이처럼 열정이 없다면 유인경 기자님처럼 상대에게 작은 관심을 표현하는 것도 인맥을 쌓는 좋은 방법이다. 인맥이라 하니 뭔가 거창하지만 나는 관계를 쌓는 거라 생각한다. 시간을 보내고 관심을 공유하면서 관계를 쌓는 거다. 그것은 서갑원 교수님 말씀처럼 목적만 가지고 만들어지는 게 아니다. 언젠가 이경제 원장님이 내게 이런 말을 하신 적이 있다.

"정 피디, 그 나이에 이만큼 많은 사람을 알고 지내는 사람 많지 않아. 나와의 관계만큼 되는 사람이 네게 10명만 있다면 그들은 네 멘토가 될 수 있어. 그런 사람이 100명이 있다면 비즈니스가 될 수 있는 거야."

그냥 좋아서 만나는 건데, 라고 생각했었다.

"지금 네게 있는 것들, 작은 거 아니야. 직장 생활이 전부라 보지 말고, 그 다음에 할 수 있는 것들을 생각해. 지금 너는 성장할 수 있는 아주 좋은 타이밍에 있어."

프로그램에 섭외하려고 열심히 쫓아다니다 보니 다양한 인맥이 생겼다. 섭외는 불발되더라도 좋은 인연으로 남아 있는 분들도 많다. 내가 인지하지 못하고 있는데 이경제 선생님이 그걸 깨우쳐 주었다. 내게도 적지 않은 인맥이 있으니 잘 활용하라고 해주신 말씀일 테다. 직장인이 다 그렇듯 가끔씩 회사 생활에 답답함을 느끼던 내게는 참 고마운 조언이었다.

최근에 만난 이경제 선생님은 또 다른 다양한 범위로 사업 확장을 계획하고 계셨다. 외식업에는 누가 있고, 뷰티 쪽에는 누가 있고, 의류 쪽에는 이 후배가 있으니… 직업은 한의사인데 안 통하는 분야가 없다.

다양한 분야에서 비즈니스가 가능한 이유가 바로 잘 쌓아올린 인맥 덕분이라 말씀하신다. 이는 1년, 2년 만에 쌓인 게 아니다. 10년, 20년 전부터 인맥 씨앗을 뿌린 덕이다. 주변의 관계를 잘 쌓아가야 한다. 지금 내 옆에 있는 사람이 내 인맥이다.

나이, 상대적이고도 절대적인 것

나이라는 게 참 상대적이다

나이라는 게 참 상대적이다. 대학교 3, 4학년 때는 내가 제일 나이가 많은 줄 알았다. 1, 2학년 후배들이 들어오니 '나는 왜 이렇게 늙었지' 했다. 학교라는 울타리 안에서의 얘기다.

회사에 들어오고 일하다보니 29살이 되었다. 앞에 3이라는 숫자가 너무 생소했다. 대학생 땐 김광석의 〈서른 즈음에〉를 들으며 서른이 되면 어른이 될 거라 생각했다. 주변에 "난 서른이 기대 돼"라고 말하고 다니기도 했다. 그러나 막상 29살이 되자 서른이 되면 어떻게 살아야 하나 괜스레 싱숭생숭했다. 회사 선배에게 "제가 벌써 서른이에요 어쩌죠" 하니, "좋은 나이네"라고 했다. 35, 36살이 되고 항상 난 30대 중반인 줄 알았는데 어느 날 보니 40임을 발견

했다.

나이를 먹어갈 때마다 생각나는 이야기가 있다. 나보다 한 살 많은 대학원 언니와의 대화였다. 20대 후반, 30대 초반쯤이었던 것 같다. 언니랑 이런저런 대화 중 나이에 관한 얘기가 나왔다. 나이는 많고 이룬 건 없는 것 같다는 흔히 하는 직장 초년생들의 이야기였다. 그때 언니가 그랬다.

"넌 나보다 1년이라는 시간이 더 있잖아. 1년, 적은 시간 아니야. 그러니까 그 시간을 잘 활용해 봐. 아직 할 수 있는 게 많아."

'아, 난 언니보다 1년이라는 시간이 더 있구나' 한 살이라는 나이 차이를 뭔가를 할 수 있는 시간이 더 많다는 시각으로 바라본 게 처음이었다. 고작 한 살 차이인데, 언니는 이렇게 나의 시간을 자신의 시간과 비교해서 위로해주었다.

언니 덕분에 내 나이가 많다고 생각될 때면 늘 2, 3년 후의 나와 비교해서 현재의 나를 스스로 격려하는 법을 배웠다. 35살의 내 나이가 많다 생각될 땐 '38살의 내가 돌아보면 35살의 나는 너무 어려. 지금을 잘 즐겨봐. 지금부터 뭔가를 꾸준히 하면 3년 후엔 바뀌어 있을 거야' 이렇게 힘을 내라며 스스로를 다독였다. 지금의 나는 3년 후 나보다 어리다는 스스로의 위안이라니, 참 웃기다. 그래도 덕분에 나는 늘 내 인생 가장 젊은 날의 지금을 살 수 있게 되었다.

> 양재진 어제와 똑같은 오늘을 살면서 내일 다른 나를 기대하
> 는 건 굉장히 어리석은 일이라는 유명한 말이 있죠. 내가 나이
> 들어서 어떻게 살지는 현재 내가 어떻게 살고 있느냐에 따라
> 결정이 되는 거거든요.
> 근데 많은 사람들이 지금과 미래를 분리시켜서 '내가 지금은
> 비록 이렇게 살고 있지만 미래는 다르게 살 거야'라고 생각하
> 는데 절대 그럴 리가 없고 그럴 수가 없다는 거죠.
>
> 〈88회 늙어서 재미있게 사는 법〉 중에서

2, 3년 후의 내가 지금의 나를 보며 격려하는 건, 양재진 선생님
말처럼 몇 년 후의 나를 변화시키기 위해 지금의 나를 다르게 살아
보려고 하는 노력이다. 3년 후 미래의 내가 지금의 내게 늦지 않았
다고 뭐든 시작하라고 말하는 거다. 현재의 내가 미래의 나를 결정
하는데, 현재는 바뀌지 않고 미래를 기대하는 건 어리석으니까.

나이 먹으며 변화하는 것들

〈동치미〉에 가끔 나오는 30, 40대 출연자들이 반색하며 하는 말
이 있다.

"제가 딴 데 가면 나이가 제일 많은데 여기서는 제일 어려서 좋

아요!"

나이는 상대적인 거라, 나보다 많은 분 앞에선 어리고 나보다 적은 친구들 앞에선 많은 게 당연하다. 60살의 나보다 50살의 나는 한없이 젊다. 그러나 분명한 건 20대의 나와 40대의 나는 같지 않다는 것. 숫자를 먹을수록 몸이 변화하고 생각이 바뀐다.

나이를 먹었다고 느끼는 순간 역시 상대적이겠지만, 몸의 변화에 대해서는 다들 공감했다. 이제는 그 좋아하던 클럽에서도 잠이 오더라는 홍록기 선배님의 변화도 그렇고, 예전만큼 술을 못 먹겠다는 이상벽 선생님의 얘기가 그렇다.

이상벽 술 먹는 사람은 술이 건강의 지표가 돼요. 주량이 유지되면 건강한 거야. 어느 날 갑자기 술이 안 들어가면 문제가 있는 거예요.

한창 먹을 때는 창원에 술 좋아하는 사람 한 열 명이 모여서 초저녁부터 먹기 시작해서 새벽 2시쯤 끝나는데 맥주 400병에 양주 28병을 먹은 적이 있어요. 근데 근래에 술이 안 들어가요. 먹고는 싶은데. 그래서 요령을 생각해요. 어떻게 하면 술을 맛있게 먹을 수 있을까. 먹고 싶어도 참자, 한 사흘 정도 참다가 먹으면 잘 들어가요. 요즘 이렇게 요령껏 술을 먹어요.

〈347회 늙는 게 억울하다〉 중에서

아, 정말 맞는 말이다. 회사 선배들을 봐도 몇 년 전에는 낮부터 밤까지 주야장천 먹고도 멀쩡했던 이들이 요즘엔 두 시간만 먹으면 꾸벅꾸벅 존다. 이제는 전처럼 못 마시겠다며 스스로 항복한다. 좀 슬프지만 어쩔 수 없는 몸의 변화다. 이상벽 선생님처럼 요령껏 몸의 변화에 맞추어 즐겁게 마시는 법을 찾는 건 참 현명한 해법이다. 그런데 여기서 끝이 아니다. 몸의 변화뿐만 아니라 보는 게 달라진다는 시선의 변화에 대해서도 얘기도 해주셨다.

이상벽 내가 요즘 느낀 게 있어요. 열차를 타고 어딜 갈 때 창밖을 내다보게 되잖아요.

젊었을 때는 풍경이 보였어요. 꽃이 폈구나, 누런 가을 들판이 멋있구나, 이랬는데 나이가 들면서부터는 풍경이 안 보이고 집이 보여요. 와 저 집은 멋있다, 저 별장은 몇 평일까, 저거 짓는 게 얼마나 들었을까, 이런 게 보여요. 부동산이 보이는 거예요. 근래에 더 나이가 드니까 산소자리가 보여요. 정말 슬픈 얘긴데 우리 나이되면 가끔 지나가다가 산소자리 보면 참 잘 샀다 이런 생각이 자꾸 드는 거예요. 왜 그런지는 모르겠어요.

〈347회 늙는 게 억울하다〉 중에서

이상벽 선생님의 말씀을 듣고 모두가 조용히 그리고 슬프게 공감했다. 엄마가 왜 그렇게 꽃 사진을 보내나 했는데 이제 나도 어디가면 꽃이 눈에 들어오더라는 선배들의 얘기도 비슷한 맥락이다. 예전에는 어딜 가도 건축물만 봤는데 이제는 자연이 보이는 것처럼 바라보는 시선이 달라진다는 게 참 신기하다.

엄앵란 선생님은 몸이 전처럼 말을 듣지 않아 원통하고 속상한 경험을 들려주셨다. 얼마나 속상하셨는지, 애통하게 말씀하셨던 선생님의 모습이 유독 기억난다.

엄앵란 녹화 끝나고 이제 집에 가야겠다, 기분 좋게 스튜디오에서 내려가는데, 개구리가 시멘트 바닥에 엎어진 것처럼 넘어진 거예요. 너무 분하고 원통하고 포크레인을 불러서 이 땅을 파버리고 싶고 그 생생하던 내 나이가 왜 이렇게 됐나, 스태프들에게 부끄럽고 정말 울고 싶었어요. 왜 내가 여기서 넘어져야 하나 통곡하고 싶어요.

며칠을 두고 속상하다가 '내 나이가 몇인데 욕심내면 안 되지, 나보다 먼저 죽은 친구들도 많은데 그래도 이만큼 살아서 다행이다, 괜찮아 넘어진 건 괜찮아' 자꾸만 이렇게 스스로 위로를 하고 달랜 적이 있어요.

<157회 나이 드는 내가 좋다> 중에서

조영남 선생님도 비슷한 얘기를 하신 적이 있다. 선생님도 나이 먹었다는 걸 느낄 때가 있으시냐고 여쭤보았다. 그랬더니 답하신다. "몸이 굼떠질 때." 내 몸이 예전처럼 빠릿하게 움직여지지 않을 때 나이 먹은 걸 느낀다고 하셨다.

마음껏 질주하고 자유자재로 움직이던 내 몸이 내가 기억하는 속도만큼 움직이지 않으면 얼마나 답답할까. 엄앵란 선생님은 스튜디오에서 넘어진 그날 그 서러움이 복받치신 거다. 젊은 사람도 넘어질 수 있고 누구나 발을 헛디뎌 넘어질 수 있는데, 자신의 몸이 생각처럼 움직여지지 않는 나이임을 절감하고 계셨던 것이다. 그리고 인정하신다. '이 나이 때 이런 건 당연한 거야'라고.

나이를 먹어감에 따라 내 몸이 변하고, 내 눈에 들어오는 시야가 달라진다. 젊고 늙고는 상대적이라지만, 나이를 먹어감에 따라 늘어나는 숫자는 절대적이다. 그 절대적인 나이가 주는 변화를 인정해갈 줄도 알아야 함을 선생님을 통해 배웠다. 상대적이지만 또한 절대적인 게 나이다.

지금 나이가 딱 좋아

조영남 선생님을 〈동치미〉에 모시고 싶어 따라다니던 시절이 있었다. (그때 그분은 섭외하기 매우 힘든 특급 게스트였다…)

KBS 가요무대 녹화장까지 찾아간 적이 있는데, 그날은 광복

70주년 해방둥이 특집 편성 녹화가 있었다. 45년생 해방둥이 친구인 조영남, 남진 두 분의 스토리와 무대로만 꾸며진 녹화였다. 두 분의 스토리를 담은 VCR 구성 중에 그들의 20대 사진이 공개되었다.

순간 눈물이 났다. 왜 내가 눈물이 났는지 모르겠다. 70대 노인이 된 선생님에게도 저렇게 생생한 20대가 있었다. 물론 안다. 젊음은 늙음을 갖지 못했지만 모든 늙음은 젊음을 가졌다는 것을. 지극히 잘 안다. 근데 자꾸 까먹는다. 늙음이 가졌던 젊음을 슬프게도 자꾸 까먹는다. 근데 보란 듯이 그 젊음이 툭 튀어나온 거다. 나 여기 있었어! 나도 젊음이란 게 있었다고!

한번은 조영남 선생님이 녹화 중에 이런 말씀을 하셨다. "늙어서 어떻게 살지? 이런 얘기는 할 필요가 없어요. 지금 이 순간이 당신 생애 가장 늙은 시간이에요" 지금이 내 생애 가장 늙은 시간이니 늙음을 지나치게 고민할 필요가 없다는 재치 있는 얘기였다. 왕년의 시절을 보내고 지금을 살고 있는 선생님들의 소회가 궁금했다.

노사연 사람마다 인생의 굴곡이 있지만 그저 난 잘 될 거라는 생각을 갖고 살았어요. 〈만남〉이라는 노래가 뜨고 나서부터 잘됐는데, 사람은 올라가면 내려올 수밖에 없는 걸 깨닫게 되더라고요. 또 모든 사람이 음과 양이 있고 언제 저 사람이 어떻게

될지 모르더라고요. 그래서 감히 누군가를 인기로 평가할 수 없더라고요.

어릴 때 힘이 좀 있을 때는 남자애들이 예쁜 애들을 좋아하면 걔들을 때리고 싶었어요. 그때는 예쁜 애들에 대해서 좀 분노가 있었어요. 진짜 부러웠어요.

근데 이제는 오늘이 나에게 제일 아름다운 시간이고 오늘 입은 옷이 제일 예쁘고 오늘 먹는 고기가 제일 맛있다고 생각하는 거예요. 오늘 최선을 다하고 또 내일 최선을 다해서 이게 모아지면 일주일이 되고 한 달이 되고 일 년이 되고, 이렇게 사는 게 좋은 것 같아요.

내가 과거에 어땠었는데, 이런 거에 매이기 시작하면 한도 끝도 없고 불행해져요. 그런 너무 좋았던 기억이 오히려 제게 좋은 게 아니더라고요. 그러니까 저는 오늘이 최고라는 거예요. 오늘을 최선을 다해서 살 때 가장 빛나고 멋있는 것 같아요.

전유성 얼마 전에 있었던 일이에요. 40대 정도의 사람이 25살에게 질문을 해요. "몇 살이야?", "25살이요"하니까 "좋~을 때다"라고 하는 거예요. 그 순간 '그럼 나는 뭐지? 나는 나쁠 때야?' 라는 생각이 드는 거예요. 그리고 바로 '좋을 때가 어디 있어. 늘 좋을 때지, 언제부터 나빠지는데?'라고 생각했어요. 그래서 저는 늘 좋을 때라 생각하고 살아요.

〈120회 너희가 그 시절을 알아?〉 중에서

유인경 저는 지금이 딱 좋아요. 젊을 때는 제 마음속에 스스로
전쟁터를 만들었던 것 같아요. 필요도 없이 욕망은 크고 열등
감도 크고 그랬어요. 근데 지금 나이쯤 되니 절대 안 되는 게 있
다는 걸 인정하게 되는 거예요. 안 가지고 못 가진 것을 세는 무
모함보다 가진 것을 헤아리고 감사하는 마음이 늘어나는 나이
가 딱 이 나이인 것 같아서 지금이 딱 좋아요.

〈88회 늙어서 재미있게 사는 법〉 중에서

막을 수 없는 게 세월이고 되돌릴 수 없는 게 나이다. 그러니 지
나간 왕년은 감사히 품고, 지금의 시간은 당당히 받아들이는 게 인
생의 지혜가 아닌가 싶다. 살아온 날들을 기준으로 보면 오늘이 가
장 늙은 날이다. 그러나 살아갈 날들을 기준으로 바라보면 오늘은
가장 젊은 날이다. 노사연 선배님의 말씀처럼 오늘이 가장 아름답
고 오늘이 제일 예쁘고 오늘 먹는 고기가 가장 맛있는 거다.

해마다 어김없이 찾아오는 숫자의 덧셈을 기쁘게 맞이하고 싶
다. 40이든, 50이든, 60이든, '지금 나이가 딱 좋아'를 외치며 살아
가는 인생이었으면. 전유성 선생님 말처럼 늘 좋은 때이므로.

노후에 필요한 것

노후가 가까워오고 있다

예전에 녹화할 때 유인경 기자님이 들려주신 얘기다. 일본에 105세 쌍둥이 할머니들이 CF를 찍었다고 한다. 출연료로 뭐하실 거냐는 질문에 할머니들의 대답은?

"노후 대비 해야죠."

그 일화를 듣고 모두가 웃었던 기억이 난다. 한번은 김용림 선생님이 노후 준비를 하고 있다는 얘기에 다른 출연자께서 이미 노후가 아니냐는 질문을 하셨다. 김용림 선생님도 웃으시고 질문한 출연자도 웃었다.

영어사전을 찾아보니 노후는 one's later years, one's declining years라고 번역되어 있다(declining의 뜻이 '감소하는 쇠퇴하는'임을 생각해보니 좀 슬프다). one's later years라는 정의로 보면, 당시 70대였던 김용림 선생님께는 다가올 80대가 그분의 노후고, 105세 일본 할머니들에게도 이후의 시간들이 노후인 셈이다. 그러니 두 분 다 노후 준비 중이라는 건 맞는 말이다.

20대 중반 회사에 처음 입사했을 때 월급통장을 만들러 은행에 갔다. 그때 은행언니가 권유한 두 가지 상품이 있었는데 하나는 청약통장이었고 또 하나는 연금저축이었다. 청약통장은 집을 사려면 있어야 한다니 당연하다 생각했는데, "연금저축은 왜 해야 하죠?" 했던 것 같다. 난 아직 스물 몇 살밖에 되지 않았는데, 60세 넘어서나 탈 수 있는 돈을 왜 묶어둬야 하는지 이해가 안 갔다. 그때는 연금저축이란 나의 소중한 돈을 사용 못하게 꽁꽁 묶어두는 감옥같이 느껴졌다. 솔직히 내가 몇 살까지 살지도 모르는데 현재 내가 쓸 수 있는 돈이 중요하다고 생각했다. 무엇보다 60세는 내게 너무 먼 미래였다.

그런데 회사에서 선배들이 어느 순간부터 노후라는 단어를 쓰기 시작했다. 퇴직을 준비하고 노후를 계획해야 한다는 얘기들이 술자리의 안주가 되었다. 회사에서의 내 연차가 쌓일수록 선배들도 나이를 먹었고, 회사를 다녔던 시간보다 다닐 시간이 줄어들고 있었다. 그렇게 노후라는 단어는 내게도 조금씩 다가오고 있었다.

노후에 필요한 것 1 : 돈

　재테크와 관련된 책을 낼 만큼 연예계 똑순이로 유명했던 현영 씨는 노후를 위해서 수입의 90%를 저축한다는 어마 무시한 얘기를 해주었다.

　현영　저는 수입의 10%만 쓰고 90%는 저금하는 삶을 살았어요. 어려서부터 연금보험에 가입해서 지금 6개 정도 돼요. 안정된 노후를 준비하는 게 젊었을 때부터 꿈이었어요. 대학교 때 아르바이트 비용으로 연금보험을 처음 가입해서 이미 만기된 것도 있어요. 결혼해서는 남편이 생활비를 주면 50% 정도를 남겨서 따로 저축하고 있어요.

　이거 외에 요즘 또 하는 게 인테크예요. 재물을 불리는 기술 말고 내 몸의 가치를 불리는 게 인테크예요. 둘째 임신했을 때도 쿠킹을 배워서 수료증까지 받았고 첫째 임신 때는 도자기를 만드는 것도 배웠고요. 제 몸에 기술을 계속 집어넣는 거예요. 푸드로 치유하는 푸드 테라피도 배웠고요. 대학교 때 사회체육지도자 자격증도 이미 따놨고요. 내가 연예인이 아니어도 다른 걸 할 수 있도록 내 몸의 능력들을 갖춰놓는 거예요.

〈278회 우리 늙으면 뭐 먹고 살지?〉 중에서

만고불변의 진리, 돈을 모으려면? 안 쓰면 된다! 현영 씨는 노후를 위해 수입의 대부분을 저축했다. 대학교 때부터 연금보험을 가입하다니 놀라웠다. 결혼 후에도 생활비의 50%를 저축하는 것도 모자라, 언제 쓰일지 모르는 다양한 기술들을 배운다. 현재 들어오는 수입은 저축하되, 훗날 자신이 다른 수익을 창출할 수 있도록 능력을 갖추어 놓는다는 것이다. 인테크라는 말에 모두가 갸우뚱했지만, 단순히 재미를 위한 취미활동이 아닌 훗날 소득을 만들어낼 수 있는 가능성까지 염두에 두고 접근한다는 게 참으로 현명해 보였다. 저축부터 기술을 배우는 것까지 결국은 노후를 위해 필요한 한 가지로 귀결된다. 돈. 바로 그 돈의 중요성을 제대로 경험한 분이 계셨다.

> 이경애 부모님이 돌아가실 때 보험도 하나 없더라고요. 부모님 병원비가 일주일에 750, 800만 원이 나오는 거예요. 2000년대 초반이었어요. 집을 하나 팔고 또 팔고, 두 분이 5년을 아프셨는데 자식들이 다 망가진 거예요. 그래서 자식들에게 도움은 못줘도 피해는 주지 않아야겠구나 싶어서 저는 연금을 엄청나게 부었어요. 간병인 보험까지 다 있어요. 돈이라는 게 아플 때 제일 중요하구나 생각해서 형제들에게도 모두 현금 1억씩 가지고 있으라고 죽을 때 피해주지 말라고 얘기해요. 너무 힘들었으니까요.
>
> 〈278회 우리 늙으면 뭐 먹고 살지?〉 중에서

나이 들면 입은 닫고 지갑은 열어야 한다는 얘기를 많이 들었다. 지갑을 열어야 사람이 모이고 즐거운 노후를 보낼 수 있다는 얘기다. 건강해도 그러한데 하물며 아프면 돈의 중요성은 배가 된다. 나이 들어 수입은 없는데 병원비가 필요하면 어쩔 것인가. 난 아플 일 없다고 자만하는 것만큼 어리석은 게 없다. 부모님이 아프시니 돌보는 건 당연하지만 병원비로 돈을 다 들이고 나니 삶이 매우 힘들어졌다는 이경애 선배님의 이야기는 매우 현실적이다.

부모님은 내가 돈을 벌기 시작했을 때부터, 지금부터 돈을 잘 모아야 한다고 늘상 말씀하셨다. 벌 수 있을 때야 평생 벌 것 같지만 어느 순간 수입이 없는 지점이 생기고 그때를 위해 저축하라는 것이다. 그때는 귀담아 듣지 않았는데 〈동치미〉를 통해 노후에 돈이 중요하다는 것을 재차 깨닫는 중이다.

노후에 필요한 것 2 : 건강

김용림 내 연금이라는 건 건강이에요. 아무리 금덩어리를 갖다 줘도 건강하지 않으면 아무것도 못하기 때문에 내 몸이 노후의 연금이라고 생각해요. 그래서 남편도 건강하기만 바라고 있는 거예요.

함익병 돈으로 노후를 대비한다? 노후에 왜 그렇게 많은 돈이 필요하죠? 안 아프고 오래 살 생각을 해야지 왜 아파서 간병인 쓸 생각을 하냐는 거죠. 건강테크를 해야 한다는 거예요. 왜 죽어라 일해서 돈을 모아서 병원비로 쓸 생각을 하냐는 거죠.

노후를 걱정해서 젊어서 죽어라 일하면서 건강을 해치는 것보다 적당히 벌어서 삶도 즐기고 적당히 저축하면서 내 건강을 잘 유지하면 그리 많은 비용이 의료비로 들지 않을 수 있다는 얘기죠.

〈278회 우리 늙으면 뭐 먹고 살지?〉 중에서

당시 70대에도 왕성한 활동으로 돈을 벌고 계신 김용림 선생님께서는 몸의 건강을 말씀하셨다. 건강해야 돈도 벌 수 있다는 것. 나이 먹고 일할 수 있는 것도 감사하지만 그 또한 건강해야 가능하다는 말씀이시다.

함익병 선생님은 젊을 때 유명한 피부과 의사로 주말도 없이 일했고 돈도 많이 벌었다. 근데 어느 날 자고 일어났더니 얼굴에 뾰루지가 나 있더란다. 그 즉시 일을 접었다고 말씀 하신 적이 있다. 고작 뾰루지 때문에 일을 접었다고? 고작이 아니다. 함익병 선생님에게 뾰루지란 자신의 건강 이상 신호였다. 돈 버느라 건강을 잃으면 벌어놓은 돈도 소용이 없음을 깨달으신 것이다. 그러니 노후 대비를 위한 돈을 번다고 죽어라 일해서 건강을 해치는 우는 범하

312

지 말라는 얘기였다.

물론 자신할 수 없는 게 건강이다. 맘 편하게 적당히 즐기며 살아도 노후에 엄청난 비용이 드는 아픔이 찾아올 수 있다. 그러나 적어도 노후를 위한다고 젊을 때 건강을 희생하지 말고, 건강은 건강할 때 챙기라는 말씀을 하고 싶으셨을 것이다. 몸은 정직해서 무리를 하면 언젠가는 티가 나기 마련이다.

그렇다면 늙어서도 건강을 유지하는 비결은? 자신만의 일에서 찾는 성취감, 자존감인 것 같다는 얘기들이 나왔다.

노후에 필요한 것 3 자신만의 일

김지숙 저희 어머님의 삶 자체가 일이셨어요. 아버지가 한량이셨기 때문에 굉장히 일찍부터 일하셨어요. 저희 형제들이 다 잘되고 집안이 잘되는데도 엄마는 계속 일을 하시는 거예요. 그래서 용돈이 적으시냐고 더 드리겠다고 하니까, 내가 집에 있어봤자 걸레질밖에 더 하겠냐고 하시는 거예요. 회사라도 나가야지 신문도 보고 세상 돌아가는 것도 알아야 국민으로서 역할을 하지 않겠냐고 하시는데 굉장한 울림이 있는 거예요.

보험설계사 일을 하셨는데 항상 탑3 안에 드셨어요. 한 달에 한 번 실적이 좋아서 부상을 받으시면 자식들 다 불러서 그걸 하나씩 펼쳐 보이세요. 별거 아니거든요 생필품인데 그게 자랑스러우신 거예요. 당신이 선택한 일을 통해 얻은 성취감, 어딘가에 필요한 사람이라는 자존감이 좋으셨던 것 같아요. 엄마가 일을 하셨기 때문에 정말 건강하셨고 정정하게 살아가셨을 수 있었던 것 같아요.

이경애 저희 부모님도 일찍 정년퇴직을 하셨어요. 아빠가 사람은 끝까지 일을 해야 한다고 하시더니 제 매니저를 하시겠다는 거예요. 그리고 엄마한테 화장하고 코디를 맡기시는 거예요. 문제는 지방을 가면 아버지가 꼭 약주를 드시는 거예요. 저는 일하러 간 건데 아버지가 저쪽에서 약주 드시고 싸우고 계시는 거예요. 그래서 1년 정도 하다가 제가 그냥 아빠에게 다른 걸 하시라고 하고 저는 소속사로 들어가 버렸어요. 그리고 얼마 안 있어 아버지가 위암에 걸리셨고 엄마는 간경화로 두 분이 돌아가셨는데, 지금도 후회가 되는 게 그때 계속 일을 같이 했으면 괜찮지 않으셨을까 생각이 드는 거예요. 왜냐하면 그때부터 안 움직이시고 집에서 약주만 드셨거든요. 오히려 나이 먹어서도 일을 하는 게 낫지 않은가 하는 생각이 들어요.

엄경환 어머님이 75세인데 한 달 전까지 일하셨어요. 20대 초반에 미국 군무원 일을 시작하셨어요. 30년을 근속했더니 영주권이 나와서 미국으로 이민을 가셨어요. 근데 55세가 넘으셔서 미용학원을 다니시더니 미용자격증을 따셔서 미국 알래스카

에서 미용실을 개원하셨어요. 그러다가 캘리포니아로 옮기셔
서 75세까지 미용 일을 하셨어요.

그게 자존감 문제인 것 같아요. 나이 먹어서도 내가 무슨 일을
하고 있다는 것 자체가 몸도 초인적인 게 생겨서 덜 아픈 것 같
고 몸도 덜 늙게 되는 것 같아요. 그래서 저는 일하시는 걸 크게
만류하지 않았어요.

〈278회 우리 늙으면 뭐 먹고 살지?〉 중에서

사람은 은퇴하고 나면 갑자기 확 늙는다는 소리를 많이 들었다.
매일 아침 출근해서 회사나 사회에서 필요한 사람으로 살다가 아
침에 일어나도 갈 곳이 없어졌다는 상실감은 사람을 위축되게 만
든다는 것이다.

사람은 무엇으로 사는가? 사람에게는 먹고 자는 것 이상이 필
요하다. 그게 사람이 됐든 일이 됐든 존재의 이유를 느끼게 해줄
무언가가 필요한 것이다. 현영 씨의 부모님은 쉬고 싶다고 지방으
로 내려가서 전원생활을 하시는데, 거기서 농사를 짓고 닭을 키우
신다고 했다. 그 닭이 낳은 달걀을 모아서 고속버스 택배로 자식들
에게 보내주시고, 된장을 만들어 주신다는데 우리 부모님이 생각
났다.

우리 아빠도 퇴직하시고 갑자기 농사를 지으셨다. 원래 꿈이었

다고 하시는데 진짜인지 아닌지는 모르겠다. 상추를 심고, 고추를 심고, 처음엔 닭이 3마리였는데 지금은 20마리가 되었고, 어느 날엔 토끼도 생겼다. 왜 그 고생을 하냐고 얘기하는데 듣지 않으신다. 아빠에겐 이것들이 또 다른 존재의 이유인지도 모른다. 노후에도 내가 할 일이 있다는 게, 그게 돈을 버는 일이든 즐길 수 있는 취미가 됐든, 꾸준히 할 수 있는 일이 건강을 유지하는 하나의 비결일 수 있다.

나는 솔직히 노후에 대해 생각을 해본 적이 없다. 따라서 노후를 위한 준비랄 것도 딱히 하고 있는 게 없다. 연말정산 세액 공제를 위해 매월 연금저축 10만 원 정도 납입하는 것이 전부다(부끄럽다). 그런 내게 우리 시어머님이 가끔 용돈을 주시면서 하시는 말씀. "이 돈으로 안 망하는 좋은 주식 사서 10년, 20년 가만 놔둬. 그럼 10~20년 후에 너희들 노후자금이 될 거야"이다.

키포인트는 '안 망하는' 좋은 회사의 주식을 사라는 거지만, 어쨌든 노후에 돈이 필요하니 당장 돈 있다고 홀랑 다 쓰지 말고 지금부터 준비하라는 조언이시다. 20년 전 삼성전자와 같은 주식이 또 있을지는 모르겠지만, 어머님의 조언대로 해볼까 한다. 주식에 투자한 용돈이 20년 후 크게 불어 있어 즐겁게 쓰면서 살 수 있는 날을 살포시 기대해보며.

인생, 끝까지 살아보세요

인생이 뜻대로 되지 않는다는 걸 깨닫다

뭐든 자신 있던 때가 있었다. 대학 시절, 아빠는 공무원이 최고라며 내게 고시를 보라고 권하셨다. 법대는 안 갔으니 사시는 패스하고 행정고시에 대해 끊임없이 말씀하셨다. 그때 난 그랬다. 이렇게 찬란한 대학시절을 고시원에 틀어박혀 책만 들여다보고 싶지 않다고. 그리고 단서를 붙였다. 내가 행정고시를 보면 붙을 자신은 있는데, 하고 싶지 않기 때문에 안 하는 거라고. 세상에 어디서 그런 근거 없는 자신감이 나왔는지 모르겠다.

근데 정말 그때는 그렇게 생각했다. '내가 열심히 하면 안 될게 뭐 있어' 뭐 이런 배짱이었다. 사실 내가 다닌 정경대학은 정치외교학과, 경제학과, 행정학과, 신문방송학과, 이렇게 4개의 학과가 모여 있었고, 대부분의 친구들은 한 번씩 행정고시에 발을 담갔다. 한 선배는 내게, 자기가 아는 후배들 중에서 행정고시를 한 번도 도전해보지 않은 애는 너밖에 없는 것 같다고 하기도 했다.

대학원에 가서는 공짜로 해외를 나갈 수 있는 기회를 많이 얻었다. 학생들을 대상으로 한 인턴십 프로그램이 이렇게 많은지 대학 때는 전혀 몰랐던 세상이었다. 환경대사라는 타이틀로 필리핀에 가서 세계 각국에서 온 학생들과 포럼도 하고, 미국 의회 인턴십이라는 프로그램에 선발돼 난생 처음 미국도 가보고, 싱가포르에 가서 FTA 관련 조사를 하고 보고서를 써내기도 했다.

대학교 4학년 때 방송국 시험을 보고 첫 번째 좌절을 맛보았다. 충분히 공부하지 못했다는 평계도 있었지만, 한 번 두 번 떨어져보니 '다른 회사들도 시험을 봐야 하나' 꿈과 현실 사이에서 괴로웠던 기억이 난다. 반은 정치외교학 공부를 더 해보고 싶다는 마음, 반은 꿈을 준비하기 위한 유예기간으로 대학원에 들어갔다. 대학원을 다니던 중에 MBN에서 공채 시험 공고가 떴다. 운이 좋게 합격하여 다행히도 백수의 시절을 거치지 않고 사회생활로 점프했다.

회사에 입사해서는 열심히 일했다. 내게 오는 기회들을 하나라도 놓치지 않겠다는 욕심으로 무리를 하기도 했다. 시청률이 잘 나오면 어깨가 으쓱해지기도 했다. 취업이라는 문턱 앞에서 잠깐의 좌절을 맛보았지만, TV드라마에 나오는 다이내믹한 인생을 보며, 내 인생은 높낮이가 없는 평탄한 삶이라고 생각했다.

그러다가 두 번째 좌절을 맞이하는데 출근길에 미끄러져서 다리가 부러진 사건이었다. 어느 선배는 그랬단다. "혜은이가 출근하다가 그냥 다리가 부러졌어요!" 그냥 걷다가 다리가 부러진 사람이 어디 있겠는가. 늘 그랬듯 바쁜 출근길 지하철로 열심히 뛰어가다가 물기가 있던 맨홀 뚜껑에 신발이 미끄러지며 넘어진 거다. 그냥 넘어졌으면 괜찮았을 텐데 안 넘어지려고 힘을 주었던 게 뼈를 부러뜨리는 결과를 낳았던 것 같다.

세상에 이런 아픔이 있었나 싶을 정도로 너무 아파서 주저앉아 엉엉 울었다. 주변에 지나가던 할머니, 아저씨들이 오셔서 한참 있다가 나를 일으켜 세웠는데 땅에 발을 디딜 수가 없는 거다. 이상함을 감지한 아저씨들이 내 청바지를 걷어 올리니 종아리 아래가 엄청나게 부어 있었다. "이건 뼈가 부러진 거네"라고 판단하시고 앰뷸런스를 불러 주셨다. 영문도 모른 채 울면서 병원에 실려 갔고 청바지는 가위로 찢기고 다리는 움직일 수도 없었다. 의사 선생님이 수술을 해야 한다고 했다. 수술이라는 단어가 얼마나 무섭던지 벌벌 떨고 있던 내게 레지던트인지 인턴인지 한 선생님이 와서 말을 했다. "깨진 유리병을 다시 붙여도 원래랑 똑같지는 않은 거 아시죠?"

나는 그때 단어도 생소한 골절이란 상황을 몸소 겪으며 내가 다시 걸을 수 있을까 염려했다. 두 다리로 걷는 사람들만 봐도 위대해보였다. 전날 저녁 즐겁게 팀 회식을 하고 다음날 느닷없이 다리가 부러져 병원 응급실 침대에 누워 있는 날 보고 팀원들이 아이고 아이고 했다. 다행히 수술은 잘 되었고, 지금 나는 다리에 있는 수술

흉터조차 신경 쓰지 않고 산다.

이후에도 내 뜻대로 되지 않는 일들은 종종 생겨났다. 살아보니 '인생 절대로 뜻대로만 되지 않아요' 뼈저리게 느끼는 순간들이 오더라는 것. 출근길에 다리가 부러진 것도 그랬고, 생각지도 않은 곳에서 나의 아픔이 드러나는 순간들이 생겼다. 나이가 쌓여가며 인생이 뜻대로만 되지 않음을 배우는 중이었다. 30대를 지나고 나와 비슷하게 느낀 분이 〈동치미〉에도 계셨다.

이경제 저는 30대에 인생이 뜻대로 되는 걸 너무 당연하게 생각했어요. 뜻대로 되는 걸 너무 당연하다고 생각했는데 어느 순간 안 되기 시작하니까 이해가 안 되는 거예요. "왜 안 되지?" 그러다가 마흔 넘어서 깨달음을 얻은 게, 그동안 뜻대로 된 일들이 기적이었다는 거였어요. 하룻강아지가 범 무서운 줄 모른다는 게 맞아요.

정말 제가 요즘은 뭐가 되잖아요? 너무 고마워요. 이게 어떻게 됐지? 안 될 요소가 99가지가 있는데 이게 어떻게 됐을까. 마흔 넘어서 성공보다 행복이 좋은 것처럼 저도 요즘 굉장히 행복한데 그 이유가 제 뜻이 없어요. 제가 막 치밀하게 계획한 것은 항상 실패했고요. 우연히 얻어 걸린 게 항상 성공했어요.

그니까 저는 우주의 어떤 뜻이 있다고 봐요. 지구에 몇 십억 명이 사는데 그중 하나에 불과한 제 뜻이 어떻게 인생을 바꾸겠

어요. 어떤 큰 뜻이 있는데 나와 맞아 떨어졌을 때 그게 뜻대로
되는 거지, 제 뜻은 별로 중요하지 않다는 걸 요새 깨달았어요.

〈127회 인생 뜻대로 되지 않는다〉 중에서

"뜻대로 된 게 기적이었던 거예요"라는 선생님의 말에 무릎을
쳤다. 맞다. 뜻대로 되었던 게 기적이었다. 그건 감사해야 하는 일
이었다. 그런데 당연하게 생각했던 거다. 정말 그럴 때가 있다. 치
밀하게 계획하고 준비한 것들은 안 되고, 우연히 기대하지 않았던
곳에서 풀리는 경우들이 있다. 인연을 만나는 것도 그랬다. 기대하
고 나갔던 자리는 별로였고, 아무 생각 없이 우연히 나간 곳에서
인연을 만났다. 그러니 반드시 내 뜻대로 되어야 한다는 생각 자체
를 접어둘 필요도 있다. 때로는 내 뜻대로 되지 않는 인생이 더 나
을지도 모르는 거다.

인생이 계획한 대로 뜻대로만 되는 게 아니라는 것을 깨달은 순
간 겸손해졌다. 뜻대로 되지 않으니 어느 것 하나 확신할 수 없었
고 겸손해질 수밖에 없었다. 겸손하게 살라고 이런 순간들이 생기
나 보다. 뜻대로 되지 않는 인생을 통해 감사와 겸손을 배운다.

좌절의 순간도 있었다

〈동치미〉에 출연하신 분들은 자기 분야에서 성공하신 분들이 많다. 결과를 놓고 보면 그분들 인생은 계획한 대로 뜻대로 성공한 것 같다. 그런데 그분들도 인생이 뜻대로 되지 않았고 좌절의 순간이 있었노라고 고백하셨다.

유인경 저는 정말 고생을 안 하고 살았는데 결혼하고 한 몇 년 후부터 한꺼번에 천둥, 벼락, 폭우, 다 쏟아질 때가 있었어요. 첫 번째가 저희 시어머니가 중풍으로 쓰러지셨는데, 제가 평일에는 회사 다니고 주말마다 병원 가서 간호를 했고요. 두 번째는 우리 남편이 기다렸다는 듯이 부도를 살짝 내주셔서 정신이 하나도 없었고, 저희 남편의 채무자가 제 월급에 압류를 걸었던 적도 있어요. 그래서 월급을 반밖에 못 받는 상황이었죠. 거기에 저희 친정엄마가 치매에 걸리신 거예요. 남편의 부도로 친정엄마 집에 얹혀 살 때였어요.

그 와중에 제가 아침프로그램의 공동 MC를 맡았는데 거기서 '유인경이 뽑은 오늘의 뉴스 코너'가 있었어요. 그 회의를 밤 12시 30분에 해요. 최신 뉴스를 해야 하니까. 방송국에는 새벽 5시 반 6시까지 나갔어야 해요. 하루 3~4시간 잔 거예요. 저는 지나간 일은 다 잊어버리는데 일기장을 보면 그때 슬퍼서 쓴 일기가 아직까지 있는 거예요. 그때 신발을 신고 나갔는데 짝짝이로 신고 나갔던 적도 있더라고요.

지금 생각해보면 그때 한꺼번에 다 쏟아졌던 게 너무 감사한 거예요. 하나하나 단계별로 왔더라면 저는 못 견뎠을 거예요. 일 년 지나고 회복될 무렵에 또 이런 일이 일어나고, 이것 좀 극복할 만하면 또 벼락 오고 이럴 텐데. 그냥 손가락 하나만 다치면 이게 아프잖아요. 근데 저는 아파할 틈도 없이 또 머리를 맞고 뒤에서 바위가 쏟아지고 그랬어요.

제가 한 말은 아니지만, 한 아들이 시련과 배신을 당했더니 그 엄마가 해준 말인데 굉장히 감명 깊었어요. "얘야, 우리가 살다 보면 어떤 일을 만나는데 그 어떤 일은 두 가지다. 하나는 '메모리', 추억을 남기고 또 하나는 '레슨', 교훈을 남긴다"라는 말이었어요. 좋은 일은 추억을 남기고 나쁜 일은 교훈을 남긴다는 거죠.

지나고 보면 피하고 싶지만, 전쟁 같은 일들을 겪었기 때문에 근력이 생겼고 이제는 어떤 일이 와도 담담하게 '아, 그때 다 겪었는데 뭐' 생각하게 돼요. 그때가 30대 후반에서 40대 중반까지였는데 어리바리할 때 세상이 뭔지 모를 때 겪었기 때문에, 젊었고 남편도 있고 딸도 있고 직장도 있으니 괜찮다며 견뎠지 지금 겪었으면 쓰러졌을 것 같아요.

〈114회 사는 게 전쟁이다〉 중에서

323

너무나 밝은 기운으로 후배들을 다독이는 유인경 기자님께도 폭풍 같던 인생의 순간이 있었다. 내 인생은 꽈배기인가 싶어 꽈배기를 안 먹던 시절도 있었다고 하셨는데 이때가 아니었을까 싶다. 기자로 정년퇴직까지 하신 유인경 기자님은 커리어 우먼들의 워너비지만 자신의 뜻이 아니었음도 고백하셨다.

유인경 저는 현모양처가 꿈이었고 직장 다니고 싶지 않았거든요. 연애가 잘 안 돼서 중매로 70번 선 본 끝에 결혼해서 결혼하자마자 직장을 때려쳤었어요. 3년 반 전업주부를 하고 다시는 직장생활 하고 싶지 않았어요. 남편이 저를 좀 더 귀여워해줬다면 다시 안 나오고 살림만 했을 텐데 남편의 냉담함으로 직장을 나와서 정년퇴직까지 하게 됐어요. 결국 잘된 거죠.

〈127회 인생 뜻대로 되지 않는다〉 중에서

현모양처가 꿈이셨던 분은 울며 겨자 먹기로 회사생활을 했고, 남편의 부도로 인해 자신이 가장이 되어야 했다고 고백하셨다. 어릴 적 원하던 인생은 아니었으나, 지나고 보니 잘된 일이라고 말씀하신다. 좌절의 순간도 있었고 인생이 뜻대로 되지 않았으나 결국은 해피엔딩이다.

인생 살면서 좌절의 쓴맛을 보지 않은 분은 없었다. 이경제 선생님도 한의원을 개원하고 대출 이자가 엄청나게 오르던 시절 죽을 만큼 힘들었던 순간이 있었음을 고백하셨고, 함익병 선생님은 자신의 인생이 성공한 듯 보이지만 사실은 내가 원하는 대로 살기보다는 늘 방어적인 선택을 해왔기에 아쉬움이 남는 인생이라고 하셨다. 홍석천 선배님의 죽고 싶을 만큼 힘들었던 순간의 이야기는 찡하게 가슴에 남아 있다.

홍석천 모든 사람이 인생의 위기가 있겠지만 저는 30대 때 커밍아웃을 하고 난 후 다 잃고 누구도 나를 안 찾아주고 가족들도 나를 이해하지 못하고 너무 힘들었어요. "힘들지?" 하는 말조차도 듣기 싫었던 시절이 있었어요.

저는 사실 긍정의 아이콘이어서 '난 살아날 수 있어', '이겨낼 수 있어' 몇 년을 버텼는데, 뭐 하나 때문에 훅 내려앉은 적이 있어서 마포대교를 새벽에 간 거예요. 가서 밤새 한강을 보면서 '아 이제 나의 모든 걸 작별하리라' 이런 생각을 하고 있는데, 참 그때 누군가에게는 전화를 하고 싶더라고요.

부모님에게 전화하는 건 말도 안 되는 거고 가족형제들에게 전화하기도 힘들고 친구에게 이 시간에 전화하기도 힘들고 그래서 예전에 헤어졌던 나를 정말 속 끝까지 알고 있는 사랑했던 사람에게 전화했어요. '벨소리가 울리고 10번 안에 안 받으면 난 그냥 갈 거야' 하면서 혼자 드라마를 썼어요. 근데 벨소리가 울리고 세 번 만에 받았어요.

무슨 일이냐고 그러는 거예요. 내가 그 시간에 전화를 할 사람이 아니니까 이상하다고 느꼈나 봐요. 그러면서 하는 소리가 "너 지금 한강에 나왔어? 죽을라고?" 난리가 난 거예요. 그게 너무 웃긴 거예요. 저는 그냥 가만히 듣고만 있었는데요. 제가 피식피식 웃고 있었는데 "맞아?" 물어보더라고요. "사실은 그래서 나왔다"고 했더니 당장 들어가라고 쌍욕을 해대는데 그 쌍욕을 들으면서 제가 정신을 차렸어요.

"아, 알았어. 걱정하지 마" 하고 집으로 가려고 돌아서는데 그 사이에 정신이 드니까 그동안에 참아왔던 소변이 너무 마려운 거예요. 제일 일찍 여는 커피숍이 있어요. 문 딱 여는 순간 들어가서 "아이스 아메리카노 한 잔이요. 화장실 어디에요?" 물어봐서 들어가서 쉬를 하는데 나도 모르게 "후, 살 것 같다"라는 말이 나오더라고요. 죽으러 간 애가 그 쉬 한번 하면서 살 것 같다고 하는데 너무 웃기고 제가 그 가게 첫 손님이잖아요. 그분이 아이스 아메리카노를 주는데 세상에 아아가 이렇게 맛있는 걸 처음 알았어요. '이렇게 맛있는 걸 두고 그런 나쁜 생각을 했다니' 그런 생각이 들더라고요.

〈386회 요즘, 참 힘들다〉 중에서

그 이후 홍석천 선배님은 인생을 포기하고 싶다는 후배들이 찾아오면 호되게 혼낸다고 했다. 장례식장 한번 가보고 생각하라고 쌍욕을 해주신단다. 정신 차리게 하고 싶은 거다. 자신이 전에 사랑했던 사람으로부터 쌍욕을 듣고 정신을 차렸던 것처럼.

이성미 선배님은 힘들었고 넘어졌던 순간들이 큰 도움이 되었다고 하셨다.

이성미　사람이 평탄하게 가면 오히려 내 인생을 잘 살아왔나 돌아볼 수 있는 시간이 없었을 텐데 실수하고 넘어진 것들이 저한테는 굉장히 도움이 많이 된 것 같아요.

잘한 일은 그냥 지나가지만, 못한 것에 대해선 곱씹고 다음엔 그러지 말아야지 하거든요. 그런 시간들이 저한테는 어른이 되는 데 굉장히 도움이 많이 되서, 오히려 저는 제 인생에 도움이 안 된 일들이 결과적으로 도움이 많이 됐다는 생각이 들어요.

〈127회 인생 뜻대로 되지 않는다〉 중에서

맞다. 좋을 때는 모른다. 내 인생이 돌아봐지지도 않는다. 잘되면 그냥 잘되나 보다 하고 주위를 둘러보거나 나를 둘러보는데 서툴다. 꼭 내 뜻대로 되지 않는 순간이 와야 넘어져봐야 그때서야 브레이크를 걸고 쉬기도 하고 나와 주변을 둘러본다. 참 신기하다. 인생이란 게 그런 것 같다.

뜻대로 되지 않는 인생 속에 좌절을 맛보았고, 극한의 밑바닥까지도 내려갔다가, 그걸 극복하고 웃고 계신 분들의 이야기는 이 외에도 무수했다. 이분들의 이야기가 얼마나 값진 것인지 듣는 내내 감사했다.

인생, 끝까지 살아보세요

'내 나이 80세, 이제야 인생이 풀리더라'라는 주제가 스튜디오 화면에 뜨자 모두가 집중했다. 엄앵란 선생님이셨다.

엄앵란 난 요즘 매일 행복해요. 아침에 눈뜨고 천장을 보면 '아, 오늘도 살았구나. 오늘은 뭘 먹고 뭘 하고 어떻게 놀까? 이런 생각을 하니까 이 세상이 다 내 것 같아요. 근데 이 살아 있구나 하는 마음이 내 마음속에 들어올 때까지는 80년이 걸렸어요.
저는 어려서부터 부모님이 곁을 안 돌봐주고 맨날 공연 다니시니까 상당히 외로운 어린아이였어요. 그러니까 누가 공부해라 뭐해라 하는 것도 없었어요. 할머니와 이모와 삼촌들이 날 키우니까 그냥 놔뒀어요. 그래서 내가 동네 깡패가 됐어요. 공부도 안 했어요. 전교생이 날 모르는 사람이 없었어요. 그렇게 깡패였어요. 어떤 남학생이 날 놀려서 대빗자루를 가지고 가서 작살나게 패버렸어요. 내가 그래도요. 5학년 때 정학 맞은 아이

예요. (일동 폭소)

5학년 때 일가친척들이 돌아가면서 와서 "쟤가 정학 맞았어?" 수군대고 할머니는 공부하라고 방에 처넣고 나오지도 못하게 하고 '왜 나는 이럴까', '왜 다른 사람들은 다 엄마 아빠 손잡고 놀러가고 그러는데 우리 엄마 아빠는 맨날 없나', '나는 왜 이러나' 이런 불만이 있었어요.

대구에서도 나만 가서 음식장사를 해. 한 10년 넘어가니까 한이 맺히는 거예요. 내 인생은 뭔가… 남을 원망하고 남을 미워하고 '저 사람은 저렇게 잘사는데 나는 왜 이렇게 못살아' 그랬어요. 근데 거기서 큰 거야. 그 많은 고초를 겪었잖아요, 밀가루 반죽하듯이.

그게 다 교훈이 되고 교과서가 되어 내 가슴에 들어오니까 예순 살부터 풀린 거 아니에요. 요즘은 먹고 싶은 거 있으면 애들더러 외식하자고 하고, "야, 저기 전라도에 꽃 폈대" 그러면 가고, 이제는 내 맘대로 해요. 너무 재밌어. 그런데 또 오지 않아. 행복 뒤에는 불행이 오는 거야. 이제는 시간이 없어, 놀 시간이. 그래서 요즘은 '나를 즐겨라' 그렇게 생각하고 있어요.

유인경 모든 분들께 정말 강조하고 싶은 게 뭐냐면 우리 인생을 한 권의 책이라고 하잖아요. 맨 마지막 장이 정말 좋은 해피엔딩이 될 수도 있는데 한 3장 4장까지만 보고 일이 꼬이면 '아, 나 안 읽을래' 덮어버리는 분들이 너무너무 많아요.

근데 책을 끝까지 읽어내는 것이 중요해요. 엄앵란 선생님은 80

세까지 충실히 살아오셨기 때문에 '아, 여기에 해피엔딩이 있구나', '보석이 있구나'를 아시는데 많은 분들이 너무 일찍 포기하고 덮어버려서 안타까워요.

〈127회 인생 뜻대로 되지 않는다〉 중에서

끝까지 살아보라고 하신다. 어릴 적 인생이 내 뜻대로 되는 건 줄 알았다가 더 살아보니 뜻대로 되는 게 아님을 배운다. 근데 더 끝까지 살아보면 '인생이 내 것이구나'를 깨닫는 순간이 온다고 한다. 중간의 좌절과 꼬임에 주저앉거나 포기하지 말라고 하신다. 우리의 인생은 어차피 끝까지 살아내는 자의 것인지도 모른다. 돈도 쓰는 자의 것인 것처럼.

겸손과 감사로 앞으로의 인생도 잘 살아내고 싶다. 뜻대로 되지 않는 것 또한 내 인생이다. 뜻대로 되는 순간에 감사하고 뜻대로 되지 않을 때는 그것이 펼쳐낼 또 다른 세상에 기대를 품고 살고 싶다. 30년, 40년 후의 내 인생이 문득 궁금해진다.

● Interview **장경동 목사님**

〈동치미〉에서 멘토로서 어른으로서 큰 축을 담당해주셨던 장경동 목사님을 햇살 좋은 날에 만났다. 힘들거나 어려운 일이 생기면 유독 더 생각나는 분. 목사님의 힘 있는 화법과 센스 있는 답변으로 녹화장은 늘 부스트가 되었고, 잘 정돈된 마무리 멘트로 기분 좋게 끝이 났다. 오늘도 목사님과 대화하면서 힘이 났고, 해답을 얻은 것마냥 기분 좋게 끝이 났다.

정혜은 목사님, 너무 오랜만에 뵈어요. 요즘 어떻게 지내세요?

장경동 잘 지내죠. 패턴은 똑같은데 조금 한가해진 것 같아요. 왜냐하면 코로나 때문에 부흥회나 강의를 전처럼 할 수 없어서요. 그러다 보니까 전에 바빠서 못 했던 일들을 할 수 있게 되었어요. 전에는 밖에 일이 많으니까 우리 교인 장례 일이 있어도 참석하지 못할 때가 있었는데 지금은 거의 다 가고, 교회에서 새벽예배까지 다 하는 등 내 식구를 더 챙길 수 있는 좋은 면이 생겼어요.

〈동치미〉 멘토와 목사님 사이

정혜은 〈동치미〉 1회(2012년 11월 17일)부터 343회(2019년 6월 8일)까지 거의 7년을 함께했어요. 〈동치미〉에서 목사님은 어른이자 멘토셨잖아요. 목사님의 마무리 멘트를 그리워하는 분들도 많아요.

장경동 처음에 동치미를 할 때 "왜 목사님이 그런데 가서 앉아계시냐" 이런 소리를 듣기도 했어요. 신랑 흉보고 이런 내용이 많아서. 그런데 조금 지나면서 분위기가 많이 바뀌었어요. 다양한 의견들이 갑론을박하다가 목사님이 결론을 잘 내주시더라, 그런 소문이 많이 났거든요, 하하. 마무리 멘트도 고민했다기보다는 내 관점에서 얘기를 한 건데, 목사니까 그런 관점이 생긴 것 같아요.

정혜은 근데 이건 대중적인 프로그램이니까 너무 종교색이 나오면 안 되고, 그 선을 지키기 좀 어려우셨을 것 같아요.

장경동 그럼요. 이건 종교방송이 아니니까 가능한 한 표를 안 내고 하지요. 그래도 아는 사람은 제 말의 출처가 어딘지 알죠, 하하. 말 자체도 중요하지만 그 말 속에 흐르는 기류, 정신, 그게 굉장히 중요한데 세상은 참 거짓말이 많아요. 거짓말에 반대되는 게 사실인 줄 아는데 아니에요. 거짓말의 반대는 진실이에요. 사실은 중간이고요. 사실을 팩트라고 하는데 팩트가 정답이 아니에요. 진실이 정답이에요. 진실과 사실이 다른 게 뭐냐면, 사실은 있는 대로 말하는 거고.

근데 진실은 뭐냐 하면, 딸이 아프다고 연락하면 친정엄마가 와요. 그때 사위가 옆에서 도와주면 친정엄마가 좋아해요. 근데 시어머니가 보면 싫어해요. 왜 내 아들이 빨래랑 집안일 하고 살아야 하냐고. 그 말은 사실이에요. 근데 그걸 도와주는 걸 진실이라고 해요. 친정엄마의 마음이 시어머니의 마음보다 낫다는 거예요. 시어머니도 딸이 있으면, 내 딸이 아플 때 사위가 전혀 안 도와준다, 그건 사실이지만 좋아하지 않잖아요. 인간은 항상 마음이 왔다 갔다 해요. 그래서 항상 우리 마음속에 용서가 있어야 해요.

정혜은 〈동치미〉에서 목사님이 항상 네 박자로 해법을 주셨고, "내 말이 다 맞는 건 아니지만"라고 전제를 붙이고 말씀을 많이 하셨어요.

장경동 그렇지 그렇지. 왜냐하면 내 말이 틀려서가 아니라 말이 아무리 맞아도 상황이 달라지거든요. 자식에게 "공부해라" 하는 말은 맞잖아요. 근데 공부하다가 아픈 애 보고 공부하라고 하는 건 틀리잖아요. 그러니까 상황에 따라서 말이 맞을 수도 있고 틀릴 수도 있다는 거지요. 내 말이 꼭 맞는 게 아닌 것은 오천이백만 명이 듣는데 어떻게 내 말이 다 똑같겠어요. 상황이 다 다르니까요.

영원한 주제 고부갈등

정혜은 목사님 〈동치미〉를 10년째 하고 있는데 고부갈등 주제를 하면 시청률이 잘 나와요. 왜 그럴까요?

장경동 당연하죠. 고부갈등은 사실로 대하기 때문에 그래요. 친정엄마와 딸의 관계는 진실로 대하니까 특별하게 잘못하지 않으면 별 문제가 없어요. 근데 고부갈등은 묘하게 시기랄까, 감정대립이 들어가요. 예를 들어서 다섯이면 다섯이라고 해야 하는데, 친정엄마는 다섯이라고 하면 일곱이라고 하고, 시어머니는 다섯이라고 하면 셋이라고 그래. 그러니까 다를 수밖에. 그건 어쩔 수 없어요. 근데 이제는 며느리 쪽으로 힘이 많이 가서 예전과는 좀 달라졌지. 오히려 시어머니가 힘든 점도 많이 생겼어요.

지금은 자식들에게 빚을 갚아가는 중

정혜은 〈동치미〉 하면서 기억에 남는 것들 있으세요?

장경동 많지. 일단은 참 감사한 게 굉장히 반발적이던 사람들이 많이 온화해졌어요.

정혜은 저는 따님이랑 같이 출연하셨을 때 목사님이 따님 손잡고 미안하다고 눈물 훔치신 게 참 기억에 남아요.

장경동 맞아요. 장점이 장점이면 1등이고, 단점이 장점이면 2등이고, 장점이 단점이면 3등이고, 단점이 단점이면 4등인데 인간은 아무리 잘해도 완벽할 수가 없는 게 그 잘함이 어떤 약점을 가져오거든요. 나는 바쁘고 열심히 살아서 좋은데 가족을, 특별히 자녀를 많이 못 챙긴 거죠. 근데 요즘은 품앗이 되어서 좋은 게 내가 우리 딸은 잘 못 돌봤어요. 근데 손녀들은 내가 다 키워. 나는 내 딸을 학교 태워다 준 기억이 없는데 손녀들은 내가 학교에 데려다준다니까. 내 자식들이 '나한테 못해준 걸 내 자식들에게 갚으세요' 그런 것처럼 되었어요, 하하. 지금은 내가 빚을 자식들에게 갚아가는 거예요.

인생이 뜻대로 되지 않을 때

정혜은 〈동치미〉를 만드는 피디로 10년을 살았어요. 많이 배웠던 것 같아요. 근데 요즘 또 느끼는 게 '인생이 뜻대로 안 되는구나'예요.

장경동 시험문제가 어려우면 좋아요, 안 좋아요? 솔직히 안 좋죠. 점수가 낮을 테니까. 그렇지만 어려운 시험 문제 때문에 공부를 더 해야겠다 해서 하면 실력은 더 늘잖아. 시험문제가 쉬우면 시험점수는 좋은데 실력은 안 좋아지잖아. 그니까 삶에서 생긴 어려움이 내 실력을 향상시켜요, 적응능력을.
그리고 중요한 것은 그때는 못 살 일이었는데 지나고 보면 아무것도 아니라는 거야. 오늘의 어려움을 그대로 두고 인간이 시차만 조절할 줄 알면 별것 아니라는 걸 알 거예요. 근데 사실은 다 내 얘기가 남 얘기고 남 얘기가 내 얘기야. 우리 부부라고 이혼 생각 안 해봤겠어요? 수없이 싸우고 좋았다 나빴다 좋았다 나빴다를 반복하는 거지.

"항상 알아야 할 게 힘이 든다" 이 말도 맞지만 "힘이 달린다" 이 말이 맞아. "산이 높다"가 아니야. "체력이 달린다"가 맞지. "빚이 많다"가 아니야. "버는 돈이 적다!"야. 그러니까 항상 이거는 내가 이겨 나가자 넘어 나가자 해야 해요. 기도와 긍정적인 마음으로 이겨낼 수 있어요.

정혜은 지금도 열심히 〈동치미〉를 만들고 있는 제작진들에게 한마디 해주세요.

장경동 다 그만두고 결과가 말해주잖아요. 길지 않는 종편 역사에서 10여 년 동안 이렇게 잘 이끌어왔다는 건 더 얘기할 것 없이 출연진이나 피디, 작가에게 박수를 쳐줄 일이거든요. 정말 수고했고요. 그러기에는 남모르는 고충은 있었겠지. 그런 수고에 대한 칭찬은 결과가 말하는 거고, 조금 더 가면 종편 역사에서 가장 좋은 프로그램으로 〈전원일기〉나 〈아침마당〉처럼 긴 시간을 잇는 프로그램이 되지 않을까 생각합니다.

홍림 선배님은, 음… 〈동치미〉의 마스코트가 되었다. 신장수술을 한 9주를 제외하고는 〈동치미〉 초반부터 지금까지 자리를 지키고 계신다. 10년을 함께하니 나이와 상관없이 이제는 좋은 친구가 되었다.

정혜은 선배님, 요즘 선배님과 저랑 대화를 많이 하잖아요.

최홍림 응, 주식 때문에. (동시에) 하하하.

정혜은 며칠 전 사는 게 너무 힘들다는 톡을 남겼잖아요. 무슨 일 있나 걱정했어요.

최홍림 음, 그냥 우리 아버님이 내 나이쯤에, 57살 쯤 죽음에 대한 이야기를 하셨어. "이제는 지금 죽어도 호상이다" 그러면서도 즐겁게 사셨는데 이상하게도 아버지가 그런 얘기를 하셨던 나이가 되고 보니 나도 똑같은 생각이 드는 거야. 뭘 이뤄놓은 게 없으니까 더 그런 생각이 드는 것 같아. 거울보고 있으면 옛날의 내 얼굴이 안 보이고 아버지 얼굴도 보이고 형 얼굴도 보이고 늙어가는 것 같아서 서러워. 일단 외모가 자꾸 변해가니까 마음가짐도 변해가는 것 같아. 옆에 흰머리 나고 남자로서 기백이 없어지니까 우울하고 그래.

요즘 우울한 홍림 선배랑 〈동치미〉에 대한 이야기를 했다. 짧지만 찐했다. 그의 진심이 고스란히 느껴져 한마디 한마디가 소중했다.

〈동치미〉, 처음엔 스트레스였다?

정혜은 처음 〈동치미〉에 사례자로 나왔던 거 기억나세요? 80억 빚진 남편과 그 빚을 갚아준 아내로. 그때 어떤 마음으로 나오셨어요?

최홍림 그 당시에는 방송을 너무 하고 싶었어. 어떤 마음이 아니라 불러준 것에 대한 고마움 때문에 나갔지. 출연료를 안 줘도 하고 싶었어.

정혜은 사실 그게 계기가 돼서 〈동치미〉에 지금까지 계신 거잖아요. 이렇게 오래 할 줄 알았어요?

최홍림 몰랐지. 난 정말 몰랐고. 〈동치미〉 5, 6년 차까지는 목요일에 〈동치미〉 녹화잖아. 수요일에 잠을 못 잤어. 수요일에 아무것도 스케줄을 안 잡고 집에만 있었어. 〈동치미〉 녹화가 스트레스여서. 너무 행복하고 좋았는데도 〈동치미〉 녹화를 가면 굉장히 스트레스를 받았어. 첫 번째, 잘해야겠다는 생각 때문에, 두 번째, 얘깃거리가 없으면 도태가 되잖아. 그래서 주제를 던져주면 많은 생각을 했어.

정혜은 요즘은 어떠세요?

최홍림 지금은 되게 편해. 익숙해진 것도 있고 아무래도 내가 〈동치미〉의 주춧돌이라고 할까? 사람들이 너는 〈동치미〉의 웃음 바이러스라고 인정해 주니까 편해진 거 같아. 예전에는 내가 5년을 하고 6년을 해도 늘 신인 같은 느낌이었던 게 다른 사람은 항상 매니저 한두 명 데리고 오는데 나는 혼자 가는 것에 대해 주눅도 들었고, 내가 말을 두서없이 할 때 누군가 툭툭 끊어버리면 내가 인기가 없어서 그런가 하는 자격지심도 컸지. 근데 또 그걸로 상처받으면 안 되니까 웃음으로 넘어가고 그런 게 꽤 많았지.

부모님을 생각하게 해준 〈동치미〉

정혜은 〈동치미〉 하면서 가장 기억에 남는 순간 있으세요?

최홍림 〈동치미〉에서 나는 가장 고마운 게 뭐냐면 부모님을 생각하게 됐다는 것. 나는 엄마와 추억도 없고 아무것도 없었어. 아버지는 나를 예뻐해주시고 돈 주시고 뭐든 해주시고 해서 아버지의 영역은 컸는데 엄마의 영역이 없었던 거야. 근데 〈동치미〉에서 자꾸 부모 얘기를 하는데 잊었던 엄마를 되새기게 된 거야. 난 엄마 때문에 울어본 적이 없는데 〈동치미〉에서 엄마 얘기하면서 많이 울었던 것 같아. 우리 엄마가 그때 얼마나 힘들었을까? 엄마를 내 머릿속에 다시 되새기게 해줬어. 그게 가장 큰 고마움이야. 그게 〈동치미〉 하면서 제일 행복했던 것 같아.

한 번의 고비, 신장수술

정혜은 선배님 신장수술 하러 갔을 때 9주 정도 〈동치미〉를 쉬었잖아요. 그때 왜 그렇게 불안해했어요?

최홍림 병원에서 수술 3일 전에 들어오라고 했거든. 근데 나는 "안 됩니다. 〈동치미〉 녹화하고 그 다음 날 들어가겠습니다" 그랬어. 그 이유는 그냥 그 자리를 무조건 지키고 싶었어. 사실 누군가 그 자리에 대신으로 왔다가도 그 사람이 잘하면, 방송이라는 게 잘하는 사람을 앉히고 싶어 하잖아. 그래서 사실은 되게 불안했지. 그 당시에 〈동치미〉는 내 인생의 절반이었어. 왜? 인기를 다시 얻었잖아. 아줌마들이 나한테 욕을 하든 젊은 남자들이 "형이 부러워요" 하든 사람들이 나를 알아봐주잖아. 내가 김국진하고 친구지만 6년을 같이 골프 치러 다니면서 나라는 사람이 없었어. 국진이랑 나랑 둘이 있을 때는 나라는 사람이 있었는데 다른 사람이 딱 끼면 온리 김국진이야. 국진이가 90프로고 나는 10프로였어.

나는 그냥 매니저 같은 느낌? 거기에 대한 서러움이 많았지만 인정했지. 그랬는데 〈동치미〉를 하면서 사람들이 내게 관심을 가져주니 〈동치미〉는 내 인생의 절반이었지. 그래서 그 자리를 놓치고 싶지 않았어. 수술하고 무균실에 3일 있다가 개인병실로 가면 원래 못 움직여. 근데 난 움직였어. 내 자리가 없어질지도 모른다는 생각에 빨리 다시 활동하려고 눈뜨자마자 걸어 다니고 배가 당기고 그래도 운동하고 그랬어.

〈동치미〉 안 했으면 어떡하지?

정혜은 〈동치미〉 하기 잘했다. 이런 생각 들 때 있으세요?

최홍림 그건 생각할 여지도 없지. 반대로 이렇게 생각하지. '내가 〈동치미〉 안 했으면 어떡하지' 진짜로.

정혜은 앞으로의 바람 있으세요?

최홍림 내가 〈동치미〉를 할 때 '언제 잘리지' 늘 생각했거든. '언제 잘리지' 하면서 1년, '언제 잘리지' 하면서 2년, 하루도 그 생각을 안 해본 적이 없이 6년, 7년을 보냈어. 근데 지금은 잘린다는 생각보다는 '프로그램이 없어지면 어떡하지?' 그렇게 바뀐 것 같아. '프로그램이 없어지면 어떡하지?' 걱정되는 거야. 예전에는 '내가 잘해야지' 이 생각만 있었단 말이야. 근데 지금은 전체가 다 잘해야 한다는 생각을 해. 어떤 게스트가 나와서 못하면 내가 막 걱정을 해. 하하, 〈동치미〉는 없어지면 안 돼.

혁재 선배님은 뭐랄까, 〈동치미〉의 망부석 같은 존재였다. 육중한 몸으로 늘 한자리를 지켰고 새로운 출연자가 올 때마다 분위기를 이끌었다. 오랜만에 만난 혁재 선배의 몸매는 여전히 육중했고 그의 입담은 변함없이 날아다녔다.

투쟁하고 싸우고 눈물로 보낸 동치미 6년

정혜은 〈동치미〉 1회(2012년 11월 17일)부터 320회(2018년 12월 29일)까지 하셨어요. 꼬박 6년하고 조금 더.

이혁재 나는 이 프로그램에 대한 애착이 있었어. 처음에 섭외가 왔을 때 포맷 얘기를 듣고 나가고 싶은 마음 반, 아닌 마음 반 있었는데, 그때 방송을 안 하고 있을 때 기회가 온 거라서 '나가보지 뭐' 하고 나갔지. 그때 게스트로 1회에 나갔 잖아. 첨엔 좀 답답했어. 이젠 양성평등 시대를 넘어서 여성상위 시대잖아. 게다 가 〈동치미〉는 다섯 명의 다양한 연령대의 마담들이 전면에 나서는 프로그램이 었는데 이게 잘못하면 남편들이나 남자들이 공격만 당하다가 끝나는 분위기가 되겠더라고. 아내들의 주장과 논리에 반박을 하면서 싸워줘야 하는데 그 토크를 잘 못해주면 애를 먹겠단 생각이 들더라고. 그래서 제작진이 이런 방향으로 가 야겠다 결정하고 나를 고정으로 섭외해줬을 때 감사했지. 처절하게 투쟁하고 싸 우고 내가 정말 눈물로 지난 6년을 보냈어, 하하.

정혜은 남들은 〈동치미〉가 그냥 와서 웃고 떠드는 쉬운 프로그램인 줄 아는데 저는 정말 어려운 프로그램이라고 생각하거든요.

이혁재 출연자, 스태프, 방청객 포함해서만 100명이 넘는 인원이 있어. 그리고 전파를 타고 1초에 34만 킬로미터를 가니까 지구 일곱 바퀴 반을 돌아서 브라운관으로 가면 시청률이 5, 6프로만 나와도 몇 백만 명이 시청을 한다는 건데, 몇 백만 명 앞에서 울려고 나온 건 아닐 거 아니야. 근데 자기도 모르게 울면서 얘기한다는 것은 자연스럽게 진심을 털어놓을 수 있는 환경이 됐다는 거지. 그거 쉽지 않아.

정혜은 선배님도 그럴 때 있었죠?

이혁재 그렇지. 몇 번 있었지. 내가 왜 지금 이 얘기를 하고 있지? 미쳤네. 이 출연료 받고 왜 이런 얘기까지 했지? 하고 나서 후회하고 그런 사람들 되게 많았을 걸, 하하.

〈동치미〉에서 이혁재의 역할

정혜은 〈동치미〉는 고정 출연자들 간, 일종의 뭐랄까 단단함이 있었잖아요.

이혁재 〈동치미〉에는 시쳇말로 하면 텃새? 같은 게 있었어. 새로운 사람이 오면 안 그래도 어색한데 '아, 내가 여기서 무슨 말을 해야 하지?' 하는 거야. 왜냐하면 사람이 신부님 앞에서 고해성사를 할 때도 자기 얘기를 하기가 힘든데 카메라 앞에서 말한다는 게 쉽지가 않거든.

정혜은　그래서 선배님은 늘 새로운 출연자가 오면 그들의 캐릭터를 분석하고 공부하셨잖아요.

이혁재　그럼. 일단 여기 나오는 새 출연자들은 제작진들과 사전에 인터뷰를 하잖아. 그러면 그들은 엠씨가 무슨 질문을 하든 간에 인터뷰에 근거해서 대답을 할 수밖에 없거든. 그럼 내용대로 얘기가 가고 있는지, 혹은 대본 안에서 토크의 초점이 저 얘기가 나와줘야 하는 타이밍인데 다른 방향으로 가는지 봐야지. 그리고 생각지도 않았는데 의외로 현장에서 뭔가 재밌는 게 나왔다, 그럼 그걸 계속 물고 가야지. 그걸 스터디하는 거야. 사람들은 현장에서 그냥 얘기하면 되는 거 아니야? 그러는데 세상에 그냥 되는 게 없어. 보통 새로운 이슈가 있는 사람들을 섭외하잖아. 그러니까 인터넷으로 검색도 해보고 와야 하고, 쉽지 않아. 돈 쉽게 버는 게 아니야.

내 인생 최고의 녹화

정혜은 〈동치미〉하면서 가장 기억에 남는 순간 있으세요?

이혁재 내가 방송을 이십 몇 년을 하면서 이건 내가 생각해도 제일 기가 막혔다 하는 방송이 2개가 있었어. 하나는 2010년도 MBC 연예대상 2시간 20분 생방송. 원 엠씨로 혼자 진행했는데 내가 생각한 대로 했던 생방송이었어.
그리고 또 하나가 〈동치미〉 한창 할 때 개인적으로는 슬픈 일이지만 내 친동생이 먼저 하늘나라로 떠난 날이 있었어. 부모님은 실의에 잠겨 있고 형으로서 부모님 위로하고 장례 치르고 해야 하는데 내일이 녹화인 거야. 야, 이게 상식적으로라면 피디에게 전화해서 내가 상황이 이래서 내일 녹화 못 갈 것 같다고 해야 하는데, 우리는 기본적으로 방송에 대한 사명감이 있잖아. 내가 녹화 전날 못 간다고 하면 대신할 사람을 지금 구할 수 있을까, 지금 대신할 사람을 찾는다는 게 불가능하다는 걸 내가 스스로 아니까, 이건 민폐다, 이건 프로페셔널하지 않다고 생각해서, 상주 역할을 하던 내가 잠깐 녹화하러 갔다 오겠다고 말도 안 하고 녹화하러 온 거야.
그날 녹화가 코미디언 이혁재로서 나는 최고였던 것 같아. 내적 슬픔을 표현하지 않은 상황에서 웃음을 줘야 하는 희극인의 삶. 나는 찰리 채플린도 그런 경험을 해보지는 못했다고 생각해. 그날 녹화가 나는 내 인생 최고의 녹화였어. 너무 재밌었어. 녹화가 딱 끝나고 다시 장례식장으로 가는데 등줄기 척추라인을 따라서 땀이 주르르륵 흐르더라고.

정혜은 근데 그때 아무에게도 얘기를 안 했잖아요.

이혁재 응, 아무한테도 얘기를 안 했어. 그리고 녹화하는 8시간 9시간 동안 나는 한 번도 동생 생각을 한 적이 없어. 안 나더라고. 끝나고 딱 가는데 땀이 쭉

345

나면서, '이게 코미디언, 방송인의 숙명이구나'를 느꼈어. 이건 불특정 다수 시청자들과의 약속이고 제작진들과의 약속이잖아. 게다가 하기로 하고 왔으면 베스트가 나와야지. 베스트가 안 나오면 안 한 것만 못한 거잖아. 나중에 후배 방송인들에게 이런 자세를 전해주고 싶어.

여왕이 편해야 백성이 편하다

정혜은 기억에 남는 출연자도 있어요?

이혁재 다 좋은데 나는 엄앵란 선생님과 김용림 선생님. 왜냐하면 〈동치미〉라는 프로그램이 장수를 할 수 있었던 이유는 엘리자베스 여왕들이 있었기 때문이야. 여왕의 성향이나 가치관 이런 것들은 중요치 않아. 누군가 중심을 잡아주고 있는 게 중요한 거야. 그분들이 가운데서 중심을 잡아줬기 때문에 지금까지 올 수 있었다고 생각해. 두 분 다 산전수전 공중전, 인생의 모든 걸 겪으신 분들이라서 포스가 있었지.

정혜은 근데 그분들을 가장 잘 보좌하신 분도 선배님 아닐까요?

이혁재 보좌했다기보다는 내가 편하려고. 왜냐하면 여왕이 흔들리면 주변이 흔들리고 그걸 교통정리하기는 더 힘들어지니까. 여왕이 일단 마음이 편해야 백성이 편하기 때문에 일단 잘 맞춰드려야지. 동부 이촌동 가서 엄앵란 선생님과 따로 차도 마시고 그랬지. 나 다른 예능할 때 누구와도 그렇게 따로 만나서 그러지 않았거든. 그리고 김용림 선생님으로 바뀐다고 했을 때도 미리 찾아가 뵙고 말씀드렸지. 연기를 한평생 한 분이니까 요즘 예능 분위기에 대해 말씀드렸지. "선생님, 저희가 선생님 말씀하실 때 들개처럼 물어뜯고 그래도 이건 다 선생님

존경하는 마음, 사랑하는 마음으로 하는 겁니다" 했더니 "해. 해" 그러시더라고.

피디에게 힘이 되어준 출연자 이혁재

정혜은 피디로서 선배님께 고마웠던 게, 처음엔 뭐랄까 좀 무섭기도 하고 거리감도 있었고, 가까이 하기에 먼 당신 같은 느낌이었는데…

이혁재 우리 와이프도 그렇게 말해. 세상 모든 여자들이 그렇게 말해, 하하.

정혜은 하하하, 근데 어느 순간부터 가까워졌고 프로그램에 대한 조언과 격려를 많이 해줬어요. 왜 그랬어요?

이혁재 정 피디는 프로듀서고 나는 출연자잖아. 대장금에 나온 꼬마 애 말하고 똑같은 거야. "홍시 맛이 나서 홍시라고 했는데"라고 하는 그 말처럼 20년 넘게 방송을 하다 보니까 나의 주관적 경험에 비춰봤을 때 이 상황이 이렇게 될 것 같은데 이걸 내가 피디에게 얘기를 안 해주고 '지들이 알아서 잘 하겠지'라고 하기가 너무 양심에 찔린다고 할까. 내가 그런 얘기도 많이 했지? 분명히 몇 년쯤 되면 시청률이 어떻게 될 거고 매너리즘에 빠지면서 변화도 올 거고, 그때 버텨야 장수한다, 이런 얘기 많이 했잖아. 그냥 해주고 싶었어. 왜냐하면 MBN 스타 피디라고 스스로 막 얘기하고 다니니까.

정혜은 그런 말 한 적 없는데? 하하하, 그런 말 한 적 없잖아요!

이혁재 성장하는 여성 프로듀서, 스타 피디 지망생의 모습에 측은지심이 들었다고나 할까, 하하. 일단 마음이 좀 갔고, 저 친구도 언젠가 이런 난관에 봉착할 텐데, 이걸 수용해서 듣고 말고는 정 피디의 문제인 거고. 일단 내가 이런 얘기는 해줘야겠다는 생각을 하게 된 거지. 프로그램이 대박 나는 게 쉽지 않아. 운과 기획력과 연출과 출연자가 다 맞아야 하거든. 두 번째 대박 날 프로그램을 찾아야지. 정 피디는 찾을 거야, 하하하.

목발과 눈물

김응수 편

김응수 선생님은 각종 토크쇼에서 섭외하고 싶은 중년 1순위였다. 근엄한 외모와 달리 귀여운 말투, 센스 있는 답변, 하회탈 같은 트레이드마크 표정까지. 말과 말 사이의 호흡, 우리는 그걸 '마가 뜬다'라고 표현한다. 그 침묵의 순간마저 모두를 집중시키는 그는 뛰어난 연기자이거나 타고난 입담꾼이다.

선생님을 섭외하기 위해 미팅을 잡고 약속 장소에 나간 날을 똑똑히 기억한다. 2013년 말 혹은 2014년 초였을 것이다. 겨울이었고 나는 목발을 짚고 있었다. 〈붕어빵〉이라는 프로그램에 딸과 함께 출연하고 계실 때였나, 촬영날 짬을 내주신 차였다. 녹화장 1층 커피숍이었다. 만나면 어떻게든 꼬셔야 한다는 마음가짐으로 나갔다. 그만큼 김응수 선생님을 섭외하고 싶은 마음이 컸다.

선생님이 나오셨고, 정확한 대화 내용은 기억이 나지 않지만 열심히 우리 프로그램의 장점과 선생님이 필요한 이유를 설명했다. 그로부터 선생님은 자그마치 4년 정도를 〈동치미〉와 함께 하셨다.

선생님은 〈동치미〉 홍보전도사였다. 타사 토크쇼에 게스트로 나가면 그렇게 〈동치미〉 칭찬을 하신다는 소문이 들렸다. 아니, 자신을 섭외한 그쪽 프로그램 칭찬을 해주셔야 하는데, "〈동치미〉가 말이야"라는 말로 시작하신다니! 〈동치미〉가 얼마나 괜찮은 프로그램인지, 왜 꼭 있어야 하는 프로그램인지, 그쪽 제작진에게 그렇게 얘기를 하신다는 것이다.

언젠가 한 번은 대학 선배이자 언론사 스터디 멤버였던 오빠에게 연락이 왔다. "혜은아, 김응수 선생님이 그렇게 〈동치미〉를 칭찬하시더라. 너무너무 애정이 많으시네. 그래서 내가 〈동치미〉 피디가 내 후배라고 말했지" 당시 오빠는 KBS 〈임진왜란 1592〉라는 다큐드라마를 찍고 있던 중이었다. 극 중 도요토미 히데요시 역할이 김응수 선생님이었던 것. 아, 선생님의 오지랖이란. 드라마는 촬영 기간이 길다. 〈동치미〉 녹화장에 오셔서는 드라마 감독 칭찬을, 드라마 촬영장에 가서는 〈동치미〉 칭찬을 수개월에 걸쳐서 계속하셨다.

선생님이 충남 대천에 직접 지으신 통나무집을 촬영한 적이 있다. 해수욕장이 보이는 경치 좋은 곳이었다. 그곳에 MT를 갔다. 촬영과 편집에 지친 제작진들에게 하루라도 쉼을 주고자 하는 선생님의 초대였다. 온갖 해산물과 고기를 구워주시며 격려하셨다. 술도 한 잔 들어가고 분위기가 무르익을 무렵 선생님께서 나를 붙잡고 말씀하셨다. 왜 〈동치미〉에 나오기로 결심했는지에 대해서.

"정 피디, 나는 사실 그날 커피숍에 나간 게 거절하려고 나간 거였어요. 전화로 거절하기 미안해서 만나서 거절하려고. 근데 담당 피디가 목발을 짚고 온 거야. 추운 겨울인데 목발을 짚고 거기까지 나를 만나러 온 거야. 아, 내가 감동받았어. 내가 뭐라고, 나를 섭외하려고 목발까지 짚고 왔나 싶더라고. 그래서 내가 이 프로그램은 해야겠다고 마음먹었어."

아, 그러셨구나. 선생님을 섭외하러 나가기 3~4개월 전, 넘어져 다리가 부러졌었다. 그냥 뚝 부러졌으면 깁스만 하면 된다지만, 나는 비틀어지면서 버티다 넘어져서 종아리뼈가 부스러졌고, 꽤 긴 철심을 박는 수술을 했다. 한 달 반을 입원해 있었고 목발을 짚으며 출퇴근을 하던 시점이었던 것이다. 그 목발이 아니었다면 선생님과 〈동치미〉의 인연은 이루어지지 못했을지도 모른다는 생각을 하니 목발이 어찌나 감사하던지. 후에 우스갯소리로 "앞으로 섭외미팅을 나갈 땐 목발을 짚고 다녀야겠어"라고 하기도 했다.

그랬던 선생님과의 추억 중, 가장 마음 아픈 기억으로 남아 있는 한 장면이 있다. 이놈의 프로그램을 진행하다 보면 개편이라는 게 있다. 함께해온 고정 게스트 분들과 이별을 해야 하는 순간, 정말이지 끔찍하게 힘들다. 10년을 했어도 전혀 익숙해지지 않는 일이다. 혼자 수십 수백 번을 고민하다가 선생님께 문자를 드렸다.

"다음 주에 선생님 괜찮으실 때 시간 한번 내주세요. 같이 밥 먹어요, 선생님."

〈동치미〉를 얼마나 사랑하시는지 잘 알기에 찾아뵙고 말씀을 드리는게 예의라 생각했다. 그러자고 답장이 왔다. 며칠이 지나고 밤 10시가 넘었나, 갑자기 전화가 왔다. 김응수 선생님이었다. 전화해서 하신 말씀은 이랬다.

"정 피디, 나랑 밥 안 먹어도 돼. 나 안 만나도 괜찮아. 내가 정 피디 무슨 말 하려는지 알아. 사실 나도 요즘 맘에 안 드는 출연자가 나오면 괜히 말도 안 하고, 프로그램에 충실하지 못했어. 나도 생각하고 있었어."

최송한 마음을 표현할 길이 없어, 선생님께 그래도 만나고 싶다고 말했다.

"내가 정 피디 만나면, 눈물 날 것 같아서 그래. 그래서 그래."

아, 내 눈에서 눈물이 터졌다. 선생님과 전화를 끊고 엉엉 울었다. 침대에 앉아 1시간 이상 울었던 것 같다. 뭐가 그리 마음이 아팠는지, 눈물이 펑펑 쏟아져 나왔다. 몇 년이 지났는데도 이 장면을 생각할 때면 눈시울이 붉어진다. 정 피디 만나면 눈물 날 것 같아서 전화했다는 선생님의 목소리를 떠올리면 지금도 찡하다.

약간의 술기운을 빌려서 전해주신 선생님의 진심이 아직도 쓰라리지만, 그 깊은 애정과 배려는 마음속 깊숙이 감사함으로 남아 있다. 선생님은 지금도 역주행 열풍을 일으키시며 최고의 인기를 구가하고 계신다. 참 기분이 좋다.

눈도장과 가방

조영남 편

조영남 선생님.

그분은 넘사벽이었다. 종편 초창기 〈동치미〉를 시작하기 이전에 강연 프로그램을 연출한 적이 있다. 예술적, 인문학적 지식이 풍부하고 입담이 좋은 조영남 선생님은 꼭 섭외해보고 싶은 대상이었다. 섭외를 시도했다. 거절당했다(물론 매니저 선에서 거절당했다). 종편이 출범할 때라 당시에는 종편 출연에 대해 조심스러워하는 분위기도 있었고, 이미 톱가수이자 방송인인 그는 지상파 채널에서도 잘나가는 진행자였기에 아쉬울 게 없었을 것이다. 잡다구리한 지식과 센스 있는 화법으로 웃겨주시는 조영남 선생님과 꼭 한번 프로그램을 같이 하고 싶다고 그때부터 생각했다.

유인경 기자님과 대화를 나누다가 조영남 선생님 얘기가 나왔다. 어쩌다가 조영남 선생님이 화두에 올랐는지는 모르겠지만 "조영남 선생님을 한번 섭외하고 싶은데 쉽지 않네요"라는 얘기를 내가 했을 것이다. "어, 나 조영남 선생님과 친해요" 알고 보니 유 기자님은 조영남 선생님의 여사친이었던 것이다. "저 그럼, 한번 만나게 해주시면 안 될까요?" 이후

유 기자님 주재로 매니저가 아닌 조영남 선생님을 직접 만나게 되었다. 당시 일주일 내내 라디오를 하시던 중이어서 MBC 지하 카페로 찾아갔다. 날씨 좋은 토요일 오후였던 걸로 기억한다.

역시 한 번의 만남으로 뭔가 쉽게 성사될 리가 없다. 가요 프로그램도 아니고 문화 프로그램도 아니고, 부부들 얘기가 중심이 되는 〈동치미〉를 조영남 선생님 입장에서는 선뜻 반길 수 없었을 것이다. 세상 떠들썩하게 이혼도 하고, 현재 아내가 있는 것도 아니고, 무슨 얘길 하겠냐 싶으셨을 것이다.

그로부터 몇 주 후 또 주말이었다. 조영남 선생님 전시회가 열린다는 소식을 전해 들었다. 나들이 가기 좋은 주말 오후에 또 예술의 전당으로 찾아갔다. 꽃다발도 사들고 눈도장을 찍어야 했다. 섭외를 하면서 느낀 건데 선생님들은 매니저의 의견보다도 자신의 의견이 중요하다. 본인이 좋으면 다른 조건이 별로라도 섭외에 응하신다. 아는 피디, 아는 작가라면 일이 한결 쉬워진다. 많이 얼굴을 보이고 많이 찾아뵈어야 승산이 높다.

'이 좋은 주말에 섭외가 된다는 보장도 없는데 나는 여기서 뭐하고 있을까'라는 생각도 들었다. 남자친구를 만들어 부지런히 데이트를 하고 다녀도 늦은 나이에, 70대 선생님께 드릴 꽃다발을 사는 처지였다. 그래도 도와주시려는 주변 분들의 마음이 감사해 부지런히 쫓아다녔던 것 같다. 몇 번을 만나고 드디어 〈동치미〉에 나오셨다. 선생님이 나오신 회차는 '늙어서 재밌게 사는 법'이라는 주제로 진행했다. 2014년 여름, 6%에 육박하는 시청률을 내었으니 쫓아다닌 보람이 있었다. 당시 〈동치미〉 최고 시청률이었다.

여담인데 내가 선생님을 처음 만나러 간 자리에 메고 있던 가방이 있었다. 홍대 벼룩시장에서 7~8만 원 정도 주고 산, 미니 가죽 핸드백이었다. 벼룩시장에서 나름 비싼 가격에 놀라 제법 고민해서 샀던 거라 애착이 있는 가방이었다. 가볍고 작아서 필요한 것만 쏙 넣고 다니면 편해서 촬영 때도 미팅 때도 많이 메고 다녔다. 좀 흐물거리고 낡고 때 타긴 했어도, 가죽은 원래 그런 맛 아닌가. 그날도 그 가방에 펜과 작은 노트 하나를 넣어 갔던 것 같다.

선생님은 그 가방이 참으로 인상적이셨나 보다. 갑자기 이런 제안을 하셨다. "내가 출연한 회차가 최고 시청률을 찍으면 내가 너 가방 하나 사줄게" 그 미니 가죽 핸드백이 그렇게 없어 보였나, 젊은 여자 피디가 낡고 조그마한 가방 메고 돌아다니는 게 뭐랄까 안쓰러우셨던 것 같다 (나는 정말 편해서 들고 다닌 건데).

조영남 선생님의 〈동치미〉 두 번째 출연이었다. 녹화 말미에 갑자기 부조에 있던 피디를 내려오라고 하시는 거다. 피디가 나를 섭외하러 왔는데 가방이 어쩌고저쩌고하시더니 모두 앞에서 공개적으로 가방 증정식을 하셨다. 정말로 최고 시청률이 나왔고 생각지도 못한 가방을 선물받게 된 것이다. 아, 그때의 민망함이란… 민망함 속에서 얼떨결에 가방을 받아들고 카메라 밖으로 뛰어나왔다.

연한 레몬색의 20대 여자애들이 들고 다니면 상큼해 보일 스타일이었다. 벼룩시장에서 산 내 가방보다 몇만 원 더 비싼 중저가 백이었다. 유기자님은 가방을 보시더니 "백을 사줄 거면 명품을 사주시든지, 비싼 걸 사주시든지"라고 웃으며 고개를 저으셨다. 그 레몬색 백을 얼마나 잘 들고 다녔는지 모른다. 출퇴근은 물론 영국 여행 가서도 잘 메고 다녔다. 2~3년 들고 다니자 줄이 끊어져서 금세 이별을 했던 슬픈 기억이 있지만.

가방까지 받은 인연으로 더 부지런히 쫓아다녔다. 〈가요무대〉 녹화장도 가고, 콘서트장도 가고, 잠깐이라도 얼굴 뵙고 지속적으로 '눈도장'을 찍었다. 가방 주러 오기 위해 딱 한 번 만 더 하겠다던 〈동치미〉에 그 후로도 두세 번 더 출연하셨다. 한 번의 출연으로 끝날 수 있는 인연이 조금 더 길어졌다.

요즘은 한강을 산책하다가 영동대교에 이르러 선생님 집이 보이면 전화 드린다. 그럼 선생님은 "거기 그대로 있어!" 하시면서 곧장 나오신다. 같이 아이스크림 하나씩 사먹고 헤어진다. 가끔은 신기하다. 매니저로부터 거절당한 10년 전 관계가 이제는 이렇게 편한 사이가 되다니. 처음엔 섭외라는 목적을 위해 쫓아다녔지만 지금은 선생님이 좋아서 만난다.

돌이켜보면 주변 분들의 도움이 없었다면 이 섭외는 불가능했다. 자리를 연결해준 유인경 기자님은 당연하고, 여러 차례 선생님을 찾아뵈면서 알게 된 주변 분들의 응원 덕분에 섭외가 가능했던 것이다. 참으로 감사하다. 늘 주변에 감사하며 살 수밖에 없는 이유다.

참 좋은 언니

강주은 편

　강주은 언니를 처음 미팅하러 간 날이 기억난다. 서래마을의 한 카페였고, 추운 겨울이었다. 미리 도착해서 카페에 앉아 있는데 한 여인이 굉장히 캐주얼한 느낌으로 동네 산책하듯 등장했다. 주은 언니였다. 화장기 하나 없는데 얼굴이 환했다. 첫 만남인데도 어색하거나 부담스러운 기운이 없었다. 미팅을 마치고 나오는데 전혀 힘들지 않았다. 힘들기는커녕 매우 기분이 좋았다. (가끔 대선배님이나 선생님들을 뵙고 나오면 기운이 쏙 빠질 때가 있다. 그래서 이 만남이 유독 기억에 남는다.) 집에 가면서 작가에게 강주은 씨는 에너지가 참 좋은 분인 것 같다고 말했던 것 같다. 서로 기분 좋은 만남을 갖고 주은 언니는 흔쾌히 〈동치미〉 섭외에 응해 주셨다.

　녹화장에서 주은 언니를 만난 다른 출연자들도 비슷한 생각을 하는 듯했다. 미스코리아답게 바른 자세와 우아한 말투로 자신의 이야기를 할 때면 모두가 환한 표정으로 주은 언니를 바라보았다. 물론 주은 언니를 바라볼 땐 깔고 가는 전제가 있다. 주은 언니 에피소드에 매번 등장하는 주인공, 〈동치미〉에 처음 출연했을 때 '특이한 사람'과 살아서 할 얘기가 많다고 했던, 바로 그 전 국민이 인정하는 특이한 남편 최민수 선배님의 아내라는 사실이다.

기자들도 가장 어려워하는 카리스마 배우의 대명사이자 자유로운 영혼 최민수의 아내라니. 그 사실 하나만으로도 얼마나 대단한 여자길래, 하고 주은 언니를 우러러보는 경향이 있었다. 여기에 하나 더 그런 남자를 휘어잡는 여자였다. 주은 언니에게 터프가이 최민수는 그냥 '우리 민수'였다. 처음엔 다들 이 언밸런스한 이야기를 재미있게 들었고, 나중엔 그 안에 엄청난 사랑과 신뢰가 있기에 가능한 관계임을 알게 되었다.

〈동치미〉 출연하고 몇 달 후였나, 따로 만나 밥 먹을 기회가 있었다. 녹화장 외에 밖에서 만나는 건 서래마을에서 미팅한 이후 처음이었다. 이번엔 회사와 가까운 광화문에서였다. 이런저런 이야기를 나누며 공통점이 많다는 이야기가 나왔다. 일단 화장을 안 하는 건 요즘 여자들 사이에서 보기 드물게 비슷한 점이긴 했다. 주은 언니는 최민수 선배님이 결혼 초부터 화장하는 걸 싫다고 하셨다 했다. 그게 언니의 자연스러운 아름다움과 똑 맞아떨어져 언니만의 매력을 배가시켰다(나는 그냥 카메라 뒤에 서는 사람이라는 이유로, 화장품이 없다는 핑계로, 실상은 화장을 왜 해야 하는지 전혀 관심이 없는 일반인일 뿐이었다). 언니는 내게 사람을 보는 마음이 비슷하다는 뭐 그런 얘기도 하셨던 것 같다. 지혜로운 여자, 주은 언니와 비슷하다면 감사할 따름이었다. 좋은 언니 동생이 되었으면 좋겠다고 서로 얘기했다.

언니가 〈동치미〉를 그만두고서도 그날 말했던 바람대로 우리는 언니 동생 사이를 유지했다. 그러다 내가 결혼을 하게 되었다. 당연히 소식을 전했다. 언니는 너무 기뻐하며 날을 잡아 예비 신랑과 내게 맛있는 고기를 사주셨다. "내가 혜은에게 진짜 좋은 언니가 되어줄 수 있을 것 같아서 참 기뻐"라는 말과 함께. 나의 결혼 소식에 "내가 너에게 더 큰 역할을 해줄 수 있어서 참 기쁘다"고 말한 사람은 언니가 처음이었다.

언니는 〈동치미〉에서 결혼생활에 대해 이렇게 말했다. 천 번을 죽는 것이라고. 천 번을 죽는다는 생각으로 자신을 내려놓는 게 결혼생활이라는 것이다. 상대와 부딪칠 때마다 내가 죽어야 살 수 있다는 생각으로 결혼생활을 이어갔다고 했다. 최민수 선배님과의 에피소드를 듣던 중에 누군가가 "그때 화 안 나셨어요?"라고 물으면 다른 출연자가 "천 번을 죽었잖아"라고 대답해 줄 만큼 인상적인 말이었다.

결혼하고 처음 1년은 정말 많이 싸웠다. 지친 내 체력 탓도 있었겠지만, 안 맞는 부분이 이렇게 많은 줄 미처 몰랐다. 그때 주은 언니의 말이 생각났다. 결혼은 천 번을 죽는 거라고.

언니는 자신을 내려놓고 상대를 이해하기 위해 많은 노력을 하셨다. 그중 하나가 상대라는 사람의 지도를 그리는 것. 그 사람이 왜 그랬는지 상대의 입장에서 지도를 그렸다고 했다. 나를 죽이고 오로지 상대의 입장만 생각하는 거다.

싸우다가 지친 어느 날 나도 화를 내기보다는 숨을 고르고 배우자의 지도를 그렸다. 그가 왜 그랬는지 그가 어떤 사람인지를 공부했다. 나를 죽이고 그를 알려고 노력했다. 신랑을 위한 노트를 따로 한 권 만들었다. 그리고 다툼이 있을 때마다 그의 입장에서 일기를 써내려갔다. 그의 입장에서 일기를 써보니 내 입장에서는 보이지 않는 것들이 보였다. 그의 입장이라면 그럴 수도 있겠다, 이해가 되기도 했다. 신기했다. 그렇게 언니 덕분에 그 시기를 지나 올 수 있었다.

내가 결혼을 하자 진짜 좋은 언니가 되어줄 수 있어서 기쁘다고 말했던 언니의 말이 이제서야 실감이 났다. 언니는 결혼 생활 중 다가올 많은 어려움을 미리 아셨던 거다. 그리고 그 순간을 먼저 경험한 자신이 조언과 격려를 해줌으로써 내게 도움을 줄 수 있을 거라고 생각한 거다. 지금 생각해도 그 마음이 참 감사하다. 내게 끊임없이 좋은 언니가 되어주려는 주은 언니에게 나도 좋은 동생이 되어야겠다. 언니가 첫 만남에서 그랬듯 만날 때 늘 기분 좋은 에너지를 주는 동생이고 싶다.

불안 없이
완벽한 사람은 없다

행복과 희망을
끌어당기는
감정 지침서

황근화 지음

불안 없이
완벽한 사람은
없다

매일경제신문사

불안이 나를 성장시키는 기회가 될 수 있다

마스크, 비대면, 백신, 격리, 확진…. 예기치 않게 찾아온 바이러스의 이야기를 들으며 지내온 시간이 어느새 3년이 훌쩍 지나가고 있다. 이제는 마스크 착용을 완화하고 일상을 되찾고자 많은 이들이 노력하고 있지만, 습관처럼 굳어버린 행동은 물론 아직도 많은 불안감을 안고 산다.

코로나를 겪으면서 어려움을 호소하는 자영업자나 회사에서 일자리를 잃는 직장인을 보면서 '평생 직장'이라는 개념이 없어진 지 오래라는 것을 다시 한 번 느끼게 되었다. 사회에서 경제적으로 수입을 보장받는 시간은 길어야 20~30년이다. 하지만 50대 이후의 삶을 누구도 책임져주지 않으므로 노후를 대비해야 한다는 사실을 직전에서야 깨닫게 되었다.

평소에도 더 나은 삶을 살고 미래를 만들고자 생존 경쟁을 펼치는 것도 모자라 예기치 못한 바이러스에 경제적 위기까지 겹치면서 수많은 사람들이 일자리를 잃거나 경제적으로 고통을 받고 시련에 직면하는 모습을 드물지 않게 봐왔다.

필자도 20여 년을 한 직장에 다니면서 희로애락을 함께한 선배들이 떠나는 뒷모습, 동료들의 승진 경쟁 뒤에 가려진 고통, 후배들이 새롭게 적응하면서 겪는 고민을 직접 듣고 경험했기에 불안한 감정은 늘 우리와 함께한다는 것을 부정하지는 않는다.

이 책을 집필하면서 굴곡진 인생에서 항상 좋은 일만 있을 수는 없고, 폭풍우가 몰아치고 파도가 밀려온 뒤에 잔잔한 바다가 형성되듯 인간에게도 늘 고민과 걱정은 따라다니는 감정의 일부분이라는 것을 받아들이고 인정하게 되는 계기가 되었다.

일어나지 않은 일에 대한 두려움, 겪어본 적 없는 일에 대한 고민과 걱정으로부터 불안한 감정을 다스리는 방법을 필자가 겪은 상황들과 경험을 기록해 공유함으로써 누군가에게는 삶의 한 줄기 희망이 될 수도 있다는 마음으로 한 글자씩 써내려갔다.

모든 감정의 변화는 자신의 내면으로부터 만들어진다는 것을 알아차리고 조금씩 변화해나갈 수 있는 대안을 찾아간다면 세상의 중심이 내가 되어 살아갈 수 있다는 자신감은 물론 미래를 맞이할 용기를 얻을 수 있을 것이다.

책을 내고 싶었지만 구체적인 방법을 몰라 미루고 있던 내가 빠르게 책을 쓸 수 있도록 도와주신 한국책쓰기강사협회의 일타 책 쓰기 코치 김태광 대표님, 권동희 대표님께 이 자리를 빌려 진심으로 감사함을 전한다.

마지막으로 언제나 막내의 기가 죽지 않도록 자신감과 용기를 심어주신 존경하는 부모님과 누님들, 평생의 반려자로 나를 선택해준 사랑스런 아내와 아직 어리지만 아빠의 도전에 늘 응원을 보내주는 밝은 미소의 두 아들에게도 아빠의 성공적인 모습을 보여줄 수 있다는 사실에 벅차오르는 감정을 느낀다.

이 책이 지금 이 순간에도 슬픔과 고통, 두려움과 걱정을 안은 채 불안함에 사로잡혀 있는 모든 이에게 행복한 일상에 대한 희망을 줄 수 있는 인생의 한 페이지가 될 수 있기를 기도해본다.

황근화

차
례

1장

지금의 나를 만든 건
바로 나 자신이다

01
모든 일에는
양면이 있다는 것을 인정하라

코로나는 아직도 진행 중이다. 사람들은 생활이나 활동 등 모든 면에서 고통과 불안을 안고 살아가고 있다. 경제적인 문제는 물론이고, 대인 관계나 가족 간의 불화, 직장생활의 고충 등 코로나라는 사회적 이슈 하나로 현대인들의 불안은 더욱 증폭되었다. 비대면과 격리 조치가 장기화되었을 때 일상은 일탈로, 소통은 단절로, 희망은 절망으로 바뀌었다. 삭막해져만 가는 삶 속의 한 줄기 희망은 자신을 돌아보고, 긍정적으로 현재를 받아들이는 마음가짐에서 비롯된다.

시험을 열심히 준비했던 두 친구가 시험장을 나오고 있다. 표정이 어두운 한 친구가 말했다.

"아, 오늘 시험 망쳤네. 며칠 동안 공부했던 내용인데 세 개나 틀려버렸어…. 속상해."

이 이야기를 듣고 있던 다른 친구가 말했다.

"나는 그나마 세 개밖에 안 틀려서 다행이라고 생각하는데…, 너무 속상해 하지 마."

두 친구의 대화에서 당신은 어떤 감정을 느꼈는가? 같은 결과라도 바라보는 관점에 따라 무한한 해석이 가능한 건 양면성을 띤 인간 내면 속 자아 때문일 것이다.

오늘 서른 살 생일을 맞이한 친한 친구가 있다. 일반적으로 서른 살 생일을 맞이하면 '이제 나도 나이를 먹어가는구나'라고 생각하는 경향이 있다. 하지만 누군가는 '30대야말로 20대에 해보지 못했던 다양한 경험을 할 수 있을 거야'라며 긍정적인 마인드를 보이기도 한다. 이런 마음가짐과 행동은 자신을 적극적으로 만들고, 불안감을 낮춰주는 효과가 있다.

우리는 일상에서 똑같은 경험을 할 때가 많다. 하지만 결과를 받아들이는 생각과 마음가짐은 하늘과 땅 차이다. 긍정적으로 받아들일지, 부정적으로 받아들일지, 생각을 저울질하는 건 마음의 무게에 따라 달라진다. 과정이야 어떻든 결과를 인정하고, 받아들이는 자세가 중요한 것이다.

제갈공명(諸葛孔明)은 "모든 문제를 해결하는 데 있어 가장 중요한 것은 단지 눈앞에 보이는 긍정적인 현실만을 보고 판단하거나 결정할 게 아니다. 그 이면의 반대되는 부정적인 결과도 생각해봐야 한다"라고 말했다.

지혜로운 삶을 살아가기란 결코 쉬운 일이 아니다. 막상 현실에 당면하면 가장 어려운 것 중 하나가 삶을 지혜롭게 사는 일일 수 있기 때문이다. 이익을 얻었다고 자만심을 드러내지 말고, 손해를 입었다고 결과에 너무 집착하지 말아야 한다. 항상 양면성에 대비하는 자세를 갖춘다면 인생은 더 행복해질 수 있다.

한편, 자영업자들의 삶에 직격탄을 날린, 코로나로 인한 손실은 상상치 못할 수준이다. 북적북적했던 가게가 파리만 날린 지 어느덧 3년. 지금까지 버티고 있는 이들은 힘든 고통의 터널을 지나고 있을 것이다. 하지만 이런 위기에도 누군가는 돈을 벌고, 기회를 찾고 있다. 시대의 변화에 발 빠르게 대응하는 사람은 실패를 포기로 받아들이지 않는다. 경험을 자산으로 만들어 미리 준비하기 때문이다. 실패도 긍정적으로 받아들인다면, 다가올 위기에 지혜롭게 대처할 수 있는 자신감이 생겨난다. 지금 못 한다며 포기하는 것보다 미래에 찾아올 결과를 상상해본다면 어렵지 않게 도전할 수 있을 것이다.

로버트 루이스 스티븐슨(Robert Louis Stevenson)이 쓴 책《지킬박사와 하이드》는 욕망의 어두운 그림자 속 인간의 이중성을 그려내고 있다. 선과 악, 빛과 그림자, 천사와 악마로 대변되는 인간의 양면성은 현재를 살아가는 우리에게 전달하는 의미가 크다. 한 사람의 몸으로 이중인격의 삶을 살아갈 수밖에 없는 주인공의 모습은 불안에 휩싸여 압박받고 있는 우리의 모습은 아닐까.

시대적 환경은 우리 내면을 변화시키는 바이러스와 같다. 나와 같은 직장인의 입장에서 보면 지난 3년간의 코로나 사태가 만들어낸 사회 현상이 다가올 미래를 더 불안하게 만드는 촉매제가 되었다. 성과주의, 조직문화, 승진 과정에서 벌어지는 끊임없는 욕심과 무한한 경쟁 속에서 인간의 양면성은 최고조에 달했다.

이 지구상에 모든 것을 완벽하게 해낼 수 있는 생명체는 존재하지 않는다. 1등이라고 불안감을 느끼지 않는 것은 아니다. 2등이 언제 치고 올라올까 하는 긴장된 마음 속에서 불안감을 안고 살아가는 것이다. 불안과 걱정은 비슷하면서도 다르다. 내 마음에서 만들어진 실체가 없는 것이라는 점은 같지만, 불안이 먼 미래를 향한 것이라면 걱정은 아주 가까운 곳에 존재한다.

양면성은 인간이 만들어낸, 내면에 존재하는 가면 같은 것이다. 내 안의 또 다른 모습을 감추며 이기적이고 계산적인 삶을 만들어내기도 한다. 불안과 걱정을 이겨내는 효과적인 방법은 자신이 하고 싶은 일에 몰두하는 것인데, 사람은 행동과 고민을 동시에 하지 못하기 때문이다.

심리상담가 모드 르안(Maud Lehanne)은 이렇게 말했다.
"우리가 남에게 갖는 자의식의 반만 줄여도 삶이 한결 편안해질 것이다. 그러한 자의식은 결국 내가 만든 의미 없는 생각 습관임을 깨달아야 한다."

나는 회사생활을 하면서 눈치를 보는 습관이 생겼다. 특히 퇴근할 때 상사한테 "먼저 퇴근하겠습니다"라는 말을 입 밖으로 내뱉기가 어려웠다. 해가 지고 이른 시간도 아닌데 먼저 퇴근하는 게 눈치가 보였던 것일까. 눈치를 보는 게 심해지면 감정에 억눌려 제대로 된 생각을 하지 못함으로써 행동이 흐트러질 수 있다.

한편으로는 눈치가 있어서 회사생활이 수월했던 경험도 있다. 상황에 재빠르게 대처해 문제를 신속히 해결하고, 효율적으로 팀을 이끌어나갔을 때다. 눈치 덕분에 문제도 해결하고, 대인 관계도 좋아질 수 있으니 마냥 부정적으로만 볼 것은 아니다. 무엇이든 지나치지 않으면서 적당한 선을 유지하는 것도 균형적인 삶을 살아가는 데 활력소가 된다.

'할 수 있다!'라는 긍정적인 마인드는 우리가 가질 수 있는 최선의 자기계발 지침이다. 긍정적인 마인드로 어려운 상황을 극복하고 성공의 자리에 오른 많은 성공한 자들의 일화는 평생을 사람들의 입에 오르내린다. 불가능이란 너무 완벽한 결과를 바라는 자신의 어리석은 생각으로부터 생겨난다. 아무리 명예가 높고, 재산이 많고, 학문과 지혜를 쌓은 사람이라고 할지라도 늘 마음 한구석에는 허전함과 두려움, 불안함이 공존한다.

'새옹지마(塞翁之馬)'라는 고사성어는 새옹의 말, 즉 변방 노인의 말처럼 복이 화가 되기도 하고, 화가 복이 될 수도 있다는 말이다. 주변에서 일어나는 현상만을 보고 판단하지 말라는 것인데, 다양한 변수들과 시간의 변화에 따라 다르게 전개될 수 있는 가능성을 열어 자신의 내면을 들여다보는 습관을 만들어야 한다. 어떤 불행한 일이라도 긍정적인 마인드와 노력으로 대응한다면 희망과 행복으로 바뀔 수 있다. 결국 힘든 일에 격하게 흥분하지 않고, 기쁜 일에도 지나치게 반응하지 않는 마음가짐이 중요하다.

삶의 과정에는 동전처럼 양면성이 존재하기 마련이다. 어둠의 터널을 지나면 태양의 빛 무리가 펼쳐지듯 고통을 감내하면 희망이 보인다. 안 되는 이유를 찾거나 하고 싶지 않은 이유만 찾으면 절대로 얻을 수 없는 것이다. 부정적인 마음에 상반되는 행동으로 작은 습관을 만들고, 모든 일에는 양면성이 있다는 것을 인정하며 세상을 바라보는 순간 불안감은 긍정적인 감정으로 변화할 것이다.

주변 시선에 눈치 보지 말고 당당해져라

사람은 사회적 동물이다. 다른 사람의 시선이나 평가에 대해 신경을 쓰지 않으려고 해도 어쩔 수 없다. 좋거나 싫거나 신경은 쓰이지만 간혹 그것에 과도하게 몰입되어 스트레스를 받는 사람들이 많다. 주변의 시선을 가장 많이 의식하는 직업은 아마 일반인들에게 평생 평가를 받아야 하는 유명 연예인이나 스포츠 선수가 아닐까 싶다. 만약 내가 이런 직업을 가지게 된다면 매일 일상이 미디어에 노출되고, SNS나 인터넷에 수많은 댓글이 달리며, 거리를 지날 때마다 따라오듯 속닥거리는 주변 상황을 견딜 수 있을까. 자신의 행동 하나, 말투 하나가 사회적 영향력이 큰 직업이라도, 자신을 믿고 주변의 시선에 긍정적인 상황만 골라 받아들인다면 조금이나마 불안을 가라앉히는 효과가 있을 것이다.

"먼저 퇴근하겠습니다. 수고하세요."

앞서 직장생활 18년 차인 나도 아직은 퇴근할 때면 종종 주변을 의식하거나 눈치를 본다고 이야기했다. 나뿐만 아니더라도 사회생활에 적응하면서 만들어진 눈치는 살아가면서 약이 될 수도 있고, 독이 될 수도 있다. 특히 학창 시절부터 철저히 각인된 순위 경쟁이라는 입시 시스템은 선의의 경쟁이라는 가면에 가려진 채 친구와 동료, 심지어 가까운 지인까지 이겨야 살아남는다는 강박관념을 만들어냈다. 대한민국이라는 사회는 주변의 시선에 대한 의식과 압력이 어느 나라보다 심한 사회가 되었다.

우리는 학창 시절부터 생존 경쟁을 몸소 체험하며 살아왔기 때문에 눈치가 자연스레 생겼다. 과거의 불쾌한 경험으로 불안이 만들어졌고, 다시 그 경험을 마주하기 싫은 마음이 불안감을 키우기도 한다. 칠판에 적힌 문제가 어려운 문제도 아닌데 내 차례가 되면 괜히 숫자 하나라도 틀릴까 조마조마했던 경험은 한 번씩 해봤을 것이다. 또 장기자랑에서 노래를 부르다가 음정이 이탈되어 망신을 당한 경험이 있다면, 다시는 장기자랑에 나오는 건 고사하고, 음정 이탈이 또 생길까 두려운 생각마저 드는 것을 부정하지는 못할 것이다.

이러한 사고방식이 나쁘다는 건 아니다. 아마도 실수가 발생했을 때 주변의 시선을 미리 예측해 걱정으로 변화시키고, 실패했다는 두려운 마음이 앞서서일 것이다. 겪어보지 않은 상황에 익숙하지 않아서 만들어지는 내면이다. 그러니 실패했다고 자책하거나 실망할 필요가 전혀 없다. 인간은 실수할 수도 있고, 몸과 마음이 힘들면 불안할 수도 있다. 다만, 작은 것부터 하나씩 해보면서 성취감을 느껴보고, 그런 경험들이 쌓여서 도전할 수 있는 자신감을 되찾는 것이 우선이다.

미국의 사상가 랄프 왈도 에머슨(Ralph Waldo Emerson)은 "나 자신에 대한 자신감을 잃으면 온 세상이 나의 적이 된다"고 했다. 우리는 실수를 너무 가슴 깊이 묻어놓는 경향이 있다. 열정적으로 노력한 만큼 아쉬움도 크기 때문에 빨리 떨쳐내기 어려운 것이 사실이다. 하지만 나에 대한 믿음이 먼저 생겨났을 때 이루고자 하는 목표도 더 명확하게 보이는 법이다. 한 번쯤 '나는 자신감을 가지고 있는 사람인가?'라는 질문을 던져봤을 때, 선뜻 그렇다고 대답할 수 있는 사람은 몇이나 될까. 이미 나 자신이 한계를 정해놓고 틀 안에서만 내면을 들여다보고 있다면 자신감은 절대 밖으로 드러나지 않을 것이다.

불안감은 무지와 불확실함 속에서 아주 강하게 나타난다. 어두컴컴한 공간에서 불안감을 느끼는 것은 위험성을 눈으로 확인할 수 없기 때문이다. 불안은 '마음이 편하지 않은 감정'이다. 무언가 위험하다고 느끼지만 그 대상에 대해 분명히 알지 못한다. 기나긴 코로나 시국을 겪으면서 준비되지 않은 나의 현재와 다가올 미래의 불확실함에 대한 걱정으로 가장 먼저 느꼈던 감정이 바로 이 '불안'이다.

전 세계로 급속도로 번져나간 코로나는 겪어보지 못한 신종 바이러스였기 때문에 정보가 매우 부족했다. 뉴스에서는 연일 불안을 부추기는 이슈들만 보도되었고, 이런 혼란을 틈타 허위 정보와 가짜 뉴스들이 난무하며 SNS나 각종 미디어를 통해 확산되었다.

이제 코로나가 장기화되면서 혼자서 밥을 먹거나, 혼자서 여행하거나, 또는 인터넷을 통한 만남과 활동들이 급격히 증가했다. 자연스레 오프라인에서 느꼈던 주변의 시선은 줄어들고, 대면으로 무언가를 할 때보다 온라인에서 사람들은 더 적극적으로 활동에 참여하게 되었다. 코로나 이전에는 혼자서 밥을 먹는 것, 혼자서 여행하는 것이 주변의 불편한 시선을 항상 달고 다녔다면 지금은 그런 상황이 오히려 익숙해졌을지도 모른다. 혼자서 무엇을 한다는 것은 어려서부터 배운 협동심과 사회생활에서의 팀워크에서 벗어난 행동으로 보이는 좋지 않은 인식 때문이었을 것이다.

이제는 비대면 일상이 정착되면서 자연스레 혼자서 할 수밖에 없는 분위기로 전환됐다. 주변을 의식하지 않고 자기 의지대로 할 수 있는 기회도 많이 생겨났다. 공연이나 유명인의 강의는 오프라인으로만 만날 수 있는 대중적인 문화 행사였지만, 인터넷으로 연결된 현재는 화상 공간에 수백 명씩 접속해서 만나는 정보화 시대가 되었다. 집에서 온라인으로 접속하다 보면 현장 분위기보다는 덜 하겠지만, 복잡한 만남 사이에서 오가는 불안과 걱정은 조금 줄어드는 효과를 기대할 수 있다.

현대인의 정신 질환 중 1위는 불안 장애라고 한다. 사실 우리가 느끼는 주변의 시선은 나의 내면에서 만들어낸 불안감으로부터 시작된다. 직장에서 일, 가정에서 육아, 일상에서 친구나 연인 등 불안감의 시작은 어디에서나 존재할 수 있다. 앞에서 언급된 것들 중 내 생각, 내 뜻대로 되는 건 하나도 없을 것이다. 현재의 환경에는 과거의 습관과 마인드가 스며들어 있다. 그래서 새롭게 시작하는 게 힘들고, 두려울지도 모른다. 하지만 변화나 위기도 새로운 기회가 될 수 있게 받아들이는 마음가짐이 필요하다.

눈치를 보는 사람은 뭔가 당당하지 못하고 자신감이 없어 보인다. 그리고 자존감이 떨어질수록 자신의 생각이나 행동을 떳떳하게 하지 못하고 말끝을 흐리거나 자신감이 없는 행동을 하게 된다. 이러한 모습들이 상대를 불편하게 만들고, 불안한 상황들이 지속되면 매 순간 눈치를 보는 악순환이 지속된다. 지금 내가 힘들고 어려운 환경이라면 새로운 환경에서 변화된 마음가짐으로 시작해보는 것도 좋은 경험이 된다.

의외로 주변에서는 나를 신경 쓰는 시선이 별로 없다. 내가 만들어낸 불안감이라는 심리전에 스스로 휘말리지 않고, 현재를 그대로 받아들이면 된다. 인간의 기대 수명은 늘어나고 있고, 100세 시대로 접어들면서 남은 삶을 살아가는 과정에 대해 누구도 확신할 수 없다. 다만, 자신의 약점이 있다면 스스로 인정하고, 다음을 준비해서 기회가 왔을 때 망설이지 않는 도전이 중요하다. 실패에 집착하는 것보다 그동안 겪은 경험을 무기로 앞으로의 삶에 자신감을 가지고 살아간다면 반드시 희망은 밝은 빛으로 찾아올 것이다.

03
시도하지도 않고
포기하지 마라

미구엘 데 세르반테스(Miguel de Cervantes Saavedra)는 이렇게 말했다.

"부지런함은 큰 행운의 어머니다. 하지만 게으름은 간절히 소망하는 그 어떤 목표도 성취하게 해주지 않는다."

열정과 노력으로 최선을 다했다고 해서 항상 좋은 결과를 기대하기는 어렵다. 우리 사회에서 열심히 노력해도 결과가 좋지 않은 경우를 종종 목격하지만, 열심히 하려는 의지나 노력이 전혀 없다면 자신이 소망하는 일은 절대 일어나지 않는다.

살아가면서 우리가 시도를 두려워하는 이유는 무엇일까? 게으른 습관도 있겠지만, 과거 실패한 경험이 내면에 충격으로 각인되어 두려움을 유발시키는 것일지도 모른다. 사람은 과거에 실패한 경험이 있으면 같은 상황을 마주했을 때, 지난 실패의 경험이 떠올라 쉽게 행동으로 옮기지 못하는 경향이 있다. 과거의 실패와 그로 인한 좌절감이 출발선에서 나아가지 못하도록 머무르게 만드는 것이다.

이상훈 작가의 저서 《1만 시간의 법칙》에는 해리포터의 작가 조앤 K. 롤링(Joan K. Rowling)의 이야기가 나오는데, 그녀는 이렇게 말했다.

"누구든 실패는 피할 수 없습니다. 하지만 실패가 두려워 아무것도 하지 않는다면 시작하기도 전에 패배한 것이나 다름이 없습니다."

실패는 실패에서 끝내고, 그 경험을 바탕으로 한 발 더 내딛을 때 우리는 더욱 강해지고, 현명해질 수 있다. 흘러간 것을 그대로 흘려보내야지 지나간 일에 집착하는 것은 패배로 가는 지름길이 될 수 있기 때문이다. 과거를 계속 마음에 담아두는 것은 미래로 가는 기회를 스스로 박탈하는 것임을 잊어서는 안 된다.

나는 오래전부터 영어 울렁증이 있다. 회사에서도 영어 관련 등급 취득을 요구하는데, 사실 이런저런 책을 사서 공부해보았지만, 영어는 잘 정복되지 않았다. 해외여행을 다니면서 실제 영어를 사용해본 기억이 거의 없어서인지 영어를 굳이 잘할 필요가 있을까 하는 생각이 들었다. 사실 외국어 말하기 평가인 OPIC 시험을 처음 응시했을 때 시험 시간 내내 말문이 막혔다. 한 달 뒤에 나온 결과를 확인하는 순간 충격을 받았고, 이후로 영어에 대한 자신감은 바닥으로 떨어졌다. 다시 응시 기회가 왔을 때는 과연 등급을 올릴 수 있을까 하는 불안감에 사로잡혀, 영어 등급 취득은 점점 내 관심에서 멀어져갔다.

살아가면서 목표가 지나치게 높으면 시작부터 꺼려지게 된다. 특히 직장에서 나에게 업무가 주어졌다는 건 나의 능력을 믿고 맡긴다고 볼 수 있다. 하지만 자신의 능력보다 그 이상의 결과물을 도출해내야 할 때가 많다. 이전과 비슷하거나 크게 변화가 없는 결과 보고를 한다면, 다른 동료들보다 노력이 부족하거나 의지가 약해 보일 수 있다. 당장 눈앞에 높은 벽이 있을 때, 내가 경쟁에서 밀린다는 것을 직감적으로 느꼈을 때, 결국 도전이 무의미하다고 생각하며 포기까지 이르게 되는 자기 합리화의 단계가 찾아오는 것이다.

마이크로 소프트의 창업자인 빌 게이츠(Bill Gates)는 "시작하기도 전에 포기하지 말라"고 했다. 물론 세상은 늘 성공보다는 훨씬 많은 실패를 우리에게 안겨준다. 하지만 사람들은 그런 실패로부터 더 많은 것을 배우며 스스로를 성장시켜나간다. 빌 게이츠가 말했던 것처럼, 살아가면서 때로는 불가능한 일들도 만나겠지만, 그건 인간의 능력으로만 이룰 수 없는 것들이 세상에 존재하기 때문이지 않을까. 너무나도 많은 사람들이 결과를 예상하거나 가능성을 미리 계산해보고 일을 시작한다. 하지만 이런 모습은 자신을 이미 한계선에 맞춰두고 스스로 성장할 수 있는 기회마저 포기해버리는 결과를 만들어낼 수 있다.

나는 학창 시절 달리기가 빨라 100미터 육상 선수로 여러 번 대표에 발탁되었다. 단거리는 자신이 있었지만 군 입대 후 연병장을 쉬지 않고, 몇 바퀴씩 달리는 구보를 경험하고 나서 오래 달리기는 소질이 없다는 것을 알게 되었다. 하지만 제대 후 고향에서 해마다 열리는 '군민 건강 달리기'에 출전해보았다. 왕복 3킬로미터 정도 되는 건강 달리기였지만, 군대에서 느꼈던 한계에 도전해봄으로써 완주의 성취감을 느꼈다. 단거리처럼 빨리 달리는 것이 아닌, 일정한 보폭으로 페이스를 유지하며 달리는 것이 숨이 덜 차고 오래 달릴 수 있다는 것을 깨달았다. 나름 내 인생에서 풀리지 않던 수수께끼를 해결한 것처럼 행복하고 보람찬 순간이었다.

"이봐! 이게 불가능하다고? 해보기나 했어?"

현대그룹의 창업주인 고(故) 정주영 회장의 회고록《시련은 있어도 실패는 없다》에는 인간의 고정관념을 깨부수는 명언이 많이 등장한다. 우리는 살아가면서 수많은 도전과 계획을 세우지만 정작 실패에 대한 두려움이 앞서 포기하거나 그르칠 때가 많다. 경험은 다양한 결과를 만들어내지만, 실패한다고 몸과 마음에 평생 상처로 남아 있는 것은 아니다. 시도했다는 도전과 의지, 그 자체만으로도 다음을 준비할 수 있는 동기부여가 된다.

포기와 실패의 차이를 아는가. 포기를 하면 어떤 교훈이나 경험을 얻지 못해 다시는 그 일에 도전하기가 힘들어진다. 반면 실패하면 그 원인을 찾아 다른 방법을 연구하게 되고, 결국 다시 그 일에 도전할 수 있는 자신감을 가지게 된다. 우리가 살아가고 있는 21세기는 불과 몇 백 년 전만 해도 원시사회라는 낮은 수준의 문화로부터 생활을 영위해왔다. 하지만 끊임없이 시도하고 노력한 인간의 도전력이 발명품을 만들어냈고, 급속도로 발전된 사회 문화를 정착시킨 것이다. 어느 분야든 변화를 불러오는 것은 불편함에서 시작되지만, 포기하지 않고 나아가는 시도와 도전은 세상을 바꾸는 시발점이 될 수 있다.

"성공이 끝이 아니고, 실패가 치명상이 아니다. 중요한 것은 계속 도전하는 용기다."

영국의 총리자 노벨문학상 수상자인 윈스턴 처칠(Winston Churchill)이 한 말이다. 우리는 어떤 일을 하는 데 있어 끝나는 것이 아쉬운 순간을 종종 만나지만, 시간이 지나면 언제 그랬냐는 듯 잊어버린 채 살아간다. 하지만 중요한 것은 용기를 가지고 다시 도전하는 자세다.

아기는 생후 10개월이 지날 즈음 걸음마를 시작한다. 누군가가 알려줘서가 아니라 자신의 의지로 목표를 향해 도전하는 인생의 첫 출발점인 셈이다. 걸음마의 시작은 주변을 둘러보며 잡을 것을 찾고, 팔과 다리에 힘을 먼저 준 다음, 몸에 힘껏 반동을 주며 일어서는 것이다. 이러한 모습은 아이가 하나씩 이뤄내며 느끼는 작은 성취감에서 오는 결과물일 것이다.

"스스로 한계를 정하지 마세요. 나는 팔다리가 없지만, 날마다 새로운 것에 도전합니다."

선천적 장애로 태어나 자신의 한계를 극복한 동기부여 희망 전도사 닉 부이치치(Nick Vujicic)의 명언이다. 환경을 탓하지 않고, 자신을 사랑하며, 목적의식을 가지고 도전한다면 절망도 희망으로, 실패도 기회로 바뀔 수 있다는 메시지가 담겨 있다.

우리는 종종 시상식이나 스포츠 선수의 수상 소감에서 "뭐라 말로 표현할 수 없는 기분입니다"라든지 "제 인생에서 최고로 잊지 못할 순간입니다"라는 말을 자주 듣는다. 처음부터 100킬로미터로 달리는 자동차는 없다. 기어를 변속해가며 엔진에 가속도가 붙으면 진정한 자동차의 성능이 발휘되듯이, 작은 것부터 도전해서 경험을 쌓고, 포기하지 않는 마음가짐이야 말로 불안감을 줄여나가는 현실적인 대안일 것이다. 걸음마를 처음 배우는 아이처럼 일어서다 넘어져도 괜찮다. 중요한 것은 다시 일어나는 것이며, 거기서 멈추지 않는 것이다. 항상 변화하고 노력하는 사람은 어제보다 나은 오늘, 오늘보다 나은 내일을 맞이할 수 있을 것이다.

04
모든 과정에서
정답을 찾으려고 하지 마라

우리는 경쟁과 비교 속에서 불안함을 만들어낸다. 오랜 시간 동안 학습된 만족감과 행복감은 이런 불안함을 극복하고 해소 하려는 마음에서 오는 건 아닐까. 1등만 기억하는 세상이 된 지는 이미 오래다. 산업혁명이 시작되면서 과학과 기술의 발전이 경쟁을 재촉했다. 답안지로 매겨진 점수가 노력의 대가로 인정 받는 시대에 살고 있고, 우리가 배우는 교육 자체가 완벽함을 대변하도록 강요되고 있다. 또 해답이 아닌 정답에만 초점이 맞 춰져 중간이 없는 옳고 그름의 판단과 갈림길에 내몰리고 있는 것이다.

나는 2004년에 지금 다니는 회사에 입사했다. 첫 직장으로 1 차 서류전형을 통과하고, 면접 일정이 나왔을 때도 나는 가족들 에게 이야기하지 않았다. 혹시나 탈락할지도 모른다는 불안감도 있었고, 부모님의 기대에 실망을 안겨줄지 모른다는 걱정이 앞서기도 했다. 면접 당일 정장은커녕 평소 입던 청바지에 외투만 걸친 채 평범한 대학생의 등교 복장으로 면접장에 들어섰다. 당시 면접관들은 당혹스러운 표정을 감추지 못하고 나를 쳐다봤는데, 그 모습이 아직도 생생하다. "오늘 면접 날인데 복장이 조금 남다르네요. 이유가 있나요?"라고 면접관이 물었다. "면접에 꼭 정장을 입어야 단정해 보이는 건 아니라고 생각합니다"라고 나는 대답했다. 면접관이 질문했을 때는 나름 자신이 의도했던 대답을 할 것이라고 예상했을지 모르겠지만, 통상적으로 깔끔하다는 인식은 정장이 아니더라도 태도로써 전달할 수 있을 것 같다는 생각이 들어 내뱉은 답변이었다. 어떤 평가가 이루어졌는지 모르지만, 현재까지 내가 이 회사를 꾸준히 다니고 있는 것을 보면 당시 크게 나쁜 점수는 주지 않았던 것 같다.

"질문할 사람 아무도 없나요? 없나요? 없나요?"

2010년 개최된 G20 서울정상회의 폐막식에서 버락 오바마 (Barack Obama) 미국 대통령이 연설을 마친 후 발언한 내용이다. 당시 개최국인 한국 기자들에게 고마움의 표시로 우선 발언권을 부여한 오바마 대통령은 순간 당황한 기색과 함께 연이어 질문을 세 번이나 했다. 한국 기자들의 수준이 미디어를 통해 전 세계로 전파되는 순간이기도 했다. 일방적인 지식 전달 수업과 주입식 공부만으로 단련된 대한민국의 교육 현실이 스스로 직면한 문제를 해결하는 주관적인 사고방식에서 단절되어 있는 현 주소를 여실히 보여준 장면이었기에 충격적이었다. 아마 기자들도 자유롭게 질문하는 것에 부담을 느꼈고, 주변을 의식하는 분위기에 익숙했기 때문일지도 모른다. 정답만을 인정받고, 서로 다른 생각을 표현하는 것에는 어색한 우리의 문화적, 환경적 배경이 만들어낸 결과였다.

한국 사람들은 어디를 가나 질문을 잘 하지 않는다. 착하고, 순하다는 것과는 다른 이야기겠지만 나 역시 질문을 잘 하지 않는 편이다. 사실 필요성을 못 느낄 때가 많고, 질문하는 것 자체가 대화의 흐름을 끊는다거나, 집단 속에서 튀는 행동으로 비춰질 수 있다는 생각이 강했기 때문이다. 그러나 지금 와서 생각해보면 질문을 하지 않는다는 것은 생각하지 않는 것에서 나오는 행동이 아닐까 싶기도 하다.

오랜 기간 이어진 식민지 사회에서 민족의 저항 정신을 말살시키려고 집요하게 시행된 주입식 교육이 한국 사회에서 질문을 사라지게 한 원인은 아닐까. 식민지 사회에서 가르치고 싶은 것만 가르치는 최악의 교육 방식에서는 자신들이 정해놓은 답을 말하는 자만이 높은 평가를 받았을 테고, 질문이나 토론은 생각의 폭을 넓혀 저항심을 키우는 위험한 활동으로 치부되었을 것이다.

지식이나 교육, 부를 논하는 자리에서 유대인의 교육 이야기가 빠질 수 없다. 유대인은 전 세계 인구 중 0.2퍼센트에 지나지 않는다. 하지만 역대 노벨상 수상자의 약 20~30퍼센트를 차지하고 있다. 계급이나 성별에 상관없이 두 명이 짝을 지어 서로 논쟁을 통해 진리를 찾는 유대인의 하브루타 교육법은 세계적으로 많이 알려져 있다. 하브루타를 하는 두 사람은 하나의 주제에 대해 찬성과 반대 의견을 동시에 경험하게 되고, 이를 통해 새로운 아이디어를 끌어낼 수 있다는 장점이 있다. 심지어 유대인들의 문제지에는 답안지가 따로 없다고 한다. 그건 정답이 없다는 것과 동시에, 자신의 생각을 정리하고 새로운 질문을 만드는 학습에서 질문에 대한 경험을 쌓아가는 것이 훈련이기 때문이다.

질문은 호기심이 아닌 자신감에 가깝다. 정답이 정해져 있는 틀 안에서 만들어지는 것이 아닌 사고의 폭을 넓히고, 다르게 생각함으로써 자신만의 해답을 찾아가는 과정에서 만들어진다. 하지만 그 방법은 우리 자신이 스스로 터득해야 하는 과제다. 우리도 초등학교 저학년까지는 자유롭게 발언하며 질문을 제법 했을 것이다. 사실 아이들의 눈에 비치는 세상과, 주위에서 느껴지는 신기한 감정들이 모여 호기심을 발동시킨다. 호기심에서 시작된 질문이 어떻게 해결되고 해소시키느냐에 따라 그 아이에게 자신감을 안겨줄지, 실망감을 안겨줄지 정해지지 않을까?

코로나로 인해 주변에 힘들어하는 사람이 적지 않다. 직접적으로 소득과 관련이 있는 자영업자나 직장인들의 어려움은 미디어를 통해 연일 보도되고 있지만, 아이들이나 청소년들의 어려움은 가려지기 쉽다. 어떻게 보면 소득이 없기 때문에 교실 밖 세상에서도 이들이 받는 고통의 강도는 제한적일 수밖에 없다. 정해진 포맷과 시간에 맞춰 학습하는 시스템에 길들여져 해답을 찾아가는 과정이 누락되어 있어서인지, 정답 풀이만 암기하는 교육 현실에서 과정이 불안하기는 어른들이 겪는 미래에 대한 불안감과 다를 바가 없을 것이다.

지금 우리가 살아가고 있는 세상은 답이 없던 문제를 발견하고, 해결하는 사람들에 의해 변화되고 발전되어왔다. 불편함과 불안감에서 시작된 끊임없는 시도와 도전들이 지금의 스마트한 삶을 살아가는 데 기여했다. 만약 정답이 있는 일이었다면 그들이 고통과 어려움을 안고 해결할 이유는 없었을 것이다. 사회생활에서도 마찬가지다. 논쟁은 일어날지 몰라도 결국 작은 양보와 배려로 어려운 문제를 쉽게 해결하는 경우가 있다. 서로 만나서 대화하는 것만으로도 생각의 다름을 인정하고, 공통된 방향으로 의견을 모아 결론을 내는 방식이 가능한 것은 이미 과정에 몰두했다는 증거일 것이다.

모든 과정에서 정답을 찾으려는 것은 어리석은 일이다. 남들이 정해놓은 정답에 맞춰 살아가지 말고, 시대가 만들어놓은 해답을 따라 스스로가 삶의 주인공으로 살아가야 한다. 찾으려고 노력하지 않아서 그렇지 답은 구하는 사람에게만 보이는 법이다. 오늘도 정답을 찾지 못해 불안한 삶을 살아가는 이들에게 나 자신은 다르게 생각하고, 시도하고 있다고 마음속으로 외쳐 보자. 인생에 정답은 없다. 내가 만족하는 삶이 바로 정답을 만들어가는 과정이고, 그것이 곧 나의 삶인 것이다.

불안 없이 완벽한 사람은 없다

05
불안이 나를 성장시키는 기회가 될 수 있다

우리는 예상치 못한 상황에 직면했을 때 불안감을 느끼게 된다. 경험해보지 않은 삶이기에 직감적으로 부정적인 신호를 보내는 것이다. 누구나 행복함과 편안함을 우선시하는 것이 일반적이며 불안함이 생기면 지난날의 불안했던 기억을 먼저 떠올리는 사람이 대부분이다. 특히 경쟁을 필요로 하는 상황이 오면 불안감은 극도로 심해진다. 입시 시험이나 취업 면접, 회사에 중요한 발표나 보고를 앞둔 순간에는 며칠 동안 잠을 이루지 못하는 경우도 있다.

나는 학창 시절에 반장은 물론 전교회장 선거에 출마해서 당선되는 경험을 했다. 원래는 내성적인 성격이라 친한 친구들과는 잘 어울렸지만, 많은 사람들이 보는 앞이나, 낯선 자리에서는 목소리도 작아지고, 수줍음도 많았다. 사실 누구 앞에서 노래

한 곡도 끝까지 부르지 못할 때가 허다했다. 아버지는 조금 더 자신감을 가지라고 동네에 하나뿐인 웅변학원에 등록해주셨다. 1990년대는 정치인이 연설하는 모습이 항상 TV를 통해 전파를 탔고, 나도 이런 영상을 자주 접하면서 자신의 생각과 의지를 담아내는 웅변에 푹 빠졌다. 몇 달이 지나 교내 선거에 출마해 배운 대로 연설을 할 때면 마지막에 외치는 강렬한 외침이 짜릿함과 자신감을 북돋우며, 당선까지 되는 기쁨을 맛볼 수 있었다.

"아직 W 발음을 더듬네요."
"좀 더듬어야 나인 줄 알죠."
2차 세계대전 당시 영국 국왕이었던 조지 6세의 실화를 다룬 영화《킹스 스피치》에 나오는 대화다. 아버지인 조지 5세의 엄격한 훈육 과정과 자신에게 쏟아지는 많은 요구들로 인해 조지 6세는 심한 압박을 느꼈고, 말을 더듬는 증상이 생겼다. 그러던 중 아버지가 돌아가시면서 왕위를 물려받은 형의 스캔들로 원치 않게 연설 마이크 앞에 서게 된 그의 피나는 도전과 노력을 엿볼 수 있는 영화다. 말을 더듬는다는 이유로 주눅이 들었던 그가 훌륭한 언어치료사를 만나 당시 2차 세계대전이라는 불안했던 유럽의 정세 속에서도, 결국 콤플렉스를 이겨내는 스토리와 영화가 끝나갈 무렵 새로운 지도자로 국민들 앞에 당당히 서서 완벽한 연설을 하는 모습은 아직도 기억 속에 생생하게 남아 있다.

불안 없이 완벽한 사람은 없다

대부분의 감정들은 필요하기 때문에 우리 내면에 존재하듯, 불안도 필요하기 때문에 존재한다고 볼 수 있다. 인간은 일어나지 않은 일을 미래에 맞춰 상상하고, 무한한 스토리를 만들어낸다. 내가 불안을 해소하기 위해 가장 많이 시도했던 것은 음악을 듣고, 영화를 보는 것이었다. 머릿속에 불안한 생각들이 쌓일 때마다 빠른 비트의 음악을 들으면서 따라 부르고는 했다. 영화도 두 시간을 몰입하다 보면 불안한 생각들이 조금씩 정리되고, 만족스러운 영화를 만나게 되면 어느 순간 희망이나 용기도 얻게 된다. 불안함을 떨쳐버리기 위해 뭔가를 시도하고, 경험을 쌓아가는 것은 완벽하지는 않지만 나의 의식 성장에 도움을 주는 요인임에 틀림없다고 자신한다.

스포츠 선수나 예술인은 태어날 때부터 타고난 능력을 지녔다고 생각할 수 있지만, 그런 경우는 아마 극소수에 불과할 것이다. 대부분은 자신의 열정과 노력에 의해 만들어진다. 심지어 자신의 신체적 어려움을 극복하고 한계를 뛰어넘어 불굴의 의지로 성공한 사례들을 주변에서 쉽게 찾아볼 수 있다. 평발은 운동을 잘 못한다는 것이 현재까지 알려진 정설이지만 세계적인 프리미어리그에서 활약한 박지성 선수와 마라톤의 영웅 이봉주 선수는 평발로 한계를 극복한 대표적인 선수다. 평발은 발바닥 가운데의 움푹 파인 아치 모양이 비정상적으로 낮거나, 아예 없는 발을 말하는데, 장시간 서 있거나 무리한 보행 또는 운동으로 발 뼈나 근육, 인대 등의 약화로 이어질 수 있는 힘든 조건이다. 그럼에도 불구하고 그들은 고통을 이겨내며 성공의 스토리를 만들어냈다.

　직장생활을 하다 보면 유독 업무가 몰리는 사람이 있다. 주변에서는 내심 걱정을 내비치기도 하겠지만, 정작 당사자는 불만 없이 일을 깔끔하게 처리하는 모습을 볼 수 있다. 어떤 일이 주어졌을 때 누구라도 처음에는 불안한 마음이 들 것이다. 해보지도 않은 일이 주어질 수도 있겠지만, 여러 업무가 몰리면 일 처리에 대한 우선순위도 있기 때문이다. 하지만 사람마다 상황을 어떻게 받아들이느냐에 따라 일의 난이도는 결정된다. 누군가는 그 업무를 끝내기 위해 관련 서적을 찾거나, 전문가에게 문의를 할 것이다. 내 일이라고 생각하고, 내 능력을 키운다고 생각하면 불안함이 엄습하더라고 그 과정에 헛되이 임하지 않는다는 것이다.

　치열한 경쟁 사회에서 쫓기는 자와 쫓는 자 중에 누가 마음이 더 편할까. 보통 쫓기는 자가 힘들고 괴로울 것이라고 이야기한다. 경쟁사회에서 '라이벌(Rival)'이란 동등한 목표를 향해 가는 과정에서 팽팽하게 지속되는 관계며, 더 나은 실력으로 성장하게 만들어주는 자극제 역할을 한다. 경쟁자면서 한편으로는 서로 도와야 하는 공동운명체인 것이다. 혼자보다는 경쟁자가 있을 때 자신의 발전을 도모하기 쉬우며, 경쟁자를 인식하고 있을 때 자신의 목표 의지를 다시금 강하게 불태울 수도 있다. 경쟁은 승리의 기쁨도 중요하지만, 실패했을 때 다시 일어설 수 있는 경험도 선사한다. 그러한 과정을 겪어나가는 동안 자신도 모르게 한층 더 발전하고 성장해나가는 밑거름이 되는 것이다.

약간의 불안함과 절실함은 성장과 전문성을 키워줄 수 있는 기회가 되기도 한다. 지금 자신이 처한 상황을 인지하지 못하고, 너무 편안하다거나 스트레스가 없는 상태라면 오히려 위기가 될 수도 있다. 너무 과해도 좋지 않겠지만, 적당한 불안함과 절실함으로 위기를 알아차린다면 더 배우고, 더 노력하고, 더 건강하게 자신을 성장시키는 기회가 될지도 모른다. 너무 이른 안락함은 자신의 성장을 멈추게 하고, 100세 시대를 준비하는 현대인들에게는 치명적인 미래와 결과를 초래할 수도 있다.

코로나 바이러스로 인해 여전히 전 세계인들은 고통과 두려움, 불안감을 안고 살아가고 있다. 여기에 우크라이나와 러시아의 전쟁으로 인한 경제위기까지 겹쳐 불안감은 가중되는 상황이지만 왜 이런 위기에 직면했는가 따지는 것보다 지금 위기 속에서 어떻게 살아남느냐가 중요한 과제가 되었다. 김경진 한국 델 테크놀로지스 총괄 사장은 '델 테크놀로지스 포럼 2022(DTF 2022)'에서 이렇게 말했다.

"만약 2010년대에 코로나가 유행했다면 인류가 지금처럼 잘 극복해내기 힘들었을 것이다. 그건 바로 업무를 돕는 여러 애플리케이션이 등장했기에 이룬 결과다."

언제나 그러하듯 인류는 위기에 직면하면 반드시 위기를 타개하기 위한 해결책을 강구하고 발전시켜왔다. 지금 우리가 처한 상황도 예전과 다르지는 않다. 불안감을 넘어 두려움이 엄습한 상황에 부정하거나 도망치기보다는 위기를 기회로 삼아야 한다. '온고지신(溫故知新)'의 마음으로 나를 발전시켜나간다면 머지않은 미래에 희망찬 내일이 기다리고 있을 것이다.

06
모든 것은
나에게서 시작된다

"어떤 일을 해결함에 있어 여러 가지 방법이 있으며, 그 가운데 한 가지 방법이 재앙을 초래할 수 있다면 누군가는 꼭 그 방법을 쓰게 된다."

이 말은 우리가 익히 들어서 잘 알고 있는 '머피의 법칙'이다. 1949년 미국의 공군 기지에서 일하던 에드워드 머피 대위가 처음 사용한 말이며, 일이 잘 풀리지 않고, 부정적인 일이 갈수록 꼬이면서 발생하는 현상에 붙여진 이름이다. 이런 상황은 여러 가지가 있겠지만 대부분 일상에서 계획하거나 준비한 일을 진행했을 때 그에 상반된 상황이 연출되거나, 걱정했던 결과가 그대로 나타나는 경우를 일컫는다. 예를 든다면 간만에 햇볕이 쨍쨍해 세차를 하고 왔는데, 저녁에 소나기가 내린다든지, 유독 내가 달리는 차선만 막힌다든지, 급해서 택시를 잡으려고 하면 빈 택시는 항상 반대 차선에 먼저 나타난다든지 하는 여러 상황들이 있다.

불안한 심리는 과거로부터 축적된 기억이 슬럼프로 나타나게 되고, 부정적인 기억이 두뇌라는 메모리에 강하게 저장된다. 하지만 조금만 다르게 생각하고 상황을 달리 본다면 머피의 법칙은 일어나지 않을지도 모른다. 지난 경험을 바탕으로 한 번만 더 깊이 생각해본다거나, 부지런하게 조금 일찍 움직여보는 것이다. 머피의 법칙에는 조급함과 게으름, 자만심이 섞여 있어 그 결과로 보여지는 것일 수 있기 때문이다.

"내가 뒤로 달리고, 너는 앞으로 달려도 내가 이길 것 같은데? 달리기 시합 한번 해볼래?"

중학교 3학년 때 나는 운동신경이 뛰어나다고 스스로 자부한 나머지 통통한 친구에게 뒤로 달리기 시합을 청했다. 물론 친구는 앞으로 달리고 내가 뒤로 달리는 시합이었다. 자신감이 너무 넘쳤고, 그 친구도 콧방귀를 뀌며 시합에 응했다. 출발 신호와 함께 달리기가 시작되었고 불과 몇 초 지나지 않아 내 눈앞은 깜깜해졌다. 얼마쯤 지났을까. 앰뷸런스 소리가 들렸고, 거기에 내가 실려서 가고 있는 게 아닌가. 옆에 탄 친구에게 물어보니 30미터쯤 달려가다 운동장에 박힌 커다란 돌부리에 걸려 뒤로 날라 땅에 머리부터 부딪히며 기절했다고 했다. 아픔보다도 자만심에 빠져 친구에게 엉뚱한 시합을 청했던 나의 의도가 벌을 자청한 건 아닌지 하는 생각에 부끄러움이 앞섰다.

자신감은 책임감에서 나오는 것이기도 하다. 자신의 능력 범위 내에서 자신을 알아가는 것만큼 중요한 것이 책임감이다. 책임감은 사회생활을 시작하면서 점점 커지게 된다. 직장에서 직급이 오를 때마다 책임감은 압박감과 불안감을 동반한다. 특정 업무나 프로젝트의 리더가 되었다고 가정한다면 자신감이 그 임무를 수락했을 것이고, 해볼 수 있다는 의욕이 책임감을 동반했을 것이다. 일단 용기와 열정이 있다면 자신 있게 도전해보는 것도 반드시 필요한 과정이다.

하지만 자신감이 있다고 해서 다 좋은 것만은 아니다. 원리와 원칙을 고수하는 리더라도 책임을 져야 하는 상황에서 상대방의 꼬투리를 잡거나, 보고를 해야 하는 중요한 시간에 자리를 비우는 등 책임 의식 없이 남에게 등을 돌리는 부류가 분명 존재하기 때문이다. 항상 잘되는 일은 자기가 잘한 것이고, 되지 않는 일은 남의 탓으로 돌리는 사람들은 절대 믿음을 줄 수 없다. 자신이 처한 상황이 어떤 결과를 가져오더라도 직책에 맞는 책임감과 인정할 줄 아는 마음가짐이 필요하다.

코로나가 세상을 덮치면서 돈에 대한 관심이 어느 때보다 높아졌다. 2020년은 그 어느 때보다도 투자 열풍이 대단했던 한 해였다고 생각한다. 경제가 불안한 상황에 금리까지 떨어지면서 금융권에서 적은 이자에 불만을 느낀 투자자들이 너도 나도 주식이나 가상화폐 시장에 뛰어들었다. 대출이 수월해지자 영혼까지 끌어다 대출을 했다는 의미의 '영끌족'이라는 단어까지 유행하기도 했다. 나도 코로나 이전까지는 주식이나 가상화폐 투자에 부정적인 사람이었다. 특히 가상화폐는 '눈에 보이지도 않고 만질 수도 없는 것인데 왜 이렇게 투자하고, 열광하는 걸까?'라고 생각했다. 하지만 코로나를 겪으면서 어려움을 겪는 자영업자나 회사에서 일자리를 잃어가는 직장인들을 보면서 평생직장이라는 개념이 없어진 지 오래라는 것을 절실히 깨닫게 되었다. 50대 이후의 삶을 누구도 책임져주지 않는다면 미리 대비해야 된다는 것을 깨달았다.

"나는 내가 게으르다는 것을 이미 알고 있었다."

미국의 베스트셀러 작가이자 동기부여가인 존 에이커프(Jon Acuff)가 한 말이다. 그는 성공에 결정적인 영향을 미치는 그릿(GRIT) 테스트를 실시했을 때 점수가 너무 낮아 그래프로 만들기도 부끄러울 정도였다고 한다. 사실 우리는 매번 시작만 하고 끝을 못내는 경험을 자주 하게 된다. 그러면 끈기가 없으면 정말 실패만 하는 것일까? 물론 끈기가 없고 게으른 사람들도 일을 계획하고 시작하는 데는 전혀 문제가 없다. 그래서 계획을 세우고 목표를 정해서 책도 읽고 나름대로 노력은 하겠지만 중요한 건 어떤 일을 끝까지 마무리 지어본 경험이 없다는 것은 큰 약점이 될 수도 있다는 것이다.

　나 또한 한때 태블릿을 활용해 학습하는 영어회화를 3년 약정으로 계약했지만 3개월도 지나지 않아 서랍장에 보관 중이고, 헬스장도 6개월로 끊어놓고 이 핑계 저 핑계로 나가지 않았다. 작심삼일이라는 말이 왜 만들어졌는지 뼈저리게 느끼는 순간이었다. 계획을 세우는 순간에는 미래를 보고 설레는 마음이었겠지만 시작을 하는 순간 끈기가 부족해지는 건 자신이 경험해본 성취의 순간이 부족했기 때문일 것이다. 작은 일이라도 성취감을 느끼게 된다면 다음 목표로 이어지는 과정도 조금은 수월하지 않을까 생각해본다.

　우리는 일상에서 완벽하게 해내야 한다는 두려움, 목표는 커야 한다는 막연한 불안감을 안고 살아간다. 애초에 불가능한 목표를 세우고, 무언가를 시작해서 끝까지 해본 적이 거의 없기 때문에 성취감을 느낄 기회가 많지 않았다. 하지만 지금부터라도 자신이 세운 목표는 달성하고야 마는 사람이 되고 싶다면, 이루지 못한 채 빛을 잃어가는 당신의 목표에 활활 타오르는 불을 지펴야 한다.

"모든 어둠을 쫓아버리는 데는 한 줄기 빛이면 돼요."
　프레드릭 배크만(Fredrik Backman)의 소설 《오베라는 남자》에서 부정적이고 냉소적인 관점으로 살아가던 오베가 매번 긍정적으로 살아가라고 말하는 부인에게 그가 왜 긍정적으로 살아가야 하는지를 되물었을 때 부인이 한 말이다.

　일은 잘 풀릴 때가 있으면 잘 안 풀릴 때도 분명 있다. 지금 가고 있는 이 길이 옳은 방향일지 의심될 때가 있을 것이고, 주위의 많은 소음과 유혹들로 인해 집중하지 못할 때도 있을 것이다. 지금의 나로서는 부족하다는 생각, 과거의 내가 실수하고, 실패했던 기억을 끄집어내는 행동들은 자신을 더 힘들게 만든다. 내 부족함에 매몰되어 악순환이 계속되고, 즐거움을 느끼지 못하기 때문에 현실을 회피하거나, 남 탓만 하게 된다.

　불안감은 바로 나를 보는 게 아니라 나의 단점만 보고 부족한 것만 보는 것에서 시작되기에 단점에 파묻혀 나를 규정해버리는 순간 불안감은 더욱 심해진다. 이런 상황들을 이겨내기 위해서는 지금의 나로 충분하다고 생각하고, 있는 그대로 받아들이는 마음가짐이 무엇보다 중요하다. 모든 것은 나에게서 시작되고, 그 결과에 대한 감정도 내면으로부터 온다는 것을 절대 잊지 말아야 할 것이다.

2장

불안을 알아차리면
긍정이 보인다

01
비워낼 수 있다면
얻을 수 있다

우리는 어려서부터 배움의 현장에서 미래의 준비를 시작한다. 인간에게 교육은 배움의 기회로 세계 어느 나라든지 빠질 수 없는 필수 과정이 되었다. 시간이 흐를수록 순위가 정해지고 서열을 구분 짓는 치열한 경쟁 속에서 인생의 많은 시간을 보내고 있다. 풀리지 않는 문제들을 받아 들고 답이 나올 때까지 스스로가 노력해서 문제를 해결하는 교육을 받아왔고, 사소한 생각이나 멍 때리듯 몰입되는 찰나에 문제를 해결하게 되면, 고민이나 걱정이 생겼을 때도 그러한 생각이나 행동을 통해 해결책을 찾으려는 습관이 생겨나게 되었다. 하지만 혼자만의 생각으로 문제를 해결하는 경우는 많지 않고, 결국은 해결하지 못하는 문제로 인해 집중하려는 생각이 집착으로 이어져 고민과 걱정이 더 심해지는 경우가 발생한다. 이런 경우 무기력해지거나 우울함이 동반될 수 있다.

"붙잡고 있는 것보다, 놓는 게 더 큰 마음이 필요한 겁니다."
〈호텔 델루나〉라는 드라마 속에 이런 명대사가 나온다. 우리
는 학창 시절부터 어떤 문제를 해결하기 위해 수많은 고민이나
생각으로 채우는 것에만 집중하며 살아왔다. 일상에서도 옷을
사거나, 전자제품을 구매하거나, 좋아하는 책을 사는 것들 모두
가 나의 만족과 환경을 바꾸기 위해 채우는 것들이다. 하지만
시간이 지나 정리해야 되는 경우가 온다면 과연 쉽사리 정리할
수 있을까. 이런 것들에 집착하는 건 외부 환경이나 어떤 요인
에 의해서가 아니라 스스로를 방어하기 위해 붙잡고 있는 것이
다. '나중에', '혹시나' 하는 마음이 부질없다는 것을 알면서도
그 변화를 받아들이지 못해 비워내기가 어려운 것이다. 가령 지
금 핸드폰에 저장된 연락처 중 일 년에 한 번 이상 연락하는 지
인이 과연 몇 명 있는지 한 번쯤은 확인해볼 필요성도 느낀다.
　나는 입사하고 7년간은 기숙사에서 생활했다. 내가 입소할 당
시만 해도 신축이었기에 방에는 책상만 자리 잡고 있었고, 몇
달 지나지 않아 침대, 옷장, PC, 서랍장 등 나에게 필요한 가구
나 제품들이 하나씩 자리를 차지하게 되었다. 여기까지는 무난
했지만 시간이 흐르면서 옷장에 들어가지 못한 옷들을 정리하
려고 행거를 사게 되고, 책상에 책꽂이가 없어 책장을 구입하고
보니 그 넓었던 방이 곧 발 디딜 틈조차 없어졌다. 결국은 침대

위에 옷을 그냥 방치해야 하는 상황까지 왔다. 이렇게 되니 책상에 앉아 무엇을 하든 집중이 되지 않고, 친구들이라도 방문할라치면 방이 지저분하다는 말에 신경이 예민해졌다.

"새 물을 채우기 위해서는 가득 찬 항아리의 물을 비워야 한다"라는 말이 있다. 최근 몇 년간 미니멀 라이프가 열풍이었다는 것을 기억하는가. 필요하지 않은 가구나 물건을 버리고, 불필요한 일을 줄여 자신이 가진 것에 만족하는 삶을 찾는 미니멀 라이프를 실천하기 위해서는 먼저 내 주변 환경을 바꾸는 게 제일 우선이 되어야 한다. 그중 공간을 먼저 비워내는 것이 정신을 맑게 하는 데 도움이 된다. 주변 정리가 되어 있지 않고 지저분하다면 신경 쓰는 시간이 더 많아지게 된다. 특히 운동 기구들은 자리도 많이 차지하지만 매일 일정한 시간에 꾸준히 하지 않는다면 결국 관리가 되지 않고 방치하게 된다. 먼지가 쌓이면 청소도 해야 되고, 녹슬지 않도록 주기적인 관리도 필요하다. 이게 귀찮다면 차라리 밖으로 나가 걷기 또는 달리기를 하거나 자전거 타기를 시도해보는 것도 좋다. 움직이며 주변 경관도 만끽하고, 맑은 공기까지 마시며 건강을 유지하는 좋은 방법이 될 것이다.

소크라테스는 "행복의 비결은 더 많은 것을 찾는 것이 아니라 더 적은 것으로 즐길 수 있는 능력을 키우는 데 있다"고 말했다. 물건을 적게 소유하면 생활이 단순해지고, 이런 삶이 나중에 마음과 생각을 정리하면서 인생이 더 행복하고 즐거워질 수 있는 것이다. 법정스님의 무소유 정신도 미니멀 라이프와 유사한 개념이기도 하다. 소유하지 않는다는 의미보다 너무 많이 소유하게 되었을 때 그것에 과도하게 신경 쓰게 되면 행복한 순간이 없으니 비워낼 것은 비우고 마음의 안정을 찾으라는 것이다.

나는 최근에 그동안 하고 싶었던 책 쓰기에 도전해서 강의도 듣고, 꾸준히 글을 쓰고 있다. 사실 책 쓰기를 시작하게 된 계기도 20여 년 가까운 직장생활에 코로나로 인한 노후의 불안감이 겹치면서 무언가를 해놓지 않으면 더 불안해질 것 같은 걱정에 내린 결단이었다. 하지만 가보지 않은 길을 간다는 것은 쉽지 않다는 것을 절실히 느끼고 있다. 잘해야지 하는 마음과 해내야 된다는 마음이 맞물려 더 답답해지는 것을 느낄 때가 많다. 하지만 내가 결정한 도전이고, 실패해도 다시 시작하면 된다는 마음을 먹으니 오히려 편안해지고 머리도 맑아지는 느낌이다. 사실 누군가에게 떠밀려서 책 쓰기에 도전한 것이 아닌 이상 내가 실패한다고 해서 주변에 피해를 주는 것도 아니다. 그러므로 나 자신이 힘들어도 그것을 인정하고 불안한 감정을 내려놓을 수만 있다면 쉽게 해결되는 문제다.

'지금 당장', '완벽하게'라는 두 가지만 머릿속에서 지울 수 있다면 삶이 한결 평온해질 수 있다. 모든 상황과 문제들이 지금 당장 해결되어야 한다는 생각을 버리고, 우선순위를 두거나 시간을 가지고 해결해보는 것도 좋은 방법이다. 회피하는 것이 아니라 조급함을 차분함으로 바꿔보는 것이다. 완벽한 것의 정의도 누구나 바라보는 관점에서 다르겠지만 문제를 해결하는 데 있어 시도를 했다는 게 중요하고, 차츰 수정해나가는 것이 완벽에 더 가까운 접근이다. 처음부터 답을 찾으려는 노력이 초조함과 긴장을 불러 불안감을 조성할지도 모른다. 시간이 해결할 수 있는 부분은 시간에 맡겨보는 것도 새로운 변화를 만들어낼 수 있는 대안이 될 것이다.

이제는 끊임없이 변화하고, 물질적으로 넘쳐나는 세상에서 무언가를 비워내고 덜어내는 것에 집중해야 한다. 편리함과 풍요로운 일상을 안겨준 산업혁명의 결과물을 이제는 비워내야 하는 시대가 오고 있다. 삶의 질을 향상시켰던 과학의 발전과 현대의 문명들이 불안함과 두려움을 동반하는 부정적인 상황들을 초래하기도 한다. 생각이 지배당하고 건강을 위협할 수도 있는 환경은 나와 주변 모두에게 큰 영향을 미칠 것이다. 그러기에 비우고 놓아주는 것이 자신이 할 수 있는 최선이 될 수 있다.

깊은 걱정이나 고민에 빠져 있을 때도 무조건 해결해야 된다는 강박관념에서 벗어나, 자신이 그것을 인식하고 있다는 것을 알아차리는 것만으로도 집착에서 조금은 빠져나오는 효과가 있다. 이렇게 해서 문제를 해결하려고 하면 새로운 전환점을 맞게 될 수도 있고, 그런 행동들이 모여 의식을 변화시키는 기회가 될 수 있다.

다시 말하지만, 그릇은 비워야만 새로운 것을 채울 수가 있다. 무거운 바위를 들고 있는 것보다 놓아버리는 게 훨씬 쉬운데 우리는 그렇게 하지 못한다. 나의 삶을 무언가로 가득 채울 필요는 없다. 때로는 다른 무언가를 채울 수 있는 공간도 필요하며, 지금보다 더 비워낼 시간이 찾아오는 것 또한 인생이다. 명강사는 절대 목소리를 높이지 않고, 여행자는 베테랑일수록 배낭이 간소하다는 것을 안다면 비워내는 것이 그리 어렵지 않을 것이다.

02

불안을 알아차리면 긍정이 보인다

일상에서 가끔 예상치 못한 불안감에 휩싸일 때가 있다. 여러 가지 걱정과 근심이 한몫을 하기도 하고, 아직 일어나지도 않은 일에 대해 미리 걱정을 하는 것이 불안감으로 나타날 때가 많다. 특히 험난하고 고된 생존 경쟁을 경험하면서 살아가는 현대인들에게 불안감은 뗄 수 없는 천적과도 같은 감정일지 모른다. 그래서인지 '비우다', '채우다', '알아차리다' 등 요즘 들어 여기저기서 자신을 되돌아보고, 마음에 여유를 찾아가는 방법들이 유행처럼 번지고 있다. 명상이나 요가, 미니멀 라이프처럼 마음을 다스리고, 건강을 관리하며, 환경을 바꾸는 이런 행동들은 불안감을 없애기 위한 대안으로 떠오르고 있다.

회사 생활을 하다 보면 사람과의 만남이 많아지고, 관리자일 경우에는 그 만남의 횟수만큼 대화의 시간도 많아진다. 사실 회사에서 자신의 업무나 실적을 관리하는 것도 힘드는데, 인력 관리까지 맡으면 그 고충은 말할 것도 없을 것이다. 나도 근속 연수가 올라갈수록 관리자 생활이 길어져 업무 외 실적이나 고충 면담을 자주하게 되었고, 누군가에게 대안을 제시하거나 고민 해결에 관여하면서 나름 스트레스를 많이 받았다. 관리자 직책으로서 어느 누구의 고민도 그냥 넘어갈 수 없는 위치였기에, 시간이 흐르면서 '나의 고민은 대체 누가 들어주고 같이 고민해줄까?' 하는 깊은 서러움에 빠질 때도 많았다.

2019년, 한창 스트레스를 받고 있을 무렵 회사에서 관리자를 대상으로 진행하는 '힐링캠프'라는 사내 명상체험 프로그램에 참여하라는 메일을 받았다. 하지만 나는 약간 고민이 되기 시작했다. '3일간 핸드폰 사용금지'라는 문구가 모바일 업무에 길들여진 나 같은 직장인에게는 선뜻 결정하기 힘든 내용이었기 때문이다. 하지만 당시 나의 스트레스가 최고조에 달했는지 업무는 뒤로한 채 10분 만에 참여하겠다는 의사를 회신했고, 그해 11월 영덕의 조용한 연수원에서 명상체험 프로그램에 참여하게 되었다. 당시 내가 메일을 보고 빠르게 결정한 것은 그때 내 마음 상태를 알아차린 신호가 아니었을까 하는 생각도 해본다.

그해 11월은 유난히 추웠다. 하지만 3일간의 명상체험은 그야말로 나의 의식수준을 바꿔놓았다. 3년이 지난 지금도 그때의 명상체험 시간이 그 어느 때보다도 나를 돌아보는 시간과 미래

불안 없이 완벽한 사람은 없다

를 준비하는 계기를 마련해준 행복한 기억으로 남아 있기 때문이다. 3일간 핸드폰을 사용하지 못한다고 해서 걱정을 많이 했지만, 결국 보이스피싱이나 광고성 전화, 문자만 가득 왔을 뿐, 중요한 전화는 온 게 없었다. 미리 가족들이나 동료들에게는 명상체험에 참여한다고 알렸기 때문에 걱정했던 일이나 급한 업무는 다행히 잘 처리되었을 것이다. 사실 회사는 내가 없어도 잘 돌아갈 텐데 솔직히 말하면 혼자서 회사 걱정을 한 것 자체가 지금 생각하면 웃음이 난다.

'카르페 디엠(Carpe diem)'은 우리말로 번역하면 '현재를 즐겨라' 정도로 사용되는 라틴어. 영화 〈죽은 시인의 사회〉에서 키팅 선생이 학생들에게 자주 외치면서 더욱 유명해진 대사로, 영화에서는 전통과 규율에 도전하는 청소년들의 자유정신을 상징하는 말로 쓰였다. 하지만 이 말은 영화에서 미래와 성공이라는 명분 아래 현재의 삶에서 낭만과 즐거움을 포기해야만 하는 학생들에게 지금 살고 있는 이 순간이 무엇보다도 중요한 순간이라는 것을 일깨워주었다. 지금 살고 있는 이 순간, 나의 마음 상태를 먼저 알아차리고 상황을 대처해나가는 것이 어쩌면 먼 미래의 불안으로부터 나를 지켜낼 수 있는 방패가 되지 않을까.

우리가 겪는 불안감에는 적당한 불안과 과도한 불안이 있을 것이다. 적당한 불안은 자신을 돌아보며 행동을 지시하는 원동력이 되고, 목표를 만들며, 실행으로 옮길 수 있게 한다. 하지만 과도한 불안은 내면을 무기력하게 만들거나 너무 많은 일을 만들어내 스스로 포기하게 할 수도 있다. 또한 지나친 욕심과 기대도 과도한 불안을 만드는 요소가 된다. 끝없이 무언가를 성취해야 하고, 항상 앞서야 한다는 욕심, 그리고 과정에 비해 결과가 너무 좋을 것 같다는 기대감이 초조함으로 변해 불안을 만들어내기 때문이다. 가끔은 지켜보는 여유도 가지고, 혹여 알아차림의 결과가 실패로 돌아왔을 때도 실망하지 않고 인정하는 마음이 필요하다.

서로 경쟁하는 스포츠 경기나, 시합에서 우리 팀의 실력이 부족해 보이고, 경기를 운영함에 있어 불안하게 느껴진다면 어떻게든 약점을 보충하거나 실력을 더 키우려고 할 것이다. 축구를 예로 든다면 경기 중 1명이 퇴장 당해 10대 11로 경기를 하더라도 1명이 부족한 팀이 승리하는 경우를 종종 볼 수 있다. '스포츠는 휘슬이 울리기 전까지 아무도 모른다'라는 말이 있듯이 불리한 여건 속에서도 그런 부분을 미리 대비하고, 일어날 수 있는 여러 상황의 시나리오를 만들어 준비를 오랫동안 해왔을 것이다. 사전에 훈련하며 경험으로 익힌 과정들이 실전에서 발휘되고, 그것이 좋은 결과로 나타났다고 볼 수 있다. 이런 상황들도 감독에게는 불안을 미리 알아차려 대비하게 만드는 감정 신호로 볼 수 있다.

알아차림과 함께 긍정적으로 사고하는 데 도움이 되는 것은 수용하는 자세다. 타인의 감정이나 말투, 행동 등에서 나타나는

불안 없이 완벽한 사람은 없다

결과는 내가 어떻게 할 수 없는 부분이기 때문에 받아들이는 자세가 필요하고, 내 자신의 감정이나 말투, 행동은 말 그대로 내면에서 나오는 결과적인 부분이기에 내가 선택하고 결정할 수 있다. '나는 아무것도 못해', '나는 너무 게을러', '나는 운이 없어' 등 스스로 부정적인 생각을 해보고, 반복적으로 행동해서 내가 가진 나에 대한 생각이 항상 옳은 것만은 아니라는 것을 알아차리는 연습도 필요하다. 이렇게 했을 때 내면에서 느껴지는 부정적인 감정들에게 'YES!', '할 수 있어!' 라고 말할 수 있는 자신감과 용기가 있는지, 그것들이 내면에서 어떻게 반응하는지 알아차리는 게 무엇보다 중요하다.

"깨달음은 특별한 게 아니라 사실을 사실대로 알아차리는 것이다."

승려이면서 평화 운동가인 법륜스님은 말한다. 깨달음이 멀리 있는 것도 아니고, 나쁜 것도 아닌데, 단지 사실을 인정하고 받아들이는 마음가짐이 불안하고, 두려워서 깨닫는 게 더 힘든 것이라고 말이다. 살아가다 보면 힘들고 어려운 일을 많이 겪게 되는데, 그런 일들이 생길 때마다 우리 나름의 기준에서 판단하고, 생각하기 때문에 더 불안해지는 것이다. 하지만 깨닫는 것은 좋고 나쁨을 떠나 있는 그대로를 받아들이고, 알아차리는 것이라고 생각하면 마음은 한층 가벼워질 것이다. 인정하면 행복해지고, 받아들이면 자유로워지며, 불안을 알아차리면 긍정이 보이게 될 것이다. 욕심에 파묻힌 자존심은 버리고, 모르는 것은 인정하며, 불안한 생각을 감추지 말고 알아차리는 마음으로 인생을 살아나간다면 다가오는 내일은 더 행복해진다. 불안에서 벗어나는 가장 좋은 방법은 지금 이 순간의 기쁨과 좋은 일들에 감사하는 마음을 가지는 것이다.

03
불안 없이
완벽한 사람은 없다

"퍼펙트! 완벽해!"

간만에 회의는 칭찬으로 화기애애하게 마무리되었다. 며칠을 고민하고, 잠도 설쳐가며 준비한 회의였기에 마무리가 좋아 나름 안도했다. 하지만 내 마음 한구석에는 왜 불안감이 가시지 않을까. 지금은 잘 끝냈지만 회의와 보고는 다음을 기약하고 있고, 오늘보다 더 나은 자료를 만들어야 한다는 압박감이 불안감을 조성하는 것이다. 더 잘해야 되고, 더 나은 성과를 내야만 살아남는 직장생활을 해온 지 20여 년이 되어간다. 실적주의, 경쟁주의로 대변되는 집단생활 속에서 살아남기 위한 처절한 몸부림은 너무 익숙해져 완벽함으로 무장한 장수처럼 비춰질지도 모른다. 사실 우리 내면은 불안감에 휩싸여 갈팡질팡하는 모습일 텐데도 말이다.

우리는 과거와 달리 무수한 관계들 속에서 '자신의 정체성과 가치'를 스스로 증명해내야 하는 경쟁시대에 살고 있다. 동료와 상사들 사이에서 아슬아슬 줄타기를 해가며 버텨내는 회사생활에 깊은 회의감이 들고, 성과주의 문화는 나를 한없이 작아지게 만든다. 이런 문화가 완벽이란 단어를 성공한 자들의 기준으로 만드는 것은 아닐까. 일반적으로 우리가 시도하지 못하는 것, 두려워하는 것, 실패한 것을 누군가가 해낸다면 가끔 "완벽하다!"고 말한다. 나에게는 단점인 것이 상대방에게는 장점으로 부각되어 완벽이라는 포장지에 담기는 경우도 있다. 상대방이 가지지 못한, 느껴보지 못한 행동과 감정들이 나를 완벽하게 만들어주는 것인지도 모르기 때문이다.

나는 축구를 매우 좋아하고, 주변에서도 나름 인정받는 실력을 가지고 있었다. 초등학교 시절에 친구들과 시합을 자주 했는데, 프리킥이나 코너킥은 항상 내 몫이었다. 다리에 힘이 있어 그런지 강하게 휘어 차는 킥이 친구들보다는 나아서 그랬던 것 같다. 하지만 매번 킥을 차는 것이 나에게는 부담이 될 때도 있었다. 손을 들고 패스 신호를 보내는 친구들을 보면 킥을 차기 전 오른쪽이냐 왼쪽이냐, 높게 차냐 낮게 차냐로 항상 고민하고, 킥을 할 때도 '정확하지 않으면 어쩌지?', '아웃되지는 않을까?', '킥을 할 때 디딤발이 삐끗하는 건 아닐까?' 하는 온갖 생각들이 심장을 더 압박해왔다. 너무 완벽하게 차려는 내 욕심도 없지는 않았을 테지만 나를 믿고 킥을 양보해준 친구들에게 어떻게든 만족스런 패스를 하고 싶었던 것 같다.

그런데 '완벽'이란 무엇일까? 우리말 '완벽'은 '완전할 완(完)'에 '구슬 벽(璧)' 자가 합쳐진 한자어다. '흠집 하나 없이 완벽한 구슬'이라는 뜻인데, 결함이 전혀 없는 완전함을 뜻한다. 완벽을 향한 도전은 자신의 부족함을 채우기 위한 시도에서부터 시작된다고 볼 수 있다. 자신이 가장 못하는 운동이라든지, 자신이 없는 과목이라든지, 남들보다 미흡하다고 생각되는 부분을 채움으로써 완벽함을 추구하려고 한다. 어느 상황에서든 자신에게 부족함이 있다고 생각하는 순간 불안감이 생기고, 그것으로 인해 부족함을 채우기 위한 어떤 행동이나 시도를 종종 하게 된다. '멈추면 도태된다', '멈추면 기회를 놓친다'라고 내면에 경종을 울리며 불안한 마음으로 하루를 버티다 보니, 일상은 점점 똑같아진다. 오늘은 어제 같기만 하고, 내일을 생각하면 그저 긴장되기만 하는 것이다.

불안감을 없애려면 흑백사고에서 벗어나는 것이 좋다. '무조건', '반드시', '꼭 해결해야 된다'라는 고정관념을 버리고, 하지 못한 것을 실패로 치부하지 말아야 한다. 완벽하지 않아도 결과를 인정하며 과정에 최선을 다한 나에게 응원과 격려를 보낼 수만 있어도 된다. 잘 안 되었거나 못한 것은 원인을 찾되, 시도했다는 자신감과 다음에 다시 도전하면 된다는 생각을 가지고, 반복하지 않겠다는 의지만 있으면 충분하다.

작은 일의 결과에 집착하는 것도 불안감을 증폭시키는 원인이 된다. 사소한 실수에도 집착하고, 몰입하다 보면 다른 일까지 그르칠 수 있다. 마음속에 담아두거나 자주 머릿속으로 생각하다 보면 자책하는 시간만 늘어나고 결국 자존감이 떨어진다. 사람은 언제든지 실패할 수 있다는 것을 인지하고, 타인의 실수도 받아들일 수 있는 포용심을 가지는 게 중요하다.

"한 번도 실패하지 않았다는 것은 새로운 일을 전혀 시도하고 있지 않다는 신호다."

네 번의 아카데미상을 수상한 배우 우디 앨런(Woody Allen)은 항상 반복적인 일만 하려 하고, 새로운 것에 도전해서 발전을 경험하지 않는 인간의 모습에 대해 지적했다. 현대인들은 기술의 발전과 시대의 변화에 적응하면서 새로운 무언가에 도전하고, 남들보다 더 나은 환경을 만들기 위해 시도하는 과정에서 불안함을 자주 느끼게 된다. 특히 해보지 않은 것들에 대한 두려움이 가장 클 것이고, 실패했을 때 마주치게 될 주변의 시선들이 그런 감정을 더 증폭시킨다. 그러나 사실 이런 것들은 완벽함을 추구하는 자기 내면에서 시작되는 예측 감정이라고 할 수 있다. 일어나지도 않은 것들에 대해 결과를 예측해서 미리 불안감으로 만드는 것이다. 하지만 예측 감정이란 것이 해로운 것만은 아니다. 스스로를 돌아보게 하고, 부족한 것을 알아차리며, 나를 채울 수 있는 기회를 선물하기도 한다. 스포츠 경기에서 출발선에 서 있을 때, 무대 위 수많은 청중 앞에 서 있을 때, 면접관과 대면하고 있을 때, 시험장 안에서 시작종이 울리는 것을 기다릴 때는 누구나 긴장하고, 두려움, 초조함과 맞서고 있을 것이다.

그러면서 우리는 성공적으로 일을 마무리 지었을 때 성취감이나 기쁨, 행복을 만끽한다. 실패했을 때도 실망이나 좌절감을 느끼겠지만, 이런 감정은 어느 정도의 기대감과 함께 불안과 초조함, 두려움이 더해져야만 느낄 수 있는 것이다. 완벽주의 성향을 가진 사람들은 불안한 심리가 자신을 그렇게 만들고 있다는 것을 잘 알지 못한다. 남들이 보기에도 불안함에서 벗어나기 위해 완벽하게 일하려고 한다는 것을 알 수 없기 때문에 열중하는 모습으로 비춰지기도 한다. 완벽주의자들은 한 가지 일에 몰두하거나 자기 자신에 대해 엄격한 관리 기준을 적용하는 경우가 많고, 일의 시작도 빠르지만 아니다 싶을 때는 포기도 빠르다. 완벽하지 않다고 생각하면 성공했다고 인정하기 어렵기 때문에 포기도 빨라지는 게 아닐까. 이런 완벽주의 성향을 가진 사람들은 실패에 대한 경험으로 인해 '더 열심히 해야 한다', '못 하면 뒤처진다'는 강박관념이 더 강하게 나타나는 것이다.

불안함이나 두려움 없이 완벽한 사람은 없다. 새로운 환경에 적응하고, 경제적으로 높아만 가는 생활 기준과 변화에 적응하며 살아가야 하는 현대인에게 불안과 두려움은 삶의 필수조건이 되었다. 하지만 불안이 기회를 만들고, 두려움이 새로운 경험을 선사한다고 생각하면 자신감이나 긍정적인 사고로 바뀔 수도 있다. 불안에 떠는 자신을 알아차리고, '괜찮아'라고 스스로에게 위로와 응원을 건넬 수 있고, "괜찮다"라고 말해줄 수 있는 사람들을 만난다면 이 불안함을 조금씩 내려놓고 온전히 자신만의 삶을 살아갈 수 있다. 우리는 불안을 해소하기 위해 완벽을 추구하지만, 불안하기 때문에 완벽하게 살아갈 수 있는 환경을 만들 수 있다는 것도 항상 기억하자. 그것이 가능하다면 어떤 결과가 오더라도 인정하고 받아들일 수 있을 것이다.

습관과 버릇의
차이를 깨달아라

'세 살 버릇이 여든까지 간다'는 속담이 있다. 버릇이나 습관은 시간이 지나도 바꾸거나 고치기가 어렵다는 데서 유래된 속담이다. 버릇은 윗사람에 대해서 지켜야 할 예의를 포함하기는 하나, 습관은 심리적인 전문 용어로서 우리의 생각이나 마음, 행동까지 모든 삶의 영역에서 쓰이기도 한다. 어렸을 때 많은 이들이 손톱을 물어뜯거나, 눈을 깜빡이거나 하는 반복적인 행동을 경험했을 것이다. 오랫동안 지속적으로 반복해서 몸에 익어버린 행동을 버릇과 습관이라는 말로 비슷하게 쓰지만, 버릇이 결국 시간이 지나면서 습관이 되어버리는 경우가 많다.

나는 언제 시작했는지는 모르지만 고등학교 때까지 손톱을 물어뜯는 버릇이 있었다. 긴장했을 때 특히 그 행동이 심해졌고, 피가 날 정도로 물어뜯을 때는 애정결핍증이 아니냐는 말까지 들었다. 심지어 어머니께서 입에 물지 못하게 손톱 끝에다 연고를 발라 반창고를 붙이기까지 했다. 이렇게 한번 길들여진 버릇은 누가 뭐라고 하든 억눌린 내 감정을 해소시키거나 표현하는 습관으로 발전되어 고치는 게 힘들어진다.

버릇은 행동이나 말투에서 많이 생겨나는데, 보통 상대방에게 좋은 인상을 심어주지는 못한다. 거슬리는 행동과 부정적인 말투가 습관처럼 나오는 사람들은 자신이 그렇게 하고 있는지조차 잘 모르는 경우가 많다. 불안과 걱정도 습관이기에 틈만 생기면 불안해하고, 걱정하는 마음은 두려움을 동반한 채 따라다닌다. 이런 감정은 살아오면서 경험했던 행동의 결과이거나, 생각의 차이에서 발생된 실망감 또는 두려움의 파편일 수도 있다. 오랫동안 이어진 주입식 교육과 경쟁 사회에서 살아남기 위한 처절한 몸부림의 결과일지도 모른다. 그리고 사회인으로 첫 발을 내딛고 직장이란 집단에 속해 생활하면서 버릇은 새로운 형태의 습관으로 변해간다.

습관은 무의식 상태에서도 몸이 알아차리듯 행동으로 나타나는 경우가 많다. 우리가 어려서부터 가장 먼저 배우는 것이 예절이라고 할 수 있는데, 가족 외에 누군가를 만나면 안부를 묻는 인사부터 건네는 문화 때문에 인사 예절이 가장 기본적인 것이라고 할 수 있다. "감사합니다", "고맙습니다"와 같은 감정을 표현하는 언어 예절도 있다. 언어 예절에서 말버릇은 의식하지 않고 자주 하게 되는 말인데, 흔히 말투라고도 한다. 가끔 나도 내 감정을 이기지 못하고 부정적인 말투를 사용하는데, 주변에서 "말버릇이 왜 그 모양이냐"라고 꾸짖음을 당할 때도 많았다. 순간적으로 당황할 때도 있었지만, 버릇이 습관이 되기 전 누군가가 지적해준다면 내 말투가 틀렸음을 알아차리고, 다음에는 같은 말이라도 순화된 말투를 사용할 수 있을 것이다. 좋은 상황이든 나쁜 상황이든 현재를 알아차리고 반복하지 않도록 의식을 변화하는 것이 중요하다.

"행복해지고 싶거든 행복한 말을 입에 담아라."

일본 최고의 심리학자 나이토 요시히토(內藤誼人)의 책 《말버릇의 힘》에서는 긍정적인 말이 불러오는 기적 같은 변화에 대해서 잘 보여주고 있다. 특히 앞서 이 한 문장이 전체를 정리해주는 대목인 것 같다. 내가 하고 싶은 게 있다면 그냥 그대로 하라는 것이다. 행복 바이러스라는 말도 있듯이 모든 감정은 전염성을 가지고 있기 때문에 나의 불안과 부정한 감정도 주변에 바이러스처럼 퍼질 수 있다는 사실을 잊지 말자.

미국의 심리학자 윌리엄 제임스(William James)는 "금세기 위대한 발명은 물리학이나 과학이 아니라 사람이 생각을 바꿀 때 그 사람 인생 전체가 바뀐다는 사실을 발견한 일"이라고 말했다. 긍정적으로 말하려면 먼저 생각이 긍정적으로 바뀌어야 한다. 때로는 긍정적인 생각이 만병통치약이라고도 한다. 정신적인 스트레스를 줄여주고, 무기력한 사람을 행동하는 사람으로 바꾸어주기도 한다. 긍정적인 말투를 쓰면 대화 분위기도 자연스러워지고, 결과 또한 긍정적으로 이끌어나갈 수 있다.

사실 사람은 원래 긍정보다는 부정적인 생각을 많이 하고 산다. 나이가 들면 들수록 더 그렇게 변한다고 한다. 미디어를 통해 묘사되는 것을 보면 긍정적인 사람은 실수하거나 비웃음을 받아도 그냥 웃고 넘어가는 선한 이미지라면, 부정적인 사람은 강인하고 멋있어 보일지도 모른다. 반항심을 이용한 말투와 고집스러운 행동들이 그렇게 표현되어 전달될 수 있겠지만, 부정적인 모습은 우리 인생에 전혀 도움이 되지 않는다. 그런 생각과 말투가 스트레스나 병을 키우기도 하지만, 매번 긍정적인 생각을 하는 것도 쉽지는 않다. 그렇기 때문에 현재의 상황을 받아들이고, 새롭게 도전하는 용기도 필요하다. 과거 어려움을 이겨낸 경험이나 성취감을 바탕으로 현재도 극복할 수 있다는 긍정적인 생각으로 일상을 대하는 것이 중요하다.

생각이 변하면 행동에도 변화가 생긴다. 목표가 있다면 작은 일에서 얻는 성취감을 자극으로 연결해 반복적으로 실천하는 것이 좋다. 지금 당장 간단하게 할 수 있는 행동으로 실천 가능한 리스트를 만들어 습관으로 만들어가면 된다. 꾸준히 반복하다 보면 자신감이 생기고, 다음 단계로 넘어가기도 수월해진다.

단, 실패한다고 실망하거나 자책하면 절대 안 된다. 그 원인이 다른 곳에 있을 수도 있는데 괜히 자신이 틀려서, 자신에게만 원인이 있다고 생각하는 것은 어깨를 움츠러들게 만드는 요인이 될 수 있다. 기대치가 너무 높으면 실패에 대한 두려움과 실망감도 높아질 수 있기에 도전 의지마저 좌절될 수 있다. 이런 행동은 문제 해결보다는 문제를 크게 만들 가능성이 있기 때문에 작은 일에 집착하지 말고 실패도 감수할 수 있는 용기와 경험을 통한 대안을 마련해놓는 것이 좋다.

윌리엄 제임스는 "생각이 바뀌면 행동이 바뀌고, 행동이 바뀌면 습관이 바뀌며, 습관이 바뀌면 인생도 달라진다"고 했다. 작은 버릇이 습관이 되기까지는 자신과의 싸움을 통한 끊임없는 행동과 노력이 필요하다는 것이다. 나쁜 행동은 생각을 바꿔야 하고, 습관이 상대방에게 불쾌감을 준다면 그 행동을 바로잡아야 한다. 불안과 걱정도 과거로부터 각인된 내면에서 나오는 것이기에 타고나는 것이 아니라 길들여지는 것이다. 일상 속에서 우리는 수많은 선택을 하고, 후회도 한다. 생각 없이 무수히 내뱉은 말이나 자신도 이해하지 못하는 행동에 화를 내며 불안해지기도 한다.

지금의 나를 만든 건 바로 나 자신이다. 살아오면서 했던 말이나 행동, 생각들이 쌓이고 쌓여 지금의 나를 만들었다. 내가 뭘 해야 하는지에 오랫동안 집착하거나, 하지 못했다고 자책하지 말자. 자존심을 버리고 실패하든 실수하든 결과는 언제나 달라질 수 있다고 인정하자. 생각하고, 행동하고, 겸손하게 말하는 버릇을 들여 자신을 돌아보며 습관으로 발전시키면 된다. 또 걱정되고 힘든 상황이 오면 나의 부족함만 탓하지 말고, 나의 장점을 떠올려보고 스스로 격려한다면 부정적인 생각과 행동은 어느새 긍정으로 바뀌어 있을 것이다.

05
비관론자가 되지 말고, 낙관론자가 되어라

　주식이나 부동산에 투자하기 전 "투자나 한번 해볼까?"라고 주변에 무심코 물었을 때 "어차피 하락하거나 손해를 볼 텐데, 투자하지 마라", "도박 같은 것을 왜 하려고 하냐?", "그냥 은행에 적금이나 넣어라" 등의 비관적인 이야기로 당신의 투자를 막았던 지인들이 한 명쯤은 있을 것이다. 2020년 코로나가 세상에 모습을 드러냈을 때 경제지표는 순식간에 바닥을 쳤고, 기다렸다는 듯 주식 시장도 연일 하한가를 기록했다. 이럴 때 투자자들의 희비는 엇갈리기 마련이다. 누군가는 "지금이 매수할 때"라고 외치고, 누군가는 "지금이 매도할 때"라고 외친다. 당시만 해도 나는 주식이나 부동산에 투자를 하지 않고 있었다. 주식은 도박이라고 생각했기 때문이다. 나에게 경제적으로 직접적인 타격이 있지는 않았지만 경제위기에도 자신만의 기준으로 투자를 꾸준히 해서 수익을 올리는 동료들을 보며 나도 조금씩 생각이 바뀌게 되었다.

　포털 사이트에서는 연일 폭락하는 주식 시장을 분석하는 글들이 넘쳐났고, 10년 주기로 경제위기가 찾아온다는 글을 보고 나도 나름 투자의 기준을 잡아 주식 시장에 뛰어들었다. 투자는 자신의 선택이고, 그 책임은 자신에게 있다는 생각으로 여러 종목들을 매매하면서 수익도 조금 낼 수 있었다. 코로나 여파로 지수가 하락한 틈에 타이밍이 좋았던 것도 있지만, 내 주변에서는 "지금 시기에 수익이 안 나면 이상한 거 아니냐"라는 반응이 많았다. 하지만 정작 그들은 섣불리 투자하지 못하고 관망만 하는 비관론 쪽이었다.

　'성공하고 싶다면 먼저 비관론적인 사람들을 멀리하라'는 말이 있다. 비관적으로 이야기하는 사람들의 대부분은 투자를 하지 않을 확률이 크다. 코로나 이후 투자의 붐이 일면서 불안감을 느낀 현대인들에게 부를 창출하고, 경제적인 자유를 찾도록 안내하는 자기계발서나 미디어 영상들이 인기를 얻었다. 또 주식이나 부동산 투자 외에 다양하게 돈을 벌 수 있는 방법들과 정보들이 공유되며 쏟아졌다. 나도 투자 공부를 하면서 책을 여러 권 읽었지만, 대부분 성공을 말하는 책들의 내용은 비슷했다. '긍정적인 사고방식을 가져라', '목표를 향해 갈망해라', '꾸준히 반복하고, 행동을 먼저 하라' 등, 이런 내용들이 중복적으로 나왔고, 그것이 성공의 비결이었다. 하지만 그것을 받아들이는 독자의 입장은 두 부류로 나뉜다. 먼저 비관론자는 이렇게 말한다.

"성공했으니 저런 말은 나도 할 수 있겠다."

"저렇게 한다고 얼마나 벌 수 있겠어?"

"지금 시대가 어느 시대인데!"

"유행 지난 지가 언제인데."

보통 비관론자들은 성공을 경험한 사람이 자신의 경험담을 말하고, 방법을 공유해준다고 해도 정작 앞서 말한 것처럼 비꼬거나 부정적인 대화로 응한다. 하지만 낙관론자들은 다르다. 대화를 하다 보면 낙관론자들의 표정이나 반응에서 이미 상대방을 배려하는 느낌이 물씬 풍긴다. 듣는 태도에서 긍정적인 마인드로 받아들일 준비를 하고 있는 것이다.

"오, 그거 참 해볼 만한데?"

"나한테 딱 어울릴 것 같아."

"지금도 늦지 않은 것 같은데."

"복고풍이 대세인데, 좋은 생각이야."

이런 대화는 듣기만 해도 사실 불안감이 느껴지지 않을 정도로 긍정적으로 다가온다. 우리는 어떤 일을 하다 보면 주위의 반응을 살필 수밖에 없는데, 내가 스스로 정보를 찾아서 무언가를 시작할 수도 있고, 지인이나 주변에서 추천을 받아 해볼 수도 있다. 하지만 시작도 안 하고 부정적이거나 불안감을 보이는 행동은 전혀 도움이 되지 않는다. 사실 비관적으로 이야기하는 사람은 자신이 시도해보지도 않은 경우가 대부분이고, 질투심이나 경쟁의식에서 나오는 진심일지도 모른다. 경험도 해보지 않고 무조건 부정하고 반대하는 사람은 남이 나보다 잘되는 것을 배 아파하는 사람이다. 내가 잘되는 것을 발목 잡을 것이기에 그런 사람들과는 차라리 거리를 두는 것이 현명한 선택일 수도 있다.

나는 코로나를 겪으면서 노후에 대해 수없이 많은 고민을 했다. 주변에서 희망 퇴직하는 동료들, 미디어에서 자주 보여주는 정리해고와 자영업자들의 눈물겨운 일상이 나 자신을 많이 돌아보게 만들었다. 그렇게 해서 나름 노후 준비를 한 것이 바로 내 이름으로 된 책 쓰기였다.

내가 책 쓰기에 도전하고 나서 제일 먼저 공유한 건 바로 읽은 책을 SNS에 올리는 것이었고, 당시에는 "좋은 책을 많이 읽네", "책 좀 추천해줘", "독서모임 한번 열어봐" 등의 긍정적인 반응이 많았다. 하지만 얼마 지나지 않아 지인을 만나서 "올해 책 한 권을 써보려고 해"라고 하니 "책은 아무나 쓰는 줄 아냐" 부터 해서 "차라리 자격증이나 취득하는 게 낫지 않냐"라는 이야기까지 들었다. 책을 읽는 것은 괜찮고, 쓰는 것은 왜 부정적인 걸까.

"비관론자는 모든 기회에서 어려움을 찾아내고, 낙관론자는 모든 어려움에서 기회를 찾아낸다."

윈스턴 처칠의 말처럼 낙관론자와 비관론자는 생각과 행동의 차이로부터 나뉜다. 상황을 어떻게 받아들이고 바라보느냐의 관점에서 시작되기 때문이다. "아무것도 하지 않으면 아무 일도 일어나지 않는다"라는 말처럼 어떤 일이라도 행동해야 결과가 따라오는 법이다. '혹시라도', '언젠가는', '만약에' 등 약하고 불안한 마음이 내면에 강하게 자리 잡고 있다면 상황을 비관적으로 바라볼 수 있다. 그 시기가 올지 안 올지, 온다면 언제일지도 알 수 없는데, 뜬구름 잡는 걱정과 근심만 가지고 시도하지 않는 것은 자신이 성공과는 인연이 없다는 것을 인정하는 꼴이 된다.

결과가 어떻든 선택과 판단은 자신의 몫이고, 주변에서 하는 말들은 조언 정도로만 받아들이는 자세가 필요하다. 낙관론자의 입장에서 새롭게 도전하는 것과 비관론자의 입장에서 고민해보는 것 모두 자신의 선택과 판단에서 시작된다.

우리는 살아가면서 많은 사람들에게 영향을 받는다. 항상 선한 영향만 받는 것도, 그렇다고 나쁜 영향만 받는 것도 아니다. 억지로 인생을 비관적으로 사는 사람은 없지만, 낙관하는 사람이 그리 많지 않은 것도 사실이다. 현재에 집중하며 미래의 나보다 지금의 나에게 투자하고, 감사하는 마음으로 상황을 바라보는 관점을 가지는 게 중요하다. 우리가 가능하다고, 또는 불가능하다고 믿는 것은 남은 인생의 과정에서 행복을 결정하고 성공도 좌우한다는 것을 잊어서는 안 된다.

어떤 관점으로 세상을 바라보느냐에 따라 생각과 행동이 변하고, 인생에서 얻는 결과물도 달라진다. 지금처럼 냉혹한 현실에 어쩌면 생사와도 직결되어 있는 문제일지도 모른다. 긍정적인 시각과 낙관적으로 바라보는 자세는 스스로의 행복을 찾는 좋은 방법이기도 하다. 과거의 익숙한 환경을 그대로 따라가기보다는 새로운 관점으로 꾸준히 도전하는 모습이 필요하다. 용기를 내서 적극적으로 도전하고 실천하는 것은 분명 변화하는 세상에서 당당히 맞설 수 있는 기폭제가 될 것이다.

06
미루는 습관은
나를 좌절하게 만든다

"그대가 내일로 미루는 동안 인생은 화살처럼 지나간다."

고대 로마의 철학자이며, 네로 황제의 스승인 세네카(Lucius Annaeus Seneca)의 명언이다. 일상생활에서 하기 싫은 일을 뒤로 미루는 것은 누구에게나 있는 회피 본능이다. 시작 앞에서 두려움이 앞서거나, 불편한 감정이 앞서 한번 미루기 시작하면 결국 습관이 되어버린다. 학창 시절 우리가 가장 기다렸던 것이 바로 방학식 날인데, 방학에는 학교를 가지 않는다는 기쁨과 늦잠을 자도 지각하지 않는다는 안도로 한껏 들떴기 때문이다. 여기에는 게으름과 미루는 습관을 재촉하는 두 가지가 숨어 있다. 방학 생활계획표대로 실천하는 것과 매일매일 일기를 쓰는 것이다.

지금 생각해도 나는 학창 시절에 일기를 제 날짜에 써본 적이 몇 번 없는 것 같다. 특히 그림일기는 그냥 글만 적는 것보다 그림까지 그리는 시간이 더 오래 걸리고, 스트레스를 많이 받았다. 하루 이틀 정도는 지어내서라도 일기를 썼지만, 일주일이 지나면 스토리를 만들어내는 것도 한계에 도달하고, 결국 포기하거나 앞에 쓴 내용들 중 글자만 조금씩 바꿔서 일기를 채워나갔던 것 기억이 난다.

미루기는 지연행동이라고도 한다. 지금 해야 할 일을 불필요하게 미루는 것을 말하며, 어떤 일을 미루는 것이 부정적인 결과를 가져오게 될 것을 알고 있음에도 불구하고 그 일을 연기한다. 가령 오늘까지 일을 잘 끝내야 한다는 압박감과 불안은 불편함을 동반한다. 그래서 자신도 모르게 멀리하게 되는 것이다. 그런데 신기하게도 우리는 미루던 일의 납기 시한이 코앞에 다가오면 결국 하게 된다. 아마도 그 일을 끝내지 못했을 때의 결과에 따른 후폭풍이 매우 끔찍하다는 것을 인지했기 때문일 것이다. 또 일을 계속 미루다가는 그것을 망치게 될 것이고, 주변 사람들에게 비난과 실망감을 안겨준다는 것을 알고 있기 때문이다.

우리는 새해가 되면 각자의 다짐과 함께 새로운 꿈을 안고 신년계획을 세운다. 희망을 품고 떠오르는 새해의 해돋이를 보며 "올해도 성공!"을 외치며 결심하고 다짐했을 것이다. 금연이나 다이어트, 책 읽기, 자격증 취득 등 작심삼일은 넘겼을지 몰라도 연말이 다가올 때 돌아본다면 그저 새해의 소망은 한순간의 꿈으로 묻혀버린 다짐이 대부분이다. 오늘도 우리는 도전해보기로 다짐했던 일, 해야만 하는 일들을 하지 않고 자꾸 미루고 회피하는 자신과 마주하고 있을지도 모른다. 사실 매년 반복되는 계획과 목표지만, 접근하는 과정이나 방법은 조금씩 다르다. 왜냐하면 이전에 미루고 미루다 실패를 경험했기에 그때와는 다른 방법으로 또 계획을 세우고 시도하게 되는 것이 되풀이된다. 그럼 왜 우리는 미루는 습관을 바로잡지 못하는 것일까? 해야 하는 일을 미루었을 때, 그것이 쌓이고 쌓여 다른 일마저 하기 싫어지고 '설상가상'의 상황이 올 것을 알면서도 미루는 습관은 잘 고쳐지지 않는다. 하지만 사실 해답은 의외로 단순할지도 모르겠다. 모든 일에 적용되듯이 미루는 습관도 그것을 만들어낸 근본적인 원인이 무엇인지를 찾아서 해결하면 되는 것이다.

무언가를 미뤘을 때 예상되는 결과는 이미 자신이 알고 있는 범위 내에 있을 경우가 대부분이며, 해결하지 않으면 불안해지는 것도 당연하다. 가령 종량제 봉투에 쓰레기를 넘치게 가득 채워서 버리겠다는 생각으로 며칠 동안 열어두었다가 날파리가 생겼다고 가정해보자. 날파리만 없애겠다고 퇴치제만 뿌리면 일시적인 해결책일 뿐 시간이 지나면 다시 날아든다. 분명 냄새를 유발하거나 날파리를 불러들인 원인이 된 봉투를 묶어서 집 밖으로 내다 버리고 주변을 깨끗이 정리한다면 어느 정도 해결될 법한데도 말이다.

이렇듯 미루는 원인은 바로 다루지 않으면 근본적인 해결이 되지 않는다. 미루는 습관은 일반적으로 불안감이나 두려움에서 시작된다. 과거 실패했거나 좌절했던 경험, 어린 시절 실수했을 때 비웃음을 당해 상처받은 기억이 있다면 다시는 겪고 싶지 않은 기억으로 남아 무의식으로 강하게 저항하고 보호하려고 할 것이다. 이런 경험이 계속 쌓이면 시도조차 하지 않게 되고, 삶에 있어 무기력해질 수도 있다. 운동선수들이 최고의 실력과 성적을 내기 위해서는 자신만의 운동법을 찾아내고, 꾸준히 반복적으로 연습하는 것이 가장 기본적인 자기 관리라고 할수 있다. 하루라도 운동을 미루거나 목표와 다른 것에 빠져 지낸다면 몸이 먼저 반응하게 될 것이고, 결국 경기에서 좌절을 맛보게 된다.

미루는 습관은 어떻게 변화시킬 수 있을까? 내가 추천하는 극복 방법 중 첫 번째는 지금 바로 시작할 수 있는 일인가를 파악하는 것이다. 당장 하지 못하는 일인데 조급함만 앞서 있다면 결국 미루게 되고, 시도조차 하지 못하게 된다. 작은 일이라도 의욕과 성취감을 줄 수 있는 것부터 찾아보는 것이 중요하다. 우선순위를 매겨 지금 하지 못하는 것은 후순위에 하는 것도 좋다. 후순위로 미뤘다고 해서 하지 않는 것이 아니라 당장 할 수있는 것부터 해놓으면 오히려 뒤에 하는 것이 수월해질 수도 있기 때문이다. 엉켜 있는 실타래도 시작 부분만 잘 찾는다면 어느 새 술술 풀어지는 것과 같은 이치다.

불안 없이 완벽한 사람은 없다

두 번째는 완벽하지 않아도 된다는 사실을 인정하는 것이다. 완벽함이란 그 누구도 정의하지 못하는 경지다. 왜냐하면 모든 상황과 관점에 따라 완벽의 해석은 달라질 수 있기 때문이다. 완벽함을 떠나 먼저 시도하고, 실행하려는 마음가짐이 더 중요하고, 일에 대한 피드백과 보완을 통해 수정해나가는 게 완벽함에 가장 근접한 대응일 것이다. 처음부터 100킬로미터로 달리는 자동차는 없다. 엑셀을 밟으면서 기어가 한 단계씩 변속되면 서서히 속도가 올라가듯 항상 시작은 저속부터다. 또 얼굴 그림을 그리더라도 동그라미를 그려야 눈, 코, 입을 넣을 자리를 찾을 수 있는 것이지 무턱대고 선만 긋는다고 해서 그림은 완성되지 않는다.

세 번째는 긍정적으로 생각하는 것이다. 누구든지 행동으로 옮기기 전에 불안한 감정을 가질 수 있다. 하지만 그 결과는 누구도 예측하지 못하는 영역이다. 무슨 일이든 결과부터 부정적으로 받아들이면 시작하기가 어렵고 진행되는 과정에서 힘들어질 수 있다. 간혹 어려운 고비와 역경은 찾아오기 마련이다. 그렇기 때문에 결과를 긍정적으로 생각하며 일을 한다면 성취감도 높아지고 미루는 습관도 극복해나갈 수 있다.

코로나 바이러스가 장기적으로 일상에 변화를 가져왔음에도 불구하고, 우리는 포스트 코로나를 준비하지 않을 수 없다. 학창 시절에만 숙제가 있는 것은 아니다. 인생을 살아가면서 가족들의 화목, 직장에서의 배려, 사회에서의 소통, 일상에서의 행복을 얻기 위해서는 시대적 변화에 동참하는 자세를 가져야 한다. 게으르거나 미루는 습관은 예상치 못한 불안감에서 오지만, 자신의 내면을 알아차리고, 작은 것부터 실천하고 결과를 인정하는 자세야말로 좌절을 극복하는 길임을 명심하자. 오늘도 나는 벤자민 프랭클린(Benjamin Franklin)의 명언을 마음속으로 세 번 외쳐본다.

"오늘 할 수 있는 일을 내일로 미루지 마라."
"오늘 할 수 있는 일을 내일로 미루지 마라."
"오늘 할 수 있는 일을 내일로 미루지 마라."

불안 없이 완벽한 사람은 없다

3장

행복해지려면
긍정을 선택하라

01

행복해지려면
긍정을 선택하라

인생을 살아가면서 어떠한 문제에 직면했을 때 그 상황에 어떻게 반응하는지 크게 두 부류로 나눌 수 있다. 중도에 포기해버리는 사람과 끝까지 해결해내는 사람이다. 어떤 사람들은 결과를 받아들이기 두려워 회피하거나 핑계만 대면서 포기해버리지만, 어떤 사람들은 문제에 대해 고민하고, 시도해보고, 반복하면서 문제를 해결해나간다. 우리 앞에 놓인 상황이 어렵고 힘들다고 하지만 그것을 극복할 수 있는 힘은 어디서 나오는 것일까? 나는 바로 '긍정'이라고 답하고 싶다.

다이어트는 현대인들에게서 늘 빠지지 않는 새해 소망이고, 한결같은 목표다. 하지만 행동에 앞서 마음가짐이나 생각의 차이가 원치 않는 결과로 나타날 때가 많다. 나도 해마다 다이어트 계획을 세워보지만 길어야 한 달이다. 내가 다이어트를 한다고 주변에 이야기하면 반응도 딱 반으로 나눠진다.

"나는 너무 바빠서 운동할 시간도 없는데…. 부러워."

"출근하면서 걷는 것도 운동이니까 같이 해보자."

같은 질문이나 주제임에도 불구하고, 왜 항상 부정과 긍정으로 상대방의 반응이 나눠지는 것일까? 아마도 과거 또는 평소에 자신의 경험으로부터 각인된 결과에 따라 나올 수 있는 반응일 것이다. 비슷한 목표로 실패를 경험한 사람은 상대방의 계획만 들어도 해내지 못할 것이라는 생각부터 하게 되는 반면, 과정은 힘들어도 결과적으로 성공을 경험한 사람은 상대방의 이야기에 긍정적으로 응원하고 격려하게 될 것이다. 이것이 긍정적으로 생각하는 이들이 행복을 느끼고 만들어가는 이유다.

반응의 차이는 언제나 존재한다. 살아온 환경이나 지나온 과정이 모두 틀리기 때문에 똑같은 결과를 기대하기는 어렵다. 하지만 조금씩 내려놓고, 그동안의 실패와 상처에는 거리를 두고 긍정적인 사고를 해야 행복에 더 가까이 갈 수 있다. 기대하는 것이 작을수록 행복은 크게 느껴지는 것이기에 큰 기대를 하기보다 이미 내가 가지고 있는 잠재적인 능력들을 찾아내고 즐기는 방법을 알아간다면 더 행복한 삶을 누릴 수 있다. 돈을 많이 벌고 있다거나, 좋은 집에 산다거나, 월급을 많이 주는 회사에 다닌다고 해서 행복지수가 올라가는 것은 아니다. 결국 내 시간을 담보로 무언가를 받는 종속적인 관계일 뿐이기 때문이다.

미국의 사회운동가 헬렌 켈러(Helen Keller)는 들을 수도, 볼 수도, 말할 수도 없었으나 이 삼중고의 장애를 극복하고 인권운동가로서 인정받았다. 그녀가 선입견과 차별을 딛고 한계를 극복할 수 있었던 것은 늘 품고 있던 희망과 긍정적인 사고 덕분이었다. 우리는 수많은 경쟁자와 살아가고 있지만, 살아가면서 마주하는 최대의 적이 '자신'일 때가 많다. 심리적으로 불안하거나 부정적인 사고를 가진 사람들은 어떤 상황이라도 비관적으로 생각할 것이고, 긍정적으로 사고하는 사람은 힘들고 어려운 상황이라도 스트레스를 덜 받고, 문제를 해결하고자 하는 열정을 발휘해 성공적인 결과를 얻을 수 있다.

"엄마 손은 약손."

어렸을 때 엄마가 항상 주문을 외우듯 배를 어루만져주시면 신기하게도 아픈 배가 나았던 경험이 있을 것이다. 의료계에서 자주 사용하는 용어 중에 '플라시보' 효과라는 게 있다. 의사가 가짜 약을 투약했는데도 약에 대한 믿음으로 환자의 병세가 호전되는 현상을 말하는데, 불안하거나 우울증을 느끼는 환자일수록 효과가 있는 것으로 알려져 있다. 사실 불안과 우울 등 부정적인 감정을 치유할 수 있는 처방전을 찾으라고 한다면 행복했던 추억이나 풋풋했던 사랑, 기억에 남을 만한 회상일 수 있다. 하지만 플라시보 효과는 의사에 대한 믿음과 신뢰가 바탕이 되어 자신의 몸을 치유하고자 하는 긍정적인 마음가짐과 생각이 더해져 효과로 나타나는 것이다.

인간의 욕심은 끝이 없고, 이기적이라고 한다. 내가 가지지 못한 것을 성취하고자 욕심에 집중하다 보면 불행에 가까워지기 쉽고, 내가 가진 것에 만족하고 살아간다면 세상은 그 무엇보다 행복하고 풍족해질 수 있다. 바라면 바랄수록 불안해지는 것은 지금의 행복도 언젠가는 사라져버릴 것이라고 생각하기 때문은 아닐까. 어려서부터 경험한 고통과 상처의 기억이 내면에서 자라나는 경우가 있다. 불행은 영원할 것이라고 생각하면서, 왜 행복은 오래가지 못하고 곧 끝날 것이라 생각하는 것인지 성인이 되어서도 그런 생각이 계속 따라 다니는 것이다.

나이토 요시히토의 저서 《말버릇의 힘》에는 1일 1언 긍정의 말이 가져다주는 기적 같은 변화와 심리실험으로 증명된 63가지의 행복 선순환의 말버릇이 소개되어 있다. 나도 직장생활을 하면서 성과와 실적에 얽매이다 보면 어느 순간 싫은 소리를 하게 되고, 부정적인 말을 달고 지낸 적이 많다. 근심이나 걱정부터 하게 되고, 무의식적으로 내뱉은 말은 결과를 더 심각하게 만들기도 했다. 완벽해지려고 하는 생각과 행동이 더 불안하게 만드는 원인을 제공하고, 과거에 실패했던 경험이 소통을 가로막고 있는 것이다.

무더운 여름날 컵에 물이 반만 채워져 있을 때 누군가는 반만 남았다고 속상해하겠지만, 누군가는 반이나 남았다며 행복하게 이야기할지 모른다. 사람들은 생각의 차이에 따라 말버릇이 가져다주는 긍정적인 면을 모르고 생각한대로 내뱉기 때문에 행복도 오래가지 못한다.

"행복하려면 남들에게 지나친 관심을 갖는 것은 금물이다."

프랑스의 소설가 알베르 까뮈(Albert Camus)의 명언처럼 행복은 환경이나 조건으로 만들어지는 것이 아니다. 살아가면서 몸과 마음에 밴 습관처럼 행복은 우리 자신의 마음으로부터 생겨나는 것이다. 나를 알아차리지도 못하면서 남보다 더 행복해지고 풍족한 삶을 살기를 바라는 것은 욕심에 지나지 않는다. 남들과 비교하기에 앞서 편안하고 근심과 걱정 없이 현재를 받아들이는 마음이 있어야 다른 것도 챙길 여유가 생긴다. 기대하지 말고, 기준을 낮추는 것. 그리고 내 생각만이 옳은 것은 아니라는 것과 항상 자신을 인정하고 가진 것에 만족하는 삶이 바로 행복이다.

때로는 최선을 다했어도 안 되는 것을 포기해야 될 때도 있다. 하지만 포기라는 것을 거기서 멈추는 것이라고 생각하면 더 이상 앞으로 나아갈 수 없게 된다. 포기는 다시 준비해서 다른 방향으로, 다른 방법을 찾아 시작할 수 있는 출발선이라고 생각하고 긍정적으로 받아들여야 한다. 시도하지 않은 것 이상으로 무언가를 했다는 것에 만족하는 것이야말로 행복을 두 배로 만든다. 주변을 의식하고 실패에 집착하는 것은 다른 무언가를 시작하려 할 때 두려움과 불안감을 증폭시키는 기폭제가 될 뿐이지 아무런 도움이 되지 않는다.

행복해지려면 많은 것을 알고, 많은 것을 이루려고 하는 것보다, 욕심을 버리고 작은 것에서도 성취감을 느끼는 것이 중요하다. 자신을 완벽한 사람으로 만들려고 하지 말고, 충분하거나 잘하는 정도로도 만족할 수 있으면 된다. 언제나 그렇듯 세상은 나를 중심으로 돌아간다는 생각으로 내가 나에게 잘했다고 이야기할 수 있고, 어떤 결과든지 긍정적으로 받아들일 때 행복은 항상 가치 있는 경험을 선사해줄 것이다.

꿈이 없거나 부정적인 사람과 거리를 두라

"너는 미래에 꿈이 뭐니?"

우리가 살아오면서 가장 많이 받아본 질문 중 하나일 것이다. 꿈이 과연 무엇일까? 무언가를 좋아하는 사람에게는 세상을 바꾸는 직업이 될 수도 있고, 어떤 이들에게는 상상했던 곳으로 떠나는 여행이 될 수도 있다. 또한 세상을 변화시킨다거나 자신의 한계를 넘어서는 도전의 대상이 될 수도 있다. 누구에게나 꿈이라는 것은 지금은 할 수 없거나 어렵다고 생각하는 것을 도전과 성장이라는 과정을 통해 이루어 나가는 것을 말한다. 인간에게 꿈이 없었다면 지금 살고 있는 이 세상도 눈부신 발전이나 변화를 만들어내지 못했을 것이다. 인간이 살아가는 데 꿈이 없다면 세상은 어떻게 될까? 꿈을 꾸는 것은 자신의 자유겠지만 꿈이 없다면 앞날에 대한 기대와 삶에 대한 의욕이 사라져 무의미한 나날의 연속이 될 것이다. 어쩌면 어렸을 때부터 미래의 꿈에 대해 물어보는 질문들이 희망과 목표가 없는 인생을 살지 않기 위한 인간의 불안함이 만들어낸 내면의 모습은 아닐까.

나는 어렸을 때 수시로 꿈이 바뀌었다. 우주와 별을 연구하는 프로그램을 보고 나면 과학자가 되고 싶었다가, 아픈 환자들을 치료하고 희망을 주는 것을 보면 의사가 되고 싶기도 했다. 그래도 꿈을 가지고 있으면 무엇을 하더라도 그것을 상상하며 힘을 내고 용기를 얻을 수 있었다. 꿈은 누군가의 강요도 아니고, 어디서 만들어주는 믿음도 아닌 나의 마음속에서 타오르는 희망과 설렘으로 동기를 부여해주는 것이다. 꿈은 어느 누구나 가질 수 있는 자유로운 특권이지만, 이뤄가는 과정에서 환경이나 조건에 따라 조금씩 달라지거나 포기를 경험할 수도 있다. 하지만 결과만 두고 실망하거나 좌절하는 것은 좋지 않다. 내가 이루고자 하는 꿈을 향해 시도했다는 것 자체가 나 자신에게 용기를 불어넣어줄 수 있는 힘이 된다. 꿈이 단번에 이뤄진다면 그것이야말로 자만심이 생겨 꾸준한 성장을 방해할 것이다. 그렇기에 꿈은 열정과 노력을 쏟아 얻을 수 있는 짜릿한 결과로 받아들여야 한다.

성공한 삶을 살아가거나 살아온 이들의 공통점은 꿈을 이루기 위해 끊임없이 노력하는 열정을 보였다는 것이다. 열정을 가지고 목표를 세워 포기하지 않는 의지가 자신을 성장시켰

불안 없이 완벽한 사람은 없다

기 때문에 꿈을 이루었을 것이다. 꿈이 있는 사람은 목표가 있기 때문에 무엇을 하더라도 한 번 더 생각하고 굳건하게 자신의 뜻을 펼쳐나간다. 또 꿈을 가진 사람은 결과에 집착하지 않고 과정을 중시하기 때문에 실패해도 다시 일어설 수 있는 기회도 만들 수 있다. 목표를 향해 노력하는 과정에서 깨달은 경험이 나중에 소중하고 값진 자산이 되어 한층 더 자신을 성장시키기 때문이다.

반면, 미래에 대한 기대가 없거나 부정적인 삶을 살아가는 사람은 오히려 불안이나 걱정이 없을지 모른다. 단지 오늘만 잘 버텨보자는 심정으로 살아가거나 시도 자체를 부정적으로 받아들이기 때문에 이들에게는 미래가 밝지 않다. 간혹 주변에 같이 있는 것만으로도 기분이 좋아지고 즐거운 분위기를 만드는 사람이 있는 반면, 같이 있으면 갑갑하고 마음이 무거워지며 피곤해지는 사람이 있다. 어떤 주제로 대화를 하더라도 부정적인 단어나 말투를 사용하고, 같은 의미의 말을 반복하고 있다는 느낌을 받을 때가 많다. 이런 사람들은 숲을 보고 긍정적인 대화로 더 발전해나아가는 것이 아니라, 사소한 고정관념에 사로잡혀 눈앞에 나무만 보고 트집을 잡아 한 걸음도 나아가지 않으려고 불만만 표출하는 것이다. 결국 더 나아갈 수 있는 사람이 이런 부정적인 사람들에게 발목이 잡혀 스스로 발전의 기회를 놓치는 경우가 종종 생긴다.

하루하루 살아가다 보면 나도 모르게 투덜거리거나, 힘이 빠지는 소리를 하고, 불평불만을 늘어놓을 때가 있다. 부정적인 감정이 많은 사람들은 평소 말투에서도 부정적인 단어를 사용할 가능성이 크다. 부정적인 감정을 표출할 때 다양한 어휘를 구사하는 사람은 심리적으로 고통스럽고 몸 상태도 허약할 가능성이 높은 반면, 긍정적인 감정과 풍부한 어휘를 구사하는 사람은 전반적으로 육체적, 정신적으로 건강하다는 연구결과도 나와 있다. 언령(言靈)이라는 말도 있듯이 말에는 힘과 혼이 깃들어져 있어, 항상 신중하게 생각하고 말해야 한다. 무심히 내뱉은 말이 상대방의 감정을 건드리거나 관계를 끊어버리는 지름길이 될 수도 있고, 누군가에게 큰 상처를 줄 수 있기 때문이다.

'가까운 지인 5명의 평균이 바로 나 자신의 모습이다'라는 말이 있다. 지인이라면 어렸을 때부터 함께 자란 고향 친구들도 있을 것이고, 학창 시절의 동창이나 직장의 동료가 될 수도 있다. 모두가 주어진 조건이나 환경에 따라 자신이 선택한 삶을 살아가고 있지만, 빠르게 변하고 있는 세상에서 자신만의 성장을 위해 노력하는 사람도 있는 반면, 그에 반해 현실의 늪에 빠져 부정하고 비관적으로 생각하는 사람들도 있다. 한때 우정으로, 진정한 친구로서 서로를 위로해주었다면 지금은 나의 성장을 위해서 잠시 거리를 두는 것도 나쁘지 않은 선택이 될 수 있다.

사람은 잘 변하지 않는다고 한다. 하지만 분명 사람이 변할 수 있는 전환점은 오기 마련이다. 살아가다 보면 자신이 상상하지도 못한 어느 상황에 충격을 받을 수도 있고, 생각하지 못한 신체적 변화를 느끼며 깨달음을 얻을 수도 있다. 그런 상황과 마주했을 때 지금 현재 자신이 처한 상황을 스스로 인정하는 마음가짐이 중요하다. 가난한 상황이라고 날마다 현실을 부정한다고 해서 더 나아지지 않는다. 불안해하고 비관적으로 생각할수록 상황은 더 나빠지기 때문에 어떻게 헤쳐나갈지 고민하고 시도해봐야 한다. '아무것도 하지 않으면 아무 일도 일어나지 않는다'는 말처럼 늘 제 자리에 머물러 있다면 변화 없이 불안감만 쌓여갈 뿐이다.

"행복해서 웃는 것이 아니라 웃어서 행복한 것이다."

미국의 심리학자 윌리엄 제임스의 명언처럼 살아가면서 슬프거나 화나거나 짜증나는 일로 부정적인 감정이 생기더라도 상황에 따라 감정을 조절하는 노력이 필요할 때가 있다. 웃음으로 행복을 찾듯 불안함과 부정적인 마음 상태를 최대한 줄이고 긍정적인 생각을 함으로써 우리의 삶은 조금은 더 나아질 수 있다. 그리고 주변의 부정적인 사람들과 환경에 조금은 덜 반응하는 연습을 하고, 그에 반대되는 긍정적인 환경과 감정을 만들어주는 것도 가치 있는 인생을 살아가는 방법 중 하나가 될 것이다. 희망이나 꿈도 긍정적인 마음으로부터 만들어지는 감정이다. 이런 마음가짐을 가지는 것은 나를 위한 것도 있지만, 나를 만나는 모든 사람들에게 행복 바이러스와 선한 영향력을 전달하는 효과도 있다. 다시 말해 내 삶에 열정이 가득한 꿈을 만들고, 긍정적인 생각과 행동이 더해진다면 일상을 풍요롭게 만드는 기회가 더욱 많이 찾아오지 않을까 생각해본다.

불안 없이 완벽한 사람은 없다

쉬엄쉬엄, 차근차근, 하나씩 해결하라

"신중하되 천천히 해라. 빨리 뛰는 것이야말로 넘어지는 것이다."

영국이 낳은 최고의 극작가 셰익스피어(William Shakespeare)의 명언이다. 우리가 원하는 대로 항상 일이 풀리는 것은 아니다. 예상대로 일이 풀리지 않을 때는 답답한 마음과 불안함이 더해져 다급해지기도 한다. 특히 직장생활을 하다 보면 예상치 못한 결과로 인해 계획이 틀어진다거나 기회를 놓치는 경우가 종종 생겨난다. 사람과 사람이 만나서 하는 일이 대부분이라서 그런지 아무리 확인하고 준비해도 막상 만나서 이야기를 나누다 보면 의견 차이나 감정 충돌로 결론이 쉽게 나지 않을 때가 있다. 서로 달성하고자 하는 목표에 성과와 실적이라는 두 마리 토끼를 잡아야 하기에 어느 정도의 의견 조율이나 양보가 필요한 부분도 신경전이 오갈 때가 많아서 벌어지는 일이다.

토끼와 거북의 경주 이야기는 너무 많이 들어서 식상하겠지만, 지금 우리에게 자신을 돌아보고 다른 관점에서 생각할 수 있는 기회를 갖게 하는 이야기라고 생각한다. 토끼와 거북의 경주에서는 결국 부지런하고 꾸준하게 노력하는 사람이 승리한다는 결론이지만, 토끼의 입장에서 본다면 자신이 생각하는 속도로 어느 지점까지 달렸고, 힘들고 지쳤다고 생각하는 지점에서 잠시 쉬었을 뿐이다. 알고 보면 토끼는 항상 달리는 속도로 뛰어왔고, 자신이 쉬어야 될 때를 알고 약간의 휴식을 취해 다시 달릴 수 있는 힘을 충전했을 것이다. 이런 관점에서 생각해본다면, 토끼는 결국 포기하지 않고 결승점을 통과했기에 스스로 경기 결과에 만족할지도 모른다.

최근 몇 년 간 업무적인 환경이 예전보다 많이 나아졌다지만 내가 입사할 때만 하더라도 업무량이 많고, 회사에 오래 남아 있으면 일을 잘하는 것으로 인정받는 시절도 있었다. 동료들이 퇴근하고 난 뒤 혼자 남아서 자료라도 만들고 있으면 남들보다 바빠 보이고, 지나가는 상사들도 얼른 퇴근하라며 격려를 보내는 등 나름 능력 있어 보이는 것만 같았다. 하지만 요즘은 인식이 많이 변해 업무 처리를 못하는 사람이 늦게까지 남아서 일을 붙들고 있다는 느낌을 줄 수 있다. 워크스마트 시대에 일부러 회사에 늦게까지 남아서 업무를 하려는 사람이 많지는 않겠지만, 내일도 출근해서 오늘과 똑같은 일을 반복한다고 생각하면 굳이 오늘 늦게까지 남아 있을 필요가 있을까 하는 생각이 들 때가 많았다.

학창 시절 소풍을 가면 항상 빠지지 않는 놀이가 있었는데, 바로 보물찾기다. 소풍의 하이라이트라고 할 수 있는 놀이기에 모두가 한껏 부푼 기대감으로 보물찾기 시간만 기다리곤 했다. 보물찾기가 시작되면 너나 할 것 없이 커다란 나무로 달려가 주변 나뭇잎을 치워보거나, 큰 돌이라도 있으면 힘껏 들어 올려보았다. 그런데 종종 여기저기 뛰어다니며 열심히 보물을 찾는 아이들 틈으로 보물찾기가 재미없다는 듯 주위를 두리번거리며 걸어가는 아이들이 한 번씩 보물을 찾아내던 기억이 난다. 당시에는 운이 좋다고 생각했지만 지금 생각해보면 그 친구들은 빨리 찾으려는 조급한 마음을 내려놓고 평정심을 유지했던 것은 아닐까. 빨리 찾고 많이 찾으려는 욕심을 버리니 주변이 더 잘 보였던 것 같기도 하다.

급할수록 돌아가라는 말이 있지 않은가. 여행을 하다가도 시간에 쫓겨 많은 곳을 둘러보려고 하면 주변의 멋진 경관을 놓치게 되고, 맛집 탐방, 기념품 구경도 하지 못한 채 결국 기억에 남는 게 없는 반쪽짜리 여행이 될지도 모른다. 여행이 주는 의미를 내 나름대로 정의해본다면 속도가 생명인 현대사회에서 나만의 시간을 보낼 수 있는 포근한 안식처를 찾아가는 여정이라고 생각한다. 일상에 지쳐버린 사람들이 집이 아닌 나만의 안

식처를 찾아서 안정을 유지할 수 있다면 그것만큼 행복한 일상도 없을 것이다.

사람과의 관계에서 스트레스를 많이 받고, 불안감과 부정적인 생각이 나를 지배할 때, 우리는 혼자만의 시간을 가져보거나 여행을 떠올린다. 무언가를 빠르고 완벽하게 해내려고 하는 마음이 앞서다 보니 아무리 허점이 없는 사람이라고 할지라도 실수하게 되고, 난관에 봉착하는 경우가 있다. 한번쯤은 내가 가는 길이 가시밭길은 아닌지, 깨끗하게 잘 닦인 아스팔트를 두고 비포장된 길을 지나가려는 것은 아닌지 생각해볼 필요가 있다. 자신을 돌아봄으로써 깨달음을 얻으면 나만의 속도와 방향이 알아차려지고, 조급하지 않고 꾸준히 갈 수 있는 희망과 자신감이 생겨난다.

성격이 급한 사람은 조급함이 앞서 실수가 많아지고 뜻하지 않게 손해를 보는 경우도 생긴다. 실패를 겪어본 사람들을 보면 일상에서 여유와 휴식처럼 종종 하던 일을 멈추고 자신에게 시간을 투자하지 못할 때가 많다. 특히 아무것도 하지 않고 가만히 있을 때 불안하다거나 무언가에 쫓긴다고 느끼는 경우에는 자기만의 시간을 가질 수 있는 습관을 만들어보는 게 좋다. 끊어야 할 때를 알고 쉬어가는 여유가 필요한데 우리는 생존경쟁에 내몰려 앞만 보고 달려 나가다 보니 자신을 되돌아보는 시간적 여유마저 놓치고 있다. 한 박자 쉬면서 천천히 생각하고 때로는

불안 없이 완벽한 사람은 없다

내려놓는 마음가짐이 필요한 이유다.

차분함을 유지하고 하나씩 해결하는 방법으로 작고 쉬운 일부터 먼저 시작해보는 것이 좋다. 처음부터 어려운 것을 해결하려고 하면 다른 문제까지 겹쳐 혼란스럽다. 가능하면 5분 이내로 빨리 해결할 수 있는 일부터 처리하고, 그다음은 휴식을 갖는 것이 심신을 건강하게 만드는 보약이다. 또 사무실이나 집안에서만 일을 해결하려고 하면 머리가 더 복잡해질 수 있다. 이럴 경우에는 밖으로 나와 잠깐 걸어보는 것도 좋은 방법이다. 산책을 하면서 새로운 공기를 마시거나 가까운 사람들을 만나 다른 주제로 이야기를 나누다 보면 풀리지 않는 고민이 쉽게 해결되는 경우도 있다.

코로나가 3년을 넘어가면서 대면 만남이 줄어들고, 화상이나 네트워크를 통해 만남이 이뤄지는 것이 일상화되었다. 변화되는 일상 속에 사람들은 경제적 어려움을 호소하고, 그로 인해 눈 아래의 미소도 점점 잊혀져간다. 마스크가 가져온 표정의 어두운 칸막이는 환한 미소로 보여주던 행복과 즐거움의 감정마저 종식시켜버린 것 같다. 기술의 발전과 함께 앞만 보며 달려온 현대인에게 눈에 보이지도 않는 바이러스가 이렇게 치명적인 결과를 초래하고 아픔을 줄지는 누구도 예상치 못했을 것이다.

한편, 뒤도 돌아보지 않고 쉼 없이 달려온 우리들에게 바이러스라는 존재는 쉼표의 역할을 해주는 것일지도 모른다. "일만 알고 휴식을 모르는 사람은 브레이크 없는 자동차와 같다"라고 한 헨리 포드(Henry Ford)의 명언처럼 때로는 일과 휴식을 구분할 줄 아는 삶을 살아가는 것이 중요하다. 쉰다는 것은 아무것도 하지 않고 아무 생각도 안 하는 상태라고 생각할 수 있지만 성공하는 사람들의 공통점을 찾는다면 휴식을 항상 기본으로 생각하고 재충전과 준비의 시간으로 활용했다는 것이다. 핸드폰을 충전하고, 자동차에 연료를 주입하는 그 시간은 잊어버리지도 않고 잘 챙기면서, 힘들게 살아가는 내 자신이 휴식을 찾고 재충전할 수 있는 5분이라는 시간은 왜 챙기지 못하는 것인지 한 번쯤 돌아보는 여유를 가져보는 것이 좋다. 일하는 시간이 아닌 자신만의 휴식 시간을 찾고 지친 마음과 무뎌진 심신을 새롭게 가다듬는 기회를 주는 것이 내 삶의 능률을 올리는 최고의 비법이 될 것이다.

불안 없이 완벽한 사람은 없다

04
작은 선택이
인생을 바꾼다

살다 보면 매 순간이 선택의 연속이고, 선택의 갈림길이다. 사소하거나 인생에서 다시는 없을 중요한 결정은 마지막 순간까지 다양한 고민을 하게 한다. 선택의 결과에 대한 책임은 자신에게 있지만 선택의 순간에는 어떤 기준을 가지고 선택할지 고민해볼 필요가 있다. 얼마나 득이 되고 실을 안겨줄지 꼼꼼히 따져서 선택하는 사람도 있을 것이고, 남들에게 과시하고 싶은 욕심에 자신이 정해놓은 기준을 넘어서는 선택을 하는 사람들도 많다. 사실 하루하루 힘겨운 삶을 살아가는 현대인은 당장 무엇을 할지, 어떤 음식을 먹을지, 누구를 만날지 등에 대한 선택의 기로에서 고민할 때가 많을 것이다.

나는 초등학교와 중학교 때까지 반장을 놓치지 않았다. 전교 회장으로도 선출되어 대표직에 대한 체험 경험도 있다. 솔직히 학창 시절 때는 그런 자리가 어떤 위치인지도 몰랐지만 태권도도 오래 다녔고, 달리기나 축구 같은 운동도 잘하니 친구들의 추천에 등 떠밀려 나갔다고 할 수 있다. 하지만 선출되었다는 것은 내가 추천에 기꺼이 응했고, 그 자리를 선택했다고 볼 수도 있다. 선거에 나가기 싫었다면 굳이 나에게 한 표를 부탁하는 연설 준비도 하지 않았을 테니 말이다. 그때는 친구들의 응원과 격려가 힘이 되고, 내가 어느 집단의 대표로 활동한다는 것이 우월해 보이거나 멋있어 보일 거라고 생각해서 고민 없이 선택한 것이 아닐까 생각한다.

"지금의 모습은 과거에 자기가 했던 선택의 결과이다"라는 말이 있다. 요즘 들어 가끔은 내가 과거에 다른 선택을 했다면 지금 나의 모습은 어떻게 변해 있을지 궁금할 때가 있다. 나는 축구를 너무 좋아했지만 앞서 언급했듯이 반장이나 전교회장으로 활동하다 보니 당연히 운동보다는 전문 직종이나 지도자 쪽에 관심이 많은 것처럼 보였을 것이다. 어렸을 때는 내게 진로에 대한 선택권이나 결정권이 당연히 없다고 생각했기 때문에 부모님이나 선생님께서 정해주시는 방향이 진로를 선택하는 데 많은 영향을 주었다. 그래서인지 현재 처한 상황이나 하고 있는 업무에 스트레스를 받고, 불평불만도 늘어날 때, 이것이 내가 결정한 방향과 내가 만들어낸 환경이 아니라는 생각이 자주 들어 화가 날 때도 많았다. 하지만 지금 생각해보면 그런 상황이나 환경도 결국 내가 만들어낸 것이고, 내가 결정한 것이 분명하기

불안 없이 완벽한 사람은 없다

에 누구에게 불평불만을 할 필요는 없다. 지금 나의 모습이 그때의 다른 선택보다 더 나은 결과가 되어 현재의 삶을 살아가고 있다는 사실만 알아차린다면 불평불만은 금방 사라질 것이다.

"인생은 B와 D 사이의 C"라는 말이 있다. 출생(Birth)과 죽음(Death) 사이에서 무수한 선택(Choice)의 순간을 맞이하는 것이 우리 인생이라는 것이다. 이렇게 인생이 항상 선택의 갈림길에 놓이는 것이라면 가장 이성적으로 판단하고 결정할 수 있는 최선의 선택을 해야 할 것이다. 신세만 한탄하고, 자신이 처한 상황을 자책하거나 비관적으로 생각하고 있다면 무기력과 우울감만 생길 뿐이다. 하지만 어느 순간, 어떤 상황에서든 맞닥뜨릴 수밖에 없는 것이라면 내가 받아들일 수 있는 최선의 선택을 하고 후회하지 않을 용기가 있어야 한다. 결과에 대한 기쁨과 슬픔 모두 자신의 선택에 의한 것이니 상대방의 위로와 격려도 소용이 없겠지만, 이런 상황들을 자주 겪을수록 빠르게 받아들이고, 적응하는 자세가 필요하다. 자기가 선택한 삶의 결과가 자신에게 가장 값진 경험과 선물이 될 수 있다고 긍정적으로 생각한다면 그건 아마도 어떤 보물 상자보다 값질 것이다.

100세 시대에 살면서 우리는 얼마나 많은 선택의 순간을 맞이하게 될지, 그 선택이 어떤 결과와 영향을 주게 될지 예측할 수 없다. 하지만 모두가 잘되고, 잘 먹고, 잘 살아가려고 하는 선택이기 때문에 나의 선택을 존중하고, 결과도 후회 없이 받아들여야 한다. 어른이 되면 수많은 선택의 결정권을 갖는 만큼 그 결과 또한 남은 인생에 영향이 클 수밖에 없다. 내가 잘못된 선택을 하는 것은 아닐지 하는 불안감이 생기는 것도 미래에 어떤 인생이 펼쳐질지 모른다는 걱정으로 인해 생기는 감정의 결과이기도 하다.

너무나 큰 기대와 거대한 목표 또한 우리가 선택의 기로에 섰을 때 불안감을 키운다. 무언가를 시도하기 전이라면 이미 실패한 결과를 예상한다거나, 과거의 상처가 아직 내면에 각인되어 있어 선택에 있어 망설임을 불러일으키는 것일 수 있다. 이런 감정은 누구나 한 번쯤은 겪는 경험일 테지만, 반드시 넘어야 할 험난한 산이라고 생각하고 극복해내야 하는 과제다. 성공한 사람들의 일화를 듣다 보면 어느 누구도 처음부터 성공한 사람은 없다. 매 순간 선택이 있었고, 그 선택에 대한 결과를 반드시 자신의 책임으로 받아들여 다음을 준비한 시간들이 있었기에 성공할 수 있었다.

주변에서 부자가 된 사람이 있다고 해서 그 사람이 해왔던 그대로 따라 한다고 내가 성공할 가능성은 크지 않다. 사람은 모두 똑같은 능력을 가진 것이 아니기 때문에 일명 '로또 인생'을 생각하며 그들을 따라 하다가는 '쪽박 인생'이 될지도 모른다. 지금 우리가 마주하는 그들의 모습은 성공한 이후의 모습이므로, 지금의 모습을 따라 하는 것은 지금까지 그들이 시도하고 실패한 경험들을 뛰어넘어 타임머신을 타고 한 번에 성공의 길을 가려는 것과 다르지 않다. 그들이 여기까지 오는 과정에서 어떻게 노력해왔고, 실패는 어떻게 견뎌냈는지를 알고 배운다면 내가 선택의 기로에 섰을 때 현명한 결정을 할 수 있는 좋은 기준이 될 것이다.

1998년 US 오픈 골프 대회에서 우승을 차지한 박세리 선수의 기적 같은 성공 일화는 아주 유명하다. 연장전까지 가는 접전 가운데 첫 티샷이 해저드로 빠지면서 절체절명의 위기를 맞았고, 박세리 선수는 선택의 기로에 서게 된다. '드롭하고 페널티를 받고 칠 것이냐, 물에 들어가서 그냥 칠 것이냐'의 선택 사이에서 과감히 맨발 샷을 선택한 그녀는 양말을 벗고 연못으로 들어가 두 번째 샷을 성공적으로 끝내 결국 우승으로 가는 기적을 만들어냈다. 당시 IMF를 겪으며 모두가 힘들어하던 시기였는데, 맨발 투혼으로 실의에 빠져 있는 국민들에게 희망을 선사해줬던 그녀의 모습은 준비된 자에게 기회가 온다는 것을 새삼 느끼게 해준 좋은 사례였다.

나는 평소에 책을 읽는 것은 좋아했지만 글을 쓰는 것은 어떻게 시작해야 될지 몰라 마음속에 담아두고만 있었다. 코로나로 인해 경제적으로나 일상적으로 어려움을 호소하고, 주변에서 일자리를 잃거나 고통스러워하는 모습을 보며 나도 어떻게 될지 모른다는 불안감이 커졌고, 지금이 아니면 글 쓰는 법을 배울 기회가 사라지는 게 아닐까 두려웠다. 매일 인터넷에서 책 쓰기 관련 검색도 해보고, 많은 글을 찾아보면서 우연히 '한국책쓰기강사양성협회(이하 한책협)'의 카페 글을 보게 되었고, 지금의 김태광 대표를 만나 빠른 시간에 글을 쓰는 법을 배우게 되었다. 한책협의 김태광 대표는 25년 동안 300권의 책을 기획, 집필하고 출판 가이드 특허를 보유한 유일한 전문가다. 12년 동안 1,100명이 넘는 평범한 사람의 인생을 작가로 변신시킨 그의 출간 시스템에 나도 용기를 내어 강의를 신청했고, 바로 지금 그 꿈을 이루어가는 중이다. 책을 쓰면서 블로그와 인스타그램도 배워 나를 알릴 수 있는 방법들을 익혀나가고, 지금도 글을 쓰며 독자들과 소통하고 있다. 이 모든 것이 책을 쓰고 싶은 욕망에서 시작되어 잠재의식에 각인된 꿈이 반응해 기회를 만들어낸 것인지도 모른다.

살아오면서 우리가 얼마나 많은 기회를 만났고, 놓쳐버렸는지 알 수 없지만, 가끔 기쁨과 행복의 순간이 찾아온다면 그 기회를 잘 잡은 결과로도 해석할 수 있다. 기회란 모든 사람에게 동등하게 주어지지만 대부분의 사람들은 그 기회를 알아차리기 전에 놓쳐버린다고 한다. 빠르게 변하는 세상에서 힘든 일상에 지쳐 열린 마음이나 긍정적인 사고가 힘들어져 그 기회를 놓치는 것은 아닐까 하는 생각도 해본다. 인생을 살면서 세 번의 기회가 찾아온다고 하는데, 선택을 기회의 출발선이라고 생각한다면 내가 하는 선택이 얼마나 중요한지 깨닫게 될 것이다.

05
하루 중
우선순위를 정해라

"빨리, 빨리!"

한국인의 성격을 제일 잘 표현하는 말이며 한국인 하면 제일 먼저 떠오르는 단어일 것이다. 이것은 과거 수많은 시대적 변화를 겪으면서 배고픔과 시련을 이겨내기 위해 악착같이 살아남으려 애쓰셨던 부모님 세대의 절실함을 나타내는 말이기도 하다. 어떻게든 모으고, 아끼고, 하나라도 더 배워 더 빠르게 성장하려고 했던 꿈과 행동의 습관들이 내면과 몸에 배어 지금 우리가 풍요로운 삶을 살아갈 수 있는 밑거름이 된 것이라고 볼 수 있다.

지난 몇 세기 동안 과학기술의 발전으로 재능과 능력을 가진 사람들이 계속 늘어나고 있다. 유년시절을 지나 성인이 되고 사회생활을 하면서 수많은 경쟁과 성과주의에 대한 압박으로 불안감과 두려움은 늘 함께하는 동반자가 되었다. 작은 실수도 용납되지 않는 조직적인 분위기와 여러 업무를 동시에 처리하는 멀티플레이어가 되기를 요구하는 사회적 분위기에 늘 조급함이 앞서 감정을 조절하기 어려울 때가 많다. 어렸을 때는 하나라도 남들보다 잘하면 성공한다는 말을 자주 듣고 자랐지만, 막상 사회생활에 발을 들이면 하나만 잘해서는 먹고살기 힘들다는 것을 여실히 깨닫게 되고, 경제적으로 위기 의식도 느껴 불안한 감정은 더 크게 자라난다.

나는 어렸을 적 항상 성격이 급하다는 말을 들으며 자랐다. 성격이 급하다기보다 내 생각처럼 잘되지 않았을 때 실수라도 할까 스스로 다그치는 경우에 그런 행동이 종종 나왔던 것 같다. 조급함이라는 감정이 어쩔 때는 내가 하는 일의 성과를 상당 부분 진척시켜주기도 하고, 일을 빠르게 마무리 짓도록 속도를 올려주기도 한다. 하지만 그 과정에서 예상치 못한 실수나 매끄럽지 못한 마무리로 꼼꼼함이 결여되어 있다는 인식을 심어줄 수 있다는 것은 미처 알지 못했다. 이런 부분을 조금이라도 줄여나갈 수 있다면 조급한 성격과 행동에서 오는 불안감은 점차 줄어들 수 있을 것이다.

"자신의 시간을 제대로 활용하지 않는 사람들이 시간이 부족하다고 늘 불평만 한다."

우리에게 진짜 시간이 부족한 것일까? 프랑스 작가 장 드 라브뤼예르(Jean de La Bruyère)의 이 말처럼 시간을 잘 활용하는 것은 조급함이나 성급함, 그리고 서두르는 행동이 조금이라도 나아지는 방법이 될 수 있다. 아침에 일어나 등교나 출근 준비를 할 때 내가 어떤 생각을 하는지 생각해본 적이 있는가? 하루를 고민과 걱정으로 시작하면 풀리지 않던 문제는 점점 더 미궁 속으로 빠져들게 된다. 모든 일에는 순서가 있고, 우선순위가 있어야 일의 매듭이 지어지는데 여러 가지 고민과 걱정이 뒤엉켜 있으면 매듭이 풀릴 리 없다. 시작이 어두운 그림자로 드리워져 있으니 이런 사람들은 무엇을 하든 시간이 부족하다거나 바빠서 다른 일을 하지 못했다고 핑계나 불평을 늘어놓는다. 어떤 상황이든 긍정적인 사고와 자신이 처한 현재 상황을 인지하고 행동할 때야말로 해결의 실마리를 찾을 수 있다.

일상이나 직장에서 우선순위 없이 생활하다 보면 주변의 상황에 휩쓸려 자신이 세운 목표와 방향을 잃어버린 채 방황할 수도 있다. 내가 해야 되는 일 중에서 중요하다고 생각하는 일과 긴급하다고 생각하는 일을 나누어 우선순위를 먼저 정하는 게 좋다. 중요한 일은 장소나 상황에 구애받지 않고 '나' 자신이 기준이 되는 일이다. 나의 생활에서 가장 중요한 가치를 지니는 일이 그 기준이 되고, 내가 좋아하는 취미 생활이나 동호회 활동 등 나를 기준으로 가치가 있는 일을 하는 것이다.

반면, 긴급한 일은 그것을 빨리 처리하지 않았을 때 불이익이나 손실이 예상되는 일이다. 이것도 장소나 상황에 구애받지는 않겠지만 내가 아닌 직장이나 집단에 소속된 사람들의 입장이 기준이 된다. 이렇게 세워놓은 기준으로 중요한 일과 긴급한 일의 순서를 적절히 분배해 대처하는 것이 실수를 조금이나마 줄이고, 시간적인 여유를 만들어내는 효과가 있다.

지나온 시간을 돌아보면 새해마다 실천하자고 세워놓은 계획은 대부분 일주일을 넘기지 못하고 허둥지둥 보내 아쉬울 때가 많다. 누구에게나 공평하게 주어지는 시간은 어떻게, 얼마나 효율적으로 사용하는지에 따라 나의 삶이 바뀌는 기회가 될 수 있다. 시간 관리를 잘하는 사람은 앞에서 언급한 우선순위에 따라 자신의 삶을 살아가는 사람이라고 볼 수도 있다. 일의 순서를 정해놓으면 잃는 시간이 줄어들기 때문에 효율적인 일 처리가 가능하고 불안감이 편안함으로 바뀔 수도 있다. 하지만 일의 순서를 정해놓지 않는 사람들은 그 과정에서 잃은 시간을 짧은 시간이라고 생각하고 무심코 흘려보내는 등 시간의 중요성을 크게 느끼지 못한다.

일상에서 일하는 시간과 쉬는 시간을 뚜렷하게 구분할 줄 알아야 한다. 우리는 24시간 중 수면시간을 제외하고 내가 행복하고 즐거운 시간을 얼마나 보냈는지 생각해볼 필요가 있다. 우선순위를 정할 때는 나 자신의 만족을 위해 다른 무언가를 포기해야 되는 경우가 생길 수 있다. 하지만 여러 가지를 동시에 하려고 하면 집중력이 떨어질 수 있고, 어느 하나라도 실패하면 성공 자체를 부정하게 되는 결과를 초래한다. "10분이 티끌과 같은 시간이라고 말하지 말고, 그 티끌 같은 일을 하나씩 처리하라"는 괴테(Goethe)의 말처럼 일의 순서를 정하고, 시간을 잘 활용한다면 불안한 감정을 다스릴 수 있을 것이다.

실패를 두려워하고, 주변 시선을 의식하는 감정들이 대부분 불안을 만들어낸다. 이런 감정들은 나 자신이 준비가 되지 않은 상황에서 맞닥뜨리면 고민과 걱정으로 인한 불안과 긴장감이 더 커질 수 있다. 누구나 자신감을 가지고 있을 때 어떤 상황이라도 도전할 수 있고, 극복해나갈 수 있는데, 불안감을 안고 있는 상황에서는 어떠한 경우에라도 정상적으로 대처해나가는 것이 어렵다. 남들보다 빠르게 성공하려고 하는 마음이 앞서거나, 나만 완벽하다는 자신감만 가지고 행동한다면 결과가 실수나 실패로 돌아올 가능성이 높아진다. 조급함은 또 다른 조급함을 낳을 수 있고, 하던 일을 그르치게 되면 스트레스로 인한 불안과 두려움이 커지기 마련이다.

어떤 상황이든 조급함을 느꼈을 때 스스로에게 브레이크를 걸어, 현재 상황을 인지하고 조급함을 잠시 내려놓는 것도 필요하다. 너무 많은 것들이 한 번에 진행되는 것은 아닌지, 내가 해야 될 것은 어떤 것인지 우선순위를 정해나가다 보면 하나씩 해결하는 방법을 찾을 수 있다. 어차피 내가 만들어놓고, 내가 겪어야 할 상황이라면 급하게 해결한다고 해서 불안감이 없어지지는 않는다. 하지만 내가 중요하다고 생각하는 것과 쉽고 빠르게 할 수 있는 것부터 행동으로 옮기다 보면 성취감을 얻게 되고, 다음 일에 대한 부담감은 많이 줄어들 수 있다. 자신이 생각하는 결과는 한순간에 오지 않는다는 것을 인정하고, 당장 결과가 나오지 않는 행동임에도 과정에 따라 자신에게 격려가 될 수 있으니, 일이 많아 불안감을 느끼며 뒤로 미루는 것보다 우선순위를 정해 하나씩 해결해나가는 것이 성과적인 측면뿐만 아니라, 경험을 통한 자신감을 얻을 수 있는 최고의 기회가 될 것이다.

06
비교하고
자책하지 마라

"넌 왜 그것밖에 못하니?"

우리는 살아가면서 항상 누군가와 비교하거나 비교를 당하면서 살아왔다. 특히 학창 시절부터 이어져온 학업 성적과 운동신경 등에 대한 비교는 누구에게는 승리의 기쁨처럼 달콤하겠지만, 비교를 당하는 자는 자신을 보잘 것 없거나 초라하게 느끼며 불안해진다. 다른 사람과 비교하는 것 자체가 자존감과 자신감을 무너뜨리고, 자책하게 만들어 무기력해지기 때문이다. 비교하는 것은 때로는 격려와 동기부여의 행동으로 비춰질 수도 있지만, 남들과 비교할 때 작아지는 내 모습을 보고 부족함을 느끼면 만남 자체를 꺼리게 되거나 일상에서 대인 관계가 어려워질 수도 있다.

나는 늘 시험이 두려웠다. 시험이 끝나고 나면 끼리끼리 모여

점수를 매기면서 환호하는 쪽과 얼굴이 찌푸려지는 쪽으로 나뉘지는데, 자연스럽게 비교가 되는 이 상황에 나도 마찬가지로 늘 누군가의 비교 대상이 되었기 때문에 시험 기간이 참 고통스러웠다. 하지만 여기서 걱정은 끝나지 않는다. 점수가 나오면 집에 가서 부모님께 결과를 이야기해야 되는 순서가 남아 있기 때문이다. 어떤 부모라도 늘 자식에게 거는 기대감은 높을 수밖에 없기에 시험 결과가 중요하고, 며칠 동안은 시험에 대한 이야기로 자식 자랑과 선망, 질투 등이 오갈 것이다.

세상은 오직 타인과의 비교를 통해 평가된다. 남보다 얼마나 잘했는지, 성과가 어떠했는지에 따라 평가의 결과가 달라지기보다는, 누군가가 실패하거나 못 해야만 내가 잘했다는 평가를 받을 수 있는 시대가 되었다. 내가 일을 진행하는 과정에서 최선을 다해 성과를 냈다는 결과보다 누군가가 못했기 때문에 내가 더 잘한 것처럼 평가에 반영되는 것이 과연 내 능력으로 인정받을 만한 것인지도 생각해볼 문제다. 경쟁사회에서 누군가를 평가하기 위한 기준은 어떤 사물이나 환경이 될 수 있다. 대부분 조직이나 집단 체제에서 평가로 사용할 수 있는 기준은 나 아닌 타인과의 비교를 통해 결과의 성패 여부로 결정이 될 수밖에 없다는 것이 어쩌면 인간이 만들어낸 불공평의 한 단면일지 모른다.

"삶은 불공평하다. 그리고 삶이 불공평하다는 사실 자체도 불공평하다."

미국의 소설가인 에드워드 애비(Edward Abbey)는 말했다. 세상의 불공평 앞에 우리가 할 수 있는 일이란 그리 많지 않다. 인간은 태어나면서부터 공평한 기회를 부여받았다고 하지만, 시간이 지나면서 주어진 환경이나 일어나는 상황에 따라 불공평이 더 많다는 것을 느끼게 된다. 특히 부모님이나 주변으로부터 보고 들으면서 자란 불만을 표현하는 말들과 행동들이 지금 세대들에게는 유행처럼 번져 있다. 이것은 부정적인 사고를 넘어, 사회적으로 불평불만을 나타내는 솔직한 자기표현의 방식이 되어버린 지 오래다. 코로나를 겪으면서 여러 분야에서 고통과 어려운 상황이 미디어를 통해 자주 전달되면서 불안과 걱정이 증가한 것도 삶을 비관적으로 보는 등 부정적인 감정을 더 키웠을 것이다.

모임에 나가 보면 대화 중에 유독 눈치를 보는 사람이 있다. 눈치를 보는 사람은 대화를 하더라도 자신감이 결여되어 있고, 자신의 의사를 잘 전달하지 못한다. 대화 중에 흐름이 끊어지기도 하고, 화제에서 벗어난 이야기도 가끔 할 때가 있다. 아마도 대화를 하면서 상대방에게 듣게 될 대답 같은 것을 미리 예상하거나 부정적으로 생각하고 있기 때문이 아닐까. 듣고 싶은 말이 있는데 혹시나 다른 말을 들으면 어떡할까 하는 두려움도 있을 것이고, 하고 싶은 말이 있는데 상대방이 싫어하면 어떡할까 하는 걱정도 많기 때문에 시종일관 눈치를 보는 것이다. 대화를 하는 상대방을 비교의 대상으로만 생각하는 것은 서로 다름을 인정하고 존중하는 것이 아닌 경쟁 상대로 느끼고 있다는 반증이 된다.

자존감이 낮아지면 '나는 도대체 지금 여기서 뭐하고 있는 거지?'라는 생각이 들 수 있다. 하지만 비교를 통해 나의 부족함이 드러나는 것은 물론 상대방의 우월함도 인정하고 받아들이는 것이 중요하다. 부러움과 질투의 출발점은 언제나 같다고 할 수 있다. 비교를 열등감으로 받아들이면 질투가 되어 부정적인 감정이 생기고, 존경이나 부러움의 대상으로 받아들이면 긍정적인 감정으로 만들 수 있다. 질투는 지나면 지날수록 손해만 늘어나는 길로 들어서는 것이지만, 부러움은 가지면 가질수록 나의 발전과 함께 선망의 대상이 된다. 비교로 인해 점점 작아지는 나 자신을 자책하지 않고, 현재 상황을 그대로 받아들여 인정하게 되었을 때 부정적인 감정은 줄어들고 긍정적인 감정으로 바뀔 수 있는 전환의 기회가 되기도 한다.

비교가 항상 나쁜 것만은 아니지만, 나쁘게 생각되는 것은 아마 비교의 결과가 좋지 않았던 기억이 좋았던 기억보다 더 강하게 무의식 속에 각인되어 있기 때문이다. 하지만 경험을 통해서 비교가 꼭 나쁜 것만은 아니라는 것을 깨달을 수 있다. 그건 경쟁처럼 누군가를 이겨야 하는 시스템이나 내가 반드시 1등을 해야 된다는 것과는 차원이 다른 것이다. 남들과의 비교를 통해서 자신이 어느 위치에 있고, 어느 수준인지를 깨닫고 파악하는 것이 중요하다. 남들이 나보다 더 잘하는 것이 있다면 내가 어떤 부분이 부족한지를 알아채고, 배우며, 습득하면 된다. 반대로 내가 남들보다 잘하는 것이 있다면 알려주고, 베풀면 되는 것이다.

경험이 많은 사람은 비교를 당하더라도 자신의 약점을 빨리 극복해낸다. 처음 겪는 일도 경험을 통해 능숙하게 대처할 수 있고, 여러 관점으로 시도하기 때문에 적응도 빠르다. 능력이 좋다면 그것에 맞는 대가를 받거나, 자신이 하는 일에서 빛을 볼 수도 있고, 아는 것이 많다는 것도 대화를 할 때 장점으로 발휘될 수 있다. 지식인을 만나면 내가 못 배운 것은 아닌가 하는 자괴감이 들 때도 있지만 객관적으로 내 수준의 정도를 알게 되는 순간이라 나를 다시 되돌아보는 계기가 될지도 모른다. 나와 생각이 다르다거나 방향이 틀리다고 해서 옳고 그름을 따지기보다는 배울 수 있는 부분은 없는지, 내가 가르쳐줄 수 있는 부분은 없는지의 관점으로 접근해보면 좋을 것이다.

급속하게 디지털 시대로 변하면서 대면적인 비교가 아니라 SNS나 미디어를 통해 가상에서 비교를 당하고 자책하는 사람들이 늘고 있다. 시대의 흐름을 놓치거나 소외되는 것에 불안을 느끼는 증상을 말하는 '포모(FOMO) 증후군'은 나만 뒤처지고 있다는 두려움이 더 강해져 만들어진 고립 공포감의 일종이다. 두려움은 세상의 아름다움을 가로막고, 새로운 환경에 대한 허상을 만들어내기도 한다. 하지만 모든 두려움은 바로 내가 만들어낸 것이고, 모든 허상도 바로 내가 만들어낸 것이다. 변화하는 세상 앞에서 두려워하지 말고, 도전한다는 마음으로 부딪혀본다면 결과가 어떻게 나오더라도 다시 시작할 수 있는 용기를 낼 수 있다. "못할 것 같은 일도 일단 시작해놓으면 이루어진다"는 말이 있듯이 타인의 의견을 수용하고, 다양한 경험을 통해 자신감을 얻는다면 나의 내면은 긍정적이고, 너그러운 마음을 지닌 사람으로 변해가고 있을 것이다.

불안 없이 완벽한 사람은 없다

07
생각하지 말고
즉시 행동하라

일상에서 늘 부딪히는 고민거리 중 하나가 실행할까 말까 결정하는 것이다. 선택의 기로에서 꼭 해야만 하는 것이 있고, 당장 하지 않아도 괜찮지만 하면 기분이 좋아지는 것이 있다. 그러나 생각만 하고 행동하지 않는 것이 습관처럼 굳어버리면 마음과 행동을 초심으로 되돌리기는 어려워진다. 행동하기도 전에 자신의 결정이 가져올 결과를 예측해서 받아들이는 사람들은 선택의 순간에서도 불안감과 두려움을 느끼기 쉽다. 이렇듯 무언가 하지 않으면 뒤처질 것만 같고, 행동하기에는 결과를 받아들이지 못할까 걱정하는 갈림길에서 여러 가지 생각에 사로잡혀 쉽사리 결정하지 못하고 행동으로 옮기는 것이 어려운 게 사람의 마음이다.

새해가 밝아오면 누구나 습관처럼 하는 행동이 있다. 해마다 크게 바뀌지도 않고 세상 누구나 버릇처럼 하는 행동이 있는데 그것은 바로 일출을 보며 소원을 비는 것이다. 꼭 일출이 아니더라도 새해가 밝아오면 누구나 하늘을 보고 바다를 향해 마음속에 담아놓았던 꿈이나 희망을 속삭인다. 가족의 건강이나 자신의 성공을 기원하는 것일 수도 있고, 다이어트나 독서처럼 자신의 성장을 바라는 주문 같은 것일 수도 있다. 이렇게 소원을 빌 때면 마치 이미 이루어진 듯 기쁨이나 행복감을 느끼게 되고, 꼭 성공하겠다고 다짐하는 것으로부터 설레는 도전이 시작되는 것이다.

어렸을 때는 부모님이나 선생님의 지도 아래 자신의 미래와 방향을 그려나가기 마련이다. 그러다 한 살씩 나이를 먹으면서 내가 생각하는 것들이 나의 일상에 영향을 주고 있다는 것을 느끼게 되고, 사회생활에 접어들면서 그 범위는 더 커진다는 것을 느낄 수 있다. 우리가 가장 많은 생각을 하게 되는 순간은 아마도 자신에게 일어날지도 모르는 일에 대한 걱정과 기대를 앞둔 순간일 것이다. 나의 미래가 어떻게 그려질지 생각하는 것 자체가 변화의 시작이기 때문이다. 생각을 먼저 하고 행동으로 옮기는 것이 순서일 수도 있지만, 때로는 생각이 과도하게 커져 행동을 가로막을 때도 있다. 생각한 대로 언제나 좋은 결과가 돌아오는 것은 아니기에 부정적인 예측이 행동의 발목을 잡게 된다. 그러나 "행동이 반드시 행복을 안겨주지 않을지는 몰라도 행동이 없는 행복이란 없다"는 미국의 철학자 윌리엄 제임스의 말처럼 무엇을 얻기 위해서는 어떤 행동을 시작해야만 결과를 기대할 수 있다. 부정적인 사람은 과거의 경험으로부터 각인된 실패의 상처와 두려움, 결과를 예측하면서 생기는 불안감과 걱정이 앞서 행동하기 전에 포기하는 경우가 대부분이다. '난 할 수 없을 거야', '나에게만 왜 힘든 일이 생기는 걸까?' 하는 부정적인 생각이 앞서고, 행동으로 옮기는 것이 두렵게 느껴진다면 인생의 방향을 잡기가 더 어려워진다. '어떻게 하면 이겨낼 수 있지?', '더 좋은 방법은 없을까?' 하는 긍정적인 생각으로 부정적인 상황을 마주해본다면 어떤 선택과 결정을 하는 데 있어 자신의 내면과 주변 환경에 적지 않은 변화를 가져오는 계기가 될지도 모른다.

우리가 생각하고 나서 쉽사리 행동으로 옮기지 못하는 것은 대부분 게으르거나 핑계라고 인식할 때가 많다. 생각하는 것은 머릿속으로 하나씩 그림을 그려가며 실행해보는 것이다. 생각하다 어려운 부분을 만나도 내가 만들어낸 상상으로 퍼즐을 맞춰 해결해나갈 수 있다. 하지만 그것을 행동으로 옮기려 한다면 생각과 마음이 일치되어 몸이 움직여야 되는데, 불안하고 걱정이 앞선다면 선택하고 결정하는 데 시간이 더 필요하게 된다. 이건 아마도 생각을 행동으로 이어지게 만드는 연결고리가 게으름이나 핑계거리가 아닌 완벽함을 추구하는 데서 오는 두려움이 더 크다고 볼 수 있다.

　내가 정해놓은 목표가 너무 방대하거나 상대방보다 더 잘해야 된다는 압박감이 오히려 생각을 행동으로 옮기는 것을 막는 가장 큰 장애물이다. 과거의 실패와 그 결과에 따른 주변의 시선들이 내가 목표로 삼은 성공의 기준을 더 방대하게 만들어 넘어야 할 벽이 더 높아지고 두꺼워지는 것이다. 작은 것부터 하나씩 실행해도 되는 것들이 빠르게 변화하는 일상에 맞추려다 보니 무리한 목표와 기준이 되고, 생각은 많지만 행동으로 옮기지 못하게 막아버리는 장벽이 된다. 이것이 지속된다면 상대방은 내가 게으르다거나 온갖 핑계를 대는 것으로 볼 것이고, 말만 번지르한 허풍쟁이로 취급할지도 모른다.

　현대사회에서 경쟁을 통해 상대방보다 조금 더 멀리, 조금 더 빠르게 성공하려는 목표만 세우고, 지금 내가 처해 있는 상황은 알아차리지 못한 채 앞만 보고 나아간다면 완벽함을 맛보기도 전에 포기가 더 빠를지도 모른다. 생각으로는 어떤 목표에 대한 계획을 완벽하게 세웠다고 해도 결국 현실의 높은 벽에 부딪혀 목표를 이뤘음에도 높은 기준 때문에 실패했다는 자책감이 생길 수 있다. 잘해놓고도 내가 정해놓은 기준을 만족하지 못해 스스로 포기하게 되고, 그것을 인정하는 순간 작은 행동조차 시도하지 못하는 두려움이 생겨난다.

　우리는 이 세상에 태어날 때부터 생각과 행동이 자연스럽게 이어져왔다. 10개월을 엄마 뱃속에서 자랐다고 해도 그 시간 동안 듣고 느낀 것들이 세상 밖으로 나와서도 생각과 행동으로 이어진다. 특히 아기를 보면 기어다니면서도 종종 일어서기 위해 중요한 세 가지를 하게 된다. 먼저 주변에서 잡을 수 있는 무언가를 찾고, 그것을 찾아서 잡고 나면 손과 발에 힘을 주며, 그 반동으로 몸을 일으켜 일어서기를 완성하는 것이다. 여러 번 실패할 때는 울면서 보채기도 하지만 생각대로 되지 않으면 다른 방법으로 다시 시도할 뿐 절대 포기는 하지 않는다. 아기들도 이렇게 시도하고 노력하는데 지금 우리는 선택의 순간에 어떤 마음가짐을 가지고 있는지 생각해본다면 행동하는 것이 얼마나 중요한 시도인지 느낄 것이다.

생각하고 행동하지 않는 것은 시간을 낭비하는 어리석은 선택이다. 성공과 실패의 차이가 바로 여기서 드러난다. 성공하는 사람은 생각하는 데 시간을 많이 투자하기보다 자신이 믿고 선택한 방향으로 빠르게 결정하고 곧장 행동으로 옮긴다. 선택의 결과가 실패로 돌아올 수도 있지만 자신을 믿고 행동하는 것은 그만큼 결과를 빨리 피드백 받아 과정을 복기하고 다시 도전해서 실패율을 줄일 수 있기 때문이다. 반대로 실패를 경험한 사람은 고민과 걱정에 대부분의 시간을 보내기 때문에 항상 한 박자 늦게 시작하고, 성공한다고 해도 만족감이 그리 크지 않다. 만약 실패한다면 잃어버린 시간을 더해 실패의 실망과 좌절감이 더 커질 뿐이다. 자신의 행동에 대해 너무 소심하거나 까다롭게 고민하는 것은 시간을 낭비하는 것임을 알고 자신을 믿고 긍정적으로 결정하고 행동하는 것이 좋은 결과로 나타날 것이다.

"사람의 생각을 타인에게 가장 훌륭하게 해석해주는 도구는 그의 행동이라고 할 수 있다."

존 로크(John Locke)의 이 명언처럼 상대방에게 나의 생각을 전달하는 것은 믿음이 담긴 행동으로부터 나온다고 할 수 있다. 디지털 시대로 전환하면서 인간의 대면 활동에서 가장 중요시되는 것은 바로 신뢰라고 말할 수 있다. 상대방과의 교감과 공감 없이는 자신의 감정 전달은 무용지물이나 마찬가지기 때문이다. 때로 행동으로 상대에게 신뢰를 주는 경우도 많기 때문에 신뢰가 요구되는 시기에는 행동 하나하나가 무엇보다도 중요하다. 생각한 것을 입으로만 전달하는 것은 누구라도 할 수 있으나 신뢰를 얻을 수는 없다. 행동을 통해 나의 생각을 전달하는 것은 상대에게는 믿음을 심어주고, 시간 또한 아끼며, 나 또한 성장할 수 있는 가장 완벽한 선택이 될 것이다.

4장

불안을 긍정으로 바꾸는
7가지 기술

실패도 경험의 자산으로 인정하라

코로나가 장기화되면서 기업이나 자영업자들의 시름은 점점 깊어져가고 있다. 최근에는 여러 규제들이 어느 정도 완화되었다고는 하나 얼어붙은 소비 심리나 대인 관계의 축소, 경제적 위기는 여전한 것이 현실이다. 연일 불안감을 유발시키는 뉴스나 주변에서 들려오는 부정적인 메시지가 내일을 기대하기 어렵게 만들고 있다. 세상은 빠르게 변해가고 있지만, 가라앉은 분위기 속에서 새로운 것에 도전하고, 열정적으로 배우려는 의지가 사라지고 있다는 것 또한 우리 미래를 더 암울하게 만드는 기폭제가 되는 것이다.

내가 3년간 코로나를 겪으면서 느낀 것이 있다면 예상치 못한 환경적인 변화에 노출되었을 때 나는 얼마나 대처할 수 있는 준비가 되어 있는가 하는 것이었다. 앞에서도 언급했듯이 경제적으로 어려워지는 상황에 직면하면서 불안함과 초조함으로 인해 새로운 것을 시도하려는 의지가 사라지고 있고, 이런 감정이 습관처럼 굳어 슬픈 현실로 바뀌어가고 있다. 특히 직장인들은 하루살이 인생처럼 언제 내몰릴지 모르는 경쟁 집단 속에서 불안한 생활을 지속하며 지내고 있다. 평생직장이라는 타이틀은 이미 오래전 이야기가 되었고, 나의 능력을 키우지 않으면 머지않아 생존 경쟁에서 도태되는 시대를 살아가고 있다.

노후를 대비해 자기계발이나 개인 사업을 준비하는 등 사람들의 관심이 증가한 것은 코로나 이후의 급격한 변화라고 볼 수 있다. 경제적인 어려움을 겪으면서 미래가 불안해지고, 노후는 100세 시대를 바라보는 시점에 은퇴 후의 삶은 더욱 컴컴한 터널처럼 느껴졌을 것이다. 하지만 자신의 미래가 불안하다고 느끼는 사람 중 대부분은 무엇을 어떻게 준비해야 될지 모르기 때문에 시간이 지날수록 고민과 걱정만 쌓여가고 있다.

우선 목표를 정하고 계획을 세우는 것부터 시작해야 되겠지만 먼저 자신의 현재 상황이 어떤지 알아차리고 나아갈 방향을 결정하는 것이 중요하다. 몇 년 후 자신의 모습을 결정짓는 것보다 당장 할 수 있는 쉬운 것부터 도전하고 성취해보는 것이 다음을 준비하는 데 자신감을 불어넣을 수 있다. 현재 내 수준이 어느 정도인지 파악하면 새로운 변화에 도전하고 환경을 만들어가는 데 무엇보다 도움이 되기 때문이다.

"아마존은 세계에서 가장 실패하기 좋은 직장입니다. 발명을 위해서는 실험을 해야 하고, 성공을 미리 알고 있다면 그것은 실험이 아닐 것입니다."

아마존의 창업자 제프 베이조스(Jeff Bezos)는 자신이 세운 아마존을 이렇게 평가한다. 아마도 실패와 성공에 대한 자신의 철학이 담겨 있겠지만, 어느 정도 위험을 감수한 도전이야말로 성공에 더 가까워질 수 있는 경험이 될 수 있다는 것을 잘 보여주는 사례가 바로 아마존의 성공이다. 우리 주변을 둘러보면 늘 실패하는 사람들의 특징은 지나치게 높은 목표를 가지며 섣부른 자신감으로 판단 오류를 한다는 것이다. 이렇게 실패를 맛보게 되면 의욕이 사라지고, 주변의 평가를 의식하게 되어 주눅이 들고 다른 일에도 영향을 주게 된다. 시도하기 전에는 누구도 결과를 예상할 수 없는 것이지만 정작 자신이 결과에 너무 집착한 나머지 실패를 인생의 종점으로 만들고 기회를 박탈시키고 있는 것은 아닐까.

나는 운동은 좋아했지만 내성적인 성격에 말이 별로 없던 묵묵한 아이였다. 고등학교를 타지에서 다니게 되고, 고향 친구들과는 자주 만나지 못하면서 말수는 더 줄어들었다. 하지만 이런 모습이 마음에 걸렸는지 고등학교를 졸업할 즈음 부모님이 알아봐주신 곳에서 일을 돕게 되었는데, 농산물을 담는 박스를 제조하는 공장이었다. 고향 어르신들이 일하는 곳이라 낯설게 느껴지지 않았고, 어린 내가 일하기에도 쉽고 간단한 작업이었다.

단지 군 입대 전 일을 하면서 어르신들과 이야기를 나누다 보면 세상 물정을 조금은 알게 될 것이라는 부모님의 속마음을 그때는 몰랐을 뿐이었다. 나는 일을 하면서 어르신들과의 대화를 통해 내가 미처 알지 못했던 것들이 성공과 실패의 갈림길에서 어떤 선택의 기준이 될 수 있다는 것도 깨달았다.

그렇게 시간이 지나 군대를 다녀오고 나서 복학하기 전까지 집 근처 지인의 가게에서 아르바이트를 하면서 손님들과의 대화로 자신감을 얻을 수 있었다. 누군가와 대화할 때도 내가 많이 알고 있고, 주제에 대한 생각이 있어야 대화가 잘 통하는 법이다. 준비가 되어 있는 사람은 언제나 자신감에 가득 차 있기 때문에 상대방에게 신뢰를 줄 수 있다. 때로는 매도 먼저 맞는 것이 낫다는 생각을 자주 하는 편인데 무언가를 꼭 해야만 할 때 결과를 빨리 알게 된다면 실패하더라도 그만큼 마음을 빨리 다잡고 극복하는 데 낭비되는 시간을 단축할 수 있다. 우리가 알고 있는 발명가들의 대부분은 남들이 하지 못한 것에 대한 두려움을 이겨내며 먼저 도전했기 때문에 가능성을 발견한 것이고, 실패했다고 거기서 멈췄다면 지금의 과학과 기술의 발전은 없었을 것이다.

성공이라는 것이 나의 기준일 수도 있지만, 세상의 기준에서 바라볼 수도 있다. 어느 기준에서든 성공이라는 단어 자체가 주는 자신감과 열정, 기쁨과 행복 등 긍정적인 면은 누구나 갈망하는 꿈일 것이다. 우리 인생의 목표에서 가장 높은 곳에 성공이라는 깃발을 꽂으려면 그 과정에는 경험이라는 울타리를 잘 만들어야 한다. 등산을 할 때도 한 번에 정상으로 올라가는 길은 없다. 일직선으로 길을 만들어놓으면 한 번 미끄러질 때마다 처음부터 다시 시작해야 되는 고난이 반복될 것이다. 등산로가 대부분 굽이굽이 만들어져 있는 것도 걸음마다 주변의 풍경을 보고, 신선한 공기를 마시며 자연에 동화될 수 있기를 바라는 지혜가 담겨 있는 것이다. 앞만 보고 달리는 것이 성공에 빠르게 도달하는 길은 절대 아님을 깨달아야 한다.

"한 번도 실패한 경험이 없는 사람은, 한 번도 새로운 시도를 해본 적이 없는 사람이다."

《탈무드》에 등장하는 명언이다. 때로는 하고 싶은 일이 있지만 실패할까, 비난받을까 두려워 시도조차 하지 못할 때가 많다. 아직은 때가 아니라는 사람도 있고, 내가 이것을 할 능력이 안 된다며 단정 짓는 사람도 있기 마련이다. 해보지 않았기에 실패라고 말하기는 이르지만 이런 생각을 하는 사람들을 실패자라고 해도 무방하다. 어제보다 조금 더 성장하고, 한 뼘이라도 더 나아가는 삶을 살고자 하는 누군가에게는 절실한 목표가 있을 것이고, 그것을 이루기 위한 계획도 있을 것이다. 우리에게 주어진 시간은 정해져 있지만, 그 안에서 최고의 삶을 오랫동안 유지하며 살아가기 위해 경쟁하고 노력하는 것이 중요하다.

실패를 두려워하며 걱정하고 고민할수록 시간만 낭비된다. 인생에는 오르막이 있으면 반드시 내리막이 있다. 지금 힘이 든다면 그건 성공을 향한 과정에 다가서고 있다는 증거다. 사람은 누구나 이번 생이 처음이기에 무엇이든 서툴고 어려울 수밖에 없다. 그렇기에 자기의 성장을 위해 배우고 익혀나가면서 경험을 쌓는 것이다.

자동차나 전자제품이 눈에 보이지 않는 작은 부속품들의 결합으로 조립되어 완성되는 것처럼 우리의 인생도 도전과 실패라는 경험들이 모여 완성되어가는 것이다. 불안과 두려움을 먼저 내세우기보다는 실패해도 내가 선택한 방향이라면 언제든지 다시 일어서서 극복할 수 있다는 믿음을 가져야 한다. 시간을 아끼고 빠르게 성공하는 것은 실패해도 결과를 인정하고, 경험을 토대로 더 성장할 수 있다는 믿음에서 시작된다는 것을 기억하길 바란다.

불안 없이 완벽한 사람은 없다

02
먼저 표현하고
솔직해져라

우리는 눈만 깜빡해도 급속도로 변화하는 시대에 살고 있다. 항상 평화롭고 행복한 삶을 원한다고 하지만 미디어를 통해 세계 각 지역의 상황을 접하다 보면 즐거움보다는 불안한 소식들을 더 많이 접하게 된다. 돈이 중심이 되는 사회, 관심을 받아야 성공한다는 인식들이 경쟁과 이슈를 만들어내면서 편안하고 안정된 생활을 누리기는 점점 어려워지고 있다. 특히 코로나가 전 세계를 집어삼키면서 빛의 속도로 변하는 시대에 불안감을 조성해 한방을 노리는 사람들이 우후죽순으로 생겨나고, 그런 사회적 단면들이 어려운 경제 여건에서 세상을 더 불안하고 두렵게 만들고 있다.

우리의 감정은 행동보다 얼굴에 가장 먼저 나타난다고 할 수 있다. 행복할 때는 표정이 밝아지며 미소를 짓게 되고, 평소보다 말투에도 자신감이 넘친다. 하지만 조금이라도 걱정과 불안을 느끼면 어느새 안색이 어두워지고 말수가 적어진다. 상대방에게 피곤해 보인다거나, 힘들어 보인다는 말을 자주 듣게 되면 그건 분명 이유가 있다는 증거다. 나의 얼굴은 상대방이 제일 많이 보기 때문에 상대방에게 비춰지는 내 얼굴이 무슨 감정을 표현하느냐에 따라 내 기분을 가늠할 수 있는 잣대가 될 수 있다.

성공한 사람들의 특징을 살펴보면 항상 어떤 상황에 처했을 때 감정에 대한 표현이 습관처럼 나오게 된다. 특히 감사의 표현은 절망적이거나 아픈 순간에 희망과 치유를 안겨주고, 고난과 역경에 처했을 때 스스로 극복할 수 있는 힘을 줄 수 있다. 누군가에게 꼭 도움을 받았다고 해서 감사의 표현을 하는 것이 아닌 자신이 처한 상황에 대해 좋은 결과를 바라는 마음으로 감사의 표현을 하는 것은 긍정에서 나오는 행동이다.

가령 버스에서 내릴 때 목적지까지 안전하게 운행해주신 기사님에 대한 작은 표현이 될 수도 있고, 식판에 배식을 받을 때 건강하고 맛있는 음식을 만들어주신 조리사에 대한 감사의 표현이 될 수도 있는 것이다.

"새는 궁하면 아무것이나 쪼아 먹게 되고, 짐승은 궁하면 사람을 해치며, 사람은 궁하면 거짓말을 하게 된다"는 공자(孔子)의 말을 빗대어 이야기해본다면 우리는 순간적인 위기에서 모면하기 위해 거짓말을 하게 되고, 그것을 덮기 위해 또 다른 거짓말을 하게 되어 걷잡을 수 없는 상황까지 가는 경우가 종종 생긴다. 지금 당장의 창피함과 부끄러움에서 벗어나기 위해 변명과 거짓말로 일관한다면 순간은 편안해질지 모르나 시간이 지나면 사태는 눈덩이처럼 불어나고, 그것이 심각한 문제로 발전해 수습하기 힘든 결과를 초래할지도 모른다. 사과 한마디면 끝났을 법한 일이 쓸데없이 길어지는 것보다 더 피곤한 일은 없다. 거짓보다는 솔직함으로 대화하고, 변명보다는 이해를 구한다는 마음으로 먼저 표현하고 인정한다면 어려운 상황을 지혜롭게 대처할 수 있고, 인간관계도 평온하게 지속할 수 있다.

　나도 내성적인 성격이라 한때는 예상치 못한 상황에 직면했을 때 움츠러들거나, 방어하려고 변명과 같은 말과 행동을 할 때가 있었다. 특히 상대방이 나를 어떻게 생각할지, 내가 민폐를 끼치는 것은 아닐지 하는 걱정과 고민으로 예민하게 행동하는 경우가 있었다. 상대방이 부담스러워 할 정도로 말과 행동을 조심하게 되고, 감정 표현을 적극적으로 하지 못했던 탓에 관계를 형성하기가 다소 어려웠다. 소심한 성격에 가려진 나의 진짜 모습을 발견한 뒤로는 자신감 있게 용기를 내고, 주변을 의식하지 않은 채 자연스럽게 행동하려고 노력하게 되었다. 나 스스로를 포장하지 않고, 있는 모습 그대로 진정성 있게 다가가는 모습이 상대도 마음을 열고 받아줄 수 있는 기회를 만들 것이라고 생각했기 때문이다.

직장인들이 가장 힘들어하는 것 중의 하나가 상사와 동료에게서 잔소리나 핀잔을 들었을 때가 아닐까 생각한다. 나는 최선을 다했는데 결과가 어떻든 고생했다는 말은 못할지언정 안 좋은 소리만 하는 부류가 어디에나 꼭 있기 때문이다. 과정에 대한 칭찬을 하기보다, 결과에 대한 과도한 잔소리는 어딜 가나 환영받지 못하는 문화가 되었다. 정작 자신은 진심 어린 조언이라 생각할 수도 있겠지만 상대방이 불안함과 두려움을 느낀다면 그건 잔소리가 되는 것이다. 자신이 긍정적으로 반응하지 않으면서 상대방이 그렇게 행동하기만을 바라는 것도 안 되겠지만, "칭찬은 고래도 춤추게 한다"는 말처럼 긍정적인 칭찬 문화는 성공적인 결과를 만들어낼 수 있는 전환점이 될 수 있다는 것도 잊어서는 안 된다. 사람들은 자신이 일을 잘해냈을 때 긍정적인 보상을 받게 되면 자연스럽게 그 행동을 계속하고, 더 나아질 수 있는 환경을 만들어낼 수 있는 것이다.

불안함이 가장 극대화되는 경우는 서로 오해가 발생했을 경우다. 대부분의 오해는 소통의 단절에서 만들어지고, 관계의 흐름을 끊어놓게 된다. 늘 자신이 양보해야 하고 무시를 당한다고 생각하는 순간 오해가 발생하고 갈등이 시작되는 것이다. 또 이러한 갈등을 해소하고자 대화를 하다 보면 예상치 못하게 더 큰 갈등을 불러올 때도 있다. 대부분은 서로 원하는 것이 무엇인지 모르고, 정확하게 알지 못하기 때문에 대화가 매끄럽지 못할 뿐 아니라 본질은 생각하지 않고 옳고 그름만 따지게 되어 과거에 얽매이는 대화로 상황을 더 복잡하게 만든다. 이럴 경우에는 상대방에게 바라기보다 자신이 원하는 것과 할 수 있는 것을 구체적으로 말하는 것이 서로의 오해를 줄이고 서운함을 없애는 현명한 방법이 될 수 있다.

일상에서 일어나는 모든 오해나 갈등은 원인이 있기 마련이다. 사람과 사람과의 관계에서 대화로 풀어나가는 방법이 제일 좋겠지만, 서로의 생각 차이는 늘 발생한다. 간단하게 해결될 일도 상대방의 감정에 맞춰야 하고, 서로 어색한 침묵도 나의 진심이 아니리는 것을 표현하고 싶을 때가 있다. 하지만 결혼을 하고 자식들을 키우느라 먹고살기도 바빠지면서 관계적인 부분은 자연스럽게 정리가 되기도 한다. 나에게 관심을 가질 여유가 사라지는 것도 자연스레 상대방에 대한 관심을 줄어들게 만든다.

먼저 말을 걸고 먼저 표현하면 관계는 더 악화되지 않을 수 있다. 하지만 모두 자기만의 방식으로 살아가고, 자신만의 기준이 있기에 조금은 기다리는 여유도 필요하다. 살아가다 보면 나와 똑같은 관심사를 갖고, 생각이 비슷한 사람만 만날 수는 없는 법이다. 세상이 균형을 맞춰가며 유지될 수 있는 것은 나와 다른 누군가가 있기에 서로 부족함을 채우고, 모르는 것은 배워나가기 때문이라고 할 수 있다. 이것이 사람과 사람의 관계에서 서서히 깊어지기 위한 과정이라고 생각한다면 내가 먼저 안부를 묻고, 감사의 표현도 먼저 하고, 솔직한 감정을 전달하는 것이 관계를 유지하는 최고의 활력소가 될 것이다.

상대방의 입장에서
생각하라

현대사회는 과학과 기술의 발전으로 빠르게 변화하고 경쟁과 성과주의의 틀에 갇힌 사람들은 누구 할 것 없이 앞만 보고 달려가는 시대가 되었다. 먹고살기 바쁜 일상에 주변을 살필 여유조차 없고 막연한 꿈을 좇아 자신의 성공만 바라는 이기적인 인간으로 살아가는 게 이상하지 않은 현실이 된 지 오래다. 시기와 질투, 오해와 갈등 속에 내가 처해 있는 현재 상황을 알아차리고, 대인 관계를 맺는 데 있어 상대방이 나의 말이나 행동으로 무례함이나 서운함을 느낀 적은 없는지 한 번쯤 되돌아볼 시간이 필요하다.

우리는 여우와 두루미의 식사 초대에 관한 동화를 어릴 때 들어본 기억이 있을 것이다. 여우가 평소 친절을 베푼 두루미에게 고마움을 표시하고자 식사 초대를 했고, 두루미는 기쁜 마음으로 여우의 집에 가게 된다. 하지만 정성스레 준비한 수프는 납작한 접시에 담겨져 나왔고, 부리가 뾰족한 두루미는 수프를 먹지 못한 채 그저 냄새만 맡고 집에 오게 된다. 결국 여우는 두루미가 맛이 없어서 수프를 먹지 않는다고 생각해 서운하고, 두루미는 여우가 자신을 배려하지 않았다는 생각에 속상하다. 상대방의 입장에서 생각한다는 것이 결국 배려와 존중이 결합된 감정이라 습관처럼 몸에 배어 있지 않으면 나올 수 없는 행동이라는 것을 잘 보여주는 이야기다.

인간관계에서 흔히 사용되는 '역지사지(易地思之)'라는 사자성어는 인생에서 매우 중요한 교훈을 주지만 그만큼 지키기도 어려운 덕목 중 하나다. 상대방이 품은 생각이나 입장을 헤아려야 하는 참으로 어려운 소통법이라고 할 수 있다. 인간은 너무나 자기중심적이며, 자신을 낮추는 것 또한 쉽지 않기 때문에 상대방의 입장에서 생각하는 것은 참으로 어렵다. 그러니 최소한 내가 남이 될 수가 없고, 남도 나와 똑같을 수는 없기 때문에 항상 생각과 행동에서 차이가 발생한다는 것을 인지하고 있어야 한다.

역사적으로 볼 때 많은 정치인이나 기업가들이 역지사지를 인생의 좌우명으로 삼고 생활에서 실천한 경우도 많았다. 한 가지 재미있는 일화를 소개한다면 영국 엘리자베스 여왕이 중국의 고위관리자와 식사를 할 때 서양식 테이블 매너에 서툰 중국 관리가 핑거볼이라는 식사 전 손가락을 씻는 물을 그냥 마셔버리는 것을 보고, 엘리자베스 여왕도 태연한 얼굴로 자신의 핑거볼 물을 마셨다는 이야기가 있다. 서양인의 입장에서는 불편한 행동일 수 있지만, 상대방이 당황할까 자연스러운 행동으로 분위기를 전환시킨 여왕의 매너가 돋보이는 순간이었다. "타인의 결점은 우리 눈앞에 있고, 우리 자신의 결점은 등 뒤에 있다"는 고대 로마의 철학자 세네카의 명언처럼 어리석은 사람이 되지 않으려면 우리의 결점을 먼저 살펴보고 상대방의 결점은 눈감을 줄 아는 관용도 필요하다.

"쿵, 쿵, 쿵." 신혼시절 육아와 교대 근무를 병행하면서 퇴근 후 눈을 좀 붙일라치면 윗집에서 들려오는 층간소음에 나도 모르게 신경이 거슬릴 때가 있었다. 밤낮이 바뀌어 잠을 제대로 못 자고 생활 패턴도 바뀌면서 신경이 예민해진 시기라 그랬겠지만, 지금 부모가 된 입장에서 아이들의 장난을 다그칠 때면 아랫집이 얼마나 큰 소음으로 고통을 받을지 생각해보게 된다. 한번은 아이들이 집안에서 너무 뛰어다녀 아랫집에 양해를 구할 겸 과일바구니를 사서 내려갔는데, 아랫집도 두 아이를 키우는 부모라 충분히 이해한다는 이야기를 듣고 감사함과 부끄러움이 동시에 교차되는 감정을 느낀 기억이 있다. 몇 년 전 느꼈던 층간소음은 이해와 배려로 넘어갈 수 있었던 상황이었음에도 내가 예민하게 반응한 것은 아닌지 다시 생각해보는 계기

불안 없이 완벽한 사람은 없다

가 되었다.

사실 우리가 상대방의 처지나 입장을 생각하기 어려운 것은 마음에 여유가 없어서일지도 모른다. 빠르게 변하는 사회에 뒤처지지 않게 노력하는 이들이 상대방을 생각할 겨를이 있을까 하는 생각도 드는 이유다. 경쟁과 비교에 노출된 삶을 살아가면서 욕심을 버릴 수 없게 만드는 주변 환경들이 서로 배려하는 감정을 사라지게 만드는 것은 아닐까. 나의 성공을 위해 상대방의 말은 무시하고, 자신이 하고 싶은 말만 하다 보면 대화가 길을 잃고, 상대방의 마음도 움직일 수 없게 된다. 위치가 바뀌면 태도가 바뀐다는 말처럼 상대방을 이해하는 마음은 누구를 대하든 자신을 낮추면 겸손해지고 좋은 인상을 심어줄 수 있으며, 이는 상대의 마음을 여는 중요한 열쇠가 된다.

관계에 있어 문을 닫은 상태에서는 밖의 상황을 알 수 없듯이, 자신의 마음을 먼저 열고, 상대방을 대하는 관점의 전환이 우선시되어야 한다. 고정관념에서 잠시 벗어나 상대방의 눈으로 바라보는 것, 상대방의 입장에서 생각해보는 것이 정답은 아닐지라도 해답으로 가는 방향을 제시할 수는 있다. 아무리 바빠도 오늘만은 친절하고, 공손하게 상대방을 대한다는 자세는 선한 영향력을 만들어내기도 한다. 항상 말로만 상대방을 이해하고 배려하는 것이 아니라 이런 사소하고 작은 행동들이 모여 나비효과를 만들어낸다면 불안한 일상을 긍정적으로 살아갈 수 있도록 희망과 행복감을 불어넣을 것이다.

나는 직장생활을 하며 종종 상처 주는 말을 하게 될 때가 있다. 아무 생각 없이 내뱉는 말이 상대방에게는 큰 상처가 된다는 생각을 하지 못한 채 내 고집대로 이야기하는 경우가 있었기 때문이다. 특히 회의 시간에 상사와 의견 충돌이 발생할 때면 나의 상황에서만 생각하고 이야기할 때가 있었다. 사실 시간이 지나고 내가 상사나 관리자의 위치에 와서 보니 그때 그렇게 이야기했던 상사의 마음을 이해하게 된 적이 한두 번이 아니다. 상대방의 마음이나 입장을 먼저 헤아려본다면 상황은 언제든 나은 방향으로 만들어갈 수 있다. 우리 눈과 귀가 두 개씩인데 입이 한 개인 이유는 보고 듣는 것보다 말하는 것을 조심하라는 창조주의 뜻이 있다고 한다. 누구든지 상대방의 입장을 먼저 생각한다면 어떻게 말하고, 어떻게 행동해야 하는지 스스로 해답을 찾을 수 있을 것이다.

살아가면서 어렵고 힘든 일을 당하면 누군가에게 하소연을 하게 된다. 이때 이야기를 들어주는 사람은 특별한 도움을 주지 못한다고 하더라도 상대방의 이야기를 잘 들어주고 공감하는 자세를 가지는 것이 좋다. 이런 상황일수록 어려움에 부딪힌 사람은 속마음을 털어놓으며 많이 누그러져 스스로 해답을 찾으려는 쪽으로 감정이 기울게 된다고 한다. 이렇듯 상대를 위하는 자세를 우리는 배려라고 부른다. 배려가 몸에 배면 덕을 갖춘 사람이 되고, 덕을 갖춘 사람은 능력이 뛰어난 사람이 하지 못하는 일을 해낼 수 있다. 배려심이 깊은 사람이 만드는 사회는 신뢰가 쌓이고, 아름다우며, 인간관계를 원만하게 만들 수 있기 때문이다.

때로는 누군가를 돕는다며 내뱉는 말과 취하는 행동이 최선이 아닐 때도 있다. 상대방의 입장에서는 그 상황이 알려지는 것 자체가 싫을 수 있고, 지금 당장 도움이 필요하지 않을지도 모른다. 하지만 상대방의 입장이 되어 고민과 걱정을 해본다는 것은 배려와 공감의 시작이라고 할 수 있다. 언젠가 내가 상대방과 같은 상황에 처했을 때 나도 그렇게 대접받기를 원한다면 상대방의 관점에서 바라보고 행동한다는 것이 얼마나 소중한 행동인지를 깨달을 것이다.

혼자만의
시간을 가져라

코로나19 사태가 장기화되고 세계적인 경기 침체가 지속되면서 우리는 미래에 대한 불확실성을 안고 살아가고 있다. 사회 전반에서 일어나는 이슈들이 연일 미디어를 통해 전달되는 동시에 현실에서의 스트레스가 우울증을 동반하면서 심리적으로 고통받는 사람도 늘어나는 추세다. 세계적으로 직면한 불안한 환경 속에서 벗어나 일상의 분위기를 전환하고 긍정적인 감정으로 두려움을 최소화할 수 있는 관점의 변화가 시급한 상황이다. 현재 상황을 180도 바꿀 수는 없겠지만 시간이 흐를수록 긍정적인 과정을 만들어가는 방법을 찾는다면 분명 지금보다는 만족스러운 삶이 될 수 있다.

류시화 시인의 산문집《새는 날아가면서 뒤돌아보지 않는다》

에서는 스트레스와 피로를 풀며 안정을 취할 수 있는 안식처라는 뜻의 스페인어 '퀘렌시아(Querencia)'에 대해 이야기한다. 끊임없이 누군가를 만나고 대화하며 관계를 이어나가는 복잡한 일상에서 안식처나 피난처로 충전을 할 수 있는 나만의 공간이 필요하다는 것이다. 얽히고설킨 관계 속에서 어느 정도의 스트레스는 기본이며, 고민과 걱정으로 불안한 삶을 살아가기 때문에 그 과정에서 행복이나 즐거움이 현실과 조화를 이루는 게 무엇보다 중요하다. 위기에서 벗어날 수 있다고 느끼는 곳, 힘들거나 지칠 때 용기를 얻을 수 있는 곳이 있다면 분명 심리적으로 안정을 찾고 심신을 재충전할 수 있는 기회가 된다.

빠르게 변해가는 세상에서 우리는 시간에 쫓겨 여유를 잃어버리고, 소음에 묻혀 자연의 숨소리를 느끼지 못하고 있다. 고요함이 가끔 그리워지는 것은 당장이라도 어수선하고 시끄러운 이 현실에서 벗어나고 싶은 마음으로, 혼자만의 여행을 떠나는 것이 약간의 불안함은 있겠지만 내면에 있던 두려움과 용기를 마주하게 되는 그야말로 최고의 힐링이 될 수도 있다. 혼자서 여행함으로써 예상치 못한 새로운 경험을 하고, 작은 변화를 겪는 것은 스스로를 성찰하고 새로운 눈으로 남은 삶을 바라보게 만든다. '다 잊고 떠나고 싶다'는 마음이 들 때 혼자만의 여행을 떠난다면 좋은 경험이 될 것이다. 혼자 여행을 다녀온 사람들이 다시 혼자 떠나고 싶어 하는 이유는 반드시 있다.

당신도 혼자만의 시간을 즐기고 있는가? 인간은 사회적 동물이라는 말을 항상 들으며 살아왔기 때문에 혼자만의 시간을 즐기지 못할 것이라는 생각은 변화의 기회 자체를 부정하는 것이다. 점점 어려워지는 환경 속에서 많은 문화가 만들어지고, 특히 혼밥이나 혼술처럼 집단에서 잠시 벗어나 자신만의 시간을 가져보는 것이 중요시되고 있다. 몇 년 전만 해도 혼자 한다는 것은 누구에게도 인정받지 못하거나, 따돌림을 받아서 외로움에 빠진 것처럼 희망이 없어 보이는 부정적인 행동으로만 인식되었다. 달력에도 약속으로 꽉 채워진 날이 얼마나 많은지조차 모를 정도였지만, 요즘은 주변에서 혼자 무언가를 배우고 이뤄가는 성과들을 보면서 혼자만의 시간이 자신에게 몰입하는 기회를 주고, 얼마나 많은 여유와 행복을 느끼게 해주는지 알 수 있게 되었다.

"우웅~."

"띠리링."

연일 쏟아지는 전화 진동과, 문자 소리에 잠을 설친 적이 한두 번이 아니다. 내가 다니는 회사는 24시간 생산이 멈추지 않는 제조 공장이기에 낮이든 밤이든 장비가 항상 가동되고, 고장이 나거나 멈추면 언제든 조치할 수 있는 준비가 되어 있어야 했다. 교대 근무라 현장에 상시 근무자는 있었지만 관리자들은 생산 차질이 발생하면 늘 대책보고 준비를 해야 했다. 이런 상황이 발생할 때면 핸드폰을 쓰는 내 자신이 제일 원망스러웠다. 지금도

불안 없이 완벽한 사람은 없다

가끔 진동 소리가 울리면 회사에 무슨 일이라도 생긴 것은 아닐까 하는 불안함이 먼저 밀려온다. 핸드폰이 없으면 생활 자체가 불편해지는 시대가 되었지만 한편으로는 상대를 배려하는 에티켓이 사라지고 있는 현실도 안타깝게 느껴진다.

'스몸비(Smombie)'라는 말이 요즘 유행이다. 스마트폰을 보면서 걸어 다니는 좀비를 뜻하는 신조어인데 그만큼 현대인들에게는 전염병같이, 유행처럼 번져 있다. 핸드폰이 손에서 멀어지면 불안에 떨거나, 문자를 보내고 답장이 오지 않으면 기다리지 못해 안절부절못하는 행동들이 디지털 시대에 불안감을 만들어내는 요인이 된다. 이런 감정들이 늘어나면서 스마트폰이 우리의 일상을 구속하고, 자유와 행복을 빼앗아가는 무서운 존재가 될 것이라는 생각은 누구도 하지 못했을 것이다. 핸드폰을 덜 사용하는 습관을 만드는 것은 혼자만의 시간을 보내는 것 이상의 효과가 있다. 좁은 액정 화면에 시선을 고정하는 것부터 창의적인 생각을 멈추게 만드는 미디어 영상들이 시야를 더 좁게 만들고, 눈의 피로를 증가시킬 뿐만 아니라 시력까지 떨어뜨리기 때문이다.

나는 요즘 새벽 시간에 명상과 필사를 하고 있다. 내가 가장 집중이 잘되고, 편안함을 느낄 수 있는 시간이 바로 새벽 5시다. 회사에 출근하기 전 90분은 누구의 간섭도 받지 않고 내가 하고 싶은 것을 할 수 있는 최상의 시간이다. 먼저 베란다 창문을 약간 열어젖히고 눈을 감은 채 15분 정도 고요한 자연의 소리에 귀를 기울이면 머리가 맑아지고 호흡이 편안해진다. 명상이 끝나면 작은 방 한쪽 귀퉁이에 좌식 테이블을 놓고 필사를 한 뒤 나의 생각을 글쓰기로 적어보면 머릿속이 정리되고 상쾌한 마음으로 출근할 수 있다. 누구나 똑같지는 않겠지만 혼자서 무언가에 몰입을 할 수 있는 시간을 찾는 것은 긍정적이고 행복한 감정을 끌어올릴 수 있는 기회가 된다.

혼자만의 시간을 갖는 것, 또는 무언가를 시작하고자 생각하고 있다면 그것을 스스로 결정하는 순간이 필요하다. 상대방의 의견도 조언이 될 수 있겠지만 내가 결정한 것을 이뤄가는 과정에서는 혼자의 힘으로 끝까지 가야 되는 경우가 대부분이다. 홀로서기를 한다는 것은 행복한 자신만의 인생을 개척하기 위한 새로운 도전의 시작이 될 것이기에 두려워 할 필요는 없다. 스페인의 철학자 발타자르 그라시안(Baltasar Gracian y Morales)은 이렇게 말했다.

"홀로 서라. 누군가 그대의 삶을 더 풍부하게 만들어주길 바라는 것은 그대를 불안한 상태로 몰아넣을 뿐이다."

누군가에게 의지하고 기대려고만 한다면 나 자신이 갈망하는 인생을 살아가기 어렵다. 누구에게 바라거나 의지할 필요도 없고, 바라는 것에 대응하려고 애쓸 필요도 없다. 먼저 자신의 현재를 살피고, 나만의 시간을 만들며, 혼자만의 여유와 편안함을 만끽할 수 있는 안식처를 찾는 것이 소중한 일상을 영위하는 지름길이 될 것이다.

05
건강을 챙기고
체력을 유지하라

코로나가 몰고온 심리적 불안과 긴 비대면 생활로 인해 몇 년째 우리의 일상은 틀에 갇힌 채 제한되어 있었다. 맛있는 식당을 찾아다닌다거나, 동호회 모임을 나가지도 못하고, 보고 싶은 영화를 보러 극장을 가는 것조차 전염병의 대유행으로 제한을 받고, 집에서 보내는 시간만 점점 늘어났다. 집에 콕 틀어박혀 지낸다는 '집콕'이라는 단어가 생겨나고, 저녁을 먹을 때나 볼 수 있었던 가족들과는 오히려 집안에서 함께 보내는 시간이 더 많아지는 새로운 경험을 했다. 가족을 자주 보는 것이 나쁘다는 것은 아니지만 그만큼 처음 겪는 어색한 풍경에 외출도 점점 줄어들면서 건강을 챙기는 시간도 덩달아 줄어들게 되었다.

사회에 진출하면 그나마 학창 시절에 즐겨하던 운동마저 하지 못하는 경우가 많아진다. 사회 초년생은 새로운 업무에 적응하느라, 직장생활 5년 차는 선후배 눈치를 보느라, 10년 차가 넘어가면 승진을 위한 삶을 살아가게 된다. 늘 주변에서 들어오던 건강이 최우선이란 말이 우습게 느껴질 정도다. 어려서부터 주입된 경쟁이라는 치열한 과정에서 뒤처지지 않기 위해 자신을 되돌아볼 여유도 없이 앞만 보고 달려가는 우리는 시간이 지나면 후회하게 될 것을 알면서도 젊을 때라도 자신의 몸을 혹사시켜 성공의 발판을 마련하지 않으면 노후가 어려워질 것이라는 불안감을 안고 산다. 그러니 건강을 최우선으로 챙기기 어려운 것이다.

우리가 불안감을 제일 많이 느낄 때는 어떤 일을 처음 겪는 순간이 아닐까 생각한다. 경험하지 못한 것을 새롭게 접할 때 누구든지 걱정과 두려움이 앞서 불안감이 생기기 마련이다. 특히 직장생활을 처음 시작할 때 업무를 알아가는 과정에서 그런 감정들이 많이 생겨난다고 볼 수 있다. 학창 시절 때는 친구들과 어울려 몇 년을 함께 배우고, 고민하고, 해결하는 경험을 했지만 사회생활에서는 오로지 나 혼자서 풀어나가야 하는 상황이 자주 발생하기 때문이다. 불안감을 안고 업무를 하다가도 해결을 하지 못하는 일이 생기면 나도 모르게 자신감이 떨어지고 무기력해지기 쉽다. 스트레스나 시련이 쌓이고 많아지다 보면 마음에서 시작된 병이 몸속으로 퍼지는 것을 경험할지도 모른다.

나의 건강은 둘째 치고 가족들의 건강에 대한 걱정도 불안함을 동반하는 것은 마찬가지일 것이다. 입시를 기점으로 고향을

불안 없이 완벽한 사람은 없다

벗어나 직장생활을 하는 이들은 명절 때나 되어야 고향을 찾아가는 일이 일상화되었다. 나도 20년 전에 고향을 떠나 대학교를 졸업하고 지금의 직장을 다니고 있지만 입사 후 몇 년은 집에 내려가는 것조차 쉽지 않았다. 교대 근무의 특성상 주말에 쉬는 일반 직장인과는 다른 근무 패턴이었고, 24시간 제품을 생산하는 현장이라 명절에도 근무를 할 때가 많았다. 한번은 아버지께서 폐 기능이 좋지 않아 구급차로 응급실에 가신 적이 있는데 어머니는 내가 걱정할까 봐 나중에 연락하신 일이 있었다. 통화를 하고 곧장 고향으로 내려갔지만 운전해서 내려가는 내내 멀리 떨어져 있다는 핑계로 부모님을 가까이서 모시지 못한 게 죄송하다는 생각이 계속 머릿속을 맴돌았다. 어머니는 당시 상황에 얼마나 놀라셨는지 나를 보자마자 울음을 터트리셨다.

"당신 자신의 회복을 최우선으로 삼아라."
미국의 심리치료사 로빈 노우드(Robin Norwood)는 근심과 걱정이 아무리 많아도 나 자신부터 챙기고 나를 먼저 회복할 수 있다는 믿음을 가져야 한다고 했다. 모든 일을 계획하고 실천한다 해도 몸이 아프면 해야 할 것도 하지 못하기 때문이다. 모든 것이 원점으로 돌아갈 수 있기 때문에 나 자신에게 실망하거나 답답해질 수도 있다. 성공한 사람들의 공통점을 보면 자기 관리가 꼭 빠지지 않는다. 누군가는 외모 관리라고 생각할 수도 있겠지만 그들이 추구하는 자기 관리 방법에는 늘 건강이 빠지지 않는다는 것을 알아야 한다. 규칙적으로 운동할 수만 있다면 매우 좋겠지만 바쁜 일상을 핑계로 그것마저 어렵다면 시간을 정해놓고 조금씩 하는 것을 추천한다. 일주일에 한 번이라도 요일을 정해 어떻게 운동을 할 것인지 정해놓으면 불규칙하게 하던 운동의 부담감에서 조금은 벗어날 수 있다.

"건강한 신체에 건강한 정신이 깃든다"는 말도 원래는 몸에만 신경 쓰지 말고 정신을 위한 배움도 함께 하라는 따끔한 충고의 말이었으나, 지금은 몸이 건강해야 정신도 건강해진다는 의미로 더 많이 쓰이고 있다. 코로나 이후 사회 전반적으로 자신의 몸 상태를 체크하고 예방하는 습관이 그 어느 때보다 중요하게 자리 잡았다. 몸이 아프면 그때서야 '더 심해지면 어쩌지', '관리를 더 잘할 걸' 하며 후회하는 일이 생기는 것을 보면 건강도 미리 관리하는 것이 나의 삶을 풍요롭게 만드는 첫걸음이다.

코로나 때 유행처럼 번진 용어가 바로 '포모 증후군'이다. 'Fear Of Missing Out'의 약자인 포모(FOMO)는 자신만 흐름을 놓치고 있는 것 같은 심각한 두려움 또는 세상의 흐름에 자신만 제외되고 있다는 공포를 나타내는 일종의 고립 공포감을 뜻한다. 한마디로 현대인의 불안한 심리를 표현하는 말이다. 최근 들어 자기계발에 많은 돈과 시간을 투자하는 사람들이 늘어난 것도 경기 침체 여파로 투자 시장이 얼어붙었을 때 누군가는 투자로 자산을 불렸다는 SNS나 미디어의 뉴스들을 접하며 마치 자신만 소외된 것 같은 느낌을 받는 심리적 불안감이 작용했기 때문이다.

불안은 고민과 걱정, 두려움이나 괴로움으로부터 느껴지는 정서적 상태다. 이런 감정들이 생겨날 때는 무기력하게 지내는 것보다는 몸을 움직여 불안감을 조절하는 것이 좋다. 한때 비대면 생활이 일상화되면서 집에서 간편하게 운동하는 홈트레이닝의 줄임말인 '홈트'가 유행되었지만, 밀폐된 공간에서의 운동은 신선한 공기를 마시며 자연을 만끽하는 운동보다는 효과가 크지 않을 것이다. 때로는 주변을 가볍게 산책하는 것부터 시작해서 불안을 조절하는 연습이 필요하다. 산책을 하면서 사람을 만나는 것도 좋고, 천천히 달리면서 생각을 분산시키는 것도 불안 증상을 개선하는 방법이 될 수 있다.

그리스의 의학자인 히포크라테스(Hippocrates)는 "기분이 우울하면 걸어라. 그래도 여전히 우울하면 다시 걸어라"라고 했다. 불안은 고민하고 걱정한다고 해서 사라지는 감정이 아니다. 지금의 상황에서 잠시 벗어나 생각을 내려놓고 몸을 움직이면 새로운 감정이 또 다른 기회를 만들어내는 순간이 올지도 모른다.

책임감을
내려놓아라

　새해가 되면 한 해의 목표를 세우듯, 무언가를 시작할 때 우리는 목표를 세운다. 목표는 성취감 앞에 따라다니는 동기부여의 마음가짐으로, 목표를 세울 때는 반드시 '역할'이라는 행동이 필요하다. 어린이집이나 유치원에 들어가면서부터 우리는 단체 생활에 적응해나가기 시작한다. 나이를 먹어 사회에 진출해서 직장을 다니게 되면 달성해야 할 목표를 수행하기 위해 자신이 해야 할 역할이 분담되고, 그에 대한 책임 또한 져야 한다. 특히 요즘처럼 개인주의 성향이 점점 더 강해지는 시대의 분위기 속에 잘잘못을 따지는 것이 일상화되어 역할에 대한 책임감도 무거워지고 있다. 그래서 자신에게 무슨 일이 주어졌을 때 사람들은 늘 긴장하게 된다. 일의 성공 여부를 떠나 자신의 이름을 걸고 하는 일에서는 긴장되고 불안할 수밖에 없을 것이다. 그러나 시작하지도 않은 일에 대한 결과를 미리 부정적으로 예상해서 긴장하는 것은 좋지 않다. 그리고 주변의 시선에 미리 불안해하는 것도 자신에 대한 믿음이 부족하고, 자신감을 떨어뜨리는 행동이 될 수 있다. 너무 완벽하고자 하는 마음과 행동들이 긴장되고 불안한 마음을 더 크게 만들기 때문이다. 어렸을 때 겪은 실수나 실패로 인한 상처들이 내면에 자리 잡고 있으면서 점점 더 완벽함을 추구하는 마음이 생기나 조금의 흔들림에도 긴장과 불안을 동반하게 되는 것이다.

사람들은 "자리가 사람을 만든다"라는 말을 자주 한다. 직급이 올라가거나 위치가 바뀌면 해야 할 일이나 책임져야 되는 무게감이 달라짐을 의미하는데, 가끔 사람 자체가 변한다고 생각하는 경우도 있다. 자주 만나던 사이라도 그 시간이 줄어들게 되는 것은 물론이고, 안부를 묻는 기회도 줄어들면서 관계가 점점 소원해질 수 있다. 언제까지 똑같은 길을 함께 가는 것이 아니기에 사회적인 위치가 달라지면서 감정이나 행동에 책임감이 부여되어 그 사람이 할 수 있는 말과 태도가 예전과 똑같을 수는 없다. 자리가 사람을 바꿀 수 있다는 것은 자신의 위치에 맞는 행동과 주어진 일을 긍정적으로 받아들이고 생각하는 데서 오는 선택의 과정일 것이다.

자리는 권한만 있는 것이 아니라 책임이 늘 따라다닌다. 나도 회사생활을 하면서 관리자라는 직급을 달고 오랫동안 업무를 진행해왔다. 성과를 내야 하는 부서의 주요 업무를 관장하고, 동료나 후배들의 고민거리를 들어주고, 소통하는 것도 늘 관리자의 몫이다. 시간이 지나면 특정 위치에 오른다고 생각할지도 모르지만 가치를 인정받았다고 생각하고 그 역할을 하는 것과 나의 의도와는 무관하게 그 일을 맡았다고 생각했을 때는 결과적으로 많은 차이를 만들어낸다. 권한에 따른 책임감이 늘 함께한다는 것을 인식하고, 이런 균형을 깨지 않는 것이 자신의 역할을 충분히 해내고 권리를 존중받는 것임을 깨달아야 한다. 책임이 항상 부담스러운 것은 사실이지만 조직을 이끌어가는 관리자라고 한다면 그 자리가 어떤 의미를 지니는지는 충분히 인지하고 있을 것이다.

우리는 어려서부터 자신의 감정과 행동에 대해 책임질 수 있어야 어른이 된다는 말을 자주 들어왔다. 아이와 어른의 차이는 자신의 감정을 조절할 수 있고, 행동에 대한 책임을 인정하는 데서 오는 것이라고 볼 수 있다. 어른이 되면 할 수 있는 일의 영역과 범위가 넓은 만큼 책임에 대한 권한도 커질 수밖에 없다. 하지만 이런 것들의 균형이 깨지기 시작하면 자신뿐만 아니라 주변의 사람들에게도 피해를 주게 된다. 자신이 부여받은 권한을 남용하는 것도 자신의 권리를 존중받지 못함과 동시에 상대방에게 인정받지 못하는 결과를 초래한다.

책임은 부담감을 만들기도 하고, 스트레스로 이어지기도 한다. 학창 시절에는 반장이나 전교회장, 직장생활에서는 리더나 관리자, 가정에서는 부모가 되어 책임감을 부여받는다. 어떻게 보면 이런 자리는 자신에게 주어진 의무와 더 잘할 것이라는 기대감이 동시에 반영된 삶의 한 부분이라고 힐 수 있다. 책임과 의무는 강함에 따라 부담과 스트레스의 강도도 틀려진다. 책임감은 삶에서 여러 감정들을 초래하는데, 불안이나 집착, 완벽함 등이 잠재적으로 나타나는 결과물이다. 이것은 목표를 달성하기 위한 많은 시간과 노력이 필요하고, 자신에게 과도한 기준을 부여함으로써 고통이 동반될 수도 있다.

책임이 강한 사람이 목표를 달성하지 못하면 불안감이 커지고 자신감이 떨어질 수 있다. 특히 완벽주의자들은 그들이 예상했던 결과에 만족하지 않으면 작은 실수도 실패로 간주하고, 많은 시간과 노력을 투자했다는 것에 대한 실망감도 커진다. 이것은 일에 대해 지나칠 정도로 까다롭게 받아들인다거나 자신에 대해서는 매우 높은 기대치를 설정한 것에서 비롯되었다고 볼 수 있다. 이럴 경우에는 일에 대한 기대감이 커져 자신과 생각이 다르거나, 가고자 하는 방향이 일치하지 않을 때 선뜻 인정하기 어렵다. 그건 아마도 모든 사람이 자신이 의도한 방향과 생각에 맞춰 나가기를 바라는 마음이 크기 때문일 것이다.

우리는 책임감 있는 행동과 그것을 행하는 인간으로서 지켜야 할 것들을 철저히 교육받으며 자라왔고, 우리가 모르는 사이 몸과 정신에 습관처럼 배어 있다. 한 사람의 무책임한 행동은 타인에게 돌이킬 수 없는 피해를 줄 수 있기 때문에 매 순간 책임감 있는 행동이 요구된다. 하지만 책임감은 그 정도가 지나치거나 넘어서면 문제가 생겨나기 시작한다. 책임감이 희생이란 이름으로 반영된 태도는 주변의 믿음과 인정받는 호의적인 감정으로 받아들일 수는 있지만 그만한 대가를 치러야 할 수도 있다. 희생으로 가려진 책임감의 족쇄가 자신을 속박하고 내면의 욕구를 무시하며 자아를 상실하게 되는 순간이 올 수도 있기 때문이다.

자신만을 위해 늘 당당하고 솔직하게 살아왔다고 외치는 사람들조차도 책임감이라는 그늘에서 쉽게 벗어날 수 없다. 책임감이라는 감정은 변화하는 돌연변이처럼 어떤 형태로 우리 감정을 지배하고 행동으로 나타날지 모른다. 지나친 책임으로 인해 불필요한 것에 시간을 낭비하고 기회가 박탈되는 등 자신에게 얼마나 많은 상처를 줄 수 있는지도 깨달아야 한다. 남을 우선시하는 희생정신이 책임감으로 포장되어 정작 자신의 감정을 보살피지 못하게 만들거나 자신이 모든 것을 해결해야 한다는 강박관념이 불안감을 만들어내는 요인이 될 수 있다. 불필요한 자신감은 나와 타인 누구에게도 도움이 되지 않는다는 사실을 빨리 깨닫고 적절한 책임감과 자신감을 찾아가는 연습이 필요하다.

자신이 하는 행동이 항상 남을 위한 배려라며 자신을 낮추는 사람들이 많다. 하지만 정작 이들은 자기 의견을 솔직하고 자유롭게 펼치지 못하는 경우가 있다. 모든 일을 스스로 해결해야 한다는 고정관념은 피로만 누적시킨다. 자신만이 문제를 해결할 수 있다는 생각은 문제를 대면하는 모든 사람들이 결국은 자신을 제대로 돌보지 못하게 되는 결과를 초래할 수도 있다. 또한 일을 겪고 있는 사람보다 더 많은 고민과 걱정을 하느라 잠을 제때 이루지 못할 때도 있고, 불필요한 생각들에 사로잡혀 하루 종일 시간을 낭비하게 된다.

지나친 책임감은 아무에게도 도움을 주지 못할 뿐 아니라 자신마저 살피지 못하는 불필요한 감정이다. 스스로 책임감이 지나치다는 것을 인정을 하고, 내면의 소리에 귀를 기울일 줄 알아야 한다. 강박관념과 고정관념에서 벗어나, 조급함보다는 여유를 가지고 생각하고, 행동하는 것이 필요하다. 뿌리 깊게 박혀 있던 낡은 원칙들을 버리고 깨달음을 통한 변화를 받아들이는 마음이 있다면 더 이상 구속받지 않는 풍요로운 삶이 펼쳐질 것이다.

07
자연스럽게 끌리는 것에 몰입하라

"인간에게 가장 중요한 것은 '이것이냐 저것이냐' 하는 선택의 문제다."

덴마크의 철학자 키에르케고르(S. Kierkegaard)는 자신의 선택으로 인한 행복한 삶의 결과는 그 순간 선택을 맞이하는 인간의 운명에서 시작된다고 말한다. 모든 선택의 다음에는 그 선택에 대한 책임이 따르게 된다. 선택을 잘하면 행복하고 유익한 혜택이 있겠지만, 그 선택이 잘못된 결과로 나타난다면 힘겨운 고생이 뒤따를지도 모른다.

우리는 인생을 즐기는 과정에서 매 순간 선택의 기로에 놓인다. 어린 시절에는 선택에 대한 책임이 덜할지 모르지만, 한 살씩 나이를 먹으면서 진로를 선택하고, 취직을 준비하면서 직장을 선택하며, 사회생활을 하면서 배우자를 선택하는 등 다가올

166   불안 없이 완벽한 사람은 없다

미래에는 수많은 선택의 기로가 나를 기다리고 있다. 이런 모든 선택들이 원하는 결과로 돌아올 수도, 그렇지 않을 수도 있지만 내가 선택한 결과라는 것에서 지나온 과정에 대한 최소한 후회는 없어야 될 것이다.

성공하는 사람들은 대부분 자신이 좋아하는 것을 꾸준히 하라고 말한다. 누군가가 하는 것을 따라 하거나 누군가가 시켜서 억지로 하는 것이 아닌 평소에 자신이 갖고 싶었던 것, 하고 싶었던 일, 가고 싶었던 곳으로 마음이 이끌리는 대로 해보는 것이 후회하지 않는 삶이라고 이야기한다. 하지만 사회에 진출하고 나면 나의 일상은 집단이란 공동체 안에서 성과를 내야 하는 목적의식에 맞춰 생활하게 된다. 나의 목표를 향해 나아가는 것보다 그 집단의 목표를 달성하기 위해 내 꿈이 잠시 뒤로 밀려나는 것이다.

나는 어릴 적 주변에서 꿈이 뭐냐고 물으면 늘 과학자가 되고 싶다고 말했다. 하지만 꿈을 이야기하면 돌아오는 대답은 대부분 부정적인 시선뿐이었다. 꿈을 이야기하는 순간 응원이나 격려를 받기보다는 왜 그런 힘들고 어려운 것을 하려고 하는지, 그런 건 아무나 되는 것이 아니라는 등 꿈을 깎아내리는 이야기가 대부분이었다. 내 꿈이 세상과 맞지 않다는 생각을 가지게 만드는 주변의 시선과 꿈의 다양성을 정해진 공식과 틀로 가둬버리는 사회가 원망스러웠다. 특히 무엇을 이야기하든 내가 가질 수 있는 꿈은 과거의 정해진 틀에서 벗어나지 못한다는 생각에 꿈을 펼치고 싶은 마음을 더 두렵게 만들었다.

우리는 '커서 뭐가 되고 싶은지'와 '뭐가 하고 싶은지'의 차이를 한번 생각해볼 필요가 있다. 바로 '되다'와 '하다'의 차이 말이다. 되고 싶은 것은 이미 정해져 있는 보기 중에서 하나를 고를 수 있는 기회를 담고 있다고 할 수 있다. 보기 중에서 벗어난 생각을 가지고 있다면 그 꿈을 버리고 보기 중에서 선택해 거기에 맞춰 나아가면 된다는 의미로 받아들여진다. 하지만 하고 싶은 것은 여러 가지 상황을 만들어낼 수 있다. 하고 싶은 것에 따라 어떤 결과가 나올지 알 수 없기 때문에 많은 기회와 경우의 수가 만들어질 수 있는 것이다.

어린아이에게 꿈을 물어봤을 때 "나는 하늘을 날고 싶어요"라고 한다면 비행기를 타고 여행하고 싶다거나, 높은 곳에서 아름다운 자연을 보고 싶은 마음일 수 있지만, 기존의 사고방식에 얽매여 있다면 아이에게 항공사 기장이 되는 게 성공하는 길이라고만 가르치게 될지 모른다. 훗날 아이가 커서 기장이 되어 실제 그 꿈을 이루었을 때 어릴 적 상상했던 하늘을 나는 꿈을 정말 실현했다고 느낄 수 있을까? 아마도 정해져 있는 비행 노선을 운행하고, 정해진 일정에 맞춰 반복적인 생활을 하는 패턴은 어릴 때 상상했던 느낌과는 전혀 다를 것이다.

과거의 성공 방식이 오늘날에도 그대로 적용 가능한가를 되물

불안 없이 완벽한 사람은 없다

어본다면 꿈을 꾸는 것에 대해 다시 생각해볼 필요가 있다. 앞으로 어떤 일이 어떻게 발생될지 모르는 상황에서 과거의 결과보다는 자신이 관심을 가지고 즐길 수 있는가가 선택지로서 중요한 부분으로 자리 잡았다. 기존의 틀과 방식에서 벗어나 새로운 방법을 시도할 수 있고, 성공과 실패를 떠나 다양성을 받아들이는 것을 존중하고 인정하는 사회가 되어야 한다. 관심이 있는 것을 스스로 찾아보고 하나씩 정리해나간다면 조금씩 자신감이 생긴다. 시작이 어려울 뿐이지 시작하고 나면 두려움은 어느새 사라질 것이다.

꿈은 아직 시작하지는 않았지만 상상만으로도 즐겁고 행복해질 수 있는 희망이다. 꿈이 없다면 삶의 의미와 가치를 부여하기 어렵기에 하나쯤 가질 만한 가치가 있다. 하지만 꿈을 가지는 것이 마냥 머릿속으로 생각만 하고 있다고 해서 이루어지는 것은 아닐 것이다. 꿈을 이루는 과정에서 시작이 있어야 결과도 있는 법이니 처음부터 결과를 생각하는 것은 시작조차 하지 못하게 되는 불안감만 만들어낼 뿐이다. 남들이 하는 것을 따라 하는 것보다 내가 끌리는 것에 먼저 관심을 가져보는 것이 좋다. 관심이 없는 것은 작심삼일이 될 가능성이 크기 때문이다. 요즘은 미디어의 발전으로 관심 분야를 검색만 해도 얼마든지 방법을 찾을 수 있다.

어떻게 시작해야 될지 모르고 걱정과 불안을 안고 산다면 간단하게 연습해보는 것도 좋은 방법이다. 연습을 습관화하는 것은 성공과 실패를 떠나 시도의 관점에서 경험을 자산으로 만들어내는 중요한 방법이 될 수 있다. 여러 가지에 관심이 많다면 이것저것 해보는 것도 좋은 경험이 될 수 있다. 주변에서 본다면 일관성 없이 복잡하게 사는 것으로 보일지 모르지만 여러 가지를 해보는 것은 나에게 맞는 것을 찾아가는 과정이다. 장사를 하고 싶은 사람이 계산기 두드리는 방법만 배울 수는 없는 것이다. 물건을 고르는 법부터, 거래처를 만나는 방법, 흥정하는 방법 등 나중에는 그 분야가 아닌 다른 분야에서도 활용할 수 있는 방법을 배울 수 있다면 다양하게 시도하고 경험하는 것이 중요하다.

여기서 중요하게 이야기하는 것은 분명히 내가 관심을 가지고 끌리는 것에 대해서는 노력이 필요하다는 것이다. 결과부터 예측해서 불안한 마음을 가지고 걱정부터 하는 것이 아닌 정보를 찾아서 하나씩 배우고 적응해가는 단계를 거쳐야만 하는 것이다. 기술이 점점 더 발전하고 사람의 감정보다 로봇의 감정으로 판단하는 시대로 바뀌는 과정에서 자신의 감정을 믿고 미래를 준비하는 것이 현명한 선택이 될 수 있다. 1인 창업, 1인 미디어 시대로 접어들면서 과거보다는 시도해볼 수 있는 영역과 범위가 더욱 더 커지고 있다. 대면으로만 진행해야 했던 일들도 온라인으로 해결할 수 있는 시대로 변했고, 이제는 관심을 가지고 끌리는 것이 있다면 그것에 집중하고 몰입해서 나의 것으로 만들 수 있는 시대다.

불안 없이 완벽한 사람은 없다

유행에 상관없이 끌리고 관심이 가는 것이 있다면 주변에서 만들어내는 과거의 사고방식에 얽매여 시도조차 하지 못하는 일은 없어야 한다. 소중하게 생각하는 꿈과 목표를 그렇게 깎아 버리면 꿈은 사라지고 실패자로 좌절할 수밖에 없기에 내가 끌리는 것이 있다면 주변을 의식하지 말고 시작할 수 있는 용기부터 내보기를 바란다. 나도 한때는 꿈을 꾸지 못하는 어리석은 사람이라고 나를 탓하기도 했고, 틈만 나면 꿈을 꾸는 것조차 사치인 세상을 원망하기도 했다. 하지만 지금 글을 쓰는 이 순간만큼은 소소한 행복을 느끼고 있다. 그리고 당신도 자연스럽게 끌리는 나무에 관심의 물을 뿌려준다면 숲을 만들 수 있는 것은 물론, 변화하는 세상에 뒤처지지 않는 사람이 될 수 있다고 전하고 싶다.

5장

나는 오늘부터
긍정적으로 살기로 했다

나는 매사에
긍정적인 사람이다

우리 모두는 부정적인 생각의 틀에 갇혀 살고 있다. '희망이 없다', '실패할 것이다', '능력이 부족하다'라고 한 번쯤은 생각한다. 우리 모두는 인간으로 태어났고 이런 부정적인 마음과 생각이 우리를 방황하게 만드는 것은 드문 일도 아니다. 살아가면서 늘 행복하기만 한 사람이 있을까? 나의 관점에서 누군가는 행복해 보일지는 몰라도 그 이면에는 또 다른 감정이 내포되어 있을지 모른다.

'오만 가지 생각'이라는 말도 있듯이 사람들은 어떤 일이 생기면 수많은 생각에 빠져 고민에 사로잡힌다. 엷은 미소 뒤에 불안한 감정을 숨기고 살아가는 사람이 결코 적지 않음을 코로나를 겪으면서 더욱 절실히 느낄 수 있었다. 의외로 많은 사람들이 부정적인 생각을 하는 것은 이런 불안한 상황을 겪은 경험들이 잠재의식에 각인되어 여러 상황에서 나타나는 심리적인 반응 상태라고 볼 수 있다.

"참외 밭에서는 신발 끈을 매지 말고, 오얏나무 아래서는 갓끈을 바로 잡지 마라"는 옛말이 있다. 남에게 의심받을 행동은 시작부터 하지 말아야 함을 뜻한다. 하지만 무언가 행동함에 있어 같은 상황이라고 하더라도 저마다 인지하고 이해하는 방식에는 차이가 있다. 긍정적으로 받아들이는 사람이 있는 반면, 처음부터 부정적으로 받아들이는 사람은 자신의 경험에서 각인되어진 부정적인 생각이 먼저 나타나서일 것이다. 반대로 의심을 받은 사람도 평소에 그의 말이나 행동에서 상대방에게 신뢰를 주지 못했다는 반증일 수 있다. 평소 보여주던 행동과 모습이 상대에게 부정적인 느낌을 주었기 때문에 그런 의심을 받게 되었다고도 할 수 있는 것이다.

나는 앞에서도 이야기했듯 '역지사지'라는 사자성어를 무척이나 좋아한다. 인생의 좌우명이라고 할 정도로 굳게 믿고 실천하려고 애쓰고 있다. 회사에 취직하고 많은 동료들과 밤낮으로 교대 근무를 하다 보니 흔치 않게 일어나는 여러 상황들을 겪으면서 내가 상대방의 입장이었으면 어땠을까 하는 생각을 자주 하게 되었다. 가끔은 어떤 상황에 처했을 때 상대방의 입장을 생각하는 것이 잠재의식처럼 먼저 나타날 때가 있다. 내가 상대방의 행동이나 말투가 거슬려 불쾌하다는 의사를 전달했다면 머지않아 나도 비슷한 행동이나 말투를 할 때가 가끔 있었기 때문이다.

"당신이 좋아하는 일을 찾아라. 그러면 당신은 인생의 단 하루도 일하지 않게 될 것이다."

공자는 내가 하는 일이 열정을 가지고 좋아하는 마음으로부터 시작되면 그것은 일이 아니라 인생 그 자체가 되는 것이라고 했다. 직장에서 하는 일이 내게 잘 맞는 업무라고 하더라도 긍정적인 태도를 유지하기가 어려울 때가 종종 있다. 근무 환경이 힘들어지거나 관리자의 성과에 대한 기대감이 점점 커질수록 스트레스는 늘어난다. 이렇게 되면 일상적인 업무가 지루하거나, 무기력해지고, 업무를 마무리하는 시간이 길어져 퇴근도 늦어질 수 있다. 직장에서 업무의 시간을 즐겁게 만드는 것은 열정과 긍정적인 마음가짐이라고 할 수 있는데, 그것조차 통제할 수 없다면 일상 자체가 지치게 되는 원인이 된다.

"우리에게 일어나는 모든 일을 우리가 통제할 수는 없다고 해도, 우리의 내면에서 일어나는 일은 우리가 통제할 수 있다."

벤자민 프랭클린은 불안한 감정이 마음을 지배하도록 놔두면, 두려워하는 생각과 자신에 대한 의심이 생기나 결국 건강한 내면을 회복하지 못하게 된다고 했다. 특히 자신에 대한 의심은 행복으로 가는 길 위에서 커다란 걸림돌이 될 수 있고, 이런 불안함은 어린 시절부터 겪어온 유년기의 두려움 같은 것일 수도 있다. 어릴 때 받아야 했을 행복이나 안정을 전혀 느끼지 못해 부정적인 감정의 한 부분으로 나타나는 것이다. 희망으로 채워져야 했을 어린 시절이 절망에 지배당해 자신을 신뢰하는 믿음이 깨져버린 것이 불안함을 더 강하게 만든 것이라고 할 수 있다. 특히 지난 과거에 자신감을 앗아갔던 사건이나 두려움을 일으켰던 경험들이 시간이 지나도록 치유되지 않은 채 고통스러운 감정으로 내면에서 잘못 인지되고 있는 것이다.

'당신은 컵에 남은 절반의 물을 보면 어떤 생각이 드는가?'

긍정적인 삶을 살아가는 데 있어 빠지지 않고 회자되는 질문 중 하나다. 살아가면서 무슨 일을 하든 긍정적인 마인드가 필요한 순간이 있으며, 그건 우리의 생각과 태도를 만들어내는 데 가장 중요한 출발점이 된다. 누군가는 절반밖에 남지 않았다고 투정을 부리겠지만, 누구는 반이나 남았다며 행복의 표정을 짓는 것은 긍정적인 마인드를 어떻게 받아들이고 인생에 적용하느냐에 따라 삶의 행복도가 달라질 수 있다는 것을 의미한다. 한 연구 결과에 따르면 긍정적인 마인드는 일의 효율과 생산성을 증대시키는 효과로 증명되기도 했다. 실패보다 성공할 수 있다는 자신감과 에너지 넘치는 행동이 일의 과정을 긍정적으로 만들기 때문이다.

긍정적인 사람은 감사와 고마움의 마음도 항상 마음속에 간직하고 살아간다. 일상에서 늘 감사함을 느끼며, 사람들의 작은 도움이나 호의에도 고마움을 표현하게 된다. 습관처럼 이런 마음으로 살게 되면 인생이 즐겁고 행복해지는 것은 겪어본 사람만이 알 수 있다. 전염병만 바이러스가 있는 것이 아니라 감정에도 바이러스가 있어 주변 사람들에게 용기와 희망을 전파할 수도 있고, 인간관계에 있어서도 선한 영향력으로 사람들에게 인기가 많다 보니 함께하는 사람도 역시 많을 수밖에 없다. 자신이 부정적인 생각을 많이 한다고 느낀다면 주변에서 긍정적인 사람을 찾아 함께하는 것도 좋은 방법이 될 수 있다. 긍정적인 사람은 자신과 다르다고 그동안 멀리했을지도 모르지만 긍정적인 사람을 곁에 두면 자연스럽게 영향을 받아 자신의 내면에 큰 변화가 생긴다.

완벽함을 추구하고 늘 마음에 두려운 감정이 많이 쌓이면 불안해지는 것은 당연하다. 불안한 마음이 행동을 가로막고, 위축되게 만드는 원인이 된다. 만일 완벽함 속에 두려움이 욕심을 담고 있다면 내려놓는 것이 필요하고, 현실에서 실수와 실패를 경험했다면 받아들이는 마음가짐이 필요하다. 자기가 만들어놓은 높은 벽 앞에서 좌절하는 일이 반복될수록 자존감이 낮아져 자기 자신을 신뢰하지 못하기 때문에 자신뿐만 아니라 주변의 사람과 환경까지 부정적으로 바라보는 감정이 생겨난다. 빠르게 변하고 경쟁의 소용돌이에 휘말려 살아가는 세상에서 자신을 지키는 것에 급급하다 보니 위험하고 부족한 것들에 부정적인 감정이 집중되어 방어적인 삶을 살아가게 된다.

　자존감이 높은 사람이야말로 자신을 믿고 사랑하는 마음이 크기 때문에 다른 사람을 대할 때도 행동과 마음에서 긍정적인 마인드가 느껴진다. 성공하는 사람들은 자신이 마주치는 어떤 상황에서도 제일 먼저 자신의 마음을 다스릴 줄 알고, 늘 긍정적으로 생각하며, 적극적인 마음가짐으로 문제를 바라본다. 지금 살아가고 있는 세상이 천국이 될지, 지옥이 될지는 자신의 내면에서 상황을 어떻게 받아들이고 생각하느냐에 달려 있다. 긍정적인 마인드로 세상을 바라볼 때 그 힘이 발휘되고 우리는 성공적인 삶을 만들어나갈 수 있다. 행복과 희망적인 삶은 긍정적인 마인드에서 나오는 첫걸음이고, 긍정적인 생각이 습관이 되면 언젠가는 나를 성공으로 이끄는 강력한 무기가 되어 희망적인 앞날이 펼쳐질 것이다.

어제는 추억일 뿐
오늘을 살아라

　지금도 많은 사람들은 경제적으로나 개인적인 이유로 어려움을 호소할 뿐 아니라 많은 시련을 겪고 있다. 특히 코로나로 인해 일상의 많은 변화들이 일어나면서 자신과 주변의 환경도 그 흐름에 맞춰 변화했기 때문이다. 직장을 위해 평생을 노예처럼 일하다 한순간에 자리를 잃은 회사원이 있는가 하면 자식을 위해 모든 것을 희생하며 일생을 바쳐온 부모, 매일 밤낮으로 가게를 터전 삼아 장사에 몰두했지만 경제 악화에 타격받아 허망해하는 자영업자를 생각한다면 이들에게 "오늘을 살라"는 말은 과거의 노력과 생존 과정이 어떠한 삶으로 받아들여질지 생각해보게 된다.

　'카르페 디엠(Carpe diem).'

앞에서도 잠깐 소개했지만, 많은 이들이 삶의 모토로 삼고 있는 경구이다. 영화《죽은 시인의 사회》로 더 유명해졌고, '오늘에 집중하고 현재를 충실히 살라'는 의미에서 많이 인용되는 말이다. 사실 이 말 속에는 내일을 위해 오늘을 희생하지 말라는 의미도 들어 있다. 알 수 없는 미래에 기대와 바람이 커지면 지금 현재의 분위기를 온전히 느끼거나 누리지 못할 수도 있기에 그 순간을 충분히 즐기라는 것이다. 내일이면 오늘 화창하게 피어 있던 꽃도 시들어 사라질 수 있기에 오늘 할 수 있는 것을 충분히, 최대로 누리라는 뜻이다.

나는 중요한 일을 앞두고 며칠씩은 나도 모르게 근심과 걱정을 안고 지내고는 했다. 학창 시절에는 시험 기간에 그랬고, 직장에서는 업무 성과를 공유하는 발표 자료를 만드는 기간에 평소와 다르게 말수가 줄어든 채 하루하루를 보냈다. 시험 결과가 안 좋으면 어쩌나, 발표 자료가 미흡해서 실수라도 하면 어쩌나 하는 미래의 결과에 이미 마음을 빼앗겨버린 채 살아왔다. 이 기간에는 주변 사람들이 나를 봤을 때 안 좋은 일이 있냐며 어디 아픈 사람 취급하듯 안부를 물어오기도 했다. 먹는 것도 시원찮고, 표정도 좋지 않아서 누가 보더라도 근심 걱정이 많은 사람처럼 말하고, 행동했기 때문이다. 일어나지도 않은 미래에 대해 걱정하고, 현재에 집중하지 못해 흐름을 끊는 생각과 행동은 정신을 떠나 건강에도 영향을 줄 수 있다는 것을 깨닫게 되는 순간이었다.

불안 없이 완벽한 사람은 없다

신준 작가는 저서 《생각을 뒤집으면 인생이 즐겁다》에서 "과거 아픔에 집착해서 아파한다는 건 그것을 대체할 만한 현재의 기쁨이 없다는 말"이라고 했다. 과거의 아픔이 아니더라도 그때의 영광이나 추억에 잠겨 현재에서 느껴야 하는 행복이나 기쁨은 놓치고 살아가는 사람이 많아지고 있기 때문이다. 승승장구하며 잘나가던 회사원도, 매출이 꾸준히 늘어나던 가게 주인도 한순간에 코로나라는 격변의 시대를 만나 경제 악화의 희생자가 되었고, 그로 인해 과거의 성공적이었던 삶을 떠올리는 것이 일상처럼 굳어졌다. 아직 부모의 품에서 시련과 실패를 몸소 체험하지 못한 젊은 세대들에게는 오늘을 살아가는 것에 대한 의미를 받아들일 준비가 되어 있지는 않을 것이다.

노자는 "그대가 우울하다면 과거에 사는 것이고, 불안하다면 미래에 사는 것이며, 마음이 평온하다면 지금 이 순간을 살고 있는 것이다"라고 했다. 일어나지 않은 미래를 걱정하는 사람들이 있는 반면에 과거의 영광이나 추억에서 벗어나지 못해 지금 현재 우울한 사람도 많이 있다. 어려운 일이 생길 때마다 과거의 좋았던 기억만 떠올리면서 자신을 위로하는 것은 습관적으로 만들어내는 잠재의식의 단면일 수 있다. 이런 사람들은 좋은 기억들이 자신에게 동기부여를 하는 것처럼 느끼면서 오히려 과거의 추억에 연연한 채 현재와 미래를 부정하며 살아가게 된다. 또 과거의 습관을 버리지 못한 채 그것을 핑계로 미래를 행복으로 포장하고 감정을 제대로 표현하지 못하는 비현실적인 삶을 살게 되는 것이다.

지나간 일에 집착하는 것보다 오늘에 집중하는 것은 과거의 틀에서 벗어나 새로운 관점으로 나 자신을 돌아보는 기회가 될 수 있다. 미래에 대한 근심과 걱정이 과거를 계속 상기시키고 주변의 불안한 환경이 부정적인 감정을 만들어내는 시대에 살아가는 현대인들에게 오늘만 집중하며 살아간다는 것이 가슴에 크게 와닿지 않을 것이다. 그러나 급속도로 발전하며 변화하고, 생존 경쟁을 해야만 살아남을 수 있는 시대에 과거에만 머물러 있다면 뒤처지는 것은 한순간이다. 지금 자신의 상황을 돌아보고 어떤 감정으로 오늘을 어떻게 살아갈지 생각하고 행동한다면 지금과는 다른 미래를 맞이할 수 있다.

"내가 헛되이 보낸 오늘 하루는 어제 죽어간 이들이 그토록 바라던 하루다."

고대 그리스 시인 소포클레스(Sophocles)는 오늘이라는 하루가 인간에게 얼마나 소중하고 아름다운 시간이 되는지에 대해 이렇게 말했다. 누군가에게는 선택의 시작이 되겠지만, 또 다른 누군가에게는 마지막 결정의 시간이 되기도 한다. 살아가면서 선택과 결정으로 인한 결과는 누구도 예상할 수 없고, 시간이 지나 결과를 받아들일 때 희비가 엇갈리기 마련이다. 감정이 교차되는 순간이 오면 지난 과거의 기억을 떠올리며 행복에 젖어 기쁨을 만끽하거나 후회로 자신을 원망하는 순간을 맞이한

불안 없이 완벽한 사람은 없다

다. 또 너무 오랫동안 자신을 탓하고 신뢰하지 못하는 마음이 커지면 후회만 커져 부정적인 감정이 쌓이게 된다. 하지만 지나간 일은 훌훌 털어버리고 새롭게 만회하고자 하는 긍정적인 마음가짐과 꾸준한 노력이 있다면 지금의 후회는 소중하고 의미 있는 경험으로 남게 된다.

인간은 누구나 행복한 삶을 꿈꾼다. 하지만 풍요롭고 행복해야 할 오늘이 내일을 준비하는 과정에만 머물러 있다면 희생적인 삶을 살 수밖에 없다. 행복은 바로 지금 이 순간에 필요한데 먼 미래만 바라보며 험난하고 고통스러운 삶을 살아야 한다면 과연 그 행복은 진정한 가치가 있을까. 행복하려면 자신을 있는 그대로 받아들이고 변화를 두려워하지 않는 자신감이 필요하다. 어제보다 조금 더 나은 오늘을 살아가야 하는 것은 오늘이 가장 기대되는 날이고, 가장 긍정적으로 생각할 수 있는 행복한 시간이기 때문이다. 새로운 변화에 적응하고 익숙해져야 생각과 행동도 발전하게 된다. 과거에 집착하며 오늘을 진정으로 살아갈 준비를 하지 못하는 사람에게 내일은 희망조차 없는 무의미한 삶이 된다.

이제 우리가 사는 세상은 100세 시대로 접어들었다. 길게 느껴질 수 있는 시간이지만 1년 365일, 하루 24시간으로 정해져 있기에 누구라도 바꿀 수 없는 시간을 살아가고 있다. 지나가면 되돌릴 수도 없는 게 시간이지만 지금 순간을 어떤 마음가짐으로 시작하고 어떻게 마무리하느냐에 따라 하루의 시간은 소중한 추억이 될 수도 있고, 의미 없는 시간이 될 수도 있다. 과거에 머물러 있기보다는 오늘을 준비하고 행복하게 살아갈 자신감과 용기를 만들어내는 것이 무엇보다 중요하다. 지나간 시간과 일은 절대 되돌아오지 않는다는 것을 인정하고 현재에 집중하는 습관을 만들면 미래에 대한 불안함은 언제든지 이겨낼 수 있다. 어제 없는 오늘이 없듯이 오늘 없는 내일은 없다. 다가오는 미래를 행복하게 맞이하기 위해서는 오늘을 얼마나 가치 있게 살았는지 스스로에게 당당하게 물어볼 수 있어야 한다는 사실을 기억하자.

불안 없이 완벽한 사람은 없다

03
'만약에'라는 늪에서
빠져나와라

'만약에 코로나19 바이러스가 없었다면?'
'만약에 러시아와 우크라이나의 전쟁이 일어나지 않았더라면?'
'만약에 내가 다른 선택과 결정을 했다면?'

'만약'이란 단어는 혹시 있을지도 모르는 뜻밖의 경우를 나타
내는 말이다. 보통 일어나지 않은 일에 대해 상상으로 가정해서
결과를 유추해보고 싶을 때 자주 사용하게 된다. 어떤 경우에라
도 결과를 알고 난 뒤에는 기쁨보다는 후회로 채워질 때가 많
다. 선택하고 결정을 한 것은 자신이지만 결과에 따른 책임 앞
에서는 조금 더 신중했어야 한다는 아쉬움과 과거로 되돌아간
다면 똑같은 선택을 하지 않겠다는 다짐도 들어 있다. 긍정적인
의미보다는 불안하고 두려운 미래에 대해 대비하고자 하는 마

음이 감정으로 표출되는 표현이라고 하는 것이 더 어울리는 단어일 것이다.

과거를 바꿀 수 있다면 만약이라는 것은 무의미한 단어가 될 수도 있다. 하지만 만약이라는 것은 지금 시점에서 과거를 돌아봤을 때 자신이 겪고 있는 일이나 상황을 현실적으로 바라보지 않고 과거에 빗대어 그 과정을 상상하는 것에 지나지 않는다. 실제로 일어날 가능성도 낮을 뿐만 아니라 결과를 알고 난 뒤 과거로 돌아간다 하더라도 비슷한 선택과 결정을 하게 될 것이고, 결과도 아마 비슷할 것이다. 이미 지나간 일에 대한 결과는 되돌릴 수 없기에 받아들여야 한다. 만약이라는 것은 지금 시점에서 과거를 회상하며 상상하는 허구일 뿐이지 실제 일어난 것이 아닌 나를 고통스럽게 만드는 생각의 한 조각일 뿐이다.

우리는 노력한 과정에 비해 결과가 좋지 않았을 때 만약이라는 가정을 빗대어 생각해보게 된다. 지금과 다른 상황의 선택을 하고, 다른 방향으로 전개되는 과정이었다면 그 결과는 지금과는 다를 것이란 기대를 하는 것이기 때문이다. 하지만 이러한 감정도 성공을 향한 집착으로부터 만들어지는 욕심일 수 있다. 결과를 쉽게 인정하지 못하는 자신의 내면이 과거의 상황을 재현해서 상상하게 만들고 처음 선택의 순간에 분명 '내 선택이나 결정이 실패하면 어떡하지?', '내가 한 말이 틀리면 어쩌지?'라는 두려운 생각들이 머릿속을 잠식해가며 스스로에게 의구심 가지게 했을 것이다.

불안 없이 완벽한 사람은 없다

경제적으로 불안한 상황이 장기화되면서 미래에 대한 두려움은 이전보다 증가한 것이 현실이다. 이럴수록 사람들은 새로운 것에 도전하고 변화를 받아들이는 것에 망설임이 생기게 된다. 성공적인 삶을 살아가는 사람과 그렇지 못한 사람을 비교한다면 많은 차이가 있어 보이지만 중요한 건 변화를 받아들이고 적응하고자 하는 태도에 따라 달라지는 경우가 대부분이다. 어려움에 직면했을 때 지난 과거를 회상하는 것이 아닌 지금 상황에서 어떤 방법으로 해결해 나갈 수 있을지 고민하고 실행하느냐에 따라 오늘의 삶이 달라지기도 한다. 누군가는 새로운 방법을 배워나가며 돌파구를 찾을 때 어려운 상황이나 여건만 생각하며 오늘을 무의미하게 보내는 것은 준비하지 못한 불안함을 더 크게 만드는 기폭제가 될 것이다.

어린 시절 미래의 꿈에 대해 이야기를 하거나 장래희망을 이야기할 때 행복한 상상에 빠진다. 나도 마찬가지로 꿈을 이야기할 때는 상상 속에서 과학자가 된다거나 비행기 조종사, 탐험가 등 미래에는 그 일을 하고 있을 것이라는 믿음으로 잠시나마 행복감에 취해 있었던 적이 많았다. 지금 내게 선택할 수 있는 기회가 주어지고 내가 원하는 것이 무엇인지 분명해졌을 때 훗날 나의 모습을 상상해본다면 목표와 방향을 정하는 데 고민은 그리 크지 않을 것이다. 이미 결정된 과거의 상황에 얽매이는 것보다 정해지지 않은 내일을 더 풍요롭고 행복하게 보낼 수 있는 기회가 온다면 그건 바로 오늘이기 때문이다.

"나는 과거를 생각하지 않는다. 중요한 것은 끝없는 현재뿐이다."

프랑스 소설가 윌리엄 서머셋 모옴(William Somerset Maugham)은 과거에 얽매이거나 이미 지나간 일을 마음에 둔 채 그것에만 만족하고 집착하는 것은 현재를 부정하는 것이라고 했다. 과거를 돌아보는 시간을 통해 자신을 성찰하는 것은 좋지만, 과거에 머물러 현재의 자신을 발전시키지 못하고 기회를 놓치는 것은 내일이 없는 것과 똑같다는 의미다. 쌓여만가는 직장 스트레스와 불안한 미래를 맞이해야 하는 현대인들에게는 오늘이 두려운 하루가 되는 것은 당연한 일이다. 보장되지 않은 미래를 스스로 개척해나가면서 새로운 것들을 배우고, 실패를 거듭해가며 성장해나가는 것은 누구에게나 주어진 고난과 시련을 극복하는 과정일 것이다.

도전을 시작하는 사람은 두려움과 불안감을 늘 안고 살아간다. 어린아이가 걸음마를 배울 때나 학창 시절 입시를 준비할 때도 그렇고, 취업의 전선에 뛰어들어 면접을 보거나 화목한 가정을 꾸리려고 결혼을 앞둔 부부들 역시 새로운 도전 앞에서 걱정과 고민을 하기 마련이다. 경험해보지 못한 것에 도전하는 것이기에 두려움과 불안감이 앞서는 것은 당연하다. 누구도 경험해보지 못한 상황에 자신감을 가지거나 편안하게 받아들이는 것이 어려울 수는 있겠지만, 그렇기에 더욱 더 자신에게 일어난 상황을 알아차리고 자신을 믿으며 긍정적으로 받아들이려는 마음가짐과 행동이 필요하다.

불안 없이 완벽한 사람은 없다

시작하기도 전에 두려움과 불안함으로 부정적인 결과를 예측하고, 그로 인해 자신감이 약해지면서 만약이라는 가정을 만들어내는 것은 미래를 기대하며 살아가는 누구에게든 불필요한 생각일 뿐이다. 어려울 것이라는 상황과 실패라는 결과를 먼저 앞에 놓고 무엇이든 하게 된다면 결코 행복한 과정과 결과를 얻기 어렵다. 모든 일들이 그러하듯 시작이 없으면 끝도 없는 법이니 선택과 결정이 있기 전에는 과거를 잊고 도전할 수 있는 자신감과 용기가 필요하다. 불안한 마음이 자신감을 억누르는 감정에서 비롯되는 것이라면 경험이라는 선택으로 내가 무엇을 할 수 있고, 잘 해낼 수 있는지를 보여주면 된다. 자신감은 누가 심어주는 것이 아닌 자신이 처해 있는 주변 환경으로부터 겪어온 경험들이 쌓여 생겨난다는 것을 잊지 않는 것이 중요하다.

"나는 중요한 슛을 놓친 결과에 절대 개의치 않는다. 그 결과에 대해 생각하면 언제나 부정적인 결과만 생각하게 된다."

미국의 NBA 역사상 가장 훌륭한 선수로 꼽히는 마이클 조던(Michael Jordan)도 매 경기마다 지나간 순간에 대해서는 집착하지 않는 것이 중요하다고 말한다. 1초라도 지나간 시간은 과거이기에 오로지 현재의 상황에 집중해서 내가 할 수 있는 것이 무엇인지, 어떤 방향으로 나아갈지를 결정하는 것이 더 중요하다는 의미가 담겨 있다. 사람은 늘 선택과 결정의 기로에 서게 되지만 겪어보지 못한 상황과 마주하게 되었을 땐 망설이게 되는 것은 당연하다. 하지만 그 순간 어떤 마음으로 선택하고 결정하느냐에 따라 새로운 경험이 예상치 못한 결과를 선사한다. 이것은 겪어본 사람만 알 수 있는 짜릿한 선물이다. 실패에 대한 두려움으로 스스로의 가치를 낮게 평가하거나 포기하지 말고, 자신을 믿고 용기를 가진다면 어떠한 일이라도 극복하고 해낼 수 있다.

04
불안과 걱정은
대부분 일어나지 않는다

살아가면서 누구나 고난과 역경을 만나거나 좌절에 빠질 때가 있다. 최근 몇 년간 일상의 변화로 인해 경제적인 어려움을 겪는 많은 사람들이 회복할 수 있다는 희망마저 갖지 못하고 불안과 걱정만 늘어나고 있는 게 현실이다. 특히 과거의 실패했던 경험이 부정적인 감정으로 나타나기도 하고, 경험하지 못했던 새로운 변화에 적응해야 한다는 것이 불안과 두려움을 더 키우기도 한다. 과거의 결과가 좋았다면 지금의 삶은 더 나을 것이라고 생각하며 자꾸만 과거에 얽매이고, 미래의 불확실한 상황에 자신이 선택한 결정이 옳은 방향인지 계속 고민하는 것도 내면에서 만들어내는 복잡한 감정으로부터 생겨난 것이다.

"걱정의 40%는 절대 현실로 일어나지 않고, 걱정의 30%는 이미 일어난 일에 대한 것이고, 걱정의 22%는 사소한 고민이고, 걱정의 4%는 우리 힘으로는 어쩔 도리가 없는 일에 대한 것이고, 나머지 걱정의 4%만이 우리가 바꿔놓을 수 있는 일에 대한 것이다."

심리학자 어니 젤린스키(Ernie J. Zelinski)가 저서 《모르고 사는 즐거움》에서 일상에서 느끼는 걱정에 대한 연구결과를 이야기한 대목이다. 즉, 우리가 하는 걱정의 96%는 쓸데없고 불필요한 것이며, 걱정을 한다고 해서 해결될 수 있는 것도 아니기 때문에 자신을 힘들게 하며 고통의 시간을 보내지 말라는 뜻이다. 또 일어나지도 않은 일들이 내면에서 마치 지금 일어난 것 같은 착각을 불러일으키는 현상이라고도 할 수 있다.

몇 년 전 해외여행을 위해 새벽에 집을 나섰다. 차를 타고 공항으로 가는 도중 아내가 "현관 문 잘 닫았지?"라고 묻자 내 머릿속이 하얘졌다. 사실 그전에도 여행을 준비하면서 큰 캐리어를 2개씩 챙겨 현관문을 고정해두고 나왔다가 현관문 닫는 것을 잊고 출발했던 경험이 있기 때문이었다. 이번에도 그런 것은 아닌가 걱정되어 아내가 물어봤던 것인데, 사실 문을 닫았는지 기억조차 나지 않아 결국 근처에 사는 친구에게 전화해 지나가는 길에 집에 한번 들러달라고 부탁했고, 다행히 현관문은 잘 닫혀 있다는 연락을 받았던 기억이 난다.

이런 일들은 일상에서 아주 사소한 상황에서도 예민하게 반응하는 안전 과민증과 비슷하다. 어떠한 상황에 대해 과도하게 걱정해서 일상에서 피로감을 느끼게 되는 증상이라고도 할 수 있는데, 생활 패턴이 깨질 정도로 민감하게 반응하는 것은 좋지

　　　불안 없이 완벽한 사람은 없다

않은 습관이다. 어렸을 때는 모기에만 물려도 죽을병에 걸린 것처럼 느낀다거나 공사장 근처를 지나갈 때 위에서 뭐라도 떨어지면 어떻게 하나 하는 생각들을 많이 하게 되는 것도 안전과 질병에 대한 불안함과 두려움이 심해진 결과라고 할 수 있다.

미디어를 통해 연일 사고나 좋지 않는 소식들을 접하게 되면서 불안 심리는 계속 쌓인다. 지금처럼 바이러스라는 예상치 못한 일로 경제가 불안정해지고, 미래가 불확실한 상황에서는 더욱 그럴 것이다. 이럴 때일수록 자신이 처한 상황을 받아들이고 현재만 생각하며 대처하는 마음가짐이 어느 때보다 중요하다. 과거를 많이 생각하는 사람은 괴로움이 많은 것이고, 미래를 많이 생각하는 사람은 불안과 걱정, 초조함이 많은 사람이라고 법륜 스님은 말한다. 이를 조금이나마 해결할 수 있는 것은 당장 눈앞에 펼쳐진 자신의 처지를 이해하고 대응하는 것이 아닐까.

"A현이 끊어지면 나머지 세 현으로 연주를 마치는 것, 그것이 인생입니다."

세계적으로 유명한 바이올리니스트 올레 불(Ole Bornemann Bull)이 프랑스 파리에서 공연할 때의 일화다. 그가 연주하는 도중 바이올린의 A현이 끊어지는 사고가 발생했고, 그 모습을 본 사람들은 당연히 그가 연주를 끝까지 마칠 수 없을 거라고 생각했지만, 그는 오히려 침착함을 유지하며 아무 일도 없었던 것처럼 연주를 계속 이어갔고, 남아 있는 세 현으로 연주를 끝까지 마무리한다. 어느 누가 들어도 현이 끊어졌다고는 생각하지 못할 정도로 완벽한 연주로 사람들의 기억에 남는 순간이었다.

불안과 걱정이 자신이 만들어내는 감정이라면 회복 또한 자신이 할 수 있다는 믿음을 가져야 한다. 지나간 과거에 대한 후회, 아직 일어나지 않은 미래에 대한 염려는 모두 자신의 불안한 내면에서 만들어지는 것이기에 감정에 너무 깊이 빠져서 마음의 평온을 찾기 어려울 때가 종종 생긴다. 마음의 병은 아니더라도 한번쯤은 현실이 막막하게 느껴지고, 미래가 어떻게 될지 두려운 마음이 생기는 것도 바로 이 때문이다. 또 성과에 대한 압박, 기대에 실망시키고 싶지 않은 마음과 자신이 선택한 결정에 대한 의심도 불안과 걱정을 만들어내는 여러 이유 중 하나가 될 수 있다.

직장인들이 업무를 부여받고 나면 성과를 만들어 보여주기 위해 늦은 밤까지 사무실에 남아 일하는 것을 종종 볼 수 있다. 당장 내일 중요한 회의나 보고 자료를 만들어야 되는 경우도 있을 것이고, 실험에 대한 결과나 데이터를 정리해야 되는 경우도 있을 것이다. 하지만 해답을 찾지 못하고 고민하고 있거나, 예상과는 다른 결과에 걱정하며 밤을 지새울 때가 있는데, 이럴 경우 늦은 밤까지 남아 있다고 해서 해결될 가능성은 그리 크지 않다. 내일 출근하면 오늘과 똑같은 걱정과 고민을 하고 있는 자신을 만날 가능성이 크다면 내일 일은 내일 생각하는 것이 좋을지도 모른다. 혼자 남아 속앓이를 하면서 불안에 떨어봤자 아무런 도

불안 없이 완벽한 사람은 없다

움이 되지 않는다는 말이다.

눈앞의 일에 집중하지 못할 때는 행복을 느끼기 어렵고, 집중할 때는 행복을 느끼기 쉽다고 한다. 시간 가는 줄 모르고 어떤 일에 열중할 때는 무엇과도 바꿀 수 없는 행복감이 있다. 어떤 일에 집중하거나 몰입할 때는 다른 생각을 할 여유가 없기 때문이다. 일단 무언가를 시작하고 최대한 빨리 집중 모드로 들어가는 것이 중요하다. 어차피 마무리해야 하는 일일수록 뒤로 미루지 말고 빨리 끝내는 게 좋다. 시간이 길어지면 귀찮아지고, 부정적인 생각이나 감정이 커질 수 있기 때문이다. 또 일을 하면서 즐기는 상상을 하고, 성취하는 경험이 조금씩 쌓이면 불안과 걱정은 서서히 줄어들 수 있다.

"걱정을 해서 걱정이 없어진다면 걱정이 없겠네."

유명한 티베트 속담이 있지 않은가. 불안과 걱정은 인간이 태어나면서부터 경험하는 감정이자 자연스러운 감정 중 하나이며, 생존 위협으로부터 살아남기 위해 발달된 감정이다. 불안은 결과를 알기 전까지 이어지는 감정이라면, 걱정은 바로 해결되면 사라질 수 있는 감정으로 낯선 곳이나 익숙하지 않은 상황에서 조심하고 경계하는 것이다. 불필요한 불안과 과도한 걱정, 과거의 죄책감이나 미래의 염려는 자신의 삶을 행복하게 만드는 데 방해요소만 될 뿐이다. 자기 자신을 믿고 사랑하는 마음이야 말로 행복한 삶을 이루어내는 시작이며, 더 나은 인생을 만들어가는 데 가장 기본적인 요소라는 것을 잊지 않았으면 한다.

아주 쉬운 것부터
반복 습관을 만들어라

"우리는 실제로 벌어진 일보다는 앞으로의 일을 걱정하면서 마음의 고통을 겪는다."

미국의 정치가 토마스 제퍼슨(Thomas Jefferson)은 인간이 느끼는 불안감은 과거의 경험이 아닌 예측할 수 없는 불확실한 미래에 대한 두려움에서 시작된다고 했다. 물론 여러 가지 통계와 논리를 내세워 어느 정도 예측이 가능하다고는 하지만 이조차도 예측한 대로 정확히 실현될지는 누구도 확신할 수 없는 것이 미래의 삶이다. 이러한 불확실성은 인간으로 하여금 더 큰 두려움과 불안을 야기하게 된다. 불안감도 지속되면 습관이 될 수 있고, 주변을 둘러보면 습관처럼 불안감을 질병으로 느끼는 사람들이 많아지는 것도 현실이다.

우리가 불안감을 느끼는 것은 지나치게 완벽함을 추구하거나 너무 높은 기준을 세우다 보니 자신의 노력이 성과에 비례하지 않을 때의 실망감을 예측하기 때문이다. 더 나은 삶을 위해 자신을 지금보다 훨씬 높은 목표로 몰아가며, 지금과는 다른 모습으로 변화하기 위해 더 높은 강도로 하루하루를 살아가고 있다. 또 불안감은 자신감이나 용기가 부족할 때 더 크게 생기고, 경험하지 못한 것 앞에서 누구나 느낄 수 있는 감정이다. 운동선수 중에서 어릴 때부터 타고난 선수는 그리 많지 않다. 끊임없이 노력하고 목표를 향해 꾸준히 반복하면서 몸에 익힌 기술이 습관이 되어 경기 중에 표출되는 이들이 대부분이다.

불안함을 없애기 위해서는 생각을 바꾸는 연습도 필요하다. 부정적인 생각보다 긍정적으로 생각하고 행동으로 표현하는 것이 매우 중요하다. 우리의 몸과 마음에 배어 있는 습관은 매일매일 경험하는 행동들이 학습에 의해 습득되어 주기적인 반복행동으로 나타난다. 구체적인 의도나 목적 없이 특정한 상황에서 나타나는 일시적인 행동인 버릇과는 다른 모습이겠지만, 습관은 좋은 방향으로 반복적으로 길들여진다면 자신에게 매우 유익한 삶을 가져다줄 수 있다. 다시 말해, 나만의 루틴(Routine)을 만든다는 것은 내가 원하는 삶의 방향을 결정하는 데 강력한 원천이 될 수도 있는 것이다.

시험이나 면접을 앞두고 긴장하지 않는 사람은 거의 없다. 어떤 문제나 질문이 나올지 예상할 수 없고, 결과도 예측할 수 없기 때문에 긴장하거나 불안해지는 것은 당연하다. 만약 오픈북이나 시험 범위를 정해주고, 면접도 어느 정도 질문의 요점을 미리 알려준다면 어떨까. 걱정이 조금은 줄어들면서 나름 해볼만하다는 자신감이 생겨날 것이다. 어떤 상황에 직면했거나 문제가 발생했을 때 사전에 습득하고 인지된 생각이 행동처럼 나타난다면 긴장감이 줄어든 것이라고 할 수 있다.

반복적인 습관은 자동화되기 쉽다. 반복적인 습관을 가장 빨리 만들 수 있는 것은 취미를 가지는 것이다. 새해가 되면 빠지지 않는 다짐 중 하나가 다이어트를 위한 운동이다. 장소에 구애받지 않고 매일 반복적으로 할 수 있어 효과를 빠르게 볼 수 있기 때문이다. 체중을 얼마나 감량할지, 좋아하는 선수나 연예인처럼 근육을 만들려는 노력은 어제의 나보다 조금 더 나은 오늘의 모습을 기대하기에 충분한 동기부여가 된다. 작심삼일로 끝나지 않기 위해 계획표를 만들고, 식이조절도 하면서 쉬운 동작부터 하나씩 배워본다면 몸의 건강뿐 아니라 사고방식도 긍정적으로 바뀌어 자신을 되찾는 시간이 단축될 수 있다. 산책하겠다고 마음을 먹었다면 하루 몇 분이나 몇 킬로미터를 당장 걷겠다는 목표보다 근처 공원을 한 바퀴 정도 걷겠다는 작은 목표부터 시작해보는 것이 좋다.

학창 시절에 한문 암기를 위해 선생님께서 방학 때마다 과제로 내주신 방법이 생각난다. 바로 신문에 있는 한자를 모눈종이 공책에 모두 써오는 것이었다. 요즘 신문에는 표준어가 많아서

불안 없이 완벽한 사람은 없다

그런지 한자를 거의 찾아보기 어렵다. 당시에 방학과제로 제출한 공책은 5권이 넘었으니 넉넉잡아 신문 1부에 한자가 1,000자 정도는 있지 않았을까 추측된다. 이렇게 방학 과제를 할 때면 신문 페이지마다 중복된 한자를 계속 써보고 모르는 한자는 옥편으로 찾는 반복적인 행동이 자동적으로 암기하는 습관이 되었다. 나중에 기억에도 많이 남고, 내가 쓴 한자들을 모아놓은 공책이 특별한 옥편이 되는 뿌듯한 경험이 되기도 했다.

'작은 것부터 성실하게'

우리 집 거실에는 화선지에 쓴 가훈을 액자로 만들어 걸어놓았다. 꿈을 크게 가지고 목표를 높게 잡아 성공한 사람이 되기를 바라는 마음보다 작은 것부터 성실하고 꾸준하게 노력해서 성취감을 느껴보는 것이 중요하다는 아버지의 가르침을 새겨놓은 문장이다. 급하면 체한다는 말도 있듯이 의욕이 넘쳐 그대로 하다가는 일을 그르칠 수도 있다는 것이다. 기본을 지키며 살아간다는 게 쉬운 말로 들릴 수도 있지만 때로는 초심을 잃지 않고, 기본만 하는 것이 더 어렵게 느껴질 때도 많다.

독서도 취미생활로 많이 하지만 생각보다 책 한권을 다 읽는 것을 부담스러워 하고 어렵게 느끼는 사람이 많다. 책은 1쪽부터 읽어야 한다거나 속독해서 빨리 읽어야 한다는 고정관념이 있어서 그런 건 아닐까. 하지만 독서는 누가 시켜서 하는 것이 아닌 내가 관심이 가고 읽고 싶은 주제에 맞는 책을 사서 읽는 것이 좋고, 하루에 몇 장이라도 정해놓고 읽거나, 목차를 이용해 관심이 있는 주제를 먼저 읽어보는 것도 하나의 방법이 될 수 있다. 처음부터 읽어야 한다거나 책을 펼쳤을 때 한 번에 끝까지 읽어야 한다는 고정관념을 버리고, 하루하루 독서 시간이나 양을 정해 꾸준히 읽는 습관을 만든다면 효과는 극대화될 것이다.

"처음에는 우리가 습관을 만들지만, 나중에는 습관이 우리를 만든다."

영국의 시인이자 극작가인 존 드라이든(John Dryden)은 오늘의 '나'는 과거의 생각과 행동으로부터 만들어진 습관의 결과물이라고 말한다. 이처럼 습관이란 우리의 인생을 펼치는 과정에서 중요한 요소이다. 너무 잘하려고 해도 불안함을 안고 있고, 너무 빨리 하려고 해도 두려움이 앞서기 마련이다. 태어나면서 시작되는 모든 일상의 상황들이 희로애락을 동반하면서 감정을 대하는 방법을 완성하고, 그 과정에서 생존을 위한 습관도 만들어지기 마련이다. 고통을 이겨내는 것도, 슬픔을 참는 것도, 행복을 전파하는 것도 모두가 살아가면서 배우는 감정 수업이고, 그것이 습관이 되어 더 나은 미래를 기대하게 하는 밑바탕이 된다.

오늘도 많은 사람들은 정해진 일상에 맞춰 정신없이 바쁘게 하루의 시간을 보내고 있다. 코로나가 덮친 후 누군가는 행복했던 일상이 공포로 변했지만, 누군가는 좌절에서 희망의 기회를 경험하며 새로운 삶을 그려나간다. 언제나 그러하듯 변화는 예고 없이 찾아오며, 우리는 대비하지 않은 상황에 두려움과 불안함을 더 많이 느낀다. 운명이 될 수 있기에 습관을 조심하라고 했던 영국의 정치가 마가렛 대처(Margaret Thatcher)의 말처럼 과거를 이겨낸 경험을 바탕으로 현재를 극복해나가는 순간들이 어쩌면 시간이 지나 습관이 되어 변화를 맞이하게 된다면 운명까지도 바꿀 수 있는 기회가 될 것이다.

06
모든 것은
마음먹기에 달려 있다

　'일체유심조(一切唯心造)', 즉 모든 것은 마음먹기에 달려 있다는 이 불교사상은 원효대사의 일화에서 비롯된 것으로 유명하다. 원효는 당나라 유학길에 오르던 중 날이 저물어 어느 무덤가 근처에서 잠을 청하게 되고, 한밤중에 목이 너무 말라 잠결에 바가지에 있는 물을 마시게 된다. 아침에 일어나 보니 간밤에 마신 물은 해골에 괸 물이었음을 알게 되었고, 너무 역겨운 나머지 구역질을 한다. 하지만 해골에 담긴 물을 맛있게 먹었을 때와 지금 구역질이 났을 때의 상황은 전혀 변한 것이 없다는 것을 알았고, 단지 달라진 것은 자신의 마음뿐이라는 것을 깨달았다고 전해진다.

　'꿈은 이루어진다!' 지금으로부터 20여 년 전, 대한민국은 누구에게도 잊을 수 없는 스포츠 대축제가 한창이었다. 바로 2002

년 한일 월드컵이 진행 중이었고, 전문가들조차 예상치 못한 한국의 1승과 16강 진출이라는 쾌거를 이루며 전국이 열광의 도가니에 빠졌다. 나도 당시 군 생활을 하면서 선수들을 응원했고, 16강이 확정되는 순간 이제 무서울 것 없이 또 다른 기적이 일어날 것만 같은 기분에 휩싸였던 기억이 난다.

물의 흐름을 타면 배도 쏜살같이 나아가듯 승리의 분위기는 한국을 흥분의 도가니로 몰아넣고 있었다. 감독을 비롯한 코치진과 모든 선수들은 하나의 목표를 향해 매 경기 최선을 다했고, 국민들은 힘찬 함성과 응원을 보냈다. 결국 대표팀은 8강을 넘어 4강까지 오르는 쾌거를 달성했고, 한국 월드컵 축구 역사상 최고의 기록을 남겼다. 당시 한국 축구의 사령탑이었던 거스 히딩크(Guus Hiddink) 감독은 인터뷰에서 이렇게 말했다.

"나는 아직도 배가 고프다"

나는 이 말의 의미를 긴 세월이 흐른 후에야 비로소 알게 되었다. 바로 감독의 목표는 월드컵 우승이었다는 것을 말이다. 우리는 단지 16강 진출이 목표였지만 히딩크 감독에게는 더 높은 목표가 있었고, 그것을 향한 신념은 선수들이 할 수 있다는 믿음과 긍정적인 마음을 하나로 만드는 데 큰 영향을 주었을 것이다.

코로나가 장기화 되면서 일상이 어수선하고, 경제적으로도 생존에 위협을 느끼는 사람들이 자기계발을 통해 경제적 자유를 실현해나가려고 도전하고 있다. 누구나 배움을 통해서 삶의 질이 향상될 수는 있겠지만, 경제적으로 자유를 누린다는 기준은 사람들마다 다를 수 있다. 하지만 공통적으로 일맥상통하는 부분이 있다면 성공한 사람은 반드시 자신이 세운 목표나 꿈을 매일같이 마음속으로 되새기거나 그것을 이루기 위한 무언가를 했다는 것이다. 마음을 먹는다는 것은 생각만 하는 것이 아닌 행동이 뒤따를 때에야 비로소 결과로 나타나는 것이기에 성공하는 사람과 실패하는 사람의 가장 큰 차이점은 바로 이 행동에 있다.

모든 것은 마음먹기에 달려 있다는 것을 가장 잘 보여주는 것이 '플라시보 효과(Placebo Effect)'다. 소화제로도 감기 환자를 낫게 한다는 재미있는 심리현상 중 하나다. 가령 냉동창고에 하루 정도 갇힌 사람이 죽은 채로 발견됐는데, 당시 냉동장치는 고장이 나서 가동되지 않았고, 창고 내부의 온도는 생명에 지장이 없는 상온을 유지하고 있었다는 실제 이야기는 마음먹기가 얼마나 중요한지 잘 보여주는 사례다.

긍정의 힘이 얼마나 대단한지 모르는 사람은 아마 없을 것이다. 하지만 실패에 대한 두려움이나 아직 일어나지 않은 일들에 대한 불안함 때문에 긍정적인 감정을 만들어내지 못하는 경우가 많다. 미국의 제16대 대통령을 지낸 링컨(Abraham Lincoln)에게 한 방송국 기자가 물었다.

"당신은 교육도 제대로 받지 못한 농촌 출신이면서 어떻게 변호사가 되었고, 미국 대통령까지 오를 수 있었습니까?"

불안 없이 완벽한 사람은 없다

링컨 대통령이 이에 미소를 지으며 대답했다.

"내가 마음먹은 날, 이미 절반은 이루어진 것입니다."

인생에 마음먹기가 얼마나 중요한지 보여주는 사례다. 꿈을 실현하기 위해 할 수 있다는 자신감과 해내겠다는 의지는 다른 무엇보다도 자신에게 강렬한 동기부여의 힘을 가진다. 자존감이 높은 사람은 자신을 믿고, 자기 능력에 대한 자신감을 가지고 있지만, 그렇지 못한 사람은 항상 불만족하며 남들과 비교하고, 부정적인 생각을 많이 하게 된다. 또한 무엇을 할 때마다 자신의 선택을 신뢰하지 못하고 왜곡된 생각을 하느라 일을 그르칠 때가 많다. 아무리 작은 일이라도 자신이 해낸 일은 인정하고 칭찬해주는 것이 자신감을 형성할 수 있는 좋은 방법이 될 수 있다.

마음먹기에 행동이 더해지면 성공적인 결과를 가져온다는 것은 김연아 선수의 일화에서도 알 수 있다. 초등학교 1학년 때 가족들과 〈알라딘〉이라는 아이스 쇼를 관람한 뒤 피겨선수를 꿈으로 정하고 그날 밤 일기장에 적은 후, 담임선생님께도 자신의 꿈을 적은 편지를 보냈다고 한다. 그날의 감동을 그냥 넘기지 않고 자신의 꿈을 적어 편지를 보내는 순간 꿈을 향한 첫걸음을 뗀 것이다. 대부분의 사람들이 '꿈은 특별한 사람만 이루는 거야', '꿈은 천천히 이루어도 돼'라며 자신도 모르게 잊어버리고는 한다. 하지만 마음을 먹고 자신의 꿈을 종이에 적고, 그 꿈을 이루고 싶은 이유와 각오를 적어본다면 행동할 구체적인 계획이 나올 것이다. 꿈을 적은 종이를 늘 들여다보고, 그것을 이루기 위한 행동을 하는 것이야말로 성공을 향한 출발점이 아닐까.

코로나가 전 세계를 공포로 몰아넣으면서 시작된 경제적 어려움과 일상의 변화로 꿈을 꾸는 것조차 시간 낭비로 인식되고, 생존 경쟁에 모든 것을 바치는 현대인들이 많아지고 있다. 나도 그런 불안감에서 시작된 글쓰기의 꿈을 '한책협'을 만나고, 김태광 대표를 알게 되면서 하나씩 퍼즐을 맞춰가고 있다. 꿈은 펼치라고 있는 것이니 마음을 먹으면 실패하든, 실수하든 경험으로 받아들이는 것이 중요하다. 아닌 것은 다듬고, 틀린 것은 고치면서 성공에 더 가까이 갈 수 있는 발판을 만들어가면 된다. 인생을 살다 보면 누구나 오르막길과 내리막길을 만나기 마련이다. 롤러코스터 같은 인생의 여정에서 때로는 힘들 때도, 때로는 두려울 때도 있다. 하지만 모두가 지나고 나면 더 큰 행복으로 채워졌다는 것을 느끼는 때가 올 것이고, 그때가 바로 성공의 순간이다.

살아가면서 고생하지 않는 사람은 없고, 그런 삶도 없다. 배고픈 사람들은 허기에 못 이겨 고생하지만 배가 부른 사람들은 다이어트를 하느라 고생한다. 이래저래 고생하기는 마찬가지고, 세상살이에서 중요하게 주어지는 문제는 오늘 보람찬 하루를 보냈는지, 지금 행복한 삶을 살고 있는지 하는 것이다. 우

불안 없이 완벽한 사람은 없다

리가 세상을 바라볼 때 파란색 안경을 끼고 보면 모두가 파랗게 보이고, 빨간색 안경을 끼고 보면 모두가 빨갛게 보이듯, 부정적이고 비관적인 마음을 먹으면 온 세상이 시기와 질투, 고통과 불신으로 가득 찰 것이다. 긍정적인 사람 곁에는 늘 그런 사람만 모이고, 행복도 바이러스처럼 전파되는 것이니, 꿈과 희망을 가지고 열정과 최선을 다해 살아가는 사람에게는 늘 긍정의 힘이 따를 것이다.

불안 없이 완벽한 사람은 없다

제1판 1쇄 2023년 5월 3일

지은이 황근화
펴낸이 최경선 **펴낸곳** 매경출판㈜
기획제작 ㈜두드림미디어
책임편집 우민정 **디자인** 디자인 뜰채 apexmino@hanmail.net
마케팅 김성현, 한동우, 구민지

매경출판㈜
등 록 2003년 4월 24일(No. 2-3759)
주 소 (04557) 서울시 중구 충무로 2(필동 1가) 매일경제 별관 2층 매경출판㈜
홈페이지 www.mkbook.co.kr
전 화 02)333-3577
이메일 dodreamedia@naver.com(원고 투고 및 출판 관련 문의)
인쇄·제본 ㈜M-print 031)8071-0961
ISBN 979-11-6484-553-8 (03190)